Der Putzteufel geht um

Im Econ & List Taschenbuch Verlag sind außerdem folgende Titel von Dorothy Cannell lieferbar:

Der Tote ist immer der Butler (TB 27523)
Femmes Fatales (TB 25972)
Nur eine tote Schwiegermutter... (TB 25084)
Seltsame Gelüste (TB 25980)
So töte ich den Mann meiner Träume (TB 27362)

Zum Buch

Wer wäre nicht gerne Mitglied im Putzfrauenverein von Chitterton Fells? Nun, Ellie Haskell, selbst im Fieber des Frühjahrsputzes, kann zwar die strengen Aufnahmekriterien nicht erfüllen, und doch wird sie zu einem der zwanglosen Vereinstreffen eingeladen. Leider erweist sich das gemütliche Beisammensein der Putztüchtigen als mörderische Angelegenheit. Ein Vereinsmitglied wird tot aufgefunden – wie es sich gehört mit dem Staubwedel in der starren Faust. Im unklaren bleibt das Motiv der verwerflichen Tat, aber Ellie Haskell wäre nicht die Meisterdetektivin, die sie ist, würde sie nicht in all dem aufgewirbelten Staub die richtige Spur finden.

Zur Autorin

Dorothy Cannell wurde in Nottingham, England, geboren und lebt heute in Peoria, Illinois. Mit der Figur der schlagfertigen Ellie Haskell ist Dorothy Cannell zu der Topautorin des neuen, weiblichen Kriminalromans geworden. Mit Witz und Phantasie bringt ihre Heldin nicht nur jeden Schurken zur Strecke, sondern zieht auch ein Millionenpublikum aus aller Welt in den Bann.

Dorothy Cannell

Der Putzteufel geht um

Roman

Aus dem Amerikanischen
von Gabriele Weber-Jaric

Econ & List Taschenbuch Verlag

Veröffentlicht im Econ & List Taschenbuch Verlag

Der Econ & List Taschenbuch Verlag
ist ein Unternehmen der Econ & List Verlagsgesellschaft, München

Deutsche Erstausgabe

First published by the Penguin Group
Titel des amerikanischen Originals: The Spring Cleaning Murders
Aus dem Amerikanischen übersetzt von: Gabriele Weber-Jaric
Umschlagkonzept: Büro Meyer & Schmidt, München – Jorge Schmidt
Umschlagrealisation: Init GmbH, Bielefeld
Titelabbildung: Bavaria
Lektorat: Gisela Klemt
Gesetzt aus der Caslon, Linotype
Satz: Josefine Urban – KompetenzCenter, Düsseldorf
Druck und Bindearbeiten: Ebner Ulm
Printed in Germany
ISBN 3-612-27620-4

Für meinen Sohn Jason, der sich immer eine neue Gutenachtgeschichte gewünscht und mich damit in der Hoffnung bestärkt hat, eines schönen Tages doch noch Bücher zu schreiben.

In Liebe und Hochachtung
für Chad Michael Brewer.
Er hat mir einmal etwas geschenkt,
das mich auf die Idee gebracht hat.

Prolog

Wenn es Frühling wird, überkommt es einen in jungen Jahren schon mal, und plötzlich fängt man an, die Fenster zu putzen, man räumt die Schränke aus, rollt die Teppiche auf und tut was weiß ich noch alles, um eins zu sein mit Mutter Natur. Es ist einfach großartig, wenn der Holzwurm in der alten Kommode das Weite sucht oder wenn man unter dem Sofa so viel Staub findet, daß man dort Stiefmütterchen setzen könnte. Kaum vorzustellen, wie das die weiblichen Batterien auflädt. Anschließend kann man dann die Böden scheuern, frische Gardinen aufhängen, auf den Speicher gehen und altes Gerümpel wegschmeißen – kurz, all diese großen, göttlichen Taten vollbringen, mit denen man zwar nicht die ganze Welt, aber immerhin doch das eigene Heim in Ordnung bringt –, auch wenn im Moment kein Mensch zu sagen wüßte, ob man aus- oder einzieht.

Ich schwebte einfach in höheren Regionen – was natürlich auch damit zu tun hatte, daß ich oben auf der Leiter stand. Zack – ein Spinnweb erledigt! Das war ein Expertinnenhieb, direkt aus dem Handgelenk. Patsch – noch eins ausgelöscht vom Angesicht der Zimmerdecke. Ellie Haskell, Hausfrau ohnegleichen! Ich war gerade mitten im Rausch, da wurde ich von zwei zarten Stimmchen gestört, die artig fragten: »Können wir nicht raus in den Garten gehen und spielen?«

»Jetzt nicht, meine Schätzchen!« Ich lächelte mild auf die dreijährigen Zwillinge hinab: meine Tochter Abbey und meinen Sohn Tam. »Mummy hat heute sehr viel zu tun.«

»Bitte!« Die kleinen Gesichter wurden lang.
»Vielleicht später«, vertröstete ich sie. »Erst muß ich das Haus auf Vordermann bringen. Danach wird unserem Glück nichts mehr im Wege stehen.«
»Ich will, daß Daddy kommt!« Tams Fäuste bohrten sich in seine Augen.
»Ich auch«, wimmerte seine Schwester.
»Daddy ist zur Arbeit gegangen, da wo alle kleinen Kinder eines Tages auch hindürfen, wenn sie brav gewesen sind«, erklärte ich ihnen. »Das heißt natürlich nicht«, setzte ich hastig hinzu, »daß Mummy nicht brav war. Ihr wißt ja, daß ich hier zu Hause bleibe, um mich um euch zu kümmern und alles schön zu machen.«
»Du bist aber nicht schön, Mummy.« Tam starrte mich finster von unten an. »In Wirklichkeit« – das war sein Ausdruck der Woche – »siehst du aus wie eine böse Hexe.«
»Sieht sie nicht!« Abbey, immer schnell dabei, wenn es darum ging, mich zu verteidigen, versetzte ihm einen Stoß, der sie beide zu Boden schickte. Gleich darauf fing ich ebenfalls an zu wackeln, was ja auch kein Wunder ist, wenn man auf einer Leiter steht, bei der ein Bein kürzer ist als das andere. Den ganzen Morgen über hatte ich mich als Amazone gefühlt und dabei nicht bedacht, daß das alte Tuch auf meinem Kopf und der Staubwedel in meiner Hand, der aussah wie ein Zauberstab, bei den Kindern Alpträume auslösen konnte.
Ich gebe zu, daß ich beim Anblick eines weiteren Spinnwebs, das frech und dreist in der Ecke über dem walisischen Kleiderschrank nistete, mit dem Gedanken liebäugelte, die Kinder allein nach draußen zu schicken. Normalerweise spielen sie dann auf einem umzäunten Plätzchen hinter dem Haus, wo früher einmal der Kräutergarten war. Von der Küche aus kann ich sie dort die ganze Zeit über im Auge behalten. Ich mußte mir also keine Sorgen machen, daß sie plötzlich vorn zum Eingangstor hinausmarschierten und über die Klippen am Meer entlang-

wanderten. Doch dann fiel mir das Bilderbuch wieder ein, das ich neulich morgens auf dem Speicher gefunden hatte. Darin wurde die schaurige Geschichte einer Zwergenbande erzählt, die sich vor vielen, vielen Jahren im Garten einer guten Frau versteckt hatte. Böse, knorrige Männlein, die sich gemein und hinterhältig als Tulpenzwiebeln getarnt hatten.

Ich kletterte also von der Leiter und ließ den Blick über das Tohuwabohu in der Küche schweifen. Die Kinder umschlangen meine Knie. Es wäre natürlich der helle Wahnsinn, sich jetzt mit einer Flasche Milch und ein paar Äpfeln zu bewaffnen, schnell ein paar Käsebrote zu schmieren und mit dem kleinen Behelfspicknick hinaus in den Garten zu ziehen. Doch dann flatterten ein paar Takte Vogelgezwitscher hinter einem süß duftenden Windhauch her durch das geöffnete Fenster und mir fiel ein, daß ich am Morgen schon so weit gewesen war, auch Miss Vienna Millers Beine abzustauben. Sie war vorbeigekommen, um mich zum nächsten Treffen der Salongesellschaft einzuladen. Und dabei war sie doch noch ganz neu in unserem Dorf.

»Los, Mummy!« Abbey zog mich bereits in die Richtung der Hintertür, die zum Garten führt. Ich kam mir vor wie die Nonne, die dem Kloster entsagt. Aber dann folgte ich meinen Kindern hinaus in die bunte Frühlingswelt. Die Ampferblätter dienten uns als Picknickteller, eine Möwe glitt über unsere Köpfe hinweg, und von den Zweigen der alten Rotbuche spähte eine Drossel herab und sang ein süßes Liedchen, das von Amsel, Fink und Star handelte.

Morgen, das schwor ich mir – spätestens morgen würde ich mich ganz entschieden an den Frühjahrsputz machen. Und sollte dann wieder etwas dazwischenkommen, irgend etwas Unvermeidliches, wie zum Beispiel eine Einladung zum Tee bei dem lieben guten Brigadegeneral Lester-Smith – nun, dann würde ich mich in jedem Fall am folgenden Tag drangeben.

Kapitel Eins

Zu Beginn des Frühjahrsputzes werden als erstes die Vorhänge abgenommen. Danach räumt man die Möbel zur Seite und rollt die Teppiche auf.

»Was soll denn das hier werden, Mrs. H.?« Roxie Malloy, meine unnachahmliche Perle, stand da, die Hände in die schwarzen Tafthüften gestemmt und musterte die Küche von oben bis unten. »Haben Sie sich mit dem Göttergatten gestritten? Wird jetzt gepackt und das Weite gesucht?«

»Ben und ich sind wie eh und je wunschlos glücklich. Wir haben uns noch heute morgen in aller Herrgottsfrühe ewige Liebe und Treue geschworen. Hier sieht es im Moment nur ein bißchen kunterbunt aus, weil ich mit dem Frühjahrsputz begonnen habe«, erwiderte ich beherzt und betrachtete derweil meine Spülhände. Keine Creme der Welt würde sie je wieder in menschliche Hände verwandeln oder gar die Fingernägel nachwachsen lassen, die sich allmählich auflösten, nachdem ich sie zum wievielten Mal in einen Eimer mit Lauge getunkt hatte. »Man braucht eigentlich ein ganzes Regiment, um sich durch ein Haus dieser Größenordnung zu wühlen.« Ich wankte zu einem Stuhl und fegte einen Stapel Kochbücher hinunter, damit ich mich hinsetzen konnte. »Nach Ansicht meiner Schwiegermutter ist bei einer guten Hausfrau zwar kein Frühjahrsputz vonnöten, aber wie soll ich denn sonst dem Wust beikommen, wenn sich alles immer wieder neu in den Ecken staut?«

»Jetzt bricht mir aber gleich das Herz!« Mrs. Malloy tupfte an ihrer neuen Frisur herum. Sie nannte die Farbe Abendrot, aber auf einer Farbtabelle hätte Kastanienbraun gestanden.

»Natürlich bewältigen *Sie* davon immer den Löwenanteil«,

beeilte ich mich, ihr zu versichern, während sie sich mir gegenüber am Küchentisch niederließ. Sie schlug die Beine übereinander und betrachtete den Bleistiftabsatz ihres Schuhs. »Ich habe einfach geglaubt, daß alles leichter wird, wenn die Zwillinge dreimal in der Woche morgens in die Spielgruppe gehen. Statt dessen muß ich sie jetzt aber hinbringen, anschließend zurückfahren, die Betten machen, das Geschirr spülen und Mittagessen kochen, und dann kann ich mich schon wieder auf die Socken machen, um sie abzuholen.« Ich nahm einen großen Schluck von dem kalten Tee, der vom Frühstück übriggeblieben war, und wartete darauf, daß Mrs. Malloy die richtigen Trostworte fand – getreu dem Motto, daß, wenn ich mich erholen und bei einem schönen Buch die Beine hochlegen wolle, sie hier in Null Komma nichts alles wieder tipptopp hätte.

»Na, da wünschte ich wirklich, ich könnte bleiben und Ihnen helfen, Mrs. H.« Sie schaffte es, ihrer Stimme einen Ausdruck aufrichtigen Bedauerns beizumischen. Dann griff sie nach einem Stück gebutterten Toast, das Ben auf seinem Teller liegengelassen hatte. »Wissen sie, ich bin ja normalerweise kein Mensch, der das sinkende Schiff verläßt, aber was sein muß, muß sein! Mrs. H., ich bin gekommen, um Ihnen zu kündigen.«

»Wie bitte?« Ich brach fast mit dem Stuhl zusammen. Hatte ich irgend etwas verbrochen? Hatte ich ihren Geburtstag vergessen? Oder schlimmer noch, hatte ich mich an ihren Geburtstag erinnert? Mrs. Malloy war, was ihr Alter betraf, sehr empfindlich geworden, seit sie vor einem Monat Großmutter geworden war. Ihr Sohn George hatte nämlich meine Cousine Vanessa geheiratet, die große Modeschönheit, die allerdings nicht aufgrund ihres goldenen Herzens Berühmtheit erlangt hatte. Es sei denn, man spräche von dem mit den Diamanten, das sie manchmal auf ihrem Chanelkostüm trug. Als Mrs. Malloy damals von der Verbindung erfuhr, hatte sie weiß Gott keinen Freudensprung getan, denn in ihren Augen wäre George, dem eine Vielzahl von

Fabriken und Ladenketten für Fitneßgeräte gehörte, mit einer nicht so schönen, aber netteren Frau besser bedient gewesen. Selbst als die beiden ein süßes, kleines Baby bekamen, waren Mrs. Malloys Gefühle lediglich gemischter Natur gewesen. Einerseits teilte sie jedem, der es hören wollte, mit, daß das kleine Enkelchen ihr wie aus dem Gesicht geschnitten sei, andererseits war es natürlich kein Pappenstiel, den Leuten im gleichen Atemzug weiszumachen, sie sei noch keine dreißig. Die neue Haarfarbe existierte jedenfalls seit Mrs. Malloys letztem Besuch bei George und Vanessa vor drei Wochen, als Rose erst ein paar Tage alt war. Seit dem Zeitpunkt trug sie auch den glänzenden goldfarbenen Lidschatten und den Minirock. Geht mich im Grunde alles nichts an, hatte ich mir gesagt, aber letztlich führte kein Weg daran vorbei – die Heirat von George und Vanessa hatte meine Beziehung zu Mrs. Malloy knifflig gemacht. Irgendwie waren wir ja seitdem so etwas wie Verwandte. Wie sollte ich ihr jetzt noch die Meinung sagen, wenn sie wieder ewig lang den Fernsehapparat polierte, ohne die verschmierten Fingertatschen wegzuwischen, unterdessen jedoch kein Wörtchen von ihrer Lieblingssendung verpaßte? Wahrscheinlich war es umgekehrt genauso schwierig, wenn nicht sogar noch schwieriger.

»Ich hätte mir denken sollen, daß Sie nicht mehr für mich arbeiten wollen«, sagte ich ungeachtet der Panik, die in mir aufstieg. Was um alles in der Welt würde ich bloß ohne sie anfangen? Ich bezwang den Wunsch, mich wie die Zwillinge an ihre Beine zu klammern, und stand auf, um die Teekanne auszuschütten und frisches Wasser aufzusetzen. »Aber tut es Ihnen denn nicht leid, wenn Sie nicht mehr zu uns kommen? Wir haben doch schon so viel zusammen durchgestanden. Was sollen denn die Kinder sagen? Sie wissen doch, wie sehr die Kleinen an Ihnen hängen.«

»Na klar! Das liegt an meinem jugendlichen Charme und meiner ungebrochenen Vitalität.« Mrs. Malloy zog eine Papierserviette aus dem Ständer auf dem Tisch und wischte sich ein paar Toastkrümel von den Fingerspitzen. »Ob Sie es glauben oder nicht, Mrs. H., ich weiß auch, daß hier alles anders wird, wenn ich nicht mehr da bin. Trotzdem müssen Sie die Tränen tapfer runterschlucken, wenn ich gleich zum letzten Mal durch die Tür gehe, sonst regen sich die Kinder noch mehr auf.«

»Sie sind in der Spielgruppe.« Ich schob den Schrubber zur Seite, der am Spülbecken lehnte, als ob er sich eine Kaffeepause gönnen wollte. »Aber Abbey und Tam sind nicht die einzigen, um die Sie sich Sorgen machen müssen. Haben Sie denn gar nicht an Jonas gedacht?« Das war nicht fair, aber ich wußte mir nicht anders zu helfen. »Sie wissen doch, daß er seit letztem Winter nicht mehr auf der Höhe ist. Wer weiß, ob ich ihn je wieder im Garten arbeiten lassen kann.«

»Wenn nicht, tun Sie ihm damit keinen Gefallen.« Mrs. Malloy blickte sich erwartungsvoll um, und ich offerierte ihr eifrig die nächste Scheibe Toast. »Die meisten Gärtner sterben lieber in den Stiefeln, als daß sie im Haus als Treibhauspflanze verkümmern.«

»Jonas ist nicht wie die meisten Gärtner.« Ich setzte mich wieder hin und fing an, mit den Salz- und Pfefferstreuern auf dem Tisch herumzukreiseln. »Ich darf gar nicht daran denken, wie es ohne ihn wäre! Außerdem ist er noch gar nicht so alt. Was bedeuten heute schon siebzig oder achtzig Jahre?«

»Ganz meine Meinung, Mrs. H.«, erwiderte Mrs. Malloy zustimmend. »Ich habe gehört, daß es Länder gibt, in denen Menschen unter vierzig nicht einmal volljährig sind. Dort wäre Jonas gerade im besten Alter, und wir beide wären die reinsten Küken.«

Ich war immer davon ausgegangen, daß sie etwa dreißig Jahre älter war als ich, aber von mir aus konnte sie mich auch als Altersgenossin betrachten. Es gab ohnehin Zeiten, in denen ich mich nach dem Klimakterium sehnte. Dann würden die Zwillinge keine Klopapierrollen mehr abwickeln, um zu testen, ob sie über die ganze Treppe reichten, und nicht mehr in die Schnittchen beißen, die ich für die Salongesellschaft angerichtet hatte. Außerdem hätte ich bis dahin meine Rolle als Ehefrau, Mutter, Hausfrau und sporadische Innenarchitektin bestimmt locker unter einen Hut gebracht.

»Ich will aber, daß Sie bleiben.« Meine Lippen bebten, als ich aufstand, um Mrs. Malloy Orangensaft in ein Glas zu füllen.

»Na los, fangen Sie ruhig an zu flennen«, gestattete Mrs. Malloy großzügig. »Wenn Sie die Wahrheit wissen wollen, ich habe auch ein paar Tränen zerquetscht, als ich mir mein Leben ohne Sie vorgestellt habe. Merlin's Court war für mich wie ein zweites Zuhause, daran gibt es nun mal nichts zu rütteln und zu drehen.«

»Wollen Sie es sich denn nicht noch einmal überlegen?« Ich streckte den Arm aus und drückte ihre Hand. Wie üblich war sie mit mehr Ringen bestückt als das Schaufenster eines Juweliers. »Wie wär's, wenn Sie in der einen Woche hier erscheinen würden und in der Woche darauf käme ich dann zu Ihnen?«

»Was? Um bei mir zu putzen?« Mrs. Malloy riß die Augen so weit auf, daß der goldene Lidschatten verschwand.

»Warum nicht?« Ein Kratzgeräusch drang an mein Ohr. Ich öffnete die Tür zur Eingangshalle, wo mein Kater Tobias saß und mich derart sauer anstarrte, als wolle auch er seine Kündigung einreichen.

»Sie mit Ihren Schnapsideen! Das kommt ja wohl überhaupt nicht in die Tüte! Als ob Sie das nicht selbst wüßten!« Mrs. Malloys Blick drückte niederschmetternde Verachtung aus, wovon ein Teil aber auch auf Tobias gemünzt war, der früh in der beiderseitigen Bekanntschaft klargemacht hatte, daß er nicht vorhatte, sie als gesellschaftlich gleichrangig zu betrachten.

»Sie haben recht, es wäre nicht richtig«, gab ich zu. »Ich müßte bei Ihnen nur kurz mal mit dem Staubsauger durch die Gegend schwirren und ein bißchen Allzweckreiniger versprühen, wohingegen Sie in Merlin's Court unter der Last der Arbeit ja förmlich zusammenbrechen. Na, und dann haben Sie bestimmt auch Angst« – ich wollte einen Witz machen – »daß ich einen Ihrer schönen Porzellanpudel kaputtmache.«

»Das auf jeden Fall«, pflichtete sie mir bei. »Andererseits wäre es für mich natürlich ein Festessen, wenn Brigadegeneral Lester-Smith, der nur zwei Häuser weiter wohnt, allen erzählt, daß Mrs. Haskell von Merlin's Court bei meiner Wenigkeit den Dreck wegmacht.«

»Sehen Sie!« Ich nötigte ihr noch etwas Saft auf.

»Wir haben alle unsere Wunschträume, Mrs. H.« Mrs. Malloy stieß einen tiefen Seufzer aus. »Aber ich könnte mir ja nicht mehr in die Augen sehen, wenn ich gegen die Regeln verstoßen würde.«

»Welche Regeln?«

»Die meiner Berufsethik, so wie sie in der Satzung der VPFVCF verankert sind.«

Ich war sprachlos.

»Das ist der Putzfrauenverein von Chitterton Fells«, erklärte mir Mrs. Malloy geduldig. »Das erste V hätten wir uns zwar sparen können, aber Gertrude Large, unser oberster Boß, findet, daß es dem Ganzen mehr Pfiff gibt. Hier –«, sie bückte sich zu der großen schwarzen Tasche, die sie neben dem Stuhl abgestellt hatte, machte sie auf und kramte darin herum. Nach einer Weile schüttelte sie den Kopf. »Scheinbar habe ich sie doch nicht dabei. Stimmt – ich habe sie in die Tür vom Kleiderschrank geklemmt, die ging nämlich immer auf. Na ja, es ist ja nicht so, als ob ich mein PGB – wie wir es nennen – nicht auswendig könnte. Nach Zeile zwei auf Seite sechzehn steht jedenfalls in großen Buchstaben: Mitgliedern des VPFVCF ist es nicht gestattet, mit Personen zusammenarbeiten, die nicht mindestens zehn Jahre hauptberufliche Putztätigkeit nachweisen können, oder besagte Personen im eigenen Haushalt zu beschäftigen.« Mrs. Malloy schaute mir triumphierend in die Augen. »Da

beißt die Maus keinen Faden ab, Mrs. H., Gesetz ist nun mal Gesetz.«
»Wie groß ist denn Ihre Berufsvereinigung?« Ich klammerte mich an jeden Strohhalm, um sie vom eigentlichen Thema abzulenken.
»Na, so ungefähr –« sie schloß die Augen und spitzte den Mund – »fünf Mitglieder, würde ich sagen. Gertrude Large, Winifred Smalley, Betty Nettle, Trina McKinnley und meine Wenigkeit.«
»Davon kenne ich nur Mrs. Large«, meinte ich kleinlaut. »Wissen Sie noch, wie Sie uns damals an der Bushaltestelle in der Market Street miteinander bekannt gemacht haben? Sie stand da mit einer Frau, die wesentlich kleiner war.«
»Das muß Winifred Smalley gewesen sein. Also, ich schlage vor, daß Sie es mal mit Gertrude versuchen.« Mrs. Malloy erhob sich und nahm ihre schwarze Tasche vom Boden auf. »Gertrude ist zwar sehr gefragt, aber wenn ich ein gutes Wort für Sie einlege, sieht sie vielleicht zu, daß sie Sie noch unterbringen kann.«
»Oh, Mrs. Malloy!« Ich versuchte krampfhaft, die Oberhand in diesem Desaster zu gewinnen. »Muß es denn wirklich soweit kommen? Gibt es denn rein gar nichts, womit ich Sie überreden kann zu bleiben?«
»Man darf eben nicht immer nur an sich denken, Mrs. H.« Mrs. Malloy stand jetzt kerzengerade auf ihren Bleistiftabsätzen und richtete die Worte an das Grünfenster über dem vollgestellten Spülbecken.
»Sie haben völlig recht.« Ich blinkte die Tränen fort. »Ich bin egoistisch.«
»Ich wollte damit sagen, daß ich mich auch nicht gehenlassen kann. Nicht, wo George mich gestern abend am Telefon angefleht hat, zu ihnen zu ziehen und bei der Betreuung des Babys mitzuhelfen.« Zu meiner Überraschung mühte sich Mrs. Malloy tatsächlich tapfer um einen fröhlichen Gesichtsausdruck. Sogar Tobias schien ihr einen mitfühlenden Blick zuzuwerfen, aber

vielleicht interessierten ihn auch nur ihre Beine als mögliche Kratzpfosten. »Aber ich hoffe«, fuhr sie fort, wobei ihr Kinn nur ganz leicht zitterte, »daß nicht alles nur Arbeit ist und kein Vergnügen. Man wird ja auch in London etwas unternehmen können. Obwohl ich mir nicht vorstellen kann, wie einem diese Stadt nach Chitterton Fells noch was zu bieten haben soll.«
»Ich wußte ja nicht, daß Sie *deshalb* kündigen!« Ich spürte, wie mich eine Woge der Erleichterung erfaßte. »Dann ist Ihr Aufenthalt bei George und Vanessa doch sicher nur von kurzer Dauer.«
»George hat gesagt, ich soll bleiben, bis Rose mit der Schule fertig ist. Aber es gibt noch einen Hoffnungsschimmer.« Mrs. Malloys Hand verharrte in der Luft, als ob sie darauf wartete, daß wie von Zauberhand ein Glas Gin auftauchen würde. »Vielleicht wird Rose ja ein freches kleines Biest und fliegt von der Schule. Schrecklich, wenn eine Großmutter so etwas sagt, aber das soll's ja schon gegeben haben. Dann kommt sie nämlich in ein Kloster nach Frankreich, wo sie niemand mehr besuchen darf. Außer den Eltern vielleicht, die sie manchmal durch ein Guckloch sehen dürfen.«
Bei Mrs. Malloy konnte man häufig eine Schwäche für Schauerromane feststellen. Aber als ich sie anschaute, stellte ich auch noch etwas anderes fest. Waren das etwa richtige Tränen, die da in ihren Augen glänzten? Ich hatte sie noch nie weinen sehen. Sicher wurden die Augen hier und da mit einem spitzenbesetzten Taschentuch betupft, um das Traurige zu untermalen, das sie als arme, verkannte Frau durchlitt, aber dieses Mal wirkte es überzeugend.
»Was reden Sie denn da, Roxie?« (Ich benutzte ihren Vornamen nur selten.) »Ich weiß doch, wie sehr Sie die kleine Rose lieben. Ihre Handtasche ist zwanzig Pfund schwerer geworden, seit sie die Fotos von ihr durch die Gegend schleppen. Wenn man Rose nach Frankreich schickt, sind Sie doch wie der Wind hinter ihr her.«

»Wenn ich dann überhaupt einen Paß bekomme.« Mrs. Malloy war immer noch geknickt. »Ich habe gehört, daß die jetzt richtig scharf sind, und ich würde doch schon zwei Formulare brauchen, um meine ganzen Ehemänner aufzuzählen. Na, wie auch immer, das ganze Reden nutzt nichts, Mrs. H.« Sie faltete ihr Taschentuch zusammen und verstaute es wieder in der Tasche. »Ich muß meine Pflicht tun, auch wenn ich lieber nicht zu George und Vanessa ziehen würde. Das hat jetzt nichts mit Ihnen zu tun, obwohl sie Ihre Cousine ist und ich finde, daß man sich die Verwandtschaft sehr wohl aussuchen kann. Aber Vanessa war noch nie mein Fall. Sie hat mich schon wie eine Dienstbotin behandelt, als ich sie hier zum ersten Mal gesehen habe.«

Ich konnte Mrs. Malloys Gefühle gut verstehen. Meine Cousine behandelte *mich* wie eine Dienstbotin, seit wir beide drei Jahre alt waren. Sie war nun einmal die Familienschönheit. Wahrscheinlich hätte auch James Bond alles stehen- und liegengelassen, nur um ihr gefällig zu sein.

»Frauen ändern sich manchmal, wenn sie Mutter geworden sind«, sagte ich. »Schon beim letzten Besuch hat Vanessa mir Tips gegeben, wie ich schöner werden kann, ohne gleich unters Messer zu müssen. Und ...« – um es ihr ein bißchen schmackhafter zu machen – »sollte sie wieder zickig werden, werden Sie ihr sicher den Marsch blasen.«

»Das sowieso.« Mrs. Malloys Miene hellte sich kurz auf. »Aber auch wenn sie mich mit offenen Armen empfängt und mir jeden Morgen Tee ans Bett bringt, paßt es mir nicht, mein Haus und meine Karriere aufzugeben. Nur zwischen uns beiden und dem Kühlschrank da, Mrs. H. – ich würde es auch nicht tun, wenn ich nicht manchmal bedauerte, wie oft ich meinen George schon im Stich gelassen habe. Der arme Kerl mußte ja schon mit sechs Wochen auf eigenen Füßen stehen. Hat wahre Wunder vollbracht, wie er sich das eigene Geschäft aufgebaut hat. Und jetzt bittet er seine Mum zum ersten Mal um Hilfe.«

»Warum besorgen sich die beiden denn kein Kindermädchen, damit Sie nur ab und zu ein bißchen aushelfen müssen?«
Mrs. Malloy schüttelte den Kopf. »George hat klipp und klar gesagt, daß er mich ganztags will. Hat mir erzählt, mein Zimmer wäre schon picobello hergerichtet. Dabei sollte ich wahrscheinlich vor Freude überschnappen. Und ich hab mir wirklich einen abgebrochen, Mrs. H., und so getan, als würde ich einen Luftsprung machen. Genau wie der Kessel da.« Sie deutete mit dem Finger auf den Küchenherd.
»Verflixt!« Ich schoß nach vorn, wobei ich mit der Leiter zusammenrasselte und Tobias in Rage brachte, der auf der obersten Sprosse geschlafen hatte. Ich hatte vergessen, daß ich den Kessel aufgesetzt hatte, um frischen Tee zu kochen. Durch die Dampfschwaden blinzelte ich zu Mrs. Malloy hinüber und fragte sie, warum sie denn gleich bei George und Vanessa einziehen müsse. »Wäre es denn nicht genug, wenn Sie sich eine eigene kleine Wohnung in der Nähe suchten?«
»Ja, meinen Sie denn, das hätte ich nicht auch vorgeschlagen?« Sie setzte sich wieder hin und schloß die Augen. »Mit meinem eigenen Fernseher, meinen ganzen Erinnerungsstücken und vielleicht auch einem Burschen aus der Eckkneipe, der gelegentlich vorbeischaut, die Gardinen aufhängt und sich ein bißchen im Sessel breitmacht. Aber es hat keinen Zweck, sich das alles weiter auszumalen.« Ein gebrochener Seufzer entrang sich ihrer Brust. »Ich habe keine Ahnung, warum George mich zu sich ins Haus bittet. Aber es ist nun einmal Tatsache.«
»Vielleicht will er einfach seine Mutter bei sich haben«, tröstete ich sie. »Aber wundern tut es mich eigentlich doch. George und Vanessa sind doch noch gar nicht so lange verheiratet.«
»Wie auch immer, ich darf hier nicht anwachsen.« Mrs. Malloy hatte sich augenscheinlich wieder erholt. Sie sah mich streng an und sagte: »Sehen Sie zu, daß Sie mit Ihrem Frühjahrsputz weiterkommen. Ich mache mich jetzt besser auf die Socken und rede ein paar Takte mit Trina McKinnley. Sie hat mir angeboten, auf

mein Haus aufzupassen, bis ich weiß, ob ich es verkaufe, oder ob ich an jemanden vermiete, der den Garten in Ordnung hält.«

»Sie kommen aber doch noch einmal vorbei, ehe Sie uns verlassen, um sich von den Zwillingen zu verabschieden, oder nicht?«

»Wenn ich es schaffe. Ich habe Ihnen übrigens etwas mitgebracht. Als Erinnerung gewissermaßen.« Mit diesen Worten griff sie in die unergründliche Tasche und förderte einen ihrer geliebten Porzellanpudel zu Tage. »Das ist einer meiner schönsten. Wenn Sie genau hinschauen, sehen Sie, daß es ein Sparschwein ist. Habe ich vor Jahren auf der Kirmes unten in Margate gewonnen.«

»Vielen Dank!« Ich nahm die Scheußlichkeit in die Hand.

»Sie müssen sich nicht so überschwenglich bedanken, Mrs. H. Ich sehe schon an Ihrem Gesicht, wie überwältigt Sie sind. Passen Sie trotzdem gut auf ihn auf.«

»Ich werde ihn immer in Ehren halten.« Mir verschwammen die Augen, und es dauerte einen Moment, bis ich sah, daß Mrs. Malloy in weitaus schlimmerer Verfassung war. Die Tränen liefen ihr über das Gesicht und gruben Furchen in das Make-up, dem einzigen Kitt, der sie überhaupt noch zusammenzuhalten schien. Ich wußte, daß es ihr nicht gefallen würde, wenn ich sie an mich drückte, daher berührte ich sie einfach nur am Arm, bevor sie sich umdrehte und zur Tür ging.

»Ich mach's so, wie ich's gesagt habe, und rede mit Gertrude, damit Sie sie noch annimmt, Mrs. H. Und jetzt – tschüssi.« Meine einzigartige Mrs. Malloy schritt mit kaum merklichem Wanken und ohne sich umzudrehen durch die Tür und dann über die Treppe hinaus in den blassen Sonnenschein. Ihre Absätze verhallten klappernd auf dem Fußweg. Die Sonne schien. Die Vögel sangen. Und ich stand da mit dem Porzellanpudel in der Hand – und mit mehr Erinnerungen als Pflichten, die zu dieser Jahreszeit des Neubeginns darauf warteten, getan zu werden.

Kapitel Zwei

Mit Besen und Kehrblech zuerst die Zimmerecken ausfegen. Anschließend mit einer Bürste Decken, Wände und Türen abreiben.

»Ich wünschte, du würdest den Frühjahrsputz vergessen, Ellie. Du tust ja gerade so, als würden wir im Dreck verkommen.« Ben sah unwiderstehlich gut aus. Seine dunklen Haare waren zerzaust, und die Morgensonne brachte in den blaugrünen Augen goldene Pünktchen zum Tanzen. Wir waren im Schlafzimmer und zogen uns an, und so albern es auch klingen mag, ich hatte in seiner Gegenwart immer noch kurze Anfälle von Scheu. Irgendeine Kleinigkeit – ein Wort oder ein Blick – konnte mich zurückbefördern zu dem Augenblick, als wir uns zum ersten Mal gegenübergestanden hatten. Damals hatte ich mir gewünscht, daß eine Zauberfee auftauchen und mich in die Frau verwandeln würde, die das Herz dieses Traummannes so heftig schlagen ließe wie das meine.
Jetzt nahm er mein Gesicht in die Hände und gab mir einen hingebungsvollen Kuß, ehe er in den Kleiderschrank griff und einen marineblauen Pullover hervorzog. »Du hast schon genug am Hals mit den Kindern, die ewig um dich herumspringen, und mit Jonas, der noch nicht richtig auf den Beinen ist.«
»Aber der Frühling hat so etwas Ursprüngliches«, erklärte ich ihm. »Da verspürt man einfach den Drang, das Nest zu richten. Die alten Zweige zu entfernen und frische herbeizuschaffen.«
»Und wieder etwas umzumodeln?« Bens Stimme kam nur gedämpft durch den Pullover, den er sich gerade über den Kopf zog.
»Den Drang meine ich auch«, gab ich zu. Während ich mein

Kleid mit dem Blumenmuster zuknöpfte und die Haare zu einem lockeren Knoten band, ließ ich den Blick durch das Schlafzimmer wandern und über die Tapete mit den Fasanen, die auf dem silbergrauen Hintergrund herumstolzierten. Ich war die schweren Mahagonimöbel ebenso leid wie die weinroten Samtvorhänge. Leider zeigten weder die einen noch die anderen irgendwelche Anzeichen von Abnutzung oder Verschleiß.

Aber wie die meisten Männer, mußte man auch Ben ganz vorsichtig an der Hand führen, wenn man im Haus etwas verändern wollte.

»Hättest du denn nicht gern einen neuen Schreibtisch für dein Arbeitszimmer?« erkundigte ich mich.

»Nein.«

»Aber die Schublade in dem alten klemmt doch.«

»Das ist ja gerade das Gute daran, denn wenn ich einen Brief schreiben muß, komme ich nicht an das Papier und kann die ganze Angelegenheit deshalb mit gutem Gewissen vertagen. Und jetzt mein Schatz –« er bewegte sich auf die Tür zu – »muß ich los.«

Ich unterdrückte einen Seufzer und schlich hinter ihm her. »Ben, immer wenn wir anfangen, über Geld zu reden, mußt du weg.«

»Das bildest du dir nur ein, mein Schatz.«

Der beiläufige Ton in seiner Stimme ließ mich die Schritte beschleunigen. »Ist etwas mit dem Restaurant? Wieso erzählst du mir gar nichts mehr? Sogar Freddy ist auffällig schweigsam geworden.« Mein Cousin träumte nach wie vor von einer Zukunft als Rockstar, aber vorerst arbeitete er noch für Ben im Abigail's und wohnte im Verwalterhäuschen unten am Eingangstor.

»Das Geschäft läßt nach.« Ben lehnte sich gegen das Geländer im Treppenhaus. »Es liegt am Rinderwahn. Die Leute wollen keine Steaks mehr, sondern nur noch vegetarische Kost. Es ist zu einer richtigen Seuche geworden.«

»Aber man macht doch wohl eine Ausnahme, wenn man ins Restaurant geht, oder nicht?«
»Offenbar nicht. Die Gäste mögen noch nicht einmal mehr Omelettes, obwohl sich gerade erst wieder herumspricht, daß Eier gar nicht so schädlich sind, wie man uns die ganze Zeit über eingetrichtert hat. Nun, wie auch immer.« Er rang sich ein Lächeln ab. »Es wird auch wieder anders.«
»Ganz bestimmt!« nickte ich. »Ich weiß noch, wie ich vor ein paar Jahren ewig bei der Post anstehen mußte, weil vor mir endlose Menschenschlangen mit zusammengepackten Nerzmänteln und Biberjacken standen, um sie zum Hauptquartier irgendwelcher Tierschützer zu schicken. Dort sollten sie dem Feuer übergeben werden. Der Trend hat sich auch gelegt. Auf der Hochzeit von Mrs. Dovedale und Sir Robert Pomeroy trug eine Frau schon wieder eine Kaninchenjacke. Das Abigail's bleibt jedenfalls unschlagbar. Alle Leute schwärmen davon. Du wirst schon sehen, es ist im Nu wieder voll. Aber wenn du meinst« – ich zögerte, weil ich seinen Stolz nicht verletzen wollte – »nun, ich könnte versuchen, ein bißchen weniger Geld auszugeben. Keine Neuanschaffungen in der nächsten Zeit! Und ich kann auch Mrs. Large ausrichten, daß wir sie nicht brauchen. Sie fängt heute an, vielleicht sollte ich sie schnell noch anrufen und ihr absagen.«
Ben trat vom Geländer weg. »Liebling, du brauchst aber jemanden, der Mrs. Malloy ersetzt, und das können wir uns bestimmt leisten.«
»Mrs. Malloy ist nicht zu ersetzen.«
»Mag sein, aber du kannst es mit Mrs. Large wenigstens versuchen.«
»Muß ich wohl.« Ich schenkte ihm das Lächeln, das er erwartete.
»Und du machst dir keine Sorgen wegen dem Abigail's?«
»Nicht, wenn du versprichst, mir reinen Wein einzuschenken und mich auf dem laufenden zu halten.« Ich nahm seine Hand, und wir gingen einträchtig ins Kinderzimmer, wo die Zwillinge

auf dem Teppich zwischen ihren Betten einen Turm aus Bauklötzchen errichteten. Bis jetzt hatte ich noch kein Bedürfnis gehabt, das Kinderzimmer neu zu gestalten. Die sonnengelben Vorhänge gefielen mir immer noch, genau wie die Kuh, die an der Decke einen Satz über den Mond machte, und die aufgemalte Gänseliesel auf der Spielkiste, die Jonas vor der Geburt der Zwillinge geschreinert hatte. Aber als Abbey aufsprang und in ihrem Eifer, Ben in die Arme zu stürzen, den Turm umwarf, und Tam abwieselte, um sein Malbuch zu holen und uns sein neuestes Machwerk zu zeigen, fand ich doch, daß die Zwillinge allmählich ein bißchen mehr Platz gebrauchen könnten. Aber keine neuen Möbel! Der Speicher beherbergte noch genug Schätze aus der Vergangenheit.
Wenig später standen Tam, Abbey und ich an der Eingangstreppe und sahen zu, wie Ben in sein Auto stieg und davonfuhr. Es war ein prächtiger Tag. Die Sonne schien an einem Himmel, der so blau war wie Rotkehlcheneier, und vom Meer stieg eine leichte Brise auf. Die Bäume hatten den ersten zarten Grünschleier angelegt und glichen jungen Mädchen, die in dünne Unterröckchen gehüllt darauf warten, daß die Mutter ihnen das Sommerkleid aufbügelt. Ein Spatz unterbrach sein Picken am Unterholz eines Rosenbuschs und flatterte auf den Fußweg, von wo aus er herausfordernd zu Tam aufblickte, der bis zur untersten Steinstufe hinabgesprungen war.
»Schau, Mummy« – die Augen meines Jungen wurden größer – »er hat ein schwarzes Lätzchen an.«
Um ein Haar hätte ich gesagt, unser gefiederter Freund sei bestimmt auf dem Weg zur Beerdigung, wo er mit ein paar Rotkehlchen, einem Buchfink und einem Klopfspecht den Sarg tragen müsse. Aber meine Kinder waren noch in dem Alter, in dem man leicht zu beeindrucken ist, und ich begnügte mich damit, Tam zu erzählen, daß kleine Spatzenjungen dazu neigten, sich mit Haferbrei vollzukleckern und von den Spatzenmüttern deshalb schwarze Lätzchen umgebunden bekämen.

Tam kasperte die Treppe hinauf und schaute mir verschmitzt in die Augen. »In Wirklichkeit – weiß ich das schon.«
Abbeys Lippen zuckten. Sie mochte es nicht, wenn sie sich ausgeschlossen fühlte, aber als sie nach meiner Hand griff, fingen ihre Augen wieder an zu strahlen, und ihre zarten Löckchen schimmerten in der Sonne. »Wir haben gestern eine gute Fee im Garten gesehen, nicht wahr, Mummy?«
»Haben wir nicht!« Ihr Bruder schmiß die Eingangstür hinter uns ins Schloß, daß die beiden Ritterrüstungen unten an der Treppe schepperten, ehe er hinter uns her über den Steinfußboden in der Halle wetzte.
»Haben wir wohl.« Abbey durchsetzte ihren Gang mit ein paar Hüpfern. »Es war eine richtige Fee, und die hat auf einem Mükkenpilz gesessen.«
»Fliegenpilz«, korrigierte ich automatisch und stieß die Küchentür auf, hinter der Jonas bereits am Tisch saß. Der Raum war immer noch ein einziges Drunter und Drüber. Die Trittleiter versperrte die Tür zur Speisekammer, der Schrubber lehnte nach wie vor am Spülbecken, und die Glas- und Porzellansachen, die ich für ihr alljährliches Vollbad aus den Schränken geräumt hatte, belegten jeden Zentimeter Arbeitsoberfläche. Ich hätte mich angesichts des geringen Fortschritts, den ich gemacht hatte, schämen sollen, doch statt dessen konzentrierten sich meine Gedanken auf Jonas. Ich spürte einen leichten Anflug von Panik, als ich sah, wie sehr er während der Wintermonate gealtert war. Im Moment wurde seine Hinfälligkeit noch verstärkt durch die große, hagere Gestalt, die wie der Sensenmann hinter seinem Rücken aufragte.
»Hallöchen.« Das muntere Grinsen meines Cousins Freddy bahnte sich einen Weg durch seinen zerzausten Bart, der gleichzeitig mit dem dürftigen Pferdeschwanz und den Totenkopfohrringen mit den gekreuzten Gebeinen den Freigeist in ihm bezeugte. »Ich bin gerade dabei, ein gutes Werk zu tun. Hier muß ein alter Kumpel getröstet werden.« Er tätschelte Jonas'

dünnerwerdenden Scheitel und erntete ein Grummeln zum Lohn für seine Mühe.

»Du bist doch nur auf ein Frühstück aus«, gab ich zurück, während die Zwillinge auf ihn zu rannten und schrille Freudenschreie ausstießen.

»Ellie, warum tust du mir immer Unrecht?« Er fing beide Kinder auf und wuschelte ihnen durch die Haare. »Habe ich dich jemals um etwas zu essen angehauen? Ich wollte nur sehen, wie es euch geht. War auch allerhöchste Eisenbahn, denn für Jonas ging gerade die Welt unter. Angeblich will eine gewisse Mrs. Large die heilige Stelle entweihen, die unsere geliebte Mrs. Malloy innehatte.«

»Wir müssen uns alle an die neuen Umstände gewöhnen.« Selbstgerecht setzte ich das Wasser für die Eier auf und steckte die Brotscheiben in den Toaster. »Wir freuen uns, daß Mrs. Large kommt.« Ich hob die Zwillinge auf ihre Stühle am Tisch. »Stimmt's, Mausebärchen?«

»Kommt Mrs. Malloy nie mehr zurück?« Abbey grub die Knöchel in die Augen, wohingegen Tam allwissend krähte: »Die ist sicher tot.«

»Das ist sie sicher nicht«, widersprach ich. »Sie ist auf dem Weg nach London, um sich um ihr kleines Enkelkind zu kümmern. Die meisten Leute sterben erst wenn sie ganz, ganz alt sind.«

»Jonas, bist du ganz, ganz alt?« Abbey hangelte sich vom Stuhl herunter, um auf Jonas' Schoß zu klettern. Sie legte die Arme um seinen Hals und drückte ihr rosiges Bäckchen an seine faltige Wange.

»Ich habe schon so manchen Frühling ins Land ziehen sehen, mein kleiner Engel.« Jonas' Schnurrbart zuckte und seine knotige Hand zitterte, als er ihr über die hellen Haare strich. Er schaute zum Küchenfenster, durch das man ein winziges Stückchen der kupferfarbenen Rotbuche hervorschimmern sah. Bei unserem Lieblingsbaum im Garten gab es auch schon Anzeichen des Verfalls. Ben fing immer wieder in bedauerndem Ton davon an, daß er ihn irgendwann fällen müsse.

»Jonas, ich will nicht, daß du dahin gehst, wo die ganzen toten Leute wohnen.« Tam sah mit finsterer Miene auf, womit er normalerweise zu verbergen suchte, daß er über kurz oder lang anfangen würde zu weinen. »Erst wenn du tausend Jahre bist. Du mußt mir noch alles zeigen, was Mummy –« ein herablassender Blick in meine Richtung, während ich sein Ei köpfte und einen Teller vor ihn stellte – »nicht kann – und Daddy auch nicht. Meine Eisenbahn heile machen, wenn sie kaputt ist, und so Sachen.«

»Vielleicht sollte Jonas sich altersgerechtere Spielsachen zulegen, um wieder fit zu werden.« Freddy schlenderte angelegentlich zum Tisch und ließ sich auf einen Stuhl fallen. »Wie wär's, wenn du dir eins von den Strampelrädern besorgen würdest, die Mrs. Malloys Sohn verkauft? Was meinst du, wie gut dir das tut! Und George, das arme Schwein, braucht jetzt jeden Pfennig. Mit Vanessa verheiratet zu sein, bedeutet Rechnungen bis unter die Decke.«

»Fitneß!« Jonas blähte die eingefallenen Wangen auf. »Nicht mit mir, Freundchen. Als nächstes soll ich dann wohl noch einer von diesen verrückten Körnerfressern werden.«

»Das nun nicht gerade.« Freddy begegnete meinem Blick, und mir tat sich der Verdacht auf, daß er sich vielleicht doch nicht vom Verwalterhäuschen bis zu uns geschleppt hatte, nur um ein paar Spiegeleier zu schnorren. Wollte er womöglich über das schlechte Geschäft im Abigail's reden? Er war in vielen Dingen unzuverlässig, aber nicht wenn es um das Restaurant ging, denn er wußte, was Ben für ihn getan hatte, und war ihm gegenüber absolut loyal.

Aber jetzt war nicht der richtige Zeitpunkt, um das Schicksal des Restaurants zu diskutieren. Die Lauscher der Zwillinge waren gespitzt wie Bleistifte, und die Uhr an der Wand zeigte, daß Mrs. Large jeden Moment eintreffen konnte.

Ich reichte Jonas ein gekochtes Ei und ein paar Scheiben gebutterten Toast und sagte: »Ich will, daß du jeden Krümel davon aufißt. Freddy wird dir zeigen, wie man das macht.«

»Ellie, paß auf, daß du ihn nicht verwöhnst!« Mein Cousin versetzte seinem Ei einen kräftigen Hieb mit der Rückseite des Löffels und fing an, auf der Schale herumzuhämmern.
»Sollte mich wohl besser stärken«, knurrte Jonas vor sich hin. »Mit leerem Magen kann man eine Frau, die Mrs. Large heißt, nicht verkraften.«
»Sie ist bestimmt ganz wundervoll und sehr tüchtig, so wie es sich für eine der Leuchten des VPFVCF gehört.« Ich wischte die Eispuren von Abbeys Gesicht und füllte Orangensaft in die Gläser. Während ich den Tee aufbrühte, gab ich das bißchen an Information weiter, das ich über diese Eliteorganisation in Erfahrung gebracht hatte.
»Ich hoffe, die Vorschriften verbieten keinen Tratsch«, sagte Freddy.
»Ganz bestimmt tun sie das.«
»Aber vielleicht muß man es damit nicht so genau nehmen.« Er leerte sein Glas Orangensaft. »Immerhin sagst du, daß auch Mrs. Malloy Mitglied ist, und sie hat sich nie zurückgehalten, wenn sie etwas Neues auf Lager hatte.«
»Mir ist egal, was andere Leute machen.« Jonas nagte an der Kruste eines Toasts.
»Was? Sag bloß, du interessierst dich nicht für die beiden Frauen, die mit den vielen Hunden in Tall Chimneys eingezogen sind! Mit denen stimmt doch was nicht.« Freddy wackelte bedeutungsvoll mit dem Kopf. »Die eine sieht aus, als ob die Eltern sie schon bei der Geburt am liebsten ersäuft hätten, und die andere ist so freundlich, daß es schon unnatürlich ist. Sie zerquetscht einem fast die Hand, wenn sie einen begrüßt. Vienna und Madrid Miller. Angeblich Schwestern. Ich wette, die beiden haben eine Bank überfallen und sind hier untergetaucht.«
»Durch und durch respektable Frauen«, versicherte ich ihm. »Bei ihnen findet das nächste Treffen der Salongesellschaft statt.«
»Und dann ist da noch diese Frau, die aussieht, als käme sie gera-

dewegs aus dem Kloster und traue sich ohne den Papst nicht über die Straße.« Freddy kannte jetzt kein Halten mehr. »Du weißt schon, wen ich meine, Ellie. Sie hat das Häuschen an der Hawthorn Lane gekauft, gleich hinter dem Pfarrhaus.«
»Clarice Whitcombe. Arbeitet viel im Garten. Hat ein paar Blumen gepflanzt, aber sonst hauptsächlich Gemüse. Alles ganz organisch.«
»Sie düngt mit Leichen«, kam es von Freddy. »Wahrscheinlich mit dem Bischof, der ihr verboten hat, das Habit zu lupfen, wenn sie Unkraut jätet. Und was ist mit diesem komischen kleinen Mann? Der, der das Haus ein paar Meilen hinter der Cliff Road gekauft hat, in Richtung Bellkiek?«
»Tom Tingle«, informierte ich ihn. »Hat sich erst kürzlich von der Familienreederei in London zurückgezogen.«
»Wahrscheinlich ein Pirat.« Freddy nahm sich noch ein paar Scheiben Toast.
»Er sieht eher aus wie ein Zwerg.«
»Ein richtiger Zwerg, Mummy?« Abbey hüpfte auf ihrem Stuhl auf und ab.
»Nein, mein Schatz, nur ein ganz normaler Mann mit einem großen Kopf auf einem kleinen Körper.«
»Mir kommt es so vor –« mein Cousin lehnte sich im Stuhl zurück – »als ob von diesen Neuankömmlingen etwas ganz und gar Finsteres ausginge. Ich frage mich, ob sie nicht alle ein und derselben Bande angehören. Und jetzt werden sie Bingohallen aufmachen, oder Eisdielen, um ihre illegalen Geschäfte zu tarnen.«
»Warum machst du sie nicht gleich zu Menschenhändlern?« schlug ich vor und stellte eine Tasse Tee vor Jonas, der hastig mit den Augendeckeln klapperte und verlegen wirkte, weil er eingenickt war. »Bitte, Freddy, laß Mrs. Large mit deiner Sensationsgier zufrieden. Vielleicht arbeitet sie gar nicht für die Neuen. Mrs. Malloy hat mir erzählt, daß die Damen Miller Trina McKinnley eingestellt haben. Wie auch immer, Mrs. Large wird alle Hände

voll zu tun haben, um mir beim Aufräumen zu helfen, ohne dabei auch noch Stoff für deine Hirngespinste zu liefern.«
Tam, der es leid war, daß sich niemand um ihn kümmerte, drehte seine Eierschale im Eierbecher um, reckte sein Kinn in die Luft und rief: »Ich will aber kein Ei essen.« Das war eins unserer Lieblingsspiele, und da ich es erfunden hatte, erkannte ich mein Stichwort auf Anhieb.
»Oh, du unartiger Junge!« schimpfte ich mit strenger Miene und stemmte die Fäuste in die Hüften. »Was glaubst du wohl, was Daddy sagt, wenn er hört, daß ich dir ein so schönes Frühstück gemacht habe, und du überhaupt nichts essen wolltest? Na gut, dann gibt es aber heute nichts mehr zwischendurch. Nur brave kleine Jungen bekommen später einen Schokokeks.«
»Reingelegt, Mummy!« Triumphierend drehte Tam die Eierschale um und zeigte das leere Innengehäuse vor. »Ich lege dich immer wieder rein, Mummy, stimmt's?«
Ich versicherte ihm, daß er der absolut größte Gauner der Welt sei, und drückte ihn an mich, was er mit einem schmatzenden Kuß auf meine Wange belohnte, ehe er lossprang, um seiner Schwester Gesellschaft zu leisten, die bereits damit beschäftigt war, den Inhalt der Spielkiste auf dem Boden auszukippen.
Wieder schweifte mein Blick zur Wanduhr. Es war schon fast zehn nach neun. Mrs. Large kam zu spät. Das verstieß mit Sicherheit gegen die Vorschriften des PGB. Ich schenkte mir gerade eine Tasse Tee ein, als ein Klopfen an der Hintertür ertönte und – Auftritt Mrs. Large.
»Morgen zusammen«, verkündete sie mit dröhnender Stimme. Sie war genauso groß und kräftig, wie ihr Name besagte. Etwa ein Meter achtzig, mit schwerem Schritt und sauertöpfischem Gesicht. Abbey und Tam sprangen so schnell hinter den Schaukelstuhl, als wäre sie eine Abgesandte der Haushaltspolizei. Jonas brachte gerade noch einen gemurmelten Gruß zustande, ehe er seine bärbeißige Miene hinter der Tasse verbarg. Freddy versuchte, sich ein Lachen zu verkneifen.

»Mrs. Large!« Die Zwillinge hatten sich mittlerweile an meine Beine geheftet, so daß ich nur winzigkleine Schrittchen machen konnte, wie jemand, der sich für eine Rolle als Geisha bewirbt. »Ich bin froh, daß Sie gekommen sind.«

»Tut mir leid, daß ich zu spät bin.« Sie zuckte mit keiner Wimper, als ihre tiefliegenden Augen das Chaos in der Küche erfaßten. »Hab' wieder mal schlecht geschlafen.« Sie ließ die Tasche mit ihren Utensilien zu Boden fallen. Ich hörte eine Flasche klimpern, und offensichtlich hörte sie es auch. »Ist kein Schnaps, Mrs. Haskell. So eine bin ich nicht. Ist nur was für mein Kopfweh. Macht mich manchmal verrückt. Der Doktor sagt, das kommt vom Streß.«

»Oh, Sie Ärmste!« Ich war drauf und dran, ihr vorzuschlagen, daß sie nach Hause gehen, sich hinlegen und ein anderes Mal wiederkommen solle. Doch es stellte sich heraus, daß sie aus härterem Holz geschnitzt war. Noch bevor ich Piep sagen konnte, schälte sie sich aus dem grauen Flanellmantel, hängte ihn an einen Haken in der Nische an der Hintertür und krempelte sich die Ärmel auf.

»Wie wäre es mit einer Tasse Tee?« bot ich ihr an.

»Vielen Dank, das ist sehr nett von Ihnen, Mrs. Haskell.« Die Worte rollten wie Donner aus ihrem Mund. Abbey suchte mit einem Satz Zuflucht in Freddys Armen. »Aber ich bin ja nicht zur Kur hier. Frisch gewagt ist halb gewonnen, so lautet meine Devise.« Dann – zuerst sah es aus, als wolle sie den ganzen Tisch wegtragen – sammelte sie das Frühstücksgeschirr in einem Rutsch ein. Ein paar Tassen schepperten bedrohlich aneinander, aber die ganze Angelegenheit wurde sicher zum Spülbecken transportiert.

»Die Frau ist ja ein wandelnder Gabelstapler.« Freddy hatte wohl angenommen, er habe dies im Flüsterton gesagt, aber seine Stimme schlug auf wie ein Ball und prallte laut gegen mein Ohr.

»Ein echtes Wunder, aber ich will nicht, daß sie irgend etwas in meinem Zimmer anrührt«, knurrte Jonas, wobei sich ihm jedes Schnurrbarthaar einzeln sträubte.

»Haben Sie das gehört, Mrs. Large?« flötete ich fröhlich. »Sie müssen sich nicht mit Mr. Phipps Zimmer abgeben. Er macht das am liebsten allein.«

»Er hat Angst, daß Sie die ganzen Bilder mit den nackten Frauen sehen«, warf Freddy lustig ein.

»Wenn Sie wüßten, was ich bei meiner Arbeit schon alles gesehen habe – Sie würden Bauklötze staunen«, teilte Mrs. Large uns durch das Rauschen des Wassers, das ins Spülbecken lief, griesgrämig mit. »Da hält man meistens besser den Mund.«

»Oh, aber hier sind Sie unter Freunden.« Freddy reichte Abbey an mich weiter und baute sich neben Mrs. Larges Ellbogen auf, damit er sie mit seinem unwiderstehlichen Charme betören konnte. »Machen Sie sich ruhig Luft. Erzählen Sie uns, was sich in Chitterton Fells hinter den Gardinen abspielt.«

Es ertönte ein scharfer Knall. Doch leider kam er nicht etwa von einem Frühstücksteller, den Mrs. Large auf dem Kopf meines Cousins zerdeppert hatte. Sie war auf das Fußende des Schrubbers getreten, so daß er nach hinten ausschlug, bevor er zu Boden ging.

»Freddy ist ein hoffnungsloser Quälgeist. Am besten, Sie beachten ihn gar nicht«, schlug ich vor.

»Keine Sorge, Mrs. Haskell, leben und leben lassen, sage ich immer. Und nicht, daß Sie denken, Sie müßten mir hier alles zeigen«, fügte sie hinzu. »Ich finde mich in jedem Haushalt zurecht. Mit zugebunden Augen. Tun Sie einfach so, als wäre ich nicht da. Ich bin sicher, daß Sie keine Zeit haben, herumzusitzen und zum Fenster rauszuträumen, so wie die Kleinen Sie auf Trab halten.« Sie schenkte Abbey und Tam so etwas wie ein Lächeln, und nachdem ich mich hundertmal für das Durcheinander entschuldigt hatte, akzeptierte ich Freddys Angebot, die Kinder bis zum Mittagessen mit sich ins Verwalterhäuschen zu nehmen. Jonas zog sich eine Jacke über, setzte seinen Hut auf und schlurfte in den Garten hinaus, so daß ich allein übrigblieb, um Mrs. Large aus den Füßen zu gehen.

Als ich in der Eingangshalle stand, fühlte ich mich wie Falschgeld. Ich hatte viel zu tun, aber wahrscheinlich würde Mrs. Large sich jedesmal gerade an das Zimmer machen wollen, wo ich irgend etwas begann. Zum Glück fiel mir ein, daß ich für die neuen Zimmer der Zwillinge auf dem Speicher nach Möbeln hatte stöbern wollen.

»Wenn ich in einer Stunde nicht zurück bin, dann schickt jemanden hinter mir her«, befahl ich den Ritterrüstungen, als ich mich die Treppe hoch auf den Weg zum Speicher machte. Mir war immer himmelangst, daß dort oben plötzlich eine gesichtslose Gestalt aus der Dunkelheit auftauchen und meine Hilferufe mit klammen Händen ersticken würde. Der oberste Treppenabschnitt bestand nur noch aus schmalen, engen Stufen und führte von einem Alkoven neben dem Badezimmer zu einer halbrunden Tür. Als ich den großen Eisenknauf drehte, öffnete sie sich mit einem knarzenden Geräusch, das wie ein Ächzen klang. Ich blieb ein Weilchen auf der Schwelle stehen, bis ich merkte, wie mir etwas Weiches um die Beine strich.

»Besten Dank.« Tobias gab ein warnendes Miau von sich, und ich nahm ihn hoch und küßte ihn zum Lohn dafür auf die Schnauze, bevor ich durch das schwarze Loch in das Innere des Speichers trat. Nachdem ich einige Male panisch in der Luft herumgefuchtelt hatte, fand ich die Schnur, die von der Decke hing. Als ich an ihr zog, entstand ein dünner Lichtkegel, der kaum mehr zustande brachte, als die Stelle zu beleuchten, auf der ich stand. Tobias hielt den Gesamteindruck offensichtlich für reizvoll. Vor lauter Ungeduld, heruntergelassen zu werden, hieb er seine Krallen in mein Kleid, sprang mir aus den Armen und flitzte hinter einen Stapel aus Kisten und Koffern.

Ich wußte nicht genau, was auf dem Speicher außer den Kartons mit meiner Umstandskleidung alles herumstand. Es wäre eigentlich vernünftig und richtig gewesen, die Kleider gleich an

einen Second-hand-Laden weiterzugeben. Aber im letzten Moment war mir meine Freundin Frizzy Taffer eingefallen. Gerade als sie sich endlich überwunden hatte, die Umstandskleider, die sich im Laufe ihrer drei Schwangerschaften angesammelt hatten, wegzuschenken, hatte sie festgestellt, daß der Storch die nächste Lieferung parat hielt. Damals hatte ich nicht gewußt, ob ich sie bedauern oder beneiden sollte.
Manchmal wollte ich unbedingt noch ein Kind. Während ich mich vorsichtig an den Kisten vorbeizwängte, hinter denen Tobias verschwunden war, erkannte ich die schemenhaften Umrisse der Hochstühle, die den Zwillingen gehört hatten, eingeklemmt zwischen einem alten Kleiderschrank und einer Kommode. Bei ihrem Anblick überkam es mich wieder mit aller Macht. Es wäre so schön, noch einmal etwas Winziges an sich zu drücken, wieder diese weiche, kuschelige Wärme zu spüren und den süßen Duft des Neugeborenen einzuatmen. Vielleicht war das auch ein Produkt des ganzen Frühlingsgeschehens. All das sprießende Grünzeug und die platzenden Knospen. Die Vogelmütter, die die Nester bauten. Wie auch immer, schalt ich mich, das war jetzt nicht der rechte Moment, sich mit Mutter Erde zu vergleichen.
Nicht nur, daß Tam und Abbey fast selbst noch Babys waren – ich hatte ja auch noch Jonas, der ein gehöriges Maß an Zuwendung brauchte. Und was mit dem Restaurant wurde, das mochte der Henker wissen. Es war mit Sicherheit gescheiter, sich nicht noch weiter zu verzetteln, sondern sich ernsthaft darauf zu konzentrieren, als Innenarchitektin erneut ins Geschäft zu kommen. Clarice Whitcombe, eine der Zugezogenen, hatte kürzlich von sich gegeben, daß sie in dieser Hinsicht ein bißchen Unterstützung brauchen würde, sobald sie sich richtig niedergelassen hätte.
Außer ihr gab es noch ein paar andere Leute, die sich in dieser Richtung geäußert hatten. Der große Durchbruch wäre natürlich der Auftrag, Pomeroy Hall nach dem Geschmack der neuen

Hausherrin einzurichten. Die frühere Mrs. Dovedale, die schon seit ihrer Schulmädchenzeit für Sir Pomeroy geschwärmt hatte, war nämlich nach langer, langer Wartezeit endlich seine Ehefrau geworden.

Irgend etwas in der Mitte des Speichers zog mich an. Ich zupfte an einer der Schondecken und legte eine Wiege frei, ein wunderschönes Teil aus Walnuß, an dem geschnitzte Engel auf dem hölzernen Himmel schwebten. Ein befreundeter Antiquitätenhändler hatte sie mir während meiner Schwangerschaft geschenkt. Ich hockte mich daneben und stieß sie mit dem Finger an, woraufhin sie so sanft hin- und herschaukelte, als würde ein Kind in den Schlaf gewiegt. Weil Ben und ich, als unsere beiden Babys kamen, jedoch nicht nur ein Exemplar der süßen Brut in königlicher Pracht betten wollten, hatten wir im Kaufhaus zwei neue, weiße Korbwiegen gekauft und diese hier auf den Speicher verfrachtet.

Vielleicht eines Tages, dachte ich, und deckte sie wieder zu. Für den Augenblick mußten sich meine Nesttriebe mit dem zufriedengeben, was ich ursprünglich vorgehabt hatte, nämlich neue Möbel für Abbey und Tam auszusuchen. Ich hatte gerade ein paar weitere Schritte gemacht, als ich wie erstarrt stehenblieb. Hinter mir stand jemand. Ich spürte, wie sich sein Schatten auf meinen Rücken senkte. Sofort schlug mir das Herz bis zum Halse, und meine Knie fingen an zu schlottern. Trotzdem machte ich eine mutige halbe Drehung – und prallte gegen eine Kleiderpuppe, die mit dem Krachen einer Eiche neben mir zu Boden ging. Ich erfand ein paar neue Flüche und tastete mich rückwärts bis zu einem uralten Lehnstuhl, auf dem ich mit einem schmerzhaften Plumps landete. Offenbar war ich doch nicht so schön rund und weich gepolstert, wie ich gedacht hatte. Eine Sprungfeder bohrte sich hartnäckig in mein Hinterteil. Ich schob die Hände unter das Sitzpolster und stemmte mich ein bißchen ab, aber bequem war das nicht. Als ich mich – noch immer etwas zittrig – wieder erheben wollte, ertasteten meine Finger einen

Gegenstand. Ich zog ihn unter dem Polster hervor. Es war ein Buch mit grünem Tucheinband. Der Schmerz war wie weggeblasen. Ein Journal! »Abigail Grantham« stand auf dem Deckblatt. Die Frau, die im ersten Viertel dieses Jahrhunderts die Hausherrin von Merlin's Court gewesen war. Enttäuscht stellte ich fest, daß es sich nicht um ihr geheimes Tagebuch handelte. Das in dickem Stoff eingeschlagene Buch schien ein Sammlung von Abigails Reinigungstinkturen zu enthalten. Doch letztlich war ich dankbar für jedes Zeugnis jener Frau, deren Andenken wir hoch in Ehren hielten, und nach der Ben sein Restaurant benannt hatte. Ich stellte mich unter die schwach glimmende Glühbirne und blätterte so gierig durch die Seiten, als wäre ich ein pubertierender Junge, der unanständige Fotos beäugt.

»Hör zu, Tobias – das ist echte Klasse! Besteck muß mit Holz- oder Kohlenasche gescheuert werden, Messergriffe aus Elfenbein, die sich durch längeres Liegen im Spülwasser gelb gefärbt haben, hingegen mit Sandpapier.« Na, das war doch großartig. Ich wünschte, ich hätte in der guten alten Zeit als Frau gelebt, bevor einem die chemischen Allzweckreiniger den Spaß an der Plackerei vermiesten. »»Um Marmorbänke zu reinigen, benutze man einen halben Teelöffel Salmiak, einen viertel Teelöffel geriebenen Bimsstein und einen viertel Teelöffel Kreide. Man vermische das Ganze sorgfältig, füge eine ausreichende Menge Wasser hinzu, scheuere damit gründlich und spüle mit Seifenlauge und Wasser nach.«

Ich wendete die Seite um und stieß einen Schrei des Entzückens aus. »Oh, ist das stark! Ein Rezept für Möbelpolitur. ›Ein halber Liter Alkohol, ein halber Liter Terpentin, ein viertel Liter reines Leinsamenöl, ein Gramm Tannenharz, ein Tropfen Äther. Harz mit Alkohol versetzen. Zwölf Stunden ziehen lassen. Öl und Terpentin in separatem Topf mischen, Alkohol und Äther hinzufügen.‹

Und hier, hör dir das an: ›Um Blutflecken zu entfernen, fertige man eine dünne Paste aus Stärke und Wasser. Auf verschmutzte

Stelle auftragen. Trocknen lassen und abbürsten. Zwei bis drei Anwendungen entfernen die gröbsten Flecken.« Tobias hatte offenbar genug gehört. Ich wollte mich gerade der nächsten Seite widmen, als ich einen entfernten Aufschlag hörte, gefolgt von durchdringendem Porzellan- oder Glasgeklirr. Vor meinem geistigen Auge sah ich die Zwillinge, Hände und Gesichter in blutigen Fetzen, und mein Herz begann zu hämmern wie ein Schlagbohrer. Wie eine Wilde stürzte ich vom Speicher über die Treppengalerie in die Richtung, aus der das Getöse gekommen war. Vor Jonas' Zimmer bremste ich abrupt. Die Tür stand sperrangelweit offen und gab den Blick auf Mrs. Large frei, die mit den Händen in den Hüften die traurigen Überreste eines Spiegels begutachtete, der dort an der Wand gehangen hatte. Ich mußte mir auf die Lippen beißen, um nicht vor Entsetzen laut aufzukreischen.

»Das sieht mir gar nicht ähnlich.« Sie drehte sich zu mir um. »Jedes Mitglied des VPFVCF kann Ihnen das schriftlich geben, Mrs. Haskell. Ich bin sonst nicht so ungeschickt. In den ganzen zweiundzwanzig Jahren, die ich in Pomeroy Hall gearbeitet habe, habe ich nicht ein Eckchen aus einer einzigen Tasse geschlagen. Die selige Lady Kitty, der man so leicht nichts recht machen konnte, hat mich als Perle bezeichnet. Und ich bin sicher, Sir Roberts neue Frau – die mal Maureen Dovedale war – würde genau dasselbe sagen. Obwohl manch einer behaupten könnte« – Mrs. Large straffte die gewaltigen Schultern – »daß das nicht so viel Gewicht hat, immerhin sind Maureen und ich seit Kindertagen befreundet.« Sie verstummte.

»Bitte regen Sie sich nicht auf, das kann doch jedem passieren«, rang ich mir ab, um sie zu beschwichtigen.

»Das ist sehr freundlich von Ihnen.« Sie machte einen Schritt von den Scherben weg und langte nach Kehrblech und Handfeger, die halb unter einem Berg von Staubtüchern begraben lagen. »Und wenn wir es mal von der praktischen Seite aus betrachten, Mrs. Haskell, dann hatte der Spiegel ja seine besseren Tage auch schon hinter sich, nicht wahr? In keiner Tombola hätten sie für den noch mehr als fünfzig Pfennig gekriegt. Das Silber war schon halb ab, und die Größe hat auch nicht gestimmt. War ja noch nicht mal groß genug, um Augen und Nase auf einmal zu sehen.« Ich wußte, daß Mrs. Large das alles sagte, um ihr Gewissen zu beruhigen, trotzdem merkte ich, wie ich sauer wurde, erst recht, als sie noch hinzusetzte: »Wär mir echt peinlich gewesen, wenn's was Teures gewesen wäre.«

Ich wußte, wie ›teuer‹ dieser kleine Spiegel Jonas gewesen war. Seine Mutter hatte ihn ihm geschenkt, als er neun Jahre alt war. Vielleicht weil sie wußte, daß sie nicht mehr lange bei ihm sein würde, hatte sie ihm gesagt, daß er, wenn er sich einsam fühle, nur hineinschauen müsse, um sie zu sehen. Später, als erwachsener Mann, hatte er begriffen, daß sie von ihrer beider Ähnlichkeit gesprochen hatte. Als neunjähriger Junge hingegen hatte Jonas an einem der Fenster oben im Haus gestanden und mit angesehen, wie der Sarg seiner Mutter auf den Leichenwagen gehoben wurde. In den traurigen Zeiten, die danach folgten, hatte er jedoch entdeckt, daß er, wenn er im richtigen Winkel mit halb zugekniffenen Augen in den Spiegel blinzelte, dort einen flüchtigen Blick auf seine Mutter erhaschen konnte. Manchmal stand sie dabei in der Küche, hatte eine weiße Schürze umgebunden und kochte rubinrotes Gelee in großen Töpfen ein. Aber meistens sah Jonas sie im Garten, wie sie einen Drachen von der Schnur wickelte, der einen Moment lang unstet zitterte, bis er der Sonne entgegenflog.

Durch meine Tränen sah ich undeutlich, wie Mrs. Large die Scherben zusammenfegte. Es war mir ein kleiner Trost, daß wenigstens der Rahmen heil geblieben war. »Ich lasse ihn neu verspiegeln.« Als ich den leeren Rahmen oben auf die Kommode legte, klingelte das Telefon. Ich war heilfroh, daß ich aus dem Zimmer flüchten konnte, rannte die Treppe hinunter und nahm den Hörer ab.

»Oh, Sie sind es«, sagte Mrs. Malloy, nachdem ich mich gemeldet hatte. Es klang, als hätte sie statt meiner den Papst erwartet. »Hört sich an, als hätten Sie einen Kloß im Hals, Mrs. H. – sicher weil ich nicht mehr da bin. Na, jetzt müssen Sie sich aber langsam zusammenreißen. Denken Sie doch an die Kinder und den Göttergatten! Wissen Sie was« – ihre Stimme wurde sanfter –, »stellen Sie sich doch nachts mein Foto ans Bett. Das tröstet Sie bestimmt.«

»Ich bin so froh, daß Sie anrufen«, quasselte ich sofort los. »Ich hatte mir schon ein wenig Sorgen gemacht, weil ich nichts mehr von Ihnen gehört habe. Wie läuft es denn so mit George und Vanessa und der süßen kleinen Rose?«

»Das hebe ich mir lieber für den Tag auf, an dem der Film über mein Leben gedreht wird.« Meine ehemalige rechte Hand wirkte plötzlich bedrückt. »Glauben Sir mir, da wird kein Auge trokken bleiben. Die Frage ist nur, ob man jemanden findet, der schön genug für die Hauptrolle ist. Aber warum soll ich mir darüber Gedanken machen? So wie es aussieht, braucht die Queen mir zum hundertsten Geburtstag sowieso kein Glückwunschtelegramm mehr zu schicken.«

Das klang über alle Maßen morbid. War das noch dieselbe Mrs. Malloy, die vor langer, langer Zeit einen Pakt mit dem Sensenmann geschlossen hatte, gemäß dem sie sich gegenseitig ignorieren wollten? So wie ich meine Cousine Vanessa kannte, hätte es mich allerdings nicht gewundert, wenn sie ihrer Schwiegermutter mit Mord gedroht hätte, nur weil die einmal einen ganz zarten Blick auf ihre Designer-Lippenstifte geworfen hatte. Aber Mrs. Malloy brachte eigentlich so leicht nichts aus der Fassung – selbst eine Todesschwadron wäre bei ihr mit eingekniffenem Gewehr wieder abgezogen. Demnach mußte in der Londoner Wohnung etwas sehr Außergewöhnliches vorgefallen sein.

»Warum sagen Sie mir nicht, was los ist?« bettelte ich.

»Weil es darum jetzt gar nicht geht«, erwiderte Mrs. Malloy unbeugsam. »Der einzige Grund, weshalb ich anrufe, ist, daß

Gertrude Large gesagt hat, sie sei heute in Merlin's Court. Und ich will wissen, weshalb sie so aus dem Häuschen ist. Sie stand kurz vor einem Anfall, als sie mich gestern abend anrief. War den Tränen nahe, und das gab's noch nie. Aber bei dem Verkehrslärm hier, morgens, mittags und abends, habe ich nur Bahnhof verstanden. Sie hat gemeint, daß sie was Schreckliches über jemanden erfahren habe und nicht mehr aus noch ein wisse. Ich glaube, sie wollte auch, daß wir ein Sondertreffen des VPFVCF einberufen.«

»Haben Sie Mrs. Large denn nicht gebeten, alles noch mal laut und deutlich zu wiederholen?« Ich wollte nicht neugierig klingen, aber ich setzte mich vorsichtshalber auf die Bank neben dem Telefon, wo einer der Zwillinge allerdings ein paar kleine Bauklötzchen mit sehr scharfen Kanten liegengelassen hatte.

»Natürlich wollte ich alles genau wissen«, erwiderte Mrs. Malloy gottergeben, »aber dann hat die kleine Rose angefangen zu schreien, und ich mußte schleunigst auflegen. Und als ich sie soweit hatte, daß sie endlich die Augen zuklappte, bin ich selbst weggeknackt.«

»Na, macht nichts, jetzt können Sie mit Mrs. Large reden«, versicherte ich ihr. »Sie ist hinten im Flur – bei Jonas im Zimmer.«

»Ich will sie aber nicht bei irgendwas Lebenswichtigem stören.«

»Das tun Sie nicht«, entgegnete ich. »Warten Sie ein Sekündchen, ich hole sie ans Telefon.«

»Ich habe aber nicht den ganzen Tag Zeit, Mrs. H.!«

Mit dieser Mahnung im Ohr unterrichtete ich Mrs. Large rasch, daß Mrs. Malloy am Telefon auf sie warte, und für den Bruchteil einer Sekunde hellte sich ihre besorgte Miene auf. Ihr schien tatsächlich eine Last auf der Seele zu liegen, wahrscheinlich war ihr auch deshalb Jonas' geliebter Spiegel aus den Händen gerutscht. Doch sie schüttelte den Kopf. Es verstieße gegen die Vorschriften des VPFVCFs, informierte sie mich, während der Arbeit private Telefonanrufe entgegenzunehmen, es sei denn, es handele sich dabei um eine Sache auf Leben und Tod.

»Aber mir macht es nicht das Geringste aus«, redete ich ihr zu. »Und Mrs. Malloy behauptet, es sei sehr wichtig.«

Es war zwecklos. Mrs. Large stand mit dem Kehrblech in der Hand so ehern vor mir wie die Eiche, der sie glich, und mir war, als hörte ich sie die Worte »Lieber Tod als Schande« murmeln, bevor ich erneut abzog, um ihre Antwort Mrs. Malloy auszurichten, die natürlich längst wieder eingehängt hatte. Vielleicht waren wir aber auch getrennt worden. Wieder ein kleiner Stolperstein des Lebens, dem ich zu jenem Zeitpunkt jedoch noch keine weitere Beachtung schenkte.

Kapitel Drei

Über die Fußböden wischen und den Schmutz aufnehmen, der sich beim Saubermachen von Decken und Wänden gesammelt hat.

Am darauffolgenden Sonntag hingen die Wolken am Himmel wie nasse Wolldecken, die jemand auf der Wäscheleine vergessen hat. Der Wind heulte und stöhnte, und der Regen rann in endlosen Bächen über die Fensterscheiben. Frühling – das war an jenem Tag genausoviel Wunschdenken wie Mrs. Malloys Rückkehr nach Merlin's Court. Wäre ich an diesem Morgen zur Kirche gegangen, hätte sich mir vielleicht eine positivere Lebenseinstellung vermittelt. Aber ich hatte mich schon beim Aufwachen schlaff und irgendwie daneben gefühlt, und nachdem ich meine Handtasche verlegt, wiedergefunden und erneut verlegt hatte, schlug Ben vor, daß ich vielleicht doch besser zu Hause bliebe, um zur Abwechslung ein bißchen Frieden und Ruhe zu genießen, und zwar ohne ihn und die Kinder. Das ist das Problem mit Ehemännern. Wenn sie merken, daß man schusselig wird, wollen sie plötzlich helfen, und als nächstes landet man dann in der Hölle.

Zum Glück gab es aber etwas, aufgrund dessen ich mich heilig fühlen konnte. Ich hatte es nämlich fertiggebracht, das Innenleben der Küchenschränke zu sortieren und zu reinigen. Die Schrankbretter waren frisch ausgeschlagen, und jedes Stück Glas und Porzellan war dermaßen poliert, daß sich Schneewittchens böse Stiefmutter darin hätte spiegeln können. Apropos Spiegel, Jonas war wegen Mrs. Larges Ungeschick genauso außer sich geraten, wie ich erwartet hatte. Ich hatte ihm nichts gesagt, bis sie wieder gegangen war, und das war auch besser so gewesen, denn er hatte wie ein Wilder getobt und Verwünschungen ausgestoßen, nach denen sie wahrscheinlich nie mehr wieder aufgetaucht wäre, wenn sie sie gehört hätte. Und das wäre schade gewesen, denn sie hatte ihre Arbeit ansonsten ganz tadellos gemacht. Jonas hatte sich endlos über die sieben Jahre Unglück ausgelassen (einschließlich Heuschreckenplagen und Überschwemmungen) und dabei immer wieder von vorn angefangen und gesagt, daß diese Frau Quadratlatschen hätte und keinen Schritt mehr in sein Zimmer setzen dürfe. Er erwähnte jedoch mit keinem Wort, daß der Spiegel ein Geschenk seiner Mutter gewesen war – und das machte es besonders schlimm für mich.

Ben hatte Jonas eine erste Tasse Tee ans Bett gebracht. Nachdem ich es bis zur Küche geschafft und die frisch gebügelten Vorhänge an den Fenstern bewundert hatte, butterte ich jetzt für ihn ein paar Scheiben Toast und gab einen Löffel Honig auf ein Tellerchen. Jonas aß für sein Leben gern Honig. Seine Mutter hatte selbst Bienen gezüchtet. Ich hatte plötzlich das Bild vor Augen, wie er als kleiner Junge im Matrosenanzug draußen herumgesprungen war. Dann stellte ich den Tee und ein kleines Glas Orangensaft auf ein Holztablett und beschloß, ihm alles hoch in sein Zimmer zu bringen.

Nachdem ich oben ein paarmal mit dem Ellbogen gegen die Tür gepocht und keine Antwort erhalten hatte, stieß ich die Tür auf und machte einen vorsichtigen Schritt über die Holzdielen auf den weinroten Teppich, der sich eigenartigerweise mit den fliederfarbenen Rosen auf der Tapete vertrug – vielleicht weil weder von dem einen noch von dem anderen noch viel zu sehen war. Jonas hatte sein Zimmer mit Krempel vollgestellt, als unterhielte er eine Missionstelle für obdachlose Möbel – einen altmodischen Kleiderschrank, dann etliche Kommoden, die aus der Zeit der Jahrhundertwende stammten, dahinter schlossen sich mindestens vier kleine Regale an, vollgestopft mit zerlesenen Büchern, und zwischendrin standen noch ein paar Stühle, auf

denen sich wiederum Bücherberge, Zeitungsstapel und Schuhkartons mit irgendwelchem Krimskrams türmten.
Ich schlängelte mich zu dem massiven Mahagonibett durch, in dem Jonas schlief, und trug dabei das Tablett wie eine Balancierstange vor mir her. So still, wie sich Jonas' Körper unter der Dekke abzeichnete, und so reglos, wie die Hand halb offen auf dem Bettuch lag, befürchtete ich für einem Moment, er wäre schon tot. Doch dann gab er einen Laut von sich, der irgendwo zwischen Seufzen und Schmatzen angesiedelt war, und ich wußte, daß er noch unter den Lebenden weilte.
Ich stellte das Tablett auf einem Stuhl ab und setzte mich vorsichtig auf den Bettrand. Wieder einmal wurde mir bewußt, wie sehr ich Jonas liebte. Natürlich liebte ich vor allem meinen wunderbaren Ehemann und meine zwei süßen kleinen Kinder, aber das Herz des Menschen hat immer noch ein paar Nischen frei für Menschen, um die es sich lohnt. Wenn ich nicht das Kribbeln eines herannahenden Niesens gespürt hätte, hätte ich dort sicher noch weitere Minuten verharrt wie eine Grabfigur. Aber Jonas mit einem Fanfarenstoß aufzuwecken, hätte seine Lebenserwartung sicher nicht gerade verbessert. Ich erhob mich also sachte von der Bettkante, nahm das Tablett wieder auf und ging auf Zehenspitzen in die Küche zurück, wo Ben gerade durch die Hintertür hereintrat. Er sah in seinem schönen, neuen Regenmantel aus, als sei er einem Katalog für Sport- und Freizeitmoden entstiegen.
»Es geht doch nichts über eine brave, aufmerksame Ehefrau«, sagte er mit einem Blick auf das Tablett.
Ich lächelte ihn liebenswürdig an. »Tut mir leid, das war das Frühstück für Jonas, aber er hat noch geschlafen, als ich hochkam. Und ich wollte es nicht stehenlassen, damit er später nicht denkt, ich hätte mir die ganze Mühe umsonst gemacht. Wie wäre es also mit einer Tasse lauwarmen Tee und einer Scheibe Toast?«
»Vielen Dank, mein Schatz, aber ich habe nach dem Gottes-

dienst im Gemeindehaus schon Kaffee und Plätzchen bekommen.«

»Wie reizend«, sagte ich. »Wo sind Abbey und Tam?«

»Oh, die!« Ben knöpfte sich den Regenmantel auf, der ziemlich feucht aussah, vor allem auf den Schultern. »Ich habe sie in die Sammelbüchse gesteckt. Die Predigt war ein bißchen langweilig, aber Tam hat für Abwechslung gesorgt, indem er sich ausgesprochen danebenbenahm. Er ist unter den Bänken herumgekrochen und hat den Frauen in der ersten Reihe unter die Röcke geschielt.«

»Und was hast du *tatsächlich* mit meinen Kindern gemacht?« Ich griff nach dem Brotmesser, eigentlich nur, um es abzuwischen, aber Ben tat so, als fürchte er sich und wich hinter eine der offenen Schranktüren zurück.

»Diese nette Frau, Clarice Whitcombe, die vor kurzem in das Crabapple-Tree-Häuschen gezogen ist, hat ein unglaubliches Getue um die Zwillinge gemacht, und bei den Kindern war es offensichtlich Liebe auf den ersten Blick. Als sie mich fragte, ob sie die beiden mit zu sich nehmen, ihnen Mittagessen geben und sie bis zum Nachmittag bei sich behalten dürfe, waren die Zwillinge begeistert. Ich dachte, es würde dir nichts ausmachen. Dann hast du noch ein wenig Zeit für dich, denn ich muß in« – er warf einen Blick auf seine Armbanduhr – »einer halben Stunde an die Arbeit.«

Ich starrte ihn an. »Ben, wir wissen absolut nichts über Miss Whitcombe!«

»Ich dachte, du hättest schon mehrmals mit ihr gesprochen und sie hätte dich um deinen Rat bei der Einrichtung ihres Hauses gefragt.«

»Das stimmt, und ich finde sie auch sympathisch, aber sie könnte trotzdem ein Mensch sein, der andere mit Messern zerstükkelt oder mit Hexenflüchen belegt oder sonst irgend etwas Niederträchtiges tut.«

»Was man letztlich von fast jedem in Chitterton Fells behaupten

könnte. Ich finde zwar auch, daß Eltern ihre Kinder beschützen müssen, aber ist denn wirklich etwas dabei, wenn sie mal einen Nachmittag bei einer netten älteren Dame verbringen? Aber bitte, wenn du dich unbedingt verrückt machen willst« – Ben gab mir einen Kuß, ehe er den Regenmantel wieder zuknöpfte –, »dann ziehe ich eben los und hole sie wieder ab.«
»Laß gut sein.« Ich lächelte tapfer. »Ich hole sie, wenn du weg bist. Meine Nerven lassen mich im Stich, das ist alles. Vielleicht liegt es an Jonas. Als ich gerade bei ihm oben war, hatte ich plötzlich Angst, er wäre schon tot. Nicht daß ich abergläubisch bin, aber die Sache mit dem zerbrochenen Spiegel scheint sich mir irgendwie aufs Gemüt gelegt zu haben.«
»Du bist einfach erledigt«, kam die liebevolle Antwort. »Du hast dich mit deiner Putzorgie übernommen. Außerdem ist dir der Abschied von Mrs. Malloy an die Nieren gegangen. Warum rufst du sie nicht an und plauderst ein wenig mit ihr? Danach geht's dir bestimmt wieder besser.«
»Das mache ich ja manchmal, aber sie bleibt nie länger als ein paar Minuten an der Strippe. Immer muß sie gleich wieder los, um nach dem Baby zu sehen. Ich habe dir doch erzählt, daß sie neulich eingehängt hat, bevor ich ihr sagen konnte, daß Mrs. Large nicht ans Telefon kommen will. Und als ich sie wieder angerufen habe, hat sie mich zur Schnecke gemacht, weil sie wegen des Klingelns beinahe die kleine Rose hätte fallen lassen.«
Ben schüttelte den Kopf. »Meiner Meinung nach hat sie einen Fehler begangen, als sie zu George und Vanessa gezogen ist, aber wir wissen ja, wie sie ist. Wenn Mrs. Malloy sich etwas in den Kopf gesetzt hat, bringen sie keine zehn Pferde mehr davon ab.«
Ich stieß einen Seufzer aus. »Und trotzdem ist da etwas faul – und zwar etwas Schlimmeres als das Zusammensein mit Vanessa. Roxie Malloy ist so neugierig wie sonst kaum jemand. Normalerweise hätte sie nur der elektrische Stuhl davon abgehalten,

am Telefon zu bleiben, um rauszukriegen, was Mrs. Large auf dem Herzen hatte.«
»Mrs. Malloy hat bestimmt später noch bei ihr zu Hause angerufen«, sagte Ben leichthin. »Und dann werden sie sich in aller Ruhe ausgequatscht haben.«
»Womit du wahrscheinlich recht hast.« Ich rang mir ein Lächeln ab. »Was immer Mrs. Large zu schaffen macht, ist hoffentlich nur halb so wild. Ich will nicht, daß ihr beim nächsten Mal noch mehr aus den Händen fällt. Es sei denn, sie zerdeppert ein paar von den Raritäten, die ich beim Ausräumen der Schränke hervorgegraben habe.«
Als ich in die dunklen Ecken abgetaucht war, wo sich seit Urzeiten keine Hand mehr hin verirrt hatte, war ich auf einige ausgesprochen häßliche Teile gestoßen – Dinge, die man zur Hochzeit geschenkt bekommt und tunlichst verlegt, nachdem man sich bedankt hat. Oder, schlimmer noch, Sachen, die man sich selbst antut, wenn man einkaufen geht und den Verstand zu Hause läßt. Es gibt ja solche Tage, an denen man meint, daß einem das Kleid aus dem Schaufenster in Größe sechsunddreißig paßt, und die kleine Elefantengruppe aus nachgemachtem Elfenbein, samt schwarzen Satinsätteln und kleinen Bommelchen, sich gut auf dem Kaminsims machen würde.
»Woran denkst du gerade?« fragte Ben.
»Daß ich von jetzt an nicht nur sparsam, sondern richtig geizig sein werde.« Ich sonnte mich einen Augenblick lang in meiner Tugendhaftigkeit. »›Sparst du in der Zeit, so hast du in der Not‹, lautet meine neue Devise. Vielleicht mache ich sogar meine Putzmittel selbst. Erinnerst du dich an das Buch, das ich neulich auf dem Speicher entdeckt habe – das von Abigail? Ich glaube, ich rolle mich heute nachmittag damit auf dem Sofa zusammen und sehe mal nach, was man ohne Chemiekurs nachbrauen kann.«
»Das tust du aber nicht, weil du dir Sorgen um das Restaurant machst, oder?« Die Doppelfalte, die auf Bens Stirn entstand,

paßte zu der am Kragen seines Regenmantels. »Hat dich Freddy mit seiner Liebe zum Dramatischen etwa schon zum Schlottern gebracht? Vielleicht siehst du uns schon Streichhölzchen verkaufen, damit wir etwas zu essen haben.«

»Sag mir lieber, wieviel Sorgen du dir machst. Das ist alles, was ich wissen will, Liebling.« Ich betrachtete ihn forschend und erschrak, als ich erkannte, wie bedrückt er mit einem Mal wirkte. Wenn jemals jemand so aussah, als wappne er sich für einen Schicksalsschlag, dann war es mein Mann just in diesem Augenblick.

»Das ist gar nicht mein Regenmantel«, murmelte er, betastete seine Vorderseite und stocherte mit den Händen in den Taschen herum.

»Was in aller Welt erzählst du da?«

»Ich habe meinen während des Gottesdienstes ausgezogen, weil es in der Kirche so stickig war, und ihn über die Rückenlehne der Kirchenbank gelegt. Jetzt, wo ich darüber nachdenke, fällt mir ein, daß Brigadegeneral Lester-Smith neben mir dasselbe getan hat. Sein Mantel hat dieselbe Farbe wie meiner. Verdammt! Ich muß mir den falschen geschnappt haben.« Bens blaugrüne Augen schauten ganz entsetzt, und das war mit Sicherheit nicht gespielt. Der Brigadegeneral war ein ausgesprochen pingeliger Mensch, der auch da Knitterfalten sah, wo es gar keine gab.

»Bist du sicher, daß du den falschen gegriffen hast?« Ich gab mir Mühe, nicht zu lachen. »Der hier sieht genauso aus wie deiner.«

»Die Manschetten.« Ben streckte die Arme vor. »Hier ist noch ein zweiter Knopf. Und sieh mal.« Er schlug die Vorderseiten zurück. »Das Futter ist ganz anders. Das hier ist braun. Meines hat ein grün-blaues Schottenkaro.«

Ich fuhr mit den Händen über die feuchten Schultern. »Kein Grund zur Panik, Liebling. Ich glaube nicht, daß Brigadegeneral Lester-Smith jetzt schon bei der Polizei sitzt und tobt, daß man dich verhaften soll. Es ist ja auch denkbar, daß er derjenige war, der *deinen* Mantel genommen hat. Offensichtlich hat er den Irrtum auch nicht bemerkt, denn sonst hätte er bestimmt etwas gesagt, als ihr gegangen seid.«

»Irgendwie komisch, nicht?« Ben wirkte jetzt eher verwundert als besorgt. »Der Brigadegeneral ist doch sonst so genau – wieso hat er das nicht gleich bemerkt? Aber es ist sein Mantel, daran besteht überhaupt kein Zweifel. Schau nur.« Wieder klappte er die Vorderseiten zurück. »Da stehen seine Initialen – W.L.S.«

»Das sieht ihm tatsächlich nicht ähnlich«, gab ich zu. »Aber vielleicht hatte der Herr General seinen Kopf heute woanders. Soll ich ihn anrufen und dafür sorgen, daß die Mäntel wieder dahin kommen, wo sie hingehören?«

Dieser Vorschlag schien Bens Stimmung zu heben. Dann sagte er mit einem Blick auf die Küchenuhr, daß er nun wirklich los müsse, auch wenn Freddy da wäre, um darauf zu achten, daß sich niemand mit dem Gebäude aus dem Staub mache. Er zog mich an sich, küßte mich mit der Hingabe eines Mannes, den man gerade aus einem Schiffswrack gezogen hat, und war schon fast aus der Tür, als er auf dem Absatz wieder kehrtmachte und den Regenmantel des Brigadegenerals mit dem abgewetzten blauen Mantel vertauschte, der in der Nische hing.

Männer sind eigenartige Wesen. Sie können ganze Regierungen auseinandernehmen und neu zusammensetzen, Weltkarten umzeichnen und Kriege planen, als wären es Golfrunden – und wenn es sein muß, passiert das alles an nur einem einzigen Nachmittag. Aber wenn es darum geht, Rasierschaum umzutauschen, weil der weder geschäumt noch sonst einen Mucks von sich gegeben hat, oder, wie in diesem Fall, den Hörer in die Hand zu nehmen, um ein einfaches Mißverständnis aufzuklären, fangen sie an zu flattern und werden plötzlich kopfscheu.

Ich wußte die Nummer des Brigadegenerals auswendig. Er war ebenso wie ich Mitglied im Bibliotheksverein und regelmäßiger Teilnehmer bei den Zusammenkünften der Salongesellschaft. Außerdem hatte ich ihm bei der Einrichtung seines Hauses in der Herring Street geholfen, das sich zwei Häuser neben dem von Mrs. Malloy befand. Der Brigadegeneral – ein Mann, der exakt nach der Uhr lebte – aß jeden Sonntag punkt zwölf zu Mittag. Aber erst als das vierte oder fünfte Klingeln im Dröhnen unserer Standuhr unterging, wurde mir klar, daß es gerade Mittag war, und ich sehr rücksichtlos vorging. Doch just als ich den Hörer wieder auflegen wollte, ertönte seine Stimme an meinem Ohr.

»Hier Walter Lester-Smith.« Er klang gehetzt.

»Brigadegeneral, hier ist Ellie Haskell.« Ich mußte schreien, um die Glockenschläge der Standuhr zu übertönen. »Bitte entschuldigen Sie die Störung –«

»Kein Problem.« Ich hörte, wie er heftig atmete. »Sie haben mich nicht gestört.«

»Es war furchtbar unbedacht, so einfach in Ihr Mittagsmahl zu platzen.«

»Mittagsmahl?« Er sagte das in einem Ton, als handele es sich dabei um ein Fremdwort. »Nein, nein, Ellie, ich habe noch nicht einmal mit den Vorbereitungen begonnen, von essen kann überhaupt noch keine Rede sein. Sie sind in gar nichts geplatzt.«

Seine Beteuerungen klangen so eigenartig, daß ich neugierig wurde und eigentlich ganz gern gewußt hätte, warum der Brigadegeneral so aus dem Tritt geraten war. Aber ich wollte nicht aufdringlich sein. Er war in vieler Hinsicht ein sehr diskreter Mensch und das galt es zu respektieren. Immerhin war er ein Freund. Also fing ich gleich eifrig an zu erzählen, daß Ben mit dem falschen Regenmantel nach Hause gekommen ... aber er würgte mich mitten im Satz ab. Dies sah ihm nun erst recht nicht ähnlich. Brigadegeneral Lester-Smith legte größten Wert darauf, Frauen ausreden zu lassen, wenn es sein mußte, auch eine geschlagene Woche lang.

»Dann werde ich wohl Bens Mantel haben, Ellie. Ist mir noch gar nicht aufgefallen.« Und das bei einem Mann, dem die Leute nachsagten, er sei mit seiner Kleidung verheiratet! »Machen Sie

sich keine Sorgen. Ich bringe ihn wieder zurück. Wenn es Ihnen paßt, gleich heute Nachmittag.« Der Brigadegeneral hielt inne und schnappte nach Luft. »Meine Güte!« rief er dann, in höchstem Maß aufgebracht. »Ich bin schon zehn Minuten über die Zeit. Wir unterhalten uns später weiter, Ellie!« Damit warf er den Hörer auf die Gabel und ließ mich in der Luft hängen. Ich hatte keinen Dunst, wovon er geredet hatte.
Leider blieb mir auch keine Zeit, weiter darüber nachzudenken, denn als ich aufsah, erblickte ich Jonas, der die Treppe heruntergestapft kam. Er sah aus, als sei ihm eine Laus über die Leber gelaufen. Schnurrbart und Augenbrauen sträubten sich wild in alle Richtungen, und das Treppengeländer packte er so grimmig, als sei es ein Arm, in den er kneifen wolle.
»Was denkst du dir eigentlich, Ellie?« fuhr er mich an, als er die unterste Stufe erreicht hatte. »Mich den ganzen Tag über schlafen zu lassen! Ich kann mich noch lang genug ausruhen, wenn ich unter der Erde liege.«
»Es ist Sonntag«, hielt ich ihm entgegen. »Jeder Mensch, außer dem Pfarrer, hat heute das Recht, ein bißchen länger im Bett zu bleiben. Komm, ich mache uns was zu essen. Ben ist ins Restaurant gegangen, und die Kinder sind in der Nachbarschaft bei Miss Whitcombe.«
»Wer ist denn das schon wieder?« Jonas folgte mir durch die geflieste Eingangshalle in die Küche. »War die früher mal Kindermädchen und kann ohne so kleine Stimmchen um sich herum nicht mehr leben?«
»Keine Ahnung, was sie früher gemacht hat,« erwiderte ich. Falls ich mich ein wenig schroff anhörte, dann nur deshalb, weil ich mich selbst schon zum wiederholten Mal gefragt hatte, ob es richtig gewesen war, Abbey und Tam in Miss Whitcombes Obhut zu lassen.
»Weißt du was, ich glaube, ich gehe sie lieber holen«, sagte ich, nachdem ich Jonas eine Tasse Tee und einen Käsesandwich gemacht hatte. »Wahrscheinlich ist Miss Whitcombe sowieso

schon an dem Punkt, an dem sie liebend gern auf die beiden verzichten wird. Außerdem wollte Tam sich unbedingt eine Fernsehsendung anschauen, die in einer Stunde beginnt. Löwen in Afrika, oder so etwas in der Art.«

»Na prima, dann darf ich bestimmt wieder meinen Safarihut überstülpen und so tun, als wären wir Wildhüter, die sich die Moskitos auf den Armen totklatschen.« Jonas klang immer noch mürrisch, aber an der Art, wie seine Augenbrauen zuckten, erkannte ich, daß das Schlimmste ausgestanden war.

Ich gab ihm einen Schmatz auf die Wange, schnappte mir eine alte Jacke vom Haken in der Nische neben der Hintertür und eilte über den Hof zu den ehemaligen Stallungen, wo wir die Autos unterstellten. Ben hatte die zuverlässigere der beiden Kisten genommen und das steinalte Kabriolett zurückgelassen, dessen Scharniere schon vor ewigen Zeiten so eingerostet waren, daß das Verdeck nicht mehr zuzuklappen war. Der Wagen hatte zudem die unangenehme Eigenschaft, häufig mitten auf der Straße stehenzubleiben, um die Aussicht zu genießen, vor allem, wenn sich hinter ihm ein paar Lastwagen stauten und hupten.

Es regnete nicht, obwohl der Himmel so weinerlich aussah, als ob er bei dem geringsten Anlaß loslegen würde. Ich beschloß, zu Fuß zu Miss Whitcombes Haus zu gehen. Als ich auf der Cliff Road angekommen war, wandte ich mich nach rechts und kam nach wenigen Minuten an der Kirche St. Anselm mit dem normannischen Turm und dem Friedhof mit den halbversunkenen, moosbedeckten Grabsteinen vorbei. Von da aus waren es nur noch ein paar Schritte bis zur Hawthorn Lane, an deren Ende sich das Crabapple-Tree-Häuschen befand. Es war ein entzückendes Anwesen, eins der wenigen reetgedeckten Häuser, die in Chitterton Fells noch standen. Violette und gelbe Stiefmütterchen säumten den Weg zur Eingangstür, und an einem Ast vor dem Fenster mit dem schmiedeeisernen Gitter hing ein Vogelhäuschen.

An der Tür gab es keine Klingel sondern nur einen Messingklopfer in Form eines kleinen walisischen Trachtenmädchens. Er brachte ein zartes Pochen zustande, das ich noch einmal wiederholte, nachdem ich eine geschlagene Minute lang draußen auf der Treppe gestanden hatte. Eine zerzauste graue Katze kam um die Hausecke geschlichen und stieß ein klägliches Miau aus, aber drinnen herrschte tiefes Schweigen, bis endlich Schritte näher kamen und ich hörte, wie der Riegel zurückgeschoben wurde.

»Mrs. Haskell! Treten Sie ein!« Miss Whitcombe stand in der Diele, überflutet vom Licht einer Deckenlampe, die für den engen Raum viel zu groß war, genau wie der rustikale Tisch neben der Abseite der Treppe und die beiden Bauernstühle, die sich vor der offenen Küchentür gegenüberstanden. Miss Whitcombe selbst paßte jedoch perfekt zu ihrem Haus. Sie hatte sich nett zurechtgemacht, trug die Haare hübsch frisiert und erweckte alles in allem den Eindruck einer Frau, die in ihrem Leben nie etwas anderes als vernünftige Schuhe trägt und Wäsche kauft, deren Farbe nicht färbt. Aber das Schönste an ihr war das Lächeln. Als sie mich zu sich hereinwinkte, leuchtete es über ihr ganzes liebes Gesicht – zusammen mit der Lampe eigentlich sogar über die ganze Diele.

»Ach, war das schön, die Kinder hier zu haben! Da haben Sie aber wirklich ein paar süße Spätzchen! Tam ist ein richtiger Lausbub, und Abbey dagegen so sanft wie ein Engelchen. Wir waren gerade im Eßzimmer, als ich den Klopfer gehört habe. Die Kinder haben Roastbeef gegessen und Yorkshirepudding mit zwei Gemüsesorten, und anschließend haben sie sich noch über einen großen Teller mit Apfelkuchen und Eis hergemacht. Sie bleiben doch sicher noch ein wenig, Mrs. Haskell, oder?« Sie beugte sich hinunter, um die graue Katze hochzunehmen, die sich hinter mir ins Haus gedrückt hatte. »Ich bin ja noch neu in der Gegend und bekomme nicht viel Besuch, außer von Fräulein Grau, die zwei Häuser weiter wohnt und ab zu hereinschneit, um auf ihre Mahlzeit zu pochen« – sie kraulte den Katzenkopf mit einer ringlosen Hand – »und manchmal, ganz selten, kommt Walter Lester-Smith vorbei, um irgendwelche Angelegenheiten der Salongesellschaft zu besprechen, der ich ja, wie Sie sicher wissen, kürzlich beigetreten bin.«

»Ich habe gehört, daß Sie Mitglied geworden sind«, bestätigte ich. »Obwohl ich es zu der letzten Zusammenkunft nicht geschafft habe. Aber am kommenden Dienstag morgen bin ich dabei, wenn wir uns bei Vienna und Madrid Miller treffen. Es wäre prima, wenn dann so viele wie möglich anwesend wären.«

Ich hatte den Eindruck, daß Miss Whitcombe mir nicht zuhörte. Sie ließ die Katze aus den Armen springen, schaute an mir vorbei und sprach dann mit einer Stimme, die weitaus weniger von Vernunft geprägt zu sein schien als beispielsweise ihr Schuhwerk.

»Ich sage natürlich nicht Walter zu ihm, Mrs. Haskell. Bitte glauben Sie mir, daß ich keineswegs irgendwelche Vertraulichkeiten andeuten wollte. Er ist bei all unseren Begegnungen nie etwas anderes als Brigadegeneral Lester-Smith, und wenn ich daran denke, was für ein Gentleman er ist, dann wäre es ihm sicher ganz entsetzlich« – die Röte stieg ihr in die Wangen –, »furchtbar entsetzlich, wenn er auch nur einen Moment lang annehmen müßte, daß ich hier und da den Eindruck erweckte, daß wir uns beim Vornamen nennen. Wenn Sie so freundlich sein wollen und dieses kleine Versehen unerwähnt ließen ...«

»Von mir erfährt es keine Menschenseele«, versprach ich ihr.

»Vielen Dank, meine Liebe.« Miss Whitcombe drückte meine Hand mit offensichtlicher innerer Bewegung. »Gerüchte sind so schnell in die Welt gesetzt, und wenn ein Mann alleinstehend ist und so vornehm und gutaussehend wie der Brigadegeneral – nun, Sie wissen sicher, was ich meine.« Ihr Gesicht war mittlerweile tomatenrot. »Es wäre mir äußerst unangenehm, wenn er glauben müßte, daß ich unsere kurze Bekanntschaft mißverstehe, oder wenn er annähme, es gäbe auch nur die kleinste Möglichkeit, daß sie zur Freundschaft ... erblüht.«

»Da machen Sie sich bestimmt ganz unnötig Gedanken«, versicherte ich ihr. Sie hatte ihr besorgtes Gesicht von mir abgewandt, aber es wurde von dem eichengerahmten Wandspiegel erfaßt, der, wie all die anderen Möbel, offenbar in der Annahme gekauft worden war, daß die Diele in absehbarer Zeit etliche Nummern wachsen würde. Doch als sie sich straffte und mir wieder ins Gesicht sah, war ihr Lächeln zurückgekehrt.

»Das Dumme, wenn man allein lebt, ist, daß man drauflosplaudert, sobald sich die Gelegenheit ergibt. Aber meine Mutter war genauso. Vielleicht ist es erblich. Obwohl ich nie geredet habe, als meine Eltern noch da waren. Wann denn auch? Als ich mit der Schule fertig war, mußte ich den Haushalt übernehmen. Meine Mutter konnte sich nie damit anfreunden. Und meine Eltern hätten ebensogut auf einer einsamen Insel leben können, denn sie hatten immer nur Augen für sich selbst. Die reinsten Turteltauben – bis zum Ende.«

»Sie sind noch nicht lange tot?« wollte ich wissen.

»Seit sechs Monaten.« Miss Whitcombe stand steif vor mir, Hände an der Rocknaht. »Meine Mutter war leidend und mit Schmerzen hat sie nicht gut umgehen können. Eines Abends haben sie und Daddy eine Überdosis Schlaftabletten genommen – nach einem trauten Nachtmahl im Kerzenschein. Es war für beide der beste Ausweg. Er hätte ohne sie gar nicht existieren können.«

»Haben Sie sie gefunden?«

»Am Morgen danach.«

»Das muß ein fürchterlicher Schock gewesen sein!«

»Oh ja«, sagte sie und rührte sich. »Aber das Leben geht weiter. Am Anfang habe ich mich wie eine Verräterin gefühlt – das Haus verkauft und das meiste der Möbel, aber ich wußte, wenn ich nicht sofort neu anfange, dann schaffe ich es nie mehr. Über kurz oder lang wäre ich eine dieser exzentrischen alten Frauen geworden, die nur für ihre Katzen lebt.«

»Ich bin sicher, daß Sie eine sehr gute Tochter waren«, sagte ich lahm.

Clarice Whitcombe ließ ihren Blick an sich hinabwandern. »Nun«, begann sie, »es war ja nicht so, als hätte ich besondere Talente gehabt. Keine großen Geistesgaben, keine künstlerischen Fähigkeiten, wie bei so manch anderem Menschen.«
»Wie ich sehe, besitzen Sie aber ein Klavier.« Durch die offene Wohnzimmertür hatte ich einen Flügel erspäht. »Haben Sie das von zu Hause mitgebracht?«
»Oh ja, meine Mutter konnte sehr schön spielen.«
»Und Sie – spielen Sie auch?«
»Ja schon – aber mir hat es immer an der Zeit gefehlt ... richtig zu üben.« Ihre Wangen überzogen sich wieder mit einem rosigen Hauch. »Und seit kurzem ist es auch wieder nicht möglich.« Sie umklammerte ihr Handgelenk. »Eine Sehnenscheidenentzündung, nicht sehr schmerzhaft, doch der Arzt sagt, jede Anstrengung könne den Zustand verschlimmern.« Sie wich meinem Blick aus, aber ich konnte mir beim besten Willen nicht vorstellen, warum man bei einem so harmlosen Thema lügen sollte. »Die Kinder!« rief sie plötzlich. »Ich glaube, wir gehen besser mal zu ihnen.«
»Ich habe auch nie lange Ruhe, wenn sie allein sind«, stimmte ich zu und folgte ihr durch die Diele. »Vor allem Tam fallen immer die aberwitzigsten Sachen ein. Ich hoffe, daß sie sich nicht gerade mit Messer und Gabel ein Duell liefern.«
»Möchten Sie vielleicht auch eine Kleinigkeit essen? Wenn ich etwas wirklich gut kann, dann ist es kochen.« Clarice Whitcombe stieß bei diesen Worten die Tür zum Eßzimmer auf. »Es gibt so vieles, was ich Sie gern fragen möchte in bezug auf die Einrichtung. Wie schon gesagt, ich habe keinerlei künstlerische Begabung, aber ich möchte, daß das Haus einladend wirkt. Die Möbel passen hier nicht hin, das sehe ich sogar –« Sie brach ab. Aber nicht weil Abbey und Tam gerade ein paar lustige Ideen in die Tat umsetzten.
Mein kleines Mädchen saß am Tisch und löffelte artig Apfelkuchen und Eis in sich hinein. Von ihrem Bruder war weit und

breit keine Spur zu sehen, obwohl sein Teller blitzblank leer gegessen war.
»Hallo, Mummy.« Abbey strahlte mich an. »Tam ist nach Hause gegangen.« Sie kniete sich auf den Stuhl und beschrieb mit dem Löffel einen Kreis in Richtung Terrassentür. Durch sie gelangte man auf einen Pfad, der am Haus vorbei zur Straße führte. »Es war böse von ihm, Miss Whitcombe nicht auf Wiedersehen zu sagen, nicht wahr? Ich hoffe, er fällt nicht ins Meer.« Bei den letzten Worten klang sie allerdings etwas besorgt.
Ich war kurz vor einem hysterischen Anfall. Wie konnte er einfach nach Hause gegangen sein? Er war erst drei Jahre alt.
»Oh mein Gott, ich hätte die beiden mitnehmen müssen, als ich an die Tür kam.« Miss Whitcombe rang sichtlich um Fassung. »Wie furchtbar, daß ich Sie mit meinem Geschwätz aufgehalten habe. Aber da hilft jetzt kein Jammern. Schnell – laufen Sie Ihrem kleinen Jungen nach, Mrs. Haskell, ich behalte Abbey bei mir, bis Sie ihn gefunden haben.«
Sie nahm mein Töchterchen in die Arme, während ich ins Freie stürzte und vor der Tür hin und herschwankte wie ein Rohr im Wind. Welche Richtung sollte ich einschlagen? Hatte Tam die Abkürzung hinter dem Haus durch das dunkle Wäldchen genommen? Oder war er den längeren, aber geraden Weg entlang der Cliff Road gewandert? Ich kam zu dem Schluß, daß letzteres eher der Fall war, und schaffte es, die Füße vom Boden zu heben, obwohl sie sich anfühlten, als seien sie dort vor Jahren festgewachsen.
»Tam, Liebling!« schrie ich im Laufen. »Kannst du mich hören? Gib Mummy eine Antwort!« Ich schlingerte um die Ecke der Hawthorn Lane und kämpfte mit jenen widerstreitenden Gefühlen, die jede Mutter irgendwann einmal durchlebt. Zum einen schwor ich Gott, daß, wenn er mir meinen Jungen wiedergab, ich diesen mit Küssen überschütten und bis zu seinem vierzigsten Lebensjahr nicht mehr aus den Augen lassen würde. Zum anderen hatte ich das Bedürfnis, mein eigenes Kind zu

ermorden. Dann dachte ich, daß ich Clarice Whitcombe hätte bitten sollen, Ben zu benachrichtigen, aber danach war ich auch wieder froh, ihm die Panik erspart zu haben, die sich meiner bemächtigt hatte.

Es begann zu nieseln, und ich zitterte unter meiner dünnen Strickjacke. Es hätte nur noch gefehlt, daß ein Gewitter einsetzte und meine Rufe im Lärm des Donners untergingen. Wieder und wieder brüllte ich Tams Namen. Einmal antwortete eine Seemöwe mit einem so wilden Schrei, daß ich dachte, mir würde das Herz aussetzen. Ich stolperte weiter vorwärts und sagte mir ein übers andere Mal, daß Tam auf wundersame Weise sicher und geborgen zu Hause sitzen und auf mich warten würde. Bitte, lieber Gott, betete ich im Stillen, laß die schlimmen Auswüchse meiner Phantasie das sein, was nicht wahr ist!

Doch was, wenn Tam zu dicht an die Klippen geraten war? Sein Sturz hätte an einem der vorspringenden Felsbrocken enden können. Ich sah den kleinen zerschmetterten Körper vor mir, halb eingeklemmt in einer Felsspalte. Genauso furchtbar war jedoch der Gedanke, daß er geradewegs nach unten auf den schmalen Kiesstrand gestürzt war, der die Klippen vom Meer trennte. Wie gelähmt kroch ich jetzt im Schneckentempo über die Straße. Wenn Tam sich irgendwo vor mir befände, müßte ich ihn doch längst sehen! Er konnte das Crabapple-Tree-Häuschen nicht mehr als ein paar Minuten vor mir verlassen haben, und unter normalen Bedingungen konnte man ihn nicht unbedingt als passionierten Wanderer bezeichnen. Genaugenommen bestand er noch häufiger als Abbey darauf, getragen zu werden.

Ich war inzwischen vielleicht dreihundert Meter hinter der Kirche und schon heiser vom vielen Schreien, als ich hörte, daß jemand hinter mir herkam – allerdings handelte es sich dabei nicht um meinen Jungen, sondern um Madrid Miller, die erst kürzlich mit ihrer Schwester in Tall Chimneys eingezogen war.

»Mrs. Haskell!« rief sie mir zu. »Ich war auf dem Weg zu Ihnen, um Sie zu fragen, ob Ihr Gärtner sich irgendwann einmal unsere Bäume ansehen kann. Sie müssen dringend gestutzt werden, und ich säbele besser nicht einfach daran herum.« Sie hastete jetzt neben mir her. Offensichtlich registrierte sie nicht, daß ich mit den Gedanken woanders war, denn sie kam gleich anschließend darauf zu sprechen, daß sie und ihre Schwester ja das nächste Treffen der Salongesellschaft ausrichteten und ich Jonas dabei vielleicht im Auto mitbringen könnte, sie habe gehört, er sei schon in den Jahren. Ich blieb noch nicht einmal lange genug stehen, um sie anzusehen. Als ich Madrid Miller etwa sechs Wochen zuvor zum ersten Mal erblickt hatte, hatte ich gehässig gedacht, daß sie aussähe wie eine alternde Waldnymphe. Ihre braunen Haare hingen vom Mittelscheitel bis zur Taille, und sie hatte wässrige grüne Augen, die durch eine altmodische runde Brille in die Welt blinzelten. Das Ungebundene und Naturhafte in ihrem Wesen wurde zudem durch ein langes, erdfarbenes Wallegewand bekundet, geschmückt mit Reihen getrockneter Rosenblätter, die sie um den Hals gewunden hatte. Außerdem trug sie Gesundheitssandalen. Ich vermittelte ihr in gestammelten Wortfetzen und mit einer Stimme, die um einige Oktaven höher lag als normal, weshalb ich nicht stehenbleiben und mit ihr plaudern könne, doch das einzig Zusammenhängende, das ich zustande brachte, waren nur die Worte »Tam« und »verlaufen«.
»Na, da müssen Sie ja außer sich sein vor Angst und Schrecken!« Madrid Miller hielt trotz des Flip-Flops der Sandalen mit mir Schritt. »Sie Ärmste! Ich weiß noch, wie ich fast gestorben bin an dem Tag, als der Briefträger die Haustür aufgelassen hat, und meine Jessica auf die Straße gelaufen ist. Sie war damals noch winzig, und allein schon der Gedanke, daß man sie entführen oder überfahren oder – «
»Aber Sie haben sie doch wiedergefunden, oder nicht?« Ich blieb stehen und zwang mich, über den Rand der Klippen zu spähen.

»Einer der Nachbarn hat sie entdeckt und zurückgebracht.«
»Dem Himmel sei Dank!« Die Nachricht von Jessicas Rückkehr wirkte wie Balsam auf meine Seele. Ich wollte mich einfach verzweifelt an der Vorstellung festklammern, daß solche Vorfälle meistens ein glückliches Ende nehmen. Jahre später richtet die Mutter dann die Augen gen Himmel, stößt einen übertriebenen Seufzer aus und sagt: »Wenn ich noch daran denke, welche Angst ich damals ausgestanden habe!«
»Ja, das eine Mal hatten wir noch Glück.« Madrid Miller flipflopte abermals hinter mir her, als ich mich von den Klippen abwandte und weiterrannte.
»Das eine Mal?« Plötzlich kam ich nicht mehr von der Stelle – es war, als hätte mich das Jüngste Gericht in Menschengestalt ereilt.
»Wir haben unseren Liebling im zarten Alter von drei Jahren verloren.«
»Verloren?«
»Sie ist tot.«
»Oh nein, wie furchtbar!« Wie betäubt sah ich zu, wie der Regen oder die Tränen über ihr Gesicht liefen.
»Es ist jetzt dreizehn Jahre her.« Sie rückte sich die runde Brille zurecht. »Trotzdem kommt es mir vor, als sei es erst gestern gewesen. Es ging alles so schnell, und sie war noch so jung. Mein kleiner Schatz – Jessica! Meine Schwester war damals mein ganzer Trost. Vienna war immer die stärkere von uns beiden. Sie hat versucht, mir vor Augen zu führen, daß es Gottes Wille war. Aber was für ein Gott muß das sein« – Madrids Gesicht hatte sich verzerrt, und sie hatte die Schnüre mit den Rosenblättern zu einem Strick zusammengedreht – »bei dem mein Engel im Kindbett stirbt?«
»Im Kindbett?« Ich war so entgeistert, daß ich einen Augenblick lang sogar Tam vergaß.
»Im Prinzip ja. Es waren die Nachwirkungen.« Ihre Hände fielen kraftlos zur Seite. »Jessica hat Eklampsie bekommen – man bezeichnet das auch als Milchfieber.«

»Aber Sie haben doch gesagt, sie war erst drei Jahre alt!«

»Na und?«

Ich starrte sie mit offenem Mund an.

»Sie ist genau an ihrem Geburtstag gestorben. Ein wundervolles Hündchen.«

»Jessica war ein Hund?«

»Der liebste, süßeste, zutraulichste kleine Norfolkterrier, den es je auf dieser Welt gegeben hat. Was für eine Rasse ist Ihr Kleiner, Mrs. Haskell?«

»Es ist ein Junge … ein Menschenjunge«, schrie ich und stürzte weiter. »Ich suche meinen Sohn, Miss Miller!«

»Bitte nennen Sie mich Madrid!« Sie warf die Haare zurück, die im Regen noch länger wirkten, und keuchte ein wenig bei meinem Tempo. »Ich muß Sie falsch verstanden haben. Ich dachte, Sie hätten *Tam* gerufen, aber wahrscheinlich war es *Tom.*«

»Er heißt Tam. Es ist die Kurzform von Grantham, ein Name unserer Familie.«

»Tatsächlich? Ich hätte gewettet, es wäre die Kurzform von Tam o'Shanter. Wir sind mal gegen einen Hund mit diesem Namen angetreten. Dessen Großvater hatte zwar eine Goldmedaille, aber davon konnte man bei dem Enkel nichts merken. Hat sich ganz übel bei einem der Richter benommen. Bein gehoben und so weiter.«

Mir schlug das Herz bis zum Halse, als ich durch das Eisenportal von Merlin's Court schlüpfte und an Freddys Häuschen vorbei über die Auffahrt auf das Haus zulief. Es erinnerte mehr denn je an ein Märchenschloß, da über ihm ein Regenbogen stand, mit Farben so grellbunt leuchtend, als ob Tam ihn gemalt hätte. Bitte, bitte, lieber Gott, laß ihn drinnen sein!

»Wenn Ihr kleiner Junge ein Hund gewesen wäre«, meinte Madrid atemlos, »könnte man etwas gegen sein Weglaufen tun. Der Tierarzt kann eine Kennung injizieren. Es ist ganz einfach, wird nur gespritzt und tut nicht mehr weh als die anderen Spritzen, die die Tiere bekommen. Vielleicht gibt es so was auch für Kinder. Sie sollten sich mal erkundigen, Mrs. Haskell.«

Wir hatten den Hof überquert, und ich lief nun vor ihr her über die Brücke, die über den Wassergraben führte. Schneller wäre es durch die Vordertür gegangen – wenn ich meine Schlüssel dabeigehabt hätte. Aber da ich wußte, daß Jonas sich meistens in der Küche aufhielt und die Klingel oft beim ersten Mal nicht hörte, rannte ich hintenherum und wollte gerade die Tür aufstoßen, als sie von allein aufging und den Blick auf Freddy freigab und – mir schwanden vor Freude fast die Sinne – auf Tam, der offenbar auf dem Weg nach draußen war.

Kurz darauf war alles geklärt. Freddy war mit dem Motorrad vom Restaurant nach Hause gefahren. Auf dem Weg hatte er Tam entdeckt, der mutterseelenallein über die Cliff Road marschierte, und hatte ihn mitgenommen.

»Etwa auf dem Motorrad?«

»Nie und nimmer.« Freddys Grinsen schloß auch Madrid Miller mit ein, die neben mir stand. »Sonst hättest du doch einen Tobsuchtsanfall gekriegt. Wir haben das Motorrad schön vor der Kirche abgestellt, dann habe ich mir Tam auf die Schultern gesetzt, und in Nullkommanichts waren wir hier.«

»Ich mußte mal Pipi«, erklärte mein Sohn, während ich ihn umschlungen hielt. »Es tut mir leid, daß ich bei der Frau nicht auf dich gewartet habe. Hast du Angst gehabt?«

»Sehr große Angst!« Ich preßte ihn noch fester an mich. »Wir werden uns darüber noch unterhalten, sobald ich Miss Whitcombe angerufen und ihr gesagt habe, daß du wieder heil zu Hause gelandet bist. Sie hat sich genauso viele Sorgen gemacht wie Mummy, Tam.«

»Ich wollte der Frau aber nicht sagen, daß ich Pipi muß. Kann ich jetzt mit Jonas im Fernsehen die Löwen und Tiger sehen? Bitte!«

Ich konnte mir vorstellen, was Madrid Miller bei sich dachte. Wahrscheinlich, daß sie von Glück sagen konnte, es nur mit kleinen Hündchen zu tun zu haben. Sie war im übrigen eine echte Errungenschaft. Vielleicht würde es doch ganz amüsant werden, sie und ihre Schwester Vienna näher kennenzulernen. Na, bald würden wir uns ja zu einem gemütlichen kleinen Kaffeekränzchen bei ihnen treffen.

Kapitel Vier

Lackmöbel werden mit einem feuchten Tuch abgewischt. Alle anderen Möbelstücke werden abgestaubt und mit Öl eingerieben.

Jonas schäumte nicht gerade über vor Begeisterung, als ich ihn am Morgen vor dem Treffen der Salongesellschaft bat, mich zu den Geschwistern Miller zu begleiten. Er brummelte Sätze wie, daß er die Frauen gar nicht kenne und ob wir nicht schon selbst genug Bäume hätten. Aber ich blieb stur und fragte ihn, ob er denn keine Lust hätte, ein gutes Werk zu tun, Worte, die ich sofort bereute, als ich sah, daß er nachdenklich wurde und mir beipflichtete, er habe wohl tatsächlich einen Punkt im Leben erreicht, wo er es mit dem Vorsatz, seinen Nächsten zu lieben, genauer nehmen sollte.

Die Millers wohnten zwar nicht gleich um die Ecke, aber es war trotzdem nicht weit bis zu ihrem Haus, da es nur zwei, drei Biegungen hinter der Hawthorn Lane lag, in der Clarice Whitcombe ihr Zuhause hatte. Wäre Jonas nicht gewesen, hätte ich ohne weiteres zu Fuß gehen können. So aber nahmen wir das klapprige Kabrio, das sich jedoch zur Abwechslung benahm und uns nach Tall Chimneys schaffte, ohne besondere Mätzchen zu machen.

Ich war schon einmal dort gewesen, als noch die exzentrische alte Dame da wohnte, die wir die Frau in Schwarz genannt hatten. Damals war der Garten ungepflegt, und ein dichtes Gewirr von Ranken hatte die abgeblätterte Farbe an der Eingangstür überwuchert. Mittlerweile waren die Büsche jedoch gestutzt, der Rasen war gemäht, und ein paar Büschel mit Tulpen und Narzissen sorgten für die nötigen Farbtupfer. Trotzdem sah ich zu, daß ich dicht neben Jonas blieb, als ich den schweren Eisenklopfer hob. Es war albern, aber Tall Chimneys erinnerte mich immer an einen Menschen, der sich in Schale geworfen und ein lustiges Lächeln aufgemalt hat, um das Böse im Inneren zu kaschieren.

Als der Klopfer mit einem lauteren Knall landete, als ich beabsichtigt hatte, ertönte sofort Gebell aus zahllosen Hundekehlen. Die beiden Schwestern hatten hinter dem Haus, wo sich ein großes Wiesen- und Waldgelände befand, ihre Hundezwinger errichten lassen. Nach den Worten von Mrs. Malloy hatten diese Zwinger ein halbes Vermögen gekostet.

»Was sind das für Hunde?« Jonas klang nicht erfreut.

»Norfolkterrier«, erklärte ich ihm zu wiederholten Mal. Er hatte sich geweigert, uns Gesellschaft zu leisten, als Madrid Miller am Sonntag nachmittag bei uns saß, sonst wäre ihm jetzt alles Wissenswerte über diese Rasse bekannt gewesen. Bei mehreren Tassen Tee hatte Madrid Freddy und mich Schritt für Schritt in die körperlichen und charakterlichen Merkmale des rassereinen Norfolkterriers eingeführt. Dieser ausgesprochen fesselnde Vortrag war durchsetzt gewesen mit Anekdoten über die arme tote Jessica, die in der Woche rosafarbene und an Sonntagen fliederfarbene Schleifchen trug und außerdem eine Schwäche für Leber à la Sonstwas hatte, die man ihr jedoch mit dem Löffelchen füttern mußte, wobei sie mit einem bestickten Lätzchen am Tisch saß.

»Ich habe mir noch nie was aus Hundefrauen gemacht«, brummte Jonas mürrisch. Er hatte den Kopf im Mantelkragen vergraben.

»Weil du ein Katzenmann bist.« Irgendwer brauchte trotz meines Donnerschlags eine Ewigkeit, um die Tür zu öffnen. »Ich bin sicher, daß die Millers sehr nette Frauen sind«, sagte ich zuversichtlich. »Außerdem bezweifle ich, daß sie den Baum zum Vorwand genommen haben, um dich hierher zu locken und anschließend zu heiraten.«

»Wer weiß?« Jonas Miene hellte sich auf. »In meinem Alter bin ich eine gute Partie – mit einem Bein im Grab, und das Ersparte unter der Matratze.«

»Du hast gar nichts unter der Matratze außer den Kinderbüchern mit den Detektivgeschichten, bei denen du nicht ertappt werden willst.« Ich warf ihm ein Grinsen von der Seite zu, und er stieß einen seiner heiser gekrächzten Lacher hervor, ehe er wieder ernst wurde.

»Stimmt, aber ich wünschte ich hätte auch den Spiegel versteckt gehabt, ehe Mrs. Large mit ihren Quadratlatschen durch mein Zimmer getrampelt ist.«

»Ich lasse dir den Spiegel reparieren«, versprach ich ihm. »Hör zu, Jonas, du mußt dir den Baum nur anschauen und sagen, was zu tun ist. Die Arbeit kann dann ein anderer machen. Die Schwestern haben genug Geld, um jemanden zu bezahlen.«

»Ich glaube, du klopfst besser noch mal, Ellie«, schlug er vor. »Wahrscheinlich hat selbst der liebe Gott eben nichts gehört, bei dem Zinnober, den die Hunde veranstalten.«

Ich hatte die Hand schon am Klopfer, als die Tür von innen geöffnet wurde. Vor uns stand Vienna Miller, die sich mit rauher, tiefer Stimme dafür entschuldigte, daß sie uns hatte warten lassen, und uns anschließend hereinbat. Diese Frau hatte nun absolut nichts von einer alternden Waldnymphe an sich. Sie war klein und gedrungen, mit kurz geschnittenem Haar und klaren braunen Augen. Es befand sich auch nichts künstlerisch Angehauchtes an ihrer Kleidung. Sie trug Hose und Pullover, beides an manchen Stellen schon verblaßt und abgewetzt. Ganz eindeutig eine Hundefrau, dachte ich, wobei ich Jonas' Blick vermied.

»Ellie Haskell und Mr. Phipps! Wie schön, daß Sie da sind!« Sie führte uns ein paar Schritte durch die Eingangshalle zu einem Hut- und Garderobenständer. »Wenn Sie Ihre Sachen hier ablegen wollen, bringe ich Sie danach ins Wohnzimmer. Mr. Phipps, Sie möchten sicher eine Tasse Tee und ein paar Kekse, ehe Sie sich den Apfelbaum anschauen.«

»Sehr nett von Ihnen, Missus.« Jonas strich sich mit dem Finger über den Schnäuzer, und kaschierte damit wenigstens einen Teil seines mißmutigen Gesichts. »Aber ich sitze nicht gern bei frommen Leuten, die über die Predigt und die Psalmen vom letzten Sonntag reden. Ich unterhalte mich lieber draußen mit der Natur. Da geht es wenigstens um Dinge, die Hand und Fuß haben. Wenn ich mir den Baum angeguckt habe, setze ich mich in die Küche und warte, bis Mrs. Haskell wieder geht.«

»Ich bin selbst eigentlich auch lieber in der Küche als im Wohnzimmer«, teilte uns Vienna Miller mit. Genau wie bei meinen früheren Begegnungen mit ihr machte sie einen herzhaften, munteren Eindruck. Eine Frau, die gleich zur Sache kommt, feste Ansichten hat und dabei bleibt. Es gibt ja Leute, von denen man nie im Leben zwei Kekse bekommen würde, wenn sie sich vorgenommen haben, nur einen zu spendieren.

Plötzlich tauchte Madrid in der Diele auf. Mir war die Tür, durch die sie gekommen war, gar nicht aufgefallen. Madrid machte einen extrem mitgenommenen Eindruck. Die Omabrille saß schief auf ihrer Nase, und die Mundwinkel waren heruntergezogen, was leider die Hängebacken betonte, die gar nicht zu den braunen Flatterhaaren paßten.

»Vienna, wir haben ein Problem.« Madrid schenkte weder Jonas noch mir die geringste Beachtung. »Du mußt jetzt gleich mit kommen.«

»Natürlich, mein Liebes, kein Grund zur Panik. Du weißt, daß sich immer alles regeln läßt.« Viennas Gesichtszüge wurden weicher. Sie redete, als hätte sie es mit einem Kind zu tun. »Ich führe Mrs. Haskell nur noch schnell ins Wohnzimmer und dann bin ich sofort bei dir.« Sie öffnete mir die Tür, und ich folgte ihrem Wink und trat hindurch. Ich nahm an, daß wahrscheinlich die Rosinentörtchen verbrannt waren, oder eine der Hündinnen im Begriff war niederzukommen. Diesem Haus wohnte etwas inne, das es zum idealen Schauplatz für jede Art von Drama macht.

Das Wohnzimmer sah anders aus, als zu der Zeit, in der die Frau in Schwarz hier gelebt hatte. Die vormals dunklen Wände waren jetzt in einem Eierschalton gestrichen, die schmuddeligen Vorhänge waren verschwunden, und die Fenster gaben den Blick auf den Garten frei. Auch die Einrichtung war erneuert worden. Auf dem Boden lag ein roter Teppich, darauf standen ein Sofa mit passenden Sesseln, ein Sekretär und ein paar kleine Kamintischchen. Was meinen Blick jedoch am meisten fesselte, war ein riesengroßes Gemälde in einem gewaltigen Goldrahmen, das über dem Kaminsims hing. Es stellte einen Norfolkterrier dar, mit fliederfarbenen Schleifchen im Haar und einem pfenniggroßen roten Edelstein, der auf der linken Pfote saß. Ich nahm an, daß es sich dabei um Jessica handelte.
Ich war einige Sekunden lang so sehr in den Anblick des Gemäldes vertieft, daß ich die Mitglieder der Salongesellschaft um ein Haar übersehen hätte, die kerzengerade vor dem Kamin standen. Sir Robert Pomeroy, der, wenn man ihn ließ, dazu neigte, Gespräche an sich zu reißen, redete gerade über den Blumenfonds und darüber, daß, wenn er sich nicht sehr irrte, dort Gelder veruntreut worden seien. Seine Frau – die frühere Maureen Dovedale – hing wie gebannt an seinen Lippen. Brigadegeneral Lester-Smith studierte mit großem Interesse das Muster des Kaminvorlegers. Bei dem vierten Anwesenden handelte es sich um Tom Tingle, der erst vor ein paar Monaten in unser Dorf gezogen war. Er war ein zwergenhafter Mann mit sehr hoher Stirn, die durch den zurückweichenden Haarschopf noch betont wurde. Bestimmt war es nicht einfach, dazu noch mit einem Namen wie für einen Däumling geschlagen zu sein.
Nach einer Weile machte Sir Robert eine Atempause und schaute in meine Richtung. »Kommen Sie, Ellie.« Er winkte mich mit seiner kleinen, pummeligen Hand zu sich. »Was stehen Sie da wie ein Laternenpfahl? Hier ist Ihre Meinung gefragt.« Was das Alter anging, rangierte er irgendwo in den

späten Fünfzigern. Abgesehen davon hatte er jetzt ein rotes, aufgebrachtes Gesicht, und in dem ländlichen, braunen Tweedanzug mit dem senfbraunen Halstuch, das er in den Kragen seines Hemdes gesteckt hatte, wirkte er wie eine Bulldogge.

»Sir Robert regt sich darüber auf«, erklärte mir der Brigadegeneral, daß Anne Hardaway einer gewissen Mrs. Rogers eine Topfpflanze ins Krankenhaus geschickt hat, wo sie wegen einer... Unterleibsgeschichte operiert wurde.« Bei diesen Worten färbte sich mein Gefährte aus dem Bibliotheksverein rosig bis zum Haaransatz. Auch die krausen rotblonden Löckchen wirkten durch das einfallende Sonnenlicht noch rötlicher als sonst.

»Aber Anne Hardaway verwaltet doch den Blumenfonds.« Ich blickte von einem zum anderen. »Ist es denn dann nicht ihre *Pflicht*, Kranken eine Pflanze oder einen Strauß zu schicken?«

»Nur wenn es sich bei der- oder demjenigen um ein Gemeindeglied von St. Anselm handelt.« Sir Robert stocherte mit dem Zeigefinger in der Luft herum.

»Aber, Liebling, ich bin ganz sicher, daß ich Mrs. Rogers schon in der Kirche gesehen habe.« Es war die Ehefrau des Baronets, die jetzt sprach. Ich hatte sie schon immer gemocht. Sie war eine ganz entzückende Erscheinung mit leicht gewelltem grauen Haar, blauen Augen und zarter Erdbeer-mit-Sahne-Haut, eine Frau, die sich in ihrer jetzigen eleganten Kleidung ebenso natürlich bewegte wie zu der Zeit, als sie noch hinter der Theke ihres kleinen Kramlädchens in der Market Street stand.

»Wenn man ab und zu mal gesehen wird, ist man noch längst kein Gemeindeglied.« Sir Robert legte die Stirn in unheilverkündende Falten. »Vor einigen Monaten hat sie wohl einmal neben mir gesessen – aber ich habe noch genau vor Augen, wie sie sich gleich nach dem Abendmahl verdrückt hat. Wahrscheinlich hatte sie es nur auf den Wein abgesehen.«

»Das ist aber nicht nett von dir«, sagte Lady Pomeroy mutig. »Die arme Mrs. Rogers! Vielleicht ist sie früher aufgebrochen, weil sie nach Hause mußte oder weil sie sich schon damals nicht

gut gefühlt hat. Frauenleiden können sich über Monate – ja über Jahre hinziehen!«
Der Brigadegeneral wurde wieder rosig. Wahrscheinlich hatte er Angst, daß ihre Ladyschaft sich jetzt über die eigene gynäkologische Problemlage auslassen würde. Dieser Mann hatte schon immer etwas so rührend Unschuldiges an sich gehabt, daß ich mich manchmal fragte, ob er mit seinen sechzig Jahren noch an den Klapperstorch glaubte. Jetzt starrte er auf seine Schuhe. Sie waren wie stets auf Hochglanz poliert, doch plötzlich stellte ich zu meiner grenzenlosen Verwunderung fest, daß sie gar nicht zusammenpaßten.
»Der Punkt ist doch der« – Sir Robert warf sich in die Brust – »Mrs. Rogers nimmt nun einmal nicht regelmäßig am Gottesdienst von St. Anselm teil. Aus diesem Grund gibt es für Anne Hardaway auch nicht den geringsten Anlaß, sich des Blumenfonds zu bedienen, um eine Topfpflanze zu verschenken. Was darüber hinaus noch ein sehr unangenehmes Licht auf die Sache wirft, ist, wie mir der Küster berichtet hat, daß die betreffenden Damen miteinander verwandt sind. Sie mögen mich da alle« – sein Blick umfaßte die ganze Runde – »für übertrieben streng halten, aber ich habe in meinem ganzen Leben noch kein Verständnis für Hinterlist, Unredlichkeit oder Unaufrichtigkeit gehabt. Wie lautet der Wappenspruch der Pomeroys« – seine Brust schwoll noch stärker an – »›Die Wahrheit schützen – die Lüge bekämpfen‹.«
Waren den Menschen, die sich solche Sinnsprüche einfallen ließen, die Ideen ausgegangen, als sie bei P für Pomeroy angelangt waren? Ihre Ladyschaft blickte starr geradeaus, Tom Tingle betrachtete die Decke, und der Brigadegeneral begutachtete seine ungleichen Schuhe. Was ihnen bei Sir Pomeroys Worten durch den Kopf ging, hätte ich um nichts in der Welt sagen können. Vielleicht war aber auch nur ich diejenige, die in ihrem Leben schon so viele kleine Lügen von sich gegeben hatte – angefangen beim ersten Schwarzfahren im zarten Kindesalter –,

daß mein Gewissen abgestumpft und meine Seele verdorben war. Sir Roberts Vortrag löste jedenfalls keine Reuegefühle bei mir aus, er ging mir höchstens auf die Nerven.
»Ich finde es nicht fair, wenn Sie hinter dem Rücken von Anne Hardaway über sie reden«, sagte ich zu ihm. »Sie sollten mit der ganzen Angelegenheit warten, bis Sie wieder bei uns ist und erklären kann, weshalb sie Mrs. Rogers eine Topfpflanze geschenkt hat.«
Sir Roberts blies sein Gesicht auf wie ein Kugelfisch und holte dann Luft, aber was immer er zur Antwort gab, ging unter in einem kreischenden Lärm von draußen, durchsetzt mit wildem Hundegekläff. Nach ein oder zwei Minuten hatten die Hunde sich wieder beruhigt, aber das Kreischen ging weiter.
»Bohren die Millers jetzt auf ihrem Gelände nach Öl?« Tom Tingle spitzte die Zwergenohren.
»Es ist, als würden einem alle Zähne auf einmal gezogen.« Lady Pomeroy zwang sich zu einem Lächeln.
»Irgend jemand macht sich mit einer Kettensäge an etwas zu schaffen«, warf der Brigadegeneral ein.
»Das ist Jonas«, rief ich aufgebracht. »Sie lassen ihn die Äste absägen.« Ich war so wütend, daß ich am liebsten durch das Zimmer gerast wäre, um den Damen Miller sofort die Leviten zu lesen und sie zu fragen, was sie sich eigentlich dächten, und wieso Jonas nun doch arbeite, wo sie doch angeblich nur hatten wissen wollen, welche Zweige zu stutzen seien und welche nicht. Dann wurde es schlagartig still. Die Wände hörten auf zu beben. Der Brigadegeneral fragte sich vernehmlich, was die beiden Schwestern wohl davon abhielt, sich zu uns zu gesellen.
»Ich nehme an, sie sind noch in der Küche beschäftigt«, sagte Lady Pomeroy. »Sie wissen doch wie das ist, wenn man zum ersten Mal Gäste hat. Man will, daß alles perfekt ist, bis hin zu den Kirschen, die auf den Kuchen kommen. Ich gehe mal nachsehen, ob ich ihnen behilflich sein kann.« Sie war mir schon immer wie ein sehr tatkräftiger Mensch vorgekommen, aber im

Moment konnte ich mir durchaus vorstellen, daß ihr Sir Roberts Gewese um die Topfpflanze zuviel geworden war und sie eine Gelegenheit suchte, zu flüchten – und sei es auch nur, um draußen vor der Tür um Fassung zu ringen.

Nachdem Lady Pomeroy das Zimmer verlassen hatte, plauderten wir Verbliebenen vier über ein paar der anstehenden Belange der Salongesellschaft. Sir Robert, der zu seiner verbindlichen Art zurückgefunden hatte – vielleicht weil er seiner Frau nun nicht mehr mit seinem gebieterischen Muskelspiel imponieren mußte –, verlieh seinem Bedauern Ausdruck, daß sich heute nur so wenig Mitglieder eingefunden hatten. Normalerweise waren wir doppelt so viele. Er bekundete die Hoffnung, daß die Millers nicht dächten, sie hätten sich die ganze Mühe umsonst gemacht. Brigadegeneral Lester-Smith grummelte ab und zu etwas davon, daß man das Treffen des Jugendclubs besser am zweiten statt am dritten Donnerstag des Monats abhalten solle, aber es war offensichtlich, daß er nicht bei der Sache war. Seine Blicke wanderten immer wieder zu den Fenstern, die die Sicht auf den Vorgarten freigaben und auf den kleinen Fußpfad, der zu der baumbestandenen Allee hinunterführte. Jedesmal wenn die Hunde bellten, was mit nervtötender Regelmäßigkeit geschah, richtete er sich auf, als hätte man ihm befohlen, die Luft für eine Röntgenaufnahme anzuhalten und sie anschließend langsam wieder rauszulassen. Tom Tingle wirkte ebenfalls unkonzentriert, aber dafür gab es sofort eine Erklärung, als er mit einiger Dringlichkeit verkündete, er müsse »ein gewisses Örtchen« aufsuchen. Ich sagte ihm, daß es sich, wenn mein Gedächtnis mich nicht im Stich ließ, gleich oben an der Treppe befände.

»Ich habe zwei Tassen Kaffee getrunken, ehe ich von zu Hause los bin«, knurrte er, als wäre das meine Schuld, »deshalb müssen Sie mich bitte kurz entschuldigen.« Die Tür fiel hinter ihm ins Schloß.

»Seltsamer kleiner Bursche.« Sir Robert fing meinen Blick auf und räusperte sich. »Meine ich natürlich als Kompliment. Habe gehört, daß sich Tingle aus dem Familienunternehmen zurückgezogen hat. Ist wegen der ländlichen Ruhe hierher gekommen, nehme ich an. Komisch, daß die Menschen immer denken, in Chitterton Fells passiere nie etwas.«

Der Brigadegeneral hörte nicht zu, aber ich wußte, daß Sir Robert sich den Tag vor nicht all zu langer Zeit vergegenwärtigte, an dem seine erste Frau ermordet worden war. Man hatte mir zugetragen, daß er Maureen Dovedale nur geheiratet habe, um sich über seinen Kummer hinwegzutrösten, aber ich hoffte, daß es sich anders verhielt, denn sie war schon seit Ewigkeiten in ihn verliebt und verdiente ein bißchen Glück, nachdem sie sich all die Jahre nach dem Tod ihres ersten Mannes mit dem Laden abgestrampelt hatte. Daher registrierte ich mit Genugtuung, daß Sir Robert nach kurzer Zeit zur Kaminuhr schaute und besorgt von sich gab, er hoffe nicht, daß ihm seine Frau auf dem Weg in die Küche abhanden gekommen sei.

»Wie die meisten Frauen – kein Orientierungssinn!« Er war wieder dabei, die Männermuskeln spielen zu lassen. Dann zupfte er das Halstuch zurecht und bewegte sich in Richtung Tür. »Muß doch mal sehen, was da los ist. Finde es allmählich eigenartig, daß wir uns hier die Beine in den Bauch stehen. Nehme nicht an, daß bei den Millers die Küche brennt oder es Einbrecher zu verjagen gilt. Was?«

Jetzt, da wir uns selbst überlassen waren, setzten der Brigadegeneral und ich uns in die Sessel. Mir fiel ein, daß ich seinen Regenmantel vergessen hatte, aber als ich es ihm mitteilte, antwortete er seltsamerweise, daß ihm das nichts ausmache. Er habe den Mantel von Ben auch vergessen. Dann machte er sich wieder daran, aus dem Fenster zu schauen, während ich meinen Blick erneut auf das Bildnis des Norfolkterriers richtete. Die Augen des Tieres deuteten auf einen Zustand jenseitiger Verzückung. Vielleicht war das Bild nach dem jähen Tod des Hundes gemalt worden – falls es sich überhaupt um Jessica handelte. Gerade überlegte ich noch, wie es wohl den Waisenbabys ergangen war, als sich die Tür öffnete und Vienna einen hölzernen Teewagen hereinrollte, der vollgestellt war mit Kaffeekanne, Tassen, Untertellern und mehreren Platten voller Rosinentörtchen und Obstkuchen. Hinter ihr erschien Madrid, die Hände gefaltet, die Augen auf Überirdisches gerichtet, wie eine Nonne, die im Klostergarten ihren Verdauungsspaziergang macht.

Sie zuckte zurück, als der Brigadegeneral sich erhob, als hätte sie gar nicht damit gerechnet, jemanden im Wohnzimmer anzutreffen. Ihre Schwester entschuldigte sich für die Verzögerung, ohne allerdings eine Erklärung dafür abzugeben. Vielleicht waren die beiden sich wegen des Problems, das Madrid bei meinem Eintreffen erwähnt hatte, in die Wolle geraten. Bestimmt war es etwas so Triviales gewesen, daß Vienna ihr erst einmal gehörig die Meinung gesagt hatte. Das eckige Kinn und die energische Mundpartie deuteten auf einen Menschen, der, wenn es darauf ankommt, kein Blatt vor den Mund nimmt. Ihre Schwester hingegen war der Typ, der schon bei der kleinsten Kleinigkeit völlig am Ende ist und erst nach sorgsamer Wiederbelebung und einem Schlückchen Brandy genügend auf die Beine kommt, um sich wieder zusammenhängend zu äußern.

»Nanu, was ist denn aus den anderen geworden?« tönte Vienna mit ihrer tiefen Stimme, die so stark vibrierte, als habe sie einen Motor im Rachen. Sie schaute von mir zu dem Brigadegeneral. »Hoffe, sie haben nicht aufgegeben und sich nach Hause verkrümelt? Meine Rosinentörtchen reichen für eine ganze Armee, und wir wollen doch nicht, daß etwas davon übrigbleibt. Wir achten nämlich beide auf unsere Diät, nicht wahr, Madrid?«

Sie schenkte ihrer Schwester ein aufmunterndes Lächeln. Anscheinend hatten sie doch nicht gestritten. Dann reichte sie ihr eine Tasse Kaffee, ohne mir oder dem Brigadegeneral etwas anzubieten. Danach rührte sie Milch und Zucker in den Kaffee und klopfte noch ein Sesselkissen auf, damit Madrid sich bequem niederlassen konnte.

»Sitzt du so gut, Liebes?« fragte sie. Erst dann wandte sie sich zum Brigadegeneral und mir und erklärte uns, ihre Schwester sei leider nicht ganz auf dem Damm.

»Ach du liebe Güte!« Der Brigadegeneral klang sichtlich erschrocken. »Nicht, daß ich mir selbst je etwas hole, aber wir wissen ja nicht, wer sonst noch kommt! Die Mitglieder der Salongesellschaft erscheinen doch oftmals erst nach den Kuchenstückchen.« Mit einer Mischung aus Hoffen und Zagen starrte er anschließend wieder aus dem Fenster. »Und manche Menschen sind anfällig und reagieren schon auf die kleinste Kleinigkeit.«

»Es ist nichts von körperlicher Natur!« Madrid schob den Haarvorhang beiseite, der über ihre Brille geglitten war. »Es ist nur, daß ich« – ihre Stimme verebbte – »zur Schwermut neige und ...«

»... und daß die Rosinentörtchen nicht so geworden sind, wie sie sich das vorgestellt hat.« Vienna offerierte dieses Stück Information gemeinsam mit jeweils einer Tasse Kaffee für mich und den Brigadegeneral. Ich nippte vorsichtshalber erst einmal an dem Gebräu. Es war lauwarm und schmeckte, als ob es eine Woche lang in der Küche gestanden hätte. Dann kehrten Sir Robert und seine Frau zurück, kurz darauf gefolgt von Tom Tingle. Sie hatten gerade mit Tassen, Untertellern und Kuchentellern auf dem Schoß Platz genommen, als sich die Wohnzimmertür eine Handbreit öffnete und Clarice Whitcombe mit fragendem Gesicht hereinspähte.

Plötzlich erglühte der Brigadegeneral wie ein Schuljunge und sprang so hastig auf die Füße, daß sein Kuchenteller einen Salto vorwärts machte. Aha, also ist es Clarice gewesen, nach der er sich die Augen aus dem Kopf geguckt hatte, dachte ich erfreut.

»Die Eingangstür stand offen, und da bin ich einfach hereingekommen«, entschuldigte sich Clarice. Sie machte noch ein paar Schritte in den Raum, heftete den Blick auf den Brigadegeneral, dessen Wangenröte der ihren aufs Haar genau glich, und nestelte an den Knöpfen ihrer Strickjacke. Sie hatte Lippenstift aufgelegt, wenngleich ein bißchen zu viel und in einem etwas zu grellen Farbton, und hatte sich auch bei den Haaren Mühe gegeben, obwohl die eine Seite kleiner gekräuselt war als die andere. »Ich hätte wohl besser anklopfen sollen. Aber ich dachte« – sie riß den Blick vom Brigadegeneral los und wandte sich an Vienna –, »daß es Sie sicherlich stört, wenn die Leute Ihre Hunde zum Bellen bringen. Ich habe die Tiere knurren gehört, als ich den Fußpfad hochkam.«

»Ich muß die Tür offengelassen haben«, gestand Lady Pomeroy. »Ich bin nach draußen gegangen, um ...« – sie zermarterte sich eindeutig das Gehirn, um einen plausiblen Grund zu finden – »um ... mir die Veränderungen im Garten anzusehen.« Sie lächelte die Schwestern an, was in bezug auf Madrid vergebliche Liebesmühe war, denn diese Dame stierte wie versteinert auf das Bildnis des Hundes an der Wand.

»Wir sind froh, daß Sie gekommen sind, Miss Whitcombe.« Vienna eilte auf sie zu, um ihr die Hand zu schütteln. »Wie Sie sehen, sind wir nur eine kleine Schar, aber das soll der Geselligkeit keinen Abbruch tun.«

»Sehr erfreut, meine Liebe.« Sir Robert streckte der zuletzt Gekommenen wohlerzogen die Hand entgegen, und sogar Tom Tingle rappelte sich hoch, um sie zu begrüßen.

»Es wäre mir sehr recht, wenn Sie mich Clarice nennen würden.« Sie versuchte alles Mögliche, um bei den Worten nicht zu dem Brigadegeneral hinzusehen, der wie angewachsen auf der Stelle stand und die Sprache verloren hatte.

»Was für ein hübscher Name«, sagte Lady Pomeroy. »Ich glaube, ich kenne niemanden, der so heißt.«

»Mein Vater hieß Clarence und meine Mutter Doris, sie haben ihre beiden Namen einfach zusammengezogen.«

»Wie interessant«, sagte ich. »Und wie sind *Ihre* Eltern darauf gekommen, Sie Vienna und Madrid zu nennen?« fragte ich die beiden Schwestern.

»Sie liebten diese Städte.« Vienna klang bei diesen Worten ein wenig zornig, aber vielleicht lag das auch daran, daß sie Clarice eine Tasse Kaffee einschenken wollte und dabei feststellen mußte, daß die Kanne mittlerweile leer war. »Ich hole wohl besser noch mal neuen«, hub sie an, aber der Brigadegeneral machte einen kühnen Satz nach vorn, wobei er ein paar Kamintischchen zum Wackeln brachte, und bot an, das Notwendige zu verrichten.

»Ich bin zwar Junggeselle«, sagte er und schielte zu Clarice, »aber ich kenne mich aus in der Küche!« Es hätte mich nicht gewundert, wenn er noch hinzugefügt hätte, daß er außerdem weder trank noch rauchte, ein solides Sparguthaben sein eigen nannte, seiner Mutter stets mit Respekt begegnet war, Haustiere mochte und sich ab und zu an einem Abend mit Gästen erfreute. Aber er verließ den Raum ohne ein weiteres Wort und stieß auf dem Weg hinaus auch nur einen Stuhl um. Clarice nahm auf dem Sofa Platz.

»Es tut mir leid, daß ich zu spät gekommen bin.« Sie nahm das Rosinentörtchen, das Vienna ihr reichte, und schob es anschließend auf dem Teller hin und her. »Meine Uhr muß nachgegangen sein.« Das war noch nicht einmal im Ansatz gut gelogen. Ich konnte mir denken, was sie daran gehindert hatte, pünktlich zu erscheinen. Sie war durch ihren ganzen Kleiderschrank gekrochen, hatte die Hälfte der Kommodenschubladen ausgekippt und dann eine halbe Stunde lang inmitten des Gewühls auf ihrem Bett gesessen und sich die Haare gerauft, weil sie nichts zum Anziehen hatte – jedenfalls nichts, was sie zehn Jahre jünger und fünfmal attraktiver machte als die Gestalt, die ihr aus dem Spiegel entgegenblickte. Für meinen Geschmack sah sie in dem Wollrock mit dem Paisleymuster ganz nett aus, aber sie hatte vermutlich keine Ahnung, was für eine verheerende Wirkung sie auf den Brigadegeneral ausgeübt hatte.

Er blieb eine Ewigkeit weg. Vielleicht hatte er erst einmal fünf Minuten gebraucht, bis seine Flatterhände ruhig genug waren, um den Stecker in die Kaffeemaschine zu stöpseln. Vielleicht stand er aber auch immer noch draußen und drehte sich vor dem Flurspiegel im Kreis, strich sich über die rötlichen Locken, zog den Bauch ein und zupfte sich die Krawatte zurecht. Die Hunde fingen abermals an zu bellen, und Lady Pomeroy erkundigte sich, ob sie sich die meiste Zeit im Zwinger aufhielten.

»Verdammt feine Burschen, solche Hunde«, warf ihr Mann ein. »Obwohl ich es persönlich lieber mag, wenn sie zu etwas nutze sind. Habe einen schwarzen Labrador, Daisy – wird schon bald vierzehn Jahre und ist immer noch der beste Vorstehhund, den ich je hatte.« Sein Gesicht macht eine ruckartige Drehung zur Seite, um Tom Tingle ins Visier zu nehmen. »Jagen Sie? Habe auch ein prächtiges Rudel Jagdhunde und könnte Ihnen ein ordentliches Pferd besorgen. Oder gehören Sie etwa zu den Jammerlappen, die die Fuchsjagd verbieten wollen?«

Tom Tingle richtete sich auf, so daß sich sein Kopf in Höhe des Kamingitters befand. »Ich mag überhaupt keinen Sport. Ich weiß, das klingt unbritisch, aber so ist es nun einmal.«

Danach lastete bleierne Stille auf der Gruppe. Hatte ich einfach nur einen Hang zum Dramatisieren, oder hatte das Haus tatsächlich etwas Beklemmendes an sich? Etwas drohend Unheimliches trotz der frisch geweißten Wände? Mich fröstelte, obwohl sich nicht ein einziges Lüftchen regte, und ich hörte nur mit halbem Ohr zu, wie Lady Pomeroy das Gespräch zurück auf die Anliegen der Salongesellschaft lenkte. Es ging um irgendwelche organisatorischen Dinge – Vorschläge, im August einen Bazar zu veranstalten und so weiter. Ich rückte näher zum Kamin und tat so, als sei ich ganz bei der Sache, doch in Wirklichkeit studierte ich weiterhin das Bildnis des Norfolkterriers.

»So eine wie Jessica gibt es nie mehr.« Madrid berührte mich so plötzlich am Ärmel, daß ich um ein Haar aus meiner Strickjacke geschossen wäre. »So herzensgut! So wonnig! Wir hatten überhaupt keine Probleme, einen Bewerber zu finden, der um ihr

Pfötchen anhielt. Wir haben sogar eine Verlobungsfeier ausgerichtet, für sie und den Baron von Knurrhahn. Er war in Crufts zwei Jahre hintereinander Goldmedaillensieger. Aber trotzdem« – Madrids Stimme brach – »war er für sie nicht gut genug. Kein Hund auf der Welt wäre das gewesen. Madrid und ich mußten für den Ring sorgen. Es war ein Rubin, der Glücksstein für den Monat Dezember. Da hatte unser Seelchen Geburtstag. Wir baten den Künstler, ihn auf das Pfötchen zu malen, aber in Wirklichkeit trug sie ihn an einem kleinen Kettchen um den Hals.«

»Haben Sie auch die Hochzeit gefeiert?« Ich konzentrierte mich krampfhaft auf Brigadegeneral Lester-Smith, der endlich mit der Kaffeekanne zurückkam.

Madrid zerteilte ihr langes Haar und spähte durch die randlose Brille in mein Gesicht. »Die fand im Garten unseres alten Hauses statt, unter dem Rosenspalier. Vienna hatte Jessica einen kleinen Schleier genäht, mit einem Kranz aus Orangenblüten, und als der Geistliche – der sich auf Tierhochzeiten spezialisiert hatte – die Trauung vollzog, hat Jessica an all den richtigen Stellen gebellt. Der Herr Baron war da weitaus nachlässiger. ›Ungehobelt‹ möchte ich es fast nennen, woran man sieht, daß auch der beste Stammbaum keinen Gentleman garantiert. Er hat unentwegt an Jessicas kleinem Hinterteil geschnüffelt und sogar versucht, sie zu besteigen, als sie ›ich will‹ gebellt hat. Er konnte es nicht erwarten, sie ins Hochzeitsbettchen zu bekommen.«

»Und wie sah das Bettchen aus?« Ich mußte mir auf die Lippen beißen.

»Ein süßer winziger Seidenhimmel über einer Perserbrücke und Gobelinkissen mit aufgesticktem ›Er‹ und ›Sie‹. Ich werde nie vergessen« – Madrid schob die Brille hoch und betupfte sich die Augenwinkel –, »wie ängstlich Jessica wurde, als es soweit war, und wie sie die lieben Pfötchen um meinen Hals klammerte, bis Vienna sie mit Gewalt aus meinen Armen lösen mußte. Genau wie jede arme, kleine Jungfrau.«

Ich war mir nicht sicher, ob diese Verallgemeinerung zutraf, doch die Antwort blieb mir erspart, da Vienna sich jetzt einschaltete. Sie schenkte Madrid, die mittlerweile Schluchzer unterdrücken mußte, einen besorgten Blick und massierte ihr die Schulter. »Warum holst du uns nicht noch ein paar Rosinentörtchen«, bat sie so sanft, wie es bei ihrer tiefen rauhen Stimme möglich war. »In der Zwischenzeit unterhalte ich mich ein wenig mit Mrs. Haskell.«

Sie setzte sich neben mich. »Ellie, ich hatte gehofft, daß sich die Gelegenheit ergibt, Sie näher kennenzulernen. Immerhin wohnen wir ja sozusagen Tür an Tür. Madrid gerät manchmal ein wenig außer sich, wenn Menschen um sie sind. Sie war schon immer sehr empfindsam und hat zuviel gegrübelt. Ein Beruf wäre von vornherein nicht in Frage gekommen. Madrid hätte nie in einem Büro sitzen und auf der Schreibmaschine klappern können, schon gar nicht, wenn links und rechts noch Telefone klingeln. Aus diesem Grund bin ich auf die Idee gekommen, Norfolkterrier zu züchten. Jessica war die erste.« Vienna richtete die Augen in die Höhe und schaute auf das Bild.

»Unglücklicherweise haben wir sie verloren. Damals wußten wir noch nicht genug, um die Anzeichen von Milchfieber zu erkennen. Es kam ganz plötzlich. Zu allem Überfluß habe ich Madrid noch ausgeredet, den Tierarzt zu holen. Ich dachte, es sei normal, daß sich Jessica nach der Geburt etwas matt fühlt.« Vienna schüttelte den Kopf mit den kurzgeschorenen Haaren und straffte die breiten Schultern. »Es war ein Glück, daß wir drei der kleinen Hündchen durchbringen konnten. Madrid hat sich zwar nie überwinden können, eines davon auch nur anzufassen, aber *eine* von uns mußte ja praktisch denken. Also habe ich unser Geld in ein Haus mit ausreichend Land gesteckt, um die Zwinger zu bauen, und nach und nach konnte ich sie überzeugen, daß wir wie geplant weitermachen mußten, wobei wir allerdings beide einer Meinung waren, daß uns kein Hund mehr ins Haus kommt.«

Ich fand das traurig, aber vielleicht brachten die meisten Züchter die Hunde lieber draußen unter, anstatt sie ins Haus zu lassen. Tom Tingle mußte einen Teil unseres Gespräches mitbekommen haben, denn ich hörte, wie er sagte, daß er sich weder Hund noch Katze zulegen würde, selbst wenn sie die Hälfte der Haushaltskosten übernähmen.

»Tatsächlich?« fragte Clarice liebenswürdig. »Und ich habe mir immer sehnlichst ein Haustier gewünscht, aber das Schicksal hat es anders gewollt. Meine Mutter hat sich vor Tieren gefürchtet, selbst vor Goldfischen. Ich weiß noch, wie ich einmal mit einem Goldfisch aus der Schule kam. Meine Mutter hat regelrechte Anfälle bekommen, und mein Vater mußte den Arzt rufen. Aber jetzt« – ihre Stimme wurde heiter – »kann ich sogar einen Zoo aufmachen, wenn ich will. An den meisten Tagen kommt die Nachbarskatze zum Nachmittagstee und ...«

»Wie gut, daß Ihnen das Klavier Gesellschaft leistet, Miss Whitcombe.« Der Brigadegeneral räusperte sich mehrmals zwischen den einzelnen Wörtern. »Ich war als Kind so etwas wie ein Einzelgänger, und manchmal denke ich, daß alles fröhlicher gewesen wäre, wenn ich ein Instrument gespielt hätte.«

»Das einzige Instrument, das ich spiele« sagte Vienna munter in die folgende Stille hinein, »ist der Plattenspieler, und den noch nicht einmal besonders gut.« Die Gruppe honorierte diese Bemerkung mit artigem Gelächter.

Madrid war gerade mit einer Platte Rosinentörtchen zurückgekommen, reichte sie Vienna und schenkte ihr dabei ein tapferes, kleines Lächeln. »Was für ein Glück, daß du meine große Schwester bist. Mir tun die Menschen leid, die ihr Leben allein meistern müssen, vor allem in schweren Zeiten.«

Sir Robert nahm erneut in der Mitte des Kaminvorlegers Aufstellung, die Daumen in die Westentaschen eingehängt. »Na, und was für ein Glück, was für ein verdammtes Glück für uns erst – die Damen mögen bitte die herzhaften Worte verzeihen – daß Clarice Klavier spielen kann! Meine Liebe, Sie werden unser Sommerfest mit einigen kleinen Solostücken bereichern und uns im Dezember mit Weihnachtsliedern ergötzen, was?« Sein Überschwang kannte keine Grenzen. »Werde gleich ein paar Worte mit dem Pfarrer wechseln. Mrs. Barrow, die Organistin, die wir im Moment haben, ist ein hoffnungsloser Fall. Sie galoppiert durch die Kirchenlieder, so daß der Chor hinterherhinkt, und wenn die Predigt zu lange dauert, verdünnisiert sie sich vor dem Schlußchoral, nur um sich irgendwelchen Protestgruppen anzuschließen – scheinen ihr wohl mehr am Herzen zu liegen.«

»Oh, ich glaube nicht... wirklich, ich bin nicht so gut.« Clarice geriet bei jedem Wort mehr ins Schleudern. »Ich bin überzeugt, daß andere musikalisch viel begabter sind als ich –«

»Dürfen Ihr Licht nicht unter den Scheffel stellen, meine Liebe.« Sir Robert blähte sich wieder auf. »Falsche Bescheidenheit ist eine der Sieben Todsünden.« Diesem Urteilsspruch folgte abermals beklommenes Schweigen. Maureen Dovedale wirkte jetzt regelrecht erschöpft. Aber sie nahm sich zusammen und fragte Clarice, welche Musik sie am liebsten spiele.

»Im Moment eigentlich nichts Besonderes – ich habe eine Sehnenscheidenentzündung und darf das Handgelenk nicht strapazieren. Behauptet jedenfalls mein Arzt.«

Der Rest von dem, was Clarice noch zu diesem Thema sagte, ging unter, da Vienna direkt an meinem Ohr dröhnte. »Wie ich gehört habe, Ellie, sind Sie Innenarchitektin.«

»Das war ich jedenfalls bis zu meiner Ehe«, erzählte ich ihr. »Jetzt mache ich es ein bißchen als Nebenberuf.«

»Nun, wenn Sie es nicht als Zumutung betrachten« – sie schaute dabei Madrid an, wie um deren Reaktion zu testen –, »würde ich Ihnen gern das Arbeitszimmer zeigen und von Ihnen hören, wie man es etwas freundlicher gestalten kann. Ich weiß, Sie wollen gleich mit den anderen aufbrechen und möchten auch Mr. Phipps nicht warten lassen – vielleicht könnten wir deshalb jetzt kurz einmal über den Flur springen... nur für ein paar Minütchen?«

Bei diesen Worten hatte sie mich bereits durch die Tür in die Eingangshalle gelotst. Ich kommentierte lobend, daß diese jetzt viel besser aussähe, nachdem die Wände weiß gestrichen und mit dem roten Treppenläufer aufgelockert worden seien.
»Sie haben recht, es war vorher irgendwie gruselig – als wohne man in einem Grab. Wir mußten die ganze alte Vertäfelung herausreißen.« Sie trabte vor mir an der Eßzimmertür vorbei. »Aber die arme alte Frau, die hier gelebt hat, konnte sich um nichts mehr kümmern – ich würde sagen, sie hat die letzten vierzig Jahre überhaupt nicht mehr renoviert. Wir müßten übrigens ruckzuck an die Arbeit gehen, Ellie, das ist wichtig, denn Sie können sich sicher vorstellen, wie sensibel Madrid auf Atmosphärisches reagiert. Wir mußten aus einem früheren Haus fortziehen, weil die Nachbarn den Garten verkommen ließen. Madrid hat das so deprimiert, daß sie das Bett hüten mußte.«
»Das ist ja allerhand«, antwortete ich aufs Geratewohl und erhaschte dabei einen Blick auf Jonas, der am Küchentisch saß. Es hatte den Anschein, als würde er schlafen, und ich ärgerte mich erneut über die Geschichte mit der Kettensäge.
Vienna schien meine Gedanken zu lesen, denn sie sagte: »Mr. Phipps hat sich den Apfelbaum angesehen und uns beraten, wie man ihn stutzen muß. Dabei hat er uns auf einen abgestorbenen Ast hingewiesen, der jederzeit herunterbrechen konnte. Als er sah, daß Madrid anfing sich zu ängstigen, weil der Ast über einem Zwinger hing, hat er um eine Säge gebeten und darauf bestanden, ihn sofort zu entfernen. Ich habe ihm fünf Pfund in die Hand gedrückt. Was für ein reizender alter Mann!«
»Der Beste auf der Welt.«
»Und hier ist schon das Arbeitszimmer.« Vienna wandte sich nach rechts. »Trotz der großen Terrassentüren kommt nie genug Sonne herein – der Raum wirkt immer so trostlos.« Sie stieß die Tür auf. Als ich hinter ihrem Rücken in den Raum spähte, wollte ich ihr sofort zustimmen. Aber die Worte blieben mir im Halse stecken. Es war nicht die dunkelbraune Farbe oder die schä-

bigen Bücherregale, die wie kalte Hände nach mir griffen. Es waren auch nicht das Kehrblech und die verstreute Kaminasche auf dem Fußboden oder die umgefallene Trittleiter, die mir einen Schauer über den Rücken jagten. Der Gipfel des Furchtbaren war eher Mrs. Large, die tot auf der Erde lag, wobei der Staubwedel aus ihrer starren Hand ragte.

Kapitel Fünf

Die Fenster werden geputzt. Mit dem Rahmen! Ein wenig Soda im Putzwasser gibt den Scheiben mehr Glanz.

Als ich am Nachmittag über die Cliff Road fuhr, um Ben zu berichten, was passiert war, durchlebte ich jede einzelne Schrecksekunde noch einmal von vorn. Vienna war im Gegensatz zu mir nicht stocksteif stehengeblieben, sondern hatte sich gebückt, um Mrs. Large den Puls zu fühlen. Ein überflüssiges Ritual. Mrs. Larges Starrblick und der offenstehende Mund ließen keinen Zweifel daran, daß hier jede Hoffnung vergebens war. Doch wenn *ich* das alles schon so furchtbar fand, wieviel schlimmer mußte es dann erst für Vienna gewesen sein! Schließlich war Mrs. Large ja in ihrem Haus gestorben und nicht in meinem.
Danach liefen die anschließenden Szenen noch einmal vor meinem geistigen Auge ab. Wie Vienna, die Frau, die eigentlich aussah, als könne sie jeder Katastrophe trotzen, bekümmert hauchte, sie habe nicht die leiseste Ahnung, wie sie das ihrer Schwester beibringen solle. Wie Madrid kurz darauf einen Schreikrampf bekam. Die entgeisterten Mienen der Mitglieder der Salongesellschaft. Sanitäter, die durch die Eingangshalle stürmten. Ich, wie ich mich mit einer teilnahmsvollen Polizistin unterhielt.
Irgendwann in dem ganzen Durcheinander hatte ich meine Freundin Frizzy Taffer angerufen. Eines ihrer Kinder ging zusammen mit den Zwillingen in dieselbe Spielgruppe. Ich erklärte ihr hastig, was geschehen war, und bat sie, die Zwillinge mit zu sich nach Hause zu nehmen, womit sie sich ebenso hastig einverstanden erklärte.

Als ich Tall Chimneys verlassen konnte, fuhr ich Jonas nach Hause und richtete ihm das Mittagessen, ehe ich mich zum Abigail's aufmachte. Ich hatte zwar nicht vor, Ben schluchzend in die Arme zu fallen, aber ich wollte ihn wenigstens sehen. Vielleicht wäre der Schock nicht ganz so schlimm gewesen, wenn ich vorher gewußt hätte, daß sich Mrs. Large in Tall Chimneys aufhielt, um dort den halben Tag oder wie lange auch immer zu putzen. Aber warum hätten die Schwestern ihre Anwesenheit erwähnen sollen? Wahrscheinlich hatten sie Mrs. Large gesagt, daß sie Gäste erwarteten, und daß sie sich erst an die Eingangshalle und die vorderen Räume des Hauses machen solle, wenn alle wieder verschwunden waren.

Jetzt war es früher Nachmittag – ein ausgesprochen schöner Nachmittag! Der erste rosigweiße Blütenschnee hatte sich auf die Bäume gelegt, und zarte goldgeäderte Wattewölkchen zogen über den blaßblauen Himmel hinweg. Nichts deutete mehr auf den Regen, der sich noch am Vormittag angekündigt hatte. Nicht *ein* rauhes Lüftchen ließ vermuten, daß sich Mutter Natur Mrs. Larges Ableben zu Herzen genommen hätte. Ich bog in die Market Street ein und hielt nach einem Parkplatz Ausschau. Wenn ich meinen Verstand beieinander gehabt hätte, hätte ich gesehen, daß der, den ich mir aussuchte, nicht einmal für ein Dreirad gereicht hätte.

Der Wagen stieß mit den Vorderrädern gegen den Bordstein, während das Heck in den Verkehr ragte, was einen vorbeifahrenden Jeep so auf Touren brachte, daß er mir ein unanständiges Schimpfwort zuhupte. Das ist das Dumme an einem Kabrio – jeder kann einem zusehen, wenn man sich zum Narren macht. Aber es sollte noch schlimmer kommen. Als ich den Rückwärtsgang einlegen wollte und dabei einen Satz nach vorne machte, tauchte mein lieber Cousin Freddy auf.

»Grins nicht so fett«, fauchte ich ihn an.

»Ich grinse nie fett, wenn Frauen am Steuer sind«, erwiderte er tugendhaft. »Willst du nicht lieber aussteigen und mich den Rest machen lassen?«

»Vielen Dank, nein. Paß einfach nur auf, daß ich nirgendwo gegen knalle.«
Freddy war echt in Form. Er warf sich in Positur wie ein Polizist, drehte die Daumen nach rechts und links und blies auf einer imaginären Trillerpfeife.
Nach einem etwas kitzligen Augenblick, in dem ich fast mit einem Lastwagen aneinandergeraten wäre, stellte ich den Motor ab und ließ die Hände vom Steuer sinken. Doppelt geparkt hält besser!
»Das trifft sich gut«, sagte Freddy vergnügt. »Falls du nämlich auch noch über die Straße gehen und die Ecke zum Abigail's umrunden wolltest, kannst du dir das sparen. Ben hat alle Hände voll zu tun.«
»Läuft das Geschäft wieder besser?«
»Die Leute stehen Schlange.«
»Hat man Töne! Das ist ja super!« sagte ich, obwohl sich eine gewisse Enttäuschung in mir breitmachte. Jetzt mußte ich die Neuigkeit noch bei mir behalten. Denn wenn Ben zu tun hatte, und ich mit meinem Gejammer dazwischenplatzte, würde er bestimmt den Faden verlieren – die Sauce Hollandaise würde klumpen, der Spargel zerkochen –, und die Chance, die Herzen der Gäste zurückzuerobern, wäre dahin.
»Ja, es ist alles sehr aufregend.« Freddy hörte sich allerdings nicht ganz so begeistert an, wie man hätte erwarten können. Aber ich maß dem keine Bedeutung zu. Ich erzählte ihm auch nichts von Mrs. Large – Ben sollte die Nachricht nicht aus zweiter Hand erfahren. Eigentlich – jetzt wurde ich doch wankelmütig – wäre ja nicht viel dabei, wenn ich ganz kurz im Abigail's vorbeisehen würde, nur für den Fall, daß Ben doch ein paar freie Minuten hatte. Nur einen winzig kleinen Blick auf den starken Rücken meines Mannes werfen. »Ich will Ben aber trotzdem sehen«, quengelte ich, doch als ich die Wagentür öffnete, hielt Freddy sie fest und quetschte seinen Kopf dazwischen.

»Was ist mit Tam und Abbey? Mußt du sie nicht aus der Spielgruppe holen?«
»Frizzy Taffer holt sie ab.«
»Warum machst du dir dann nicht einen schönen Tag?« Freddy trat zurück und versetzte dem Wagen einen Klaps. »Denk an den wundervollen Frühjahrsputz, der zu Hause auf dich wartet. Oder fahr einfach an der Küste entlang. Genieße die Natur!.«
»Seit wann bist du so aufmerksam, Freddy?«
»Seit immer.« Er warf den Pferdeschwanz über die Schulter nach hinten. »Was meinst du, wie ich losgewetzt bin, als ich dich eben gesehen habe! Nur damit dir und der alten Rostlaube nichts passiert.«
»Ganz reizend«, antwortete ich.
Wäre ich in Gedanken nicht noch immer bei dem Leichenfund und zudem halb verhungert gewesen – ich hatte das Frühstück ausgelassen und in Tall Chimneys nur ein Rosinentörtchen gegessen –, wäre mir aufgefallen, daß mein Cousin irgendeine Absicht verfolgte. Normalerweise bin ich nämlich nicht so begriffsstutzig, wie er denkt.
»Wenn du wirklich meinst, das sei jetzt ein schlechter Zeitpunkt«, sagte ich, nachdem ich beschlossen hatte, daß es kindisch und selbstsüchtig wäre, Ben zu stören, »warte ich, bis Ben wieder zuhause ist.«
»So ist's recht.« Freddy gab dem Wagen nicht direkt einen Schubs, aber doch so etwas in der Art. Als ich den Kopf an der Ampel noch einmal nach hinten drehte, sah ich, wie er sich mit fliegendem Pferdeschwanz geschickt durch die Autos auf die andere Straßenseite manövrierte und an der Ecke Market Street und Spittle Lane verschwand. Da ich in die entgegengesetzte Richtung unterwegs war, entgingen mir leider auch die Menschen, die vor der Tür des Abigail's Schlange standen.
Ich war immer noch nicht ganz beisammen, als ich überlegte, ob ich die Zwillinge bei Frizzy abholen sollte. Dann entschied ich mich jedoch dagegen. Wahrscheinlich wäre es besser, wenn ich

mich selbst erst einmal wieder in den Griff bekäme. Nachdem ich gerade noch über die rote Ampel geflutscht war, entdeckte ich einen Parkplatz, direkt vor Bellingham's. Bellingham's ist unsere Version von Harrods. Normalerweise muß man die Autos übereinander parken, um auch nur in die Nähe des Eingangs zu kommen. Ein Parkplatz vor der Tür muß so etwas wie ein Zeichen des Himmels gewesen sein. Mein Magen fand das auch und knurrte zustimmend. Bellingham's beherbergt im zweiten Stock eine Cafeteria, in der man zu kleinen Preisen riesige Portionen guter englischer Hausmannskost bekommt.

Als ich auf dem Weg zum Aufzug die Parfum- und Kosmetikabteilung durchquerte, nahm eine der Verkäuferinnen Blickkontakt mit mir auf. Ich nickte ihr freundlich zu. Das war unfair. Wahrscheinlich hatte sie ihre ganze Hoffnung daran gesetzt, mir einen Lippenstift zu verkaufen. In der Möbelabteilung wurden meine Schritte langsamer. Plötzlich hielt ich ein Samtkissen mit Fransenrand in der Hand und betrachtete es nachdenklich. Ob es den Millers jemals gelingen würde, das düstere Arbeitszimmer in Tall Chimneys mit bunten Kissen und Decken so aufzuheitern, daß der Geist von Mrs. Large gebannt würde? Konnte Vienna selbst mit größtem Renovierungsaufwand die Erinnerung an den perplexen Gesichtsausdruck der Toten, die hervorquellenden Augen und den erschlafften Unterkiefer überdekken? Konnte sie jemals den Eindruck loswerden, daß in dem leblosen Körper von Mrs. Large nicht noch ein Restchen Verstand gehaust hatte, das sich verzweifelt an die Oberfläche kämpfen wollte, damit die Tote sich aufsetzen und erklären konnte, wieso sie von der Leiter gefallen war?

Im Weitergehen wurde mir bewußt, daß das eigentlich Viennas Sorgen sein sollten und nicht meine. Und der letzte Gedanke war ja nun wirklich Unfug gewesen. Warum sollte es für Mrs. Large wichtig sein, noch eine letzte Stellungnahme abzugeben? Es sei denn – ich blieb abrupt auf der Stelle stehen –, es sei denn, sie hätte gar keinen falschen Schritt getan, oder ihr wäre gar nicht schwindlig geworden, als sie die Bücherregale abstaubte. Es sei denn – hierbei wurde mir allmählich schwindlig –, der Grund für ihren verhängnisvollen Sturz sei der gewesen, daß irgend jemand der Leiter einen Stoß versetzt hätte. Gleich neben mir hörte eine der Verkäuferinnen auf, die Badetücher zusammenzufalten, und wollte wissen, ob ich vielleicht Hilfe brauchte. Ich kaufte schnell ein paar Gästetücher und fragte mich, was um alles in der Welt nur in mich gefahren war. Unfälle gab es alle Tage. Genau wie Herzanfälle. Der plötzliche Tod von Mrs. Large war zwar traurig, aber unheimlich war er eigentlich nicht. Oder doch?

Ich brauchte jetzt erst einmal etwas in den Magen. Aber als ich das Besteck aufgenommen hatte und das braune Plastiktablett über die Chromschiene vor der Theke schob, konnte ich mich nicht entscheiden, ob ich lieber die Fleischpastete oder den Truthahn mit Salbei- und Zwiebelsoße wollte. Die Bedienung hinter der Theke setzte ihre Duldermiene auf und ließ die riesige Schöpfkelle wie ein Pendel zwischen den Metalltöpfen hin und herschwingen.

Plötzlich tippte mir jemand an die Schulter. »Mrs. Haskell?«

Ich fuhr herum. Mir gegenüber stand eine kleine ältere Frau, die eine große Handtasche an sich gepreßt hielt.

»Ich habe die schreckliche Nachricht gehört.« Ihr Gesicht war gramverzerrt. »Ich meine, von der armen Gertrude Large.«

»Oh«, war alles, was ich hervorbrachte. Die Bedienung gab im Hintergrund ein Schnauben von sich.

»Wissen Sie, ich putze bei Mrs. Taffer und war gerade bei ihr, als sie angerufen haben. Ich und Gertrude – wir waren befreundet.« Die kleine Frau ließ die Handtasche fallen, als sie sich die Augen wischte, und ich hob sie für sie auf. »Jedenfalls hat Mrs. Taffer mir anschließend erzählt, was Sie ihr erzählt haben, und ich bin regelrecht zusammengebrochen. Konnte nichts mehr sagen. Und jetzt rede ich hier mit Ihnen, ohne Ihnen zu erklären, wer ich bin.« Sie kramte in ihrer Tasche nach einem Taschentuch und putzte sich die gerötete Nase. »Sie haben mich mal an der

Bushaltestelle getroffen, mit Roxie Malloy, aber daran erinnern Sie sich bestimmt nicht mehr.«

»Doch natürlich«, sagte ich, da mir allmählich ein Licht aufging. »Sie sind Mrs. Smalley.«

»Und Mitglied des VPFVCF.« Ein Anflug von Stolz schlich sich in ihre Stimme, während sie sich weiterhin die Augen betupfte. »Wir stehen uns alle sehr nahe, aber Gertrude und Roxie waren besonders dick miteinander, und deshalb dachte ich, daß sie sich bei Roxie vielleicht das Herz ausgeschüttet hat.«

»Wegen was denn?« fragte ich und schob das Tablett weiter bis zur Sandwich- und Salattheke, wo alles abgepackt war und ich mich selbst bedienen konnte.

»Das ist es ja gerade.« Mrs. Smalley trat näher an mich heran und senkte die Stimme zu einem Flüstern. »Sie wollte ja weder bei mir noch bei Betty oder Trina mit der Sprache raus. Gertrude behelligte andere nicht gern mit ihren Sorgen. Hat viel im Leben runtergeschluckt. Aber in der letzten Zeit konnte jeder sehen, daß sie irgendwas gewurmt hat – hat sie ja richtig krank gemacht! Ich dachte, sie hätte Roxie etwas gesagt.«

»Aber Mrs. Malloy ist doch in London«, warf ich ein und legte eine Tüte Chips neben den Tomaten-und-Käse-Sandwich auf mein Tablett.

»Gertrude hätte sie doch besuchen können«, entgegnete Mrs. Smalley. »Und außerdem gibt's ja auch noch Telefon.«

Das stimmte natürlich, und sofort erwachte das seltsame Gefühl wieder zum Leben, das seit dem Schock von Mrs. Larges Tod in mir schlummerte. Jetzt wußte ich wieder, wieso mir der Gedanke gekommen war, daß man sie von der Leiter gestoßen haben könnte. Es hatte an Mrs. Malloys Telefonanruf gelegen. Nachdem ich noch eine Tasse Tee auf mein Tablett gestellt hatte und die Frau an der Kasse meine Sachen eintippte, versuchte ich mich daran zu erinnern, was Mrs. Malloy im einzelnen gesagt hatte. Doch alles, was mir einfiel, war mein Entsetzen aufgrund des zerbrochenen Spiegels.

»Warum suchen wir uns nicht ein Plätzchen und unterhalten uns in Ruhe darüber?« schlug ich vor, und Mrs. Smalley willigte dankbar ein. Kurz darauf saßen wir in einer Ecke an einem Fenster, von dem aus man über die Market Street sehen konnte.

»Es ist wirklich sehr freundlich von Ihnen, mit mir zu reden, Mrs. Haskell.« Mrs. Smalley nippte wie ein kleiner Vogel an ihrem Tee und stellte die Tasse dann klappernd zurück auf den Unterteller. »Wissen Sie, seit ich die Nachricht gehört habe, geht mir das ganze nämlich nicht mehr aus dem Sinn. Das mit Gertrude, und wie sie so besorgt und durcheinander war, meine ich. Sie war nie besonders fröhlich, aber diesmal war es irgendwie anders. Sie hatte nur noch zwei linke Hände, und das war vorher nie der Fall. Hat mir erzählt, daß sie beim Spülen bei Brigadegeneral Lester-Smith eine Teekanne kaputtgemacht hat, eine, die noch von seiner Mutter stammte. Häßliches altes Ding, wie Gertrude sagte, aber trotzdem ...«

»Bei mir hat sie einen Spiegel zerbrochen.« Ich sagte schnell, daß ich beileibe keine unangenehmen Geschichten verbreiten wolle, setzte dann jedoch der Vollständigkeit halber hinzu: »Außerdem ist sie am ersten Morgen zu spät gekommen, was sicher auch etwas zu bedeuten hat. Sie sagte, sie hätte eine schlechte Nacht hinter sich. Aber ihre Arbeit hat sie einwandfrei gemacht. Übrigens hat Mrs. Malloy in der Zeit tatsächlich angerufen.« Ich wollte schon die wenigen Bruchstücke von mir geben, die mir langsam wieder ins Gedächtnis kamen, aber im letzten Moment hielt ich mich zurück. Mrs. Malloy sollte besser selbst entscheiden, was sie weitererzählen wollte und was nicht.

»Roxie wußte, daß Gertrude an dem Tag bei Ihnen war?« Mrs. Smalley nickte vielsagend mit dem Kopf. »Das sagt Ihnen doch schon, wie nahe sich die beiden standen, oder nicht?«

»Mrs. Malloy hat bei Mrs. Large ein gutes Wort für mich eingelegt. Vielleicht haben sie dabei auch den entsprechenden Tag erwähnt.« Ich biß ein Häppchen von meinem Sandwich ab,

trank einen Schluck Tee und wartete darauf, daß meine neue Bekannte den Faden wieder aufnahm.
»Mrs. Taffer hat gesagt, daß Lady Pomeroy – die ehemalige Maureen Dovedale – dabei war, als das in Tall Chimneys passiert ist. Hat sie bestimmt ganz schön mitgenommen.« Mrs. Smalley mußte wieder zum Taschentuch greifen.
»Wir waren alle schockiert, aber es ist wahr, Lady Pomeroy schien es am meisten getroffen zu haben«, erwiderte ich.
»Außer Roxie stand Gertrude niemand näher als Maureen. Sind zusammen aufgewachsen, waren in derselben Schule und sind sonntags zusammen ins Kino gegangen. Und sind immer Freundinnen geblieben, was nicht ganz einfach ist, wenn man einen Haushalt hat und dem Mann noch beim Geldverdienen helfen muß. Na, ein Gutes hat die Sache immerhin.« Mrs. Smalley verstaute das Taschentuch, und ich wartete gespannt, wie sie das Thema zum Guten wenden würde. »Gertrudes Mann ist schon seit Jahren tot, und jetzt muß sich wenigstens keiner drum kümmern, daß er sich einen schwarzen Anzug kauft. Die beiden Töchter sind verheiratet und wohnen nicht weit von hier, aber die haben kaum mit der Mutter verkehrt. Gertrude hat ihre Kinder nicht gerade verhätschelt, wenn Sie wissen, was ich meine, Mrs. Haskell. Aber es gab trotzdem keine bessere Seele auf der Welt – immer aufrecht und ehrlich. Wenn Gert einen Pfennig gefunden hätte, hätte sie ihn sofort zur Polizei getragen.« Mrs. Smalleys Stimme wurde brüchig. »Sie müssen entschuldigen, Mrs. Haskell, ich glaube, es liegt am Schock, daß ich so drauflosschwatze, obwohl Sie eben erst die Leiche gefunden haben.«
»Vienna Miller war auch dabei.« Ich legte meinen angenagten Sandwich auf den Teller zurück.
»Eine nette Frau, nach dem, was Gertrude erzählt hat, und ganz wundervoll zu ihrer Schwester, der vor Jahren eine schreckliche Tragödie widerfahren ist. Wenigstens behaupten das alle.«
»Es ging um einen kleinen Hund. Er ist gestorben.«

Mrs. Smalley hatte sich bei meinen Worten die Nase geschneuzt und sah jetzt auf. »Ein kleiner Junge, haben Sie gesagt?«
»Nein, eine Hündin. Sie hieß Jessica.«
»Nun« – die Information mußte erst einmal verdaut werden –, »wo man hinschaut nur Herzeleid, finden Sie nicht? Wahrscheinlich würde der Pfarrer jetzt sagen, daß ich froh sein soll, daß Gertrude an einem besseren Ort ist, und vielleicht könnte ich ihm recht geben, wenn sie friedlich in ihrem Bett gestorben wäre. Aber ich glaube nun mal nicht, daß sie in Frieden gestorben ist. Und wenn sie einen Kummer hatte, wer weiß dann schon, ob sie überhaupt Ruhe findet im Grab?«
»Ich glaube, Sie sprechen doch besser einmal mit Mrs. Malloy«, sagte ich. »Vielleicht bringt sie Licht in das Dunkel, das Mrs. Large die Seele getrübt hat. Oder was ist mit Lady Pomeroy? Vielleicht hat Mrs. Large sich ihr anvertraut.«
»O nein, das glaube ich nicht.« Mrs. Smalley schüttelte den Kopf. »Gertrude hat mir gesagt, daß seit Maureens Heirat alles anders geworden ist. Hat gemeint, es ginge nicht, daß sie weiter Freundinnen blieben, jedenfalls nicht mehr so wie früher. Sie mußten beide auf Sir Robert Rücksicht nehmen. Ein Mann in seiner Position kann doch nicht wollen, daß seine Frau die beste Freundin der Putzfrau ist! Gertrude sagte, sie könne froh sein, daß sie in Pomeroy Hall überhaupt noch saubermachen dürfe, auch wenn sie da dreizehn Jahre lang gearbeitet hat. Sie wußte genau, wo die Vergangenheit endet und die Gegenwart beginnt.«
Ein paar Minuten lang saßen wir uns schweigend gegenüber, bis ich Mrs. Smalley fragte, ob sie Mrs. Malloys Telefonnummer in London wüßte. Sie antwortete, sie sei überzeugt, daß sie die irgendwo in ihrem Adreßbuch notiert habe, aber sicherheitshalber schrieb ich sie ihr noch einmal auf.
»Gibt es vielleicht noch etwas, das Sie mir erzählen wollen?« Mrs. Smalley beugte sich zu mir vor. »Sie halten doch nichts zurück, oder?«

»Um Gottes willen, was meinen Sie denn damit?« Ich ließ meinen Stift fallen und sah ihm nach, wie er über die Tischplatte rollte.
»Na, zum Beispiel, wie Gertrude gestorben ist.« Das kleine Gesicht wirkte noch spitzer als zuvor. »Ob die Leute, die sie sich angeschaut haben – Doktor und Polizei und so weiter – gesagt haben, daß alles schnell vorbei war.«
»Es tut mir leid, aber zu mir hat eigentlich niemand viel gesagt.« Ich schnappte den Stift noch rechtzeitig, ehe er vom Tisch fiel.
»Warum auch? Nur mit den Millers wurde unter vier Augen gesprochen.«
Mrs. Smalley umfaßte die Teetasse mit ihren abgearbeiteten Händen. »Und keiner hat angedeutet, daß es vielleicht kein Unfall war?«
»Jedenfalls nicht in meiner Gegenwart. Sie denken doch nicht an etwas Bestimmtes?«
»Nun – was mir Angst macht, ist der Gedanke, daß ...«
»Ja?« Ich beugte mich vor, und da Mrs. Smalley das gleiche tat, stießen unsere Köpfe beinahe zusammen.
»Daß ... es mit Absicht getan wurde.«
»Sie meinen, daß sie jemand von der Leiter gestoßen hat?«
»Also –« sie setzte sich wieder gerade hin, »an so was habe ich natürlich nicht gedacht. Menschen werden doch normalerweise nicht umgebracht, oder? Wenigstens nicht die Leute, die wir kennen. Was ich sagen wollte, Mrs. Haskell, ist, daß bei der schlimmen Phantasie, die manche Leute haben, der ein oder andere behaupten könnte, Gertrude hätte es extra getan. Hätte sich vor Kummer von der Leiter gestürzt, um allem ein Ende zu machen. Sicher, jeder, der sie kannte, würde nicht ein Minute daran glauben. Eine so gottesfürchtige Frau wie Gertrude, aber –«
»Oh, Mrs. Smalley!« Ich bedeckte ihre zitternde Hand mit meiner. »Da machen Sie sich unnötig Sorgen. Es war ja nur eine normale Trittleiter. Keine zum Fensterputzen im zweiten Stock.

Niemand, der sich von einer so kleinen Leiter stürzt, hätte auch nur die geringste Chance, sich umzubringen. Wenn Mrs. Large nicht gefallen ist, weil ihr plötzlich schwindlig wurde, dann muß sie einen Schritt in die Luft gemacht haben und unglücklich aufgeschlagen oder mit dem Kopf zu hart aufgetroffen sein.«
Mrs. Smalley bedachte mich mit einem kraftlosen Lächeln. »Es muß wohl am Schock liegen, daß mir so dumme Gedanken kommen.«
Womit wir schon zwei wären, dachte ich. Doch dann atmete ich erleichtert auf. Was für Selbstmord galt, galt schließlich auch für Mord. Wenn jemand Mrs. Larges Tod gewollt hätte, wäre demjenigen bestimmt eine bessere Methode eingefallen, oder nicht? Es will ja wohl kein Mörder riskieren, daß sein Opfer gleich wieder auf die Beine kommt und ihm üble Vorwürfe macht, anstatt tot auf dem Boden liegen zu bleiben. Aber was, wenn es nun irgendein Zwischending gäbe? Was, wenn jemand das Arbeitszimmer in Tall Chimneys aufgesucht hätte, als Mrs. Large auf der Leiter stand? Genau die Mrs. Large, die laut der kargen Information von Mrs. Malloy etwas Schreckliches erfahren hatte und diesbezüglich dringend Rat benötigte. Was, wenn dieser Jemand das Geheimnis unbedingt gewahrt haben wollte, sich furchtbar erregt und der Leiter einen Stoß versetzt hatte?
»Sie waren wirklich sehr liebenswürdig.« Mrs. Smalleys Stimme riß mich wieder in die Gegenwart zurück. »Wenn ich nicht schon alle Tage besetzt hätte, würde ich gern bei Ihnen putzen. Wenn Sie jemanden suchen, jetzt wo Gertrude tot ist – ich könnte mal mit Trina McKinnley reden, wenn sie aus dem Urlaub zurück ist. Das ist übermorgen, wenn ich mich nicht irre. Ein paar von ihren Kundinnen sind weggezogen, und Trina hat mir erzählt, daß sie sich erst nach ihrer Rückkehr wegen neuen Stellen umsehen wollte. Armes Mädel!« Mrs. Smalley stieß einen Seufzer aus. »Trina wird das alles sicher noch mehr zu schaffen machen als den anderen.«
»Wieso denn das?«

»Weil sie es hätte gewesen sein können, die heute morgen von der Leiter gestürzt ist. Gertrude hat nur für die Millers geputzt, weil Trina im Urlaub ist. Gertrude war da ganz prima, hat sich immer einen halben Tag frei gelassen, damit sie einspringen konnte, wenn jemand von uns ausfiel.«

»Wie lieb von ihr«, sagte ich. »Ich wüßte es übrigens tatsächlich zu schätzen, wenn Sie Ihre Freundin fragen könnten, ob sie bei mir arbeiten will.«

»Trina ist nicht nur meine Freundin, sie ist eher wie die Tochter, die ich nie gehabt habe.« Mrs. Smalleys lächelte mich an, wobei sich ihr zerfurchtes Gesicht mit weiteren Knitterfältchen überzog. »Vertraut mir alles an – auch das mit ihrem Freund. Kein besonders toller Bursche. Ich mache mir immer Sorgen, daß er sich nicht benimmt, obwohl Trina ganz gut auf sich selbst aufpassen kann. Aber jetzt bin ich schon wieder mitten im Plaudern, und Sie müssen doch sicher gehen, meine Liebe. Oh, bitte vielmals um Entschuldigung – Mrs. Haskell.«

Ich erwiderte ihr Lächeln und sagte: »Ich bin froh, daß wir uns kennengelernt haben, trotz der traurigen Umstände.« Als ich mich aufraffte und nach meiner Tasche griff, frage ich sie, ob sie nicht auch aufbrechen wolle, aber sie antwortete, sie sei hier mit ihrer Kollegin, Betty Nettle, verabredet, um einen Happen zu essen und anschließend einkaufen zu gehen.

»Irgend etwas hat sie wohl aufgehalten«, sagte Mrs. Smalley. »Aber sie kommt schon noch. Sie weiß, daß ich warte. Ihr die Geschichte mit Gertrude zu erzählen, wird nicht gerade einfach sein.«

Als ich mich verabschiedete, kam ich mir vor wie jemand, der einen guten Freund im Stich läßt, aber es wurde allmählich Zeit, die Kinder abzuholen. Ich war schon fast an der Tür, als plötzlich aus nächster Nähe eine mißmutige Stimme ertönte. Sie war jedoch nicht an mich gerichtet, sondern an jemanden namens Edward. Ich drehte mich trotzdem automatisch um und entdeckte ein Ehepaar, das an der Theke der Cafeteria wartete.

»Du weißt genau, daß ich ins Abigail's wollte, Edward, und das schon seit deine Mutter uns erzählt hat, wie gut sie da vor ein paar Monaten gegessen hat.« Die Frau kam frisch vom Friseur und hatte ein riesengroßes Seidentuch um die Schultern ihres rosaroten Mohairmantels drapiert. »Ich kann dir gar nicht sagen, wie enttäuscht ich bin.« Sie knallte die Serviettenrolle mit dem Besteck auf ihr Tablett.

»Ja, mein Schatz«, erwiderte der Mann mit der Geduld eines Menschen, der schon viele Sätze mit diesen Worten begonnen hat. »Aber was hätte ich denn machen sollen? Ich habe die Demonstranten nicht vor das Restaurant gestellt, oder? Und wenn du unbedingt reingewollt hättest, wäre ich dir gefolgt.«

»Ja, ganz bestimmt! Und hättest dich unter meinem Rock verkrochen, was?« Die Frau gab ein verächtliches Schnauben von sich und schlug seine Hand zur Seite, als diese nach Brötchen und Butter greifen wollte, die Edward, das muß man der Gerechtigkeit halber sagen, wirklich nicht brauchte.

»Na klar habe ich Angst gehabt«, jammerte er und lutschte an den Fingerknöcheln. »Wäre doch jedem vernünftigen Menschen so gegangen, wenn die alle durch die Gegend brüllen. Soll ich mich als blutrünstigen Kuhmörder hinstellen lassen, wenn ich mir mal einen schönen Tag gönnen will? Doch wohl kaum. Aber wenn du dein Leben riskieren willst, um . . .«

Ich hatte genug gehört. Jetzt war mir auch klar, warum Freddy seine Abneigung gegen unnötige Wege überwunden hatte, um über die Straße zu laufen und mir auszureden, ins Abigail's zu kommen. Es war ihm nicht etwa nahegegangen, zu sehen, wie ich mich in die Parklücke mühte. Er war nur wild entschlossen gewesen, mich vom Anblick der Demonstranten fernzuhalten. Die Leute würden Schlange stehen, hatte er gesagt! So konnte man es auch ausdrücken. Und Ben hatte wahrscheinlich tatsächlich alle Hände voll zu tun gehabt, die Kellner und Kellnerinnen von den Fenstern wegzuschieben, damit die Tierschützer ihnen keine Pflastersteine an die Köpfe warfen.

Der Aufzug brachte mich ins Parterre zurück und ließ mich am Kosmetikstand von Estée Lauder heraus. Von dort aus waren es nur ein paar Schritte zum Ausgang Market Street. Es hatte keinen Zweck, den Wagen zu nehmen und vor dem Abigail's erneut einzuparken, denn bis zum Restaurant war es nicht weit, und ich brauchte ohnehin Zeit, um mich wieder abzuregen. Freddy konnte ich nicht böse sein, er hatte zweifellos nur das Beste gewollt. Aber in bezug auf die Demonstranten war ich außer mir vor Wut. Am liebsten wäre ich wie ein Wahnsinnige über sie hergefallen und hätte mit der Handtasche auf sie eingeprügelt. Doch vielleicht war es vernünftiger, wenn ich das nicht tat. Ben hätte mit Sicherheit nichts davon, wenn seine Frau vor aller Augen verhaftet würde.

Die Sonnenstrahlen tauchten den Bürgersteig in ein goldenes Licht. Ungerecht, dachte ich. Wo bleibt das Mistwetter, wenn man es braucht? Es müßte jetzt gießen, damit die Demonstranten bis auf die Knochen naß wurden. Dann konnten sie sich erst richtig in ihrer Opferrolle baden.

Als ich um die Ecke in die Spittle Lane bog, sah ich sie vor mir. Ein kleiner Menschentrupp stand vor dem Abigail's und hielt Plakattafeln in die Höhe – leider nicht hoch genug, um Armkrämpfe zu bekommen. Auf einigen Plakaten stand: »Heute kein Schlachtfest! Nie wieder Fleisch!« Auf anderen hieß es »Du sollst nicht töten«. Und manche waren mit braunroter Farbe bespritzt – zumindest hoffte ich, daß es Farbe war.

Ein Gesicht ragte aus der Menge heraus. Es gehörte Mrs. Barrow, der Kirchenorganistin, eine Frau, die bekanntermaßen radikale Ansichten vertrat, wie beispielsweise, daß man Missionare zum Mars schicken müsse, um die Außerirdischen zu bekehren. Sie war es auch, die vor Jahren gegen die Pelzmäntel zu Felde gezogen war. Außerdem hatte sie eine Kampagne ins Leben gerufen, mit der die Queen aufgefordert wurde, den Tower abzureißen, weil er die blutrünstige Vergangenheit des Landes verherrliche. Ohne mich um die vernichtenden Blicke links und rechts zu kümmern, marschierte ich erhobenen Hauptes durch die Gruppe und den Chor von lauten Muh-Rufen. Letztere bezogen sich wahrscheinlich auf die Kälber, die gerade begriffen hatten, daß sie nicht zur Verzierung auf der Wiese gestanden hatten. Unterwegs rempelte ich gegen ein Mädchen im Teenageralter. Es war Dawn, Frizzy Taffers Tochter, die man eigentlich nie übersehen konnte, denn ihre langen Haare waren pinkfarben und limonengrün gestreift, und ihr Lidstrich war dicker als der von Kleopatra. Auf ihrem Plakat war eine Kuh abgebildet, die in einer Sprechblase verkündete »Mein Körper gehört mir!«

»Hallo, Dawn«, sagte ich. »Müßtest du nicht eigentlich in der Schule sein?«

»Oh, hallo, Mrs. Haskell.« Ihr Gesicht war eine Mischung aus Verlegenheit und Trotz. Sie legte sich die Plakattafel über die Schulter, wobei sie dem hinter ihr stehenden Mann um ein Haar die Augen ausgestochen hätte. »Ich habe mir den Nachmittag freigenommen. War sowieso nur langweilige Erdkunde«, sagte sie achselzuckend. »Wer braucht so was schon, wenn's überall Reisebüros gibt. Die wissen wenigstens, wo man braun wird.« Ihr Selbstvertrauen stieg. »Übrigens können Sie meiner Mutter ruhig sagen, daß Sie mich gesehen haben. Die sollen mich ruhig bei Wasser und Brot im Zimmer einsperren, mir ist das egal. Wenn's drauf ankommt, muß man für seine Überzeugung auch leiden können.«

Es hatte wohl wenig Zweck, mit ihr zu streiten, offensichtlich wollte Dawn Märtyrerin werden, wenn sie einmal groß war. Aber jetzt war sie noch ein Kind und im Grunde ganz in Ordnung. Ich würde ihre Mutter nicht unnötig belasten, immerhin paßte sie gerade auf meine Kinder auf. Ich sagte Dawn, sie solle zu Hause lieber selbst beichten. Dann ließ ich die ganze Bande links liegen und rannte die Stufen unter der grünen Markise hoch.

Die kleine Empfangshalle des Abigail's sah aus wie immer, vornehm und doch einladend und warm. Ich liebte die schöne Streifentapete im Regency-Stil und den wundervoll restaurierten Empfangstisch aus dem achtzehnten Jahrhundert. Ich liebte auch den hübschen Schwung am Ende des dunklen Treppengeländers, der so satinmatt glänzte wie eine frische Haarlocke. Ich liebte sogar die große schwere Standuhr, die unten am Treppenaufgang stand. Aber am meisten liebte ich den Mann, der gerade durch die Halle auf mich zukam.

»Ich dachte, Freddy hätte dich überredet, nach Hause zu fahren.« Ben hatte die Hände tief in den Hosentaschen vergraben und trug ein schiefes Lächeln zur Schau.

»Niemand und nichts kann mich lange von dir fernhalten«, verkündete ich, warf die Tasche zu Boden und ließ meine Strickjakke achtlos hinterherfallen.

»Ellie, was wird das?« Ben zog eine Augenbraue in die Höhe. »Willst du meinen Ruin ausnutzen und erbarmungslos über mich herfallen?«

»Sei nicht albern. Als Ehefrau schmeiße ich einfach alles von mir, weil du es mir wieder aufhebst.« Ich legte die Arme um seinen Hals und zog sein Gesicht näher, um ihm einen langen, innigen Kuß zu geben, der zu einer so stürmischen Umarmung führte wie schon seit langem nicht mehr.

Es war, als sei etwas aus meinem Innersten ans Licht gezerrt worden, etwas, das ich zum ersten Mal gespürt hatte, als die Zwillinge geboren wurden. Es handelte sich um einen intuitiven Beschützerinstinkt, der zu Tage tritt, wenn es um die Familie geht. In solchen Momenten wachsen Frauen über sich hinaus. Sie springen über Häuserschluchten, klettern an Wolkenkratzern hoch und heben mit einer Hand Lastwagen, während sie mit der anderen den Verkehr regeln – ja, auch unter Frauen gibt es Supermänner! Sie tragen nur meistens eine Schürze über dem Bodysuit.

»Von mir aus können uns die Angestellten ruhig sehen«, stieß ich nach Atem ringend hervor und flocht die Finger in Bens dunkle Locken.

Er zog mich noch enger an sich und bedeckte mein Gesicht mit Küssen. »Sie sind gar nicht da. Ich habe alle nach Hause geschickt, sogar Freddy.«

»Es gibt hier also nur dich und mich und die ganzen leeren Räume«, flüsterte ich ihm ins Ohr und holte uns damit prompt wieder in die Wirklichkeit zurück.

»Es sei denn, wir rechnen die Demonstranten am Eingang noch dazu.«

»Liebling, es tut mir so leid!«

»Ich wünschte, du hättest das nicht mitansehen müssen.« Ben machte einen Schritt zurück, ließ meine Hände aber nicht los.

»Quatsch!« Ich versuchte das Ganze als harmlos abzutun. »Du kannst doch nichts dafür, wenn du einen Haufen Spinner vor der Tür stehen hast.«

»Es sind nicht alle Spinner, Ellie.« Er lächelte matt. »Ein paar meiner besten Freunde sind Vegetarier.«

»Also, Mrs. Barrow hat bestimmt nicht mehr alle Tassen im Schrank.«

Mein standhafter Einwurf wurde wieder mit einem Kuß belohnt. Doch dann stellte Ben natürlich die unvermeidliche Frage: »Worüber wolltest du denn eigentlich mit mir reden, meine Süße? Freddy sagte, du seist absolut hektisch gewesen.«

»Es ging um das Treffen der Salongesellschaft, oder besser, um das, was dort passiert ist.« Meine Lippen zitterten, aber ich schaute Ben tapfer in die Augen. »Vienna Miller wollte mir das Arbeitszimmer zeigen, und als wir hineinkamen, stießen wir auf eine umgefallene Leiter – und auf Mrs. Large. Sie lag tot am Boden.«

»Um Himmels willen, Ellie!« Ben strich mir über die Haare. »Das muß ja ein unbeschreiblicher Schock gewesen sein! Wie ist denn das passiert?«

»Ich weiß es nicht.« Ich spürte seinen mitfühlenden Blick. »Es wird eine Obduktion und eine Untersuchung geben, und danach weiß man erst, ob sie an dem Sturz gestorben ist oder an etwas anderem wie Thrombose oder dergleichen.«

»Hat denn niemand gehört, wie sie gestürzt ist?« Ben sah verwundert aus. »Tall Chimneys ist doch gar nicht so groß.«
»Die Hunde der Millers haben ziemlich viel gebellt«, erklärte ich ihm. »Vielleicht ist es ja auch geschehen, als Jonas die Kettensäge benutzt hat. Er ist mit gekommen, um sich den Baum anzusehen, dessen Äste beschnitten werden sollen. Zum Schluß hat er dann doch gleich ein oder zwei abgesägt. Man hat sein eigenes Wort nicht mehr verstanden, als der Lärm losging.«
»Aber die Polizei nimmt an, daß es während des Treffens der Salongesellschaft passiert ist?«
»Genau«, sagte ich. »Obwohl es eigentlich auch vorher hätte gewesen sein können. Aber nicht lange vorher, denn Mrs. Large hat um neun angefangen. Ein Polizist oder einer der Sanitäter hat Jonas gefragt, ob ihm etwas Verdächtiges aufgefallen sei, weil er doch eine Zeitlang draußen im Garten war und das Arbeitszimmer eine Terrassentür hat. Aber er sagt, daß er nicht in die Nähe der Tür gekommen ist.«
»Ich glaube, was du jetzt brauchst«- Ben nahm mein Gesicht in die Hände – »ist etwas zu essen und zu trinken, und zwar in einer friedlichen und ruhigen Umgebung. Du mußt doch nicht sofort wieder nach Hause, oder?«
»Nein, Abbey und Tam sind bei Frizzy.«
»Gut.« Ben steuerte mich durch die Eingangshalle. »Kommen Sie, schöne Lady, machen Sie sich ein bißchen frisch. Währenddessen bereite ich ein Mahl zu, das Ihnen munden wird! Was halten Sie von würzigem Lammfleisch, gebettet auf feinstem Anis- und Kurkumareis, eingerollt in zarte Weinblättchen und sautiert in köstlicher Dattelpflaumensoße?«
Ich sah ihm nach, als er in die Küche verschwand, und fragte mich, womit ich so viel Glück verdient hatte. Ich war nämlich wirklich ausgehungert, denn an dem Sandwich bei Bellingham's hatte ich nur genagt. Allein bei dem Gedanken an etwas Eßbares ging es mir schon wieder besser. Während ich in der eleganten kleinen Damentoilette stand, die gleich vom Empfang

abging, begann ich mir darüber Gedanken zu machen, wie man den guten Ruf des Abigail's wiederherstellen konnte. Aber als ich den Speisesaal betrat und den weißgedeckten Tisch sah, den Ben für uns hergerichtet hatte – eine winzige Oase in einem Meer von einsamen Inseln –, beschloß ich, mir noch Zeit damit zu lassen und später zu Hause weiter nachzudenken. Jetzt galt es vor allem, sich auf das Angenehme zu konzentrieren und das Unerfreuliche des Tages über den Horizont fortwehen zu lassen.

Ben hatte in der kurzen Zeit wahre Wunder vollbracht. Wir gönnten uns jeder ein Glas Champagner. Als Vorspeise hatte er einen frischen Salat zubereitet, und im Anschluß an den Hauptgang zauberte er noch eine unwiderstehliche, dicke schwarzbraune Schokoladentorte hervor. Und keiner von uns ließ zu, daß sich auch nur ein trüber Gedanke zwischen uns schlich.

Meine Mutter hatte mir einmal etwas über die Liebe gesagt. Sie hatte erklärt, die Liebe sei wie ein Fluß. In manchen Ehejahren strömt sie gleichmäßig an den Ufern entlang, ruhig und sanft. Dann wiederum, wenn man es am wenigsten erwartet, macht sie einen Knick und bietet einen ganz neuen Ausblick, der seinerseits wiederum einen Anfang markiert – nur ist der Lauf von da an noch viel schöner als zuvor, denn in ihm ruht die Kraft des Vergangenen, die die Liebenden trägt, wenn es über die Klippen geht.

Kapitel Sechs

Nach dem Putzen werden die Fenster mit Bällen aus Zeitungspapier trockenpoliert. Holzfußböden bekommen ihren warmen Glanz zurück, wenn man sich weiche Ledertücher um die Füße bindet und damit hin und her geht.

Die Beerdigung von Mrs. Large fand an einem Nachmittag statt, der nach einem sonnigen Vormittag trübe und regnerisch geworden war. So ist der Frühling nun einmal, dachte ich. Wie ein junges Mädchen, ehe es sich zur Frau entpuppt. In einer Minute wird noch gekichert, und in der nächsten fließen schon die Tränen.

Ben begleitete mich. Ich war froh, als ich sah, daß die ganzen vorderen Reihen von St. Anselm besetzt waren. Eine stattliche Zahl von Mitgliedern der Salongesellschaft hatte sich eingefunden, darunter alle, die an jenem schicksalhaften Nachmittag dabeigewesen waren. Zwei Reihen vor uns saßen Sir Robert und Lady Pomeroy, Brigadegeneral Lester-Smith, Tom Tingle und Clarice Whitcombe. Die Geschwister Miller befanden sich in der Reihe vor ihnen. Die einzige Person, die durch Abwesenheit glänzte, war Mrs. Malloy.

Ich hatte gleich an dem Abend, nachdem Ben und ich nach Hause zurückgekehrt waren, in der Londoner Wohnung angerufen, dabei jedoch nur George erreicht, der mir mit gehetzter Stimme erklärte, daß seine Mutter gerade mit dem Baby beschäftigt sei, so daß ich ihn gebeten hatte, ihr auszurichten, sie solle mich zurückrufen. Als ich auch am folgenden Morgen noch nichts von ihr hörte, versuchte ich es noch einmal. Ich nahm an, daß George die Nachricht vergessen hatte. Bei diesem Mal erwischte ich Vanessa. Sie keifte in einem Ton, der an Hysterie grenzte, was ich mir eigentlich dabei dächte, zu einer derart gottlosen Stunde anzurufen (es war elf Uhr morgens.) Wußte ich denn nicht, wie wenig Schlaf junge Mütter bekamen, wenn sie sich die halbe Nacht mit Sorgen quälten und nicht wußten, ob sie jemals die alte Figur zurückerhielten und wann ihr Baby sich endlich selbst die Flasche gibt? Aber davon hätte ich ja keinen blassen Schimmer – an dem Punkt hatte Vanessas Stimme sich zu einem Kreischen hochgeschraubt –, da ich mein Lebtag kein Sexsymbol gewesen sei und den Streß als Mutter offensichtlich genießen würde. Als Vanessa sich wieder abgeregt hatte, war ich total erledigt gewesen und hatte ihr gerade noch mitteilen können, daß eine Freundin von Mrs. Malloy gestorben sei, und ob sie mich zurückrufen könne. Wie das dann häufig der Fall ist, war ich, als Mrs. Malloy sich endlich meldete, gerade auf Achse gewesen, um die Zwillinge aus der Spielgruppe abzuholen. Jonas, der den Anruf widerwillig entgegengenommen hatte (er hielt nichts vom Telefonieren), berichtete mir später, daß er ihr Datum und Uhrzeit der Beerdigung durchgegeben und sie ihm versichert habe, sie werde da sein.

Weshalb also, fragte ich mich, als ich den Kopf nach hinten drehte, um auf die leeren Reihen hinter mir zu starren, war sie dann nicht gekommen? Durchlebte sie in London gerade so tolle Tage, daß sie sich keine Sekunde losreißen konnte? Oder war Vanessa mittlerweile total ausgerastet? Hatte sie Mrs. Malloy vorgehalten, daß sie ja wohl kaum allein auf Rose aufpassen könne und eine richtige Großmutter eigentlich wissen müsse, wo ihre Pflichten lägen? Wahrscheinlich war es so gewesen. Ich wußte, wie rücksichtslos meine Cousine sein konnte, wenn sie ihren Kopf durchsetzen wollte, aber andererseits kannte ich auch Mrs. Malloy. Es wollte mir nicht in den Sinn, daß sie so mir nichts, dir nichts den Anstand vergaß, wenn es um die Beerdigung einer alten Freundin ging.

Der Pfarrer – der aushilfsweise den Dienst versah, da der unsere verreist war – hielt eine Nachrede auf die Verstorbene und sagte das, was man so sagt, wenn man den Toten so wenig gekannt hat

wie Adam und Eva im Paradies. Er rühmte Mrs. Large als treue Christin und wünschte ihr eine angenehme Reise und auch sonst alles Gute, ganz so als würde sie zu einem zweiwöchigen Badeurlaub aufbrechen. Mrs. Barrow raste in vollem Galopp durch den Schlußchoral, und ich dachte böse, daß sie es wahrscheinlich eilig hatte, wieder loszuflitzen, um nach Herzenslust weiterzudemonstrieren.
In den letzten Tagen hatten ihre Truppen das Abigail's allerdings verschont. Ben sagte, sie kämen aber bestimmt wieder, denn sie würden sich im Moment nur eine Art Tapetenwechsel gönnen und stünden vor dem Odeon, wo gerade *Jane Eyre* gezeigt wurde. Mrs. Barrow war nämlich der eisernen Ansicht, daß dieser Film Untertitel tragen müsse mit Warnungen vor der Gefahr alter Häuser ohne vernünftigen Feuerschutz.
Als der Sarg aus der Kirche getragen wurde, ging der Aushilfspfarrer in gemessenem Abstand hinter ihm her. Ihm folgten zwei Frauen, von denen ich annahm, daß es sich um Mrs. Larges Töchter handelte. Sie waren beide ungefähr einen Meter achtzig groß und kräftig gebaut. Als sie auf der Höhe unserer Bankreihe waren, hörte ich, wie die eine zur anderen sagte, daß sie von dem ganzen Gesang Kopfschmerzen bekommen habe. Daraufhin erwiderte die andere, sie hoffe, daß sie jetzt nicht noch lange am Grab herumtrödeln müßten.
Draußen nieselte es. Ben und ich reihten uns hinter Brigadegeneral Lester-Smith ein. Er trug einen flaschengrünen Regenmantel, bei dessen Anblick mir wieder einfiel, daß ich ihm den, den Ben versehentlich mit nach Hause genommen hatte, immer noch nicht zurückgebracht hatte. Wir folgten einem moosbewachsenen Pfad zur Grabstelle und drängten uns mit den anderen Trauergästen unter einem knorrigen Baum zusammen, der aussah, als stünde er dort als Zeichen ewiger Reue. Während der Pfarrer in den Falten und Taschen seiner Robe nach dem Gebetbuch suchte und dabei alles mögliche hervorkramte (unter anderem eine Handvoll Hundekuchen, ein Schlüsselbund und eine

schwarze Socke), blickte ich mich nach den beiden Millers um.
Sie standen nur ein paar Schritte links von mir, eingepfercht zwischen Tom Tingle und dem Brigadegeneral. Vienna wirkte gefaßt. Sie trug ein sackartiges Tweedkostüm und einen Filzhut, an dessen Seite eine Feder steckte, ob absichtlich oder zugeflogen – als Andenken einer zerrupften Taube –, war schwer zu sagen. Madrid trug eins ihrer wallenden Gewänder, aber ihr Gesicht konnte man nicht sehen, denn sie hielt den Kopf mit den langen Haaren gebeugt, so daß sie einer Trauerweide glich, deren Zweige zitternd im Wind spielten. Ich hatte in den letzten Tagen ziemlich oft an die beiden Schwestern gedacht und mich gefragt, wie es ihnen wohl ging. Ob es leichter für sie wäre, wenn Mrs. Large an einer schleichenden Krankheit gestorben wäre, anstatt, wie mittlerweile erwiesen war, an den Folgen des Sturzes? Lagen Vienna und Madrid nachts wach und peinigten sich mit der Frage, ob die Leiter vielleicht nicht stabil genug gewesen war oder der Boden eine Unebenheit aufgewiesen hatte?
Der Herr Pfarrer hatte sein kleines Buch mittlerweile gefunden und suchte fieberhaft nach der richtigen Stelle, während das kleine schwarze Lesezeichen achtlos im Wind flatterte. Meine Gedanken kehrten zu Mrs. Malloy zurück. Wieso war sie nicht aufgetaucht? Bestimmt hatten die anderen Mitglieder des VPFVCF jetzt das Gefühl, daß sie und ihre Organisation von ihr im Stich gelassen worden waren.
Meine Blicke schwenkten zu dem Platz, auf dem Mrs. Smalley stand. Sie trug einen Mantel, den sie sich eindeutig geborgt hatte, denn er war ihr drei oder vier Nummern zu groß. Ich fand, daß sie aussah wie ein armes, angejahrtes Waisenkind. Ihre Nase war gerötet, entweder vom Weinen oder von der Kälte. Neben ihr stand eine energisch aussehende Frau mit dichten Augenbrauen und Adlernase, deren dunkles Haar schon reichlich mit Grau durchsetzt war. Sie hatte es sich zu zwei strammen Zöpfen geflochten und auf dem Kopf festgesteckt. Ob das Mrs. Nettle

war? Sie hatte etwas von einer Nessel an sich, zumindest sah sie so aus, als käme man ihr besser nicht in die Quere. Direkt hinter ihr befand sich eine junge Frau mit Locken, die sich bei einem etwa gleichaltrigen Mann mit schwarzer Lederjacke untergehakt hatte. Nach seinem säuerlichen Gesichtsausdruck zu schließen und der rastlosen Art, mit der er von einem Bein auf das andere trat, nahm ich an, daß seiner Meinung nach nur Tote auf eine Beerdigung gehörten. Die Frau war sicher Trina McKinnley. Ich machte einen Schritt zurück. Sie sollte nicht sehen, daß ich sie anstarrte.

Ben drückte meine Hand. Ich schmiegte mich noch enger in den Arm, den er um mich gelegt hatte. Der Pfarrer sprach das Totengebet mit einer Stimme, die sich ebenso forsch gab wie der Wind, der ihm die Soutane um die Beine schlug und die Haare als Fransen in die Stirn wehte, so daß er aussah wie ein Mönch. Die Töchter von Mrs. Large traten vor, um ein paar Handvoll Erde auf den Sarg zu werfen. Dann folgten die Trauergäste, einer nach dem anderen, um es ihnen nachzutun. Während die Gesichter an mir vorbeizogen, versuchte ich, die einzelnen Mienen zu ergründen. Brigadegeneral Lester-Smith wirkte kühn entschlossen, als er, ungeachtet des matschigen Bodens, einen Ausfallschritt nach vorn machte, um Clarice Whitcombe den Arm zu reichen, die sich bis zum Rand des Grabes vorgewagt hatte. Der Mann mit der schwarzen Lederjacke schaute mittlerweile so gequält drein, als würden ihm mehrere Körperteile gleichzeitig durchstochen. Mrs. Smalley schluchzte laut auf und erntete von der Frau, die ich für Mrs. Nettle hielt, eine Mahnung hinsichtlich würdevoller Haltung. Lady Pomeroy wirkte tief erschüttert, als sie sich niederbeugte, um ein kleines Bouquet auf das mit Erdkrumen übersähte Gras zu legen. Doch die Überzahl der Trauergäste schien von Kälte und Feuchtigkeit mehr angegriffen zu sein als von irgendwelchen anderen Empfindungen.

Dann war alles vorbei, und die Trauergemeinde löste sich langsam auf. Als wir uns den Weg durch die Grabsteine bahnten, von denen einige bis ins Siebzehnte Jahrhundert zurückdatierten, begegnete mein Blick dem einer der Töchter von Mrs. Large, und wir blieben stehen, um uns vorzustellen und unser Beileid zu bekunden.

»Haskell!« Sie kaute mit ihrem großen Gebiß auf dem Namen herum, während sie Ben einen verstohlenen Blick zuwarf. »Oh, jetzt dämmert's«, sagte sie dann zu mir. »Sie sind eine der beiden Frauen, die meine Mutter gefunden haben. Na, das muß Ihnen ja ein ganz schönen Schrecken eingejagt haben! Das Leben ist doch immer wieder voller Überraschungen, nicht wahr? Gut, daß es so schnell gegangen ist. Sie hätte bestimmt nicht gern noch lange herumgelegen und wär mir und Roberta dabei zur Last gefallen.« Ihr Daumen machte eine Bewegung zu der Frau, die neben ihr stand und bei der es sich, wie ich dann annahm, um Roberta handelte. »Mutter wäre keine einfache Kranke gewesen. Sie hat auch so schon nicht viel gelacht.«

»Ich weiß, daß sie Ihnen fehlen wird«, war alles, was mir dazu einfiel. Ben fügte noch etwas in dem Sinn dazu, daß es immer schwer sei, einen Elternteil zu verlieren.

»Wahrscheinlich braucht es seine Zeit, bis man sich daran gewöhnt«, pflichtete ihm die Tochter halbherzig bei. »Man läuft sich nicht mehr über den Weg – die Feiertage ohne ihre Stimme am Telefon –, aber, wie sagt man so schön«, sie machte ihrer Schwester ein Zeichen, »das Leben geht weiter. Also – ich und Rob müssen jedenfalls jetzt los zu Mr. Wiseman. Das ist unser Anwalt. Es geht um das Testament, und so einen Termin versäumt man schließlich nicht gern, oder?«

Wenige Augenblicke später stiefelten beide mit Riesenschritten davon, während eine spöttische Stimme hinter mir sagte: »Die wird sich wundern, genau wie ihre dämliche Schwester. Gertrude hätte den beiden noch nicht mal einen Putzlappen vermacht. Aasgeier! Schlampen!«

Ich drehte mich um. Die Sprecherin war die Frau mit den Lokken. Ich sah, wie Mrs. Smalley ihr beschwichtigend die Hand auf den Arm legte, ehe sie sie zu uns lotste, während der Mann mit der schwarzen Lederjacke hinter ihnen herschlich.

»Trina, Liebes«, sagte das angejahrte Waisenkind. »Ich möchte dich mit Mrs. Haskell bekannt machen, von der ich dir erzählt habe. Und das muß ihr Mann sein.« Sie schaute zu Ben hoch.

»Freut mich, Sie kennenzulernen. Roxie Malloy hat immer nur Gutes von Ihnen berichtet. Kann mir gar nicht erklären, wieso sie nicht aufgetaucht ist. Sieht ihr überhaupt nicht ähnlich.«

Wir standen neben der riesigen Gedenkstätte für die verblichenen Angehörigen der Familie Pomeroy. Ben gab ein paar Artigkeiten von sich, während Trina sagte, sie habe gehört, daß ich jemanden suche, der bei mir putzt.

»Ich weiß, daß Roxie einen ganzen Tag pro Woche bei Ihnen war, aber ich schaffe nur vier Stunden vormittags, und zwar ein über die andere Woche, und dann auch nur montags.« Sie hatte blitzende schwarze Augen, ein spitzes Kinn, und klang so bestimmt, daß ich schon dankbar wurde, noch ehe ich wußte, warum.

»Dienstags bin ich in Tall Chimneys. Sie wissen vielleicht, daß Gertrude nur für mich eingesprungen ist, weil ich im Urlaub war, und ...« Sie rasselte die Namen der anderen Leute herunter, für die sie arbeitete, einschließlich der früheren Kundinnen von Mrs. Large, die sie übernehmen würde.

»Wäre es denn nicht möglich, daß Sie alle zwei Wochen wenigstens den ganzen Montag kämen?« fragte ich zaghaft. Ich merkte, daß mich der Mann in der schwarzen Lederjacke von Kopf bis Fuß musterte und daß das Ergebnis dabei nicht positiv ausfiel.

»Geht nicht.« Trina schüttelte den Lockenkopf. »Montagnachmittag ist schon für Joe reserviert.« Sie warf einen Blick in die Richtung des Mannes in der Lederjacke. »Und in Anbetracht der Lage haben wir schon jetzt viel zu wenig Zeit für uns.«

»Sie wissen ja, wie das ist.« Joe zwinkerte mir zu, so von Mann zu

Frau. »Habe eine Frau zu Hause, die mich nicht von der Leine läßt.«
»Wie kleinlich«, sagte ich.
»Genau. Also, wollen Sie nun den Montagmorgen, oder nicht?« Er griff in die Tasche seiner engen Jeans und zog ein zerknautschtes Päckchen Zigaretten hervor. »Ist keine besser als Trina. Arbeitet wie ein Tier und nimmt alles ganz genau. Hat ein – ein – fotografisches Gedächtnis.«
»Die Leute haben's gern, wenn ihr ganzes Zeug hinterher wieder da steht, wo es vorher gestanden hat. Ich stelle zum Staubwischen zwar alles auf die Seite, aber später sieht keiner, daß was verrückt wurde.« Trina war zu sehr von sich überzeugt, um irgendwie eingebildet zu wirken. »Ich weiß eine ganze Menge über Porzellan, Glas und den Kram. Meine Oma hat mich großgezogen, und die war bei einem Earl im Haus.«
»Könnten Sie denn jetzt am Montag schon anfangen?« Ich hoffte, daß sich meine Stimme nicht zu unterwürfig anhörte.
»Wüßte keinen Grund dagegen. Paßt Ihnen neun Uhr?«
Ich sagte, das sei großartig.
Es regnete nicht mehr, aber der Wind frischte weiter auf. Der Lederheini oder Lederjoe schnippte ein Streichholz an und wölbte die Hand um die Flamme. Er beäugte Trina durch einen Rauchring hindurch, so daß alle Frauen, die ihnen zusahen, vor Sehnsucht schier ohnmächtig wurden. »Meinst du nicht, du solltest Mrs. Haskell auch erzählen, daß du mehr nimmst als die anderen? Ergibt doch Sinn, oder?« Er rang sich ein dünnes Lächeln für mich ab. »Trina macht Ihnen in einer halben Stunde zweimal soviel wie die alten Schachteln an einem Tag.«
Die Antwort darauf blieb mir erspart, weil sich Sir Pomeroy, der sich gerade mit Ben unterhielt, umwandte und mich zu ihnen bat. Trina sagte, wir könnten uns am Montag, wenn sie käme, noch wegen der Bezahlung einigen. Dann zog sie mit Joe los. Ich war froh, ihn von hinten zu sehen. Er schlug den Jackenkragen hoch und drückte seine Zigarette auf einem Grabstein aus.

»Mir gefällt das Gesicht von dem Typ nicht«, bemerkte Ben, als wir nach Hause fuhren. Ich stimmte ihm zu, ohne mich jedoch weiter darüber auszulassen. Meine Gedanken waren wieder bei Mrs. Malloy. Ich nahm es ihr sehr übel, daß sie nicht zur Beerdigung gekommen war. Wenn sie krank geworden war, hätte sie doch ohne weiteres George oder Vanessa bitten können, die entsprechende Nachricht telefonisch weiterzugeben. Dann fiel mir jedoch ein, daß Mrs. Malloy früher einmal erwähnt hatte, sie mache sich grundsätzlich nichts aus Beerdigungen und wahrschcinlich kämc sic noch nicht cinmal zu ihrcr cigcncn. Na gut, dachte ich, schließlich haben wir alle unsere Marotten. Aber hier und da muß man sich doch auch einmal überwinden können, zumindest wenn es um einen Menschen geht, der einem nahesteht. Ich folgte Ben ins Haus.

»Oh Gott, seid ihr etwa schon wieder zurück?« Freddy streckte den Kopf durch die Tür zum Salon und mimte den Entsetzten. »Die Kinder haben den Psalm für heute doch noch gar nicht auswendig gelernt.«

»Mummy! Daddy!« Tam kam in die Halle gestürzt, als hätte er seine Eltern seit seiner Geburt nicht mehr gesehen. »War's schön auf der Beerdigung?«

Ich packte Tam unter den Arm und wir marschierten alle in den Salon. »Wo wart ihr so lange?« Abbey sprang vom Sofa auf den Sessel und fing dort an, auf- und abzuhüpfen, wobei sich ihr rosa-weiß kariertes Kleidchen jedesmal aufblähte.

Ich knöpfte mir den Mantel auf. »Komm da runter. Der Sessel ist kein Trampolin.« Ich dachte an die erste Zeit zurück, als wir in Merlin's Court wohnten. Damals verbrachten wir Stunden und Tage damit, das alte Haus nach unseren Vorstellungen zu renovieren. Ganz besonders hingebungsvoll widmeten wir uns dabei dem Salon. Ich hatte Stoff- und Tapetenrollen auf dem Speicher entdeckt und einen wundervollen Perserteppich, die alle noch aus der Zeit stammten, als Abigail hier gelebt hatte. Ihr Bildnis hing mittlerweile in einem Rahmen über dem Kamin, und ich malte mir häufig aus, daß sie insgeheim lächelte, wenn sie sah, daß das Zimmer wieder so war, wie sie es gekannt hatte. Doch als ich den elfenbeinfarbenen Damast für das Sofa und die Queen-Anne-Sessel aussuchte, hatte ich nicht an Kinder gedacht. Und wenn ich es getan hätte, dann hätte ich sie durch eine rosarote Brille gesehen – anderer Leute Kinder sprangen vielleicht auf Sofas herum und betrampelten Sessel. Meine würden das nicht tun.

Als ich auf den türkis und dunkelrot gemusterten Teppich schaute, registrierte ich ein paar Flecken, die sich dem Fleckenmittel eindeutig widersetzt hatten. Dabei hatte ich es in einem Laden gekauft, dessen Produkte versprachen, Hausfrauen glücklich zu machen. Irgendwann würde ich es vielleicht tatsächlich einmal mit Abigails Tinkturen versuchen. Ich ließ mich auf einen der elfenbeinfarbenen Damastsessel nieder und zog Abbey und Tam auf meinen Schoß.

Mein Sohn vergrub das Gesicht an meinem Hals. Es war ein klebriges Gesicht. Vom Sofa aus informierte mich Freddy, daß er den Zwillingen zu Mittag Schokolade und Bananen zu essen gegeben habe. Deshalb waren Abbeys Hände wahrscheinlich auch wie Haftstreifen, die an allem, was sie berührten, hängenblieben. Alles in allem, dachte ich, war der Raum trotzdem erst richtig schön, seit die Kinder dazugekommen waren.

Während ich Abigail auf dem Bild über dem Kamin betrachtete, fiel mir wieder das Gemälde in Tall Chimneys ein, von Jessica, dem kleinen Hund mit den fliederfarbenen Schleifchen. Keine Frage, ich war ein Glückspilz.

»Und«, sagte Freddy und trommelte mit Fingern auf den Knien herum, die genauso klebrig und verschmiert aussahen wie die meiner Tochter. »Wie hat die gute Roxie die Beerdigung überstanden?«

»Sie war gar nicht da.« Als ich sah, daß Abbey, mit dem einzigartigen Talent, das nur die ganz Kleinen und die ganz Alten besitzen, von einem Augenblick zum anderen eingeschlummert war, überließ ich sie Ben, der mir zuflüsterte, er würde sie hoch ins Kinderzimmer tragen.

»Das ist ja scharf!« äußerte Freddy. »Ich denke, Roxie und Mrs. Large waren Busenfreundinnen? Ist denn die Familie der Verstorbenen wenigstens erschienen?«

»Die beiden Töchter waren da.« Ich rückte Tam auf meinem Schoß zurecht und beobachtete, wie seine seidigen Wimpern noch ein paarmal flatterten, bis auch ihm die Augen zufielen.

»Sind sie nach der Mutter geraten?« Freddy hielt sich eine Hand vor den Mund, um sein Gähnen zu verstecken. »Leben sie auf einem hohen Berg in einem riesigen alten Schloß und sagen hungrig ›schmatz‹, wenn sie Menschenfleisch riechen?«

»Ich könnte mir vorstellen, daß sie noch viel schlimmere Dinge sagen, wenn sie im Büro ihres Anwalts nicht hören, was sie hören wollen. Sie waren auf dem Weg zu Lionel Wiseman, um mit ihm über das Testament ihrer Mutter zu reden.«

Freddy setzte sich aufrecht und kraulte sich den Bart. »Ich hätte nicht gedacht, daß so jemand wie Mrs. Large viel zu hinterlassen hat.«

»Das kann man nie wissen.« Ich strich Tam über das Haar. »Vielleicht hat sie beim Wetten gewonnen oder einen Onkel beerbt, was weiß ich. Trina McKinnley hat jedenfalls gesagt, daß die beiden sich wundern werden.«

»Interessant!« Freddy war jetzt wieder hellwach. »Dann hatte sich womöglich eine von ihnen in das Arbeitszimmer geschlichen und der lieben Mutter einen kleinen Stoß versetzt, um an die Beute zu kommen! Meine Güte« – er tat so, als müsse er um Fassung ringen –, »und ich habe gedacht, die Millers seien die Übeltäter, weil es bei ihnen passiert ist! Es hat mich zwar gestört, daß sie kein Motiv hatten, aber das spielt ja nun keine Rolle mehr. Jetzt haben wir die bösen Töchter!«

»Wieso hast du immer so grauslige Vorstellungen?« fragte ich ungehalten. Freddy konnte einem manchmal ganz schön auf die Nerven gehen. »Unglücksfälle kommen nun mal vor. Was

glaubst du, wie viele Menschen täglich von der Leiter fallen? Mrs. Large hat einfach nur Pech gehabt. Sie ist mit dem Kopf aufgeschlagen und war tot. Das ist zwar tragisch, aber wenn schon der Gerichtsarzt nichts gefunden hat, womit er seine kleinen grauen Zellen beschäftigen kann, dann wüßte ich nicht, wieso du damit anfangen solltest!«
»Du hast völlig recht«, gab er reumütig zu. »Mrs. Large kam mir halt einfach nur vor wie jemand, der eines Tages ermordet wird. Frag Jonas. Ich bin sicher, daß er nach der Sache mit dem Spiegel darüber nachgedacht hat.« Freddy schwieg. Plötzlich rief er bestürzt: »Mann! Was ist, wenn es eine weitere Untersuchung gibt? Dann würde die Polizei doch auch Jonas verhören, der immerhin am Tatort war! Die Spiegelgeschichte hätten sie in Null Komma nichts aus ihm rausgekitzelt. Meinst du nicht« – er warf einen schnellen Blick in die Runde, als erinnere er sich plötzlich, daß Wände Ohren haben –, »wir sollten ihm raten, das Land zu verlassen?«
Ich erhob mich, mit Tam auf den Armen. »Freddy, du bist wirklich das Letzte.«
»Vielen Dank.« Er setzte eine bescheidene Miene auf. »Aber unter uns, Kusinchen, willst du behaupten, es sei dir noch nicht in den Sinn gekommen, daß man beim Tod von Mrs. Large nachgeholfen hat? Sei ehrlich!«
»Nicht eine Sekunde lang«, log ich. »Wo wir gerade von Jonas reden – wo ist er überhaupt? Hält er seinen Mittagsschlaf?«
»Er hat sich direkt nach dem Mittagessen hingelegt. Aber wechsle nicht das Thema, Ellie.« Freddy folgte mir auf den Fersen, als ich durch die Tür in die Halle ging. »Du warst mit der Beerdigung noch nicht fertig. Wir waren noch nicht einmal bei der Größe der Kränze!«
Ich fand keine Zeit, seine Neugier zu befriedigen, denn Ben kam die Treppe heruntergeeilt, immer zwei Stufen auf einmal nehmend, und sagte, er müsse nun aber wirklich ins Abigail's. Freddy murmelte, er dürfe eigentlich nicht später als der Boß eintref-

fen, nahm dann jedoch Tam aus meinen Armen und trug ihn die Treppe hoch, so daß ich meinen Mann nach draußen begleiten konnte, wo die Wolken immer noch tief hingen und der Regen von den Blättern der Bäume tropfte.

»Kannst du dir nicht für den Rest des Tages freinehmen?« quengelte ich, als wir uns dem Wagen näherten. »Oder noch besser, könntest du nicht – «

»Das Restaurant zumachen, ein Schild, auf dem ›geschlossen‹ steht, an die Tür hängen und alles stehen- und liegenlassen?« Ben drehte sich um und legte mir die Hände auf die Schultern. Er lächelte, aber sein Blick war ernst. »Ellie, du weißt genau, daß das nicht geht.«

»Warum nicht?« Ich hatte dieses Gespräch schon mehrmals mit mir selbst geführt, und da hatte ich immer recht gehabt. »Wir kämen auch so zurecht. Uns geht es besser als den meisten Menschen. Wir haben keine Hypothek auf dem Haus und wir haben Geld auf der Bank, und ich kann ab und zu als Innenarchitektin arbeiten. Clarice Whitcombe zum Beispiel ist ganz verrückt danach, daß ich ihr helfe. Du wirst sehen, daß eins zum andern führt. Warum willst du dir nicht einmal eine Pause gönnen? Du mußt ja nicht tatenlos rumhängen.« Weil ich seiner Nasenspitze ansah, was er dachte, setzte ich noch hinzu: »Mir schwebt da etwas ganz anderes für dich vor.«

»Was denn zum Beispiel?« Das Lächeln spielte immer noch um seine Lippen.

»Na ja, vielleicht nicht etwas ganz anderes, aber jedenfalls etwas anderes als das Restaurant. Seit ich Abigails Buch auf dem Speicher gefunden habe, denke ich darüber nach, was wir damit anfangen könnten. Warum probierst du die Sachen nicht mal aus? Wenn sie was taugen, bringst du alles ein bißchen auf Vordermann, damit es ein richtiges Buch wird, genau wie damals bei den Rezepten. Weißt du noch, wie wir uns gefreut haben, als wir den Trick entdeckt haben, wie ein Käsesoufflé nicht mehr zusammenfällt?« Ich zerrte an seinem Mantelärmel. »Liebling,

wir hätten bestimmt wieder so viel Spaß und würden vielleicht sogar noch einen ordentlichen Batzen damit verdienen!«
»Ellie, ich kann nicht.« Ben nahm meine Hände, zog sie an die Lippen und küßte meine Fingerspitzen. »Ich lasse das Restaurant nicht im Stich. Diesen Gefallen tue ich den Demonstranten nicht. Nicht einmal für dich, mein Schatz. Der Umschwung kommt schon noch, du wirst es sehen.«
»Das weiß ich ja, aber ...«
»Was aber?«
»Ich glaube nicht, daß du an der ganzen Sache noch richtig Freude hast. Der Reiz ist weg. Es ist jetzt nur noch ... ein Job.«
»Und?« Ben schaute prüfend zum Himmel hoch. »Man schmeißt doch nicht gleich alles hin und macht etwas anderes, wenn eine Durststrecke auftritt oder einem das Eintönige leid wird. Ich bin ein erwachsener Mann. Und Familienvater. Worüber machst du dir denn in Wahrheit Sorgen, Liebling?« Er legte die Arme um mich. »Daß mir das Abigail's reicht oder daß ich als Ehemann langweilig werde?«
Ich wollte seine Worte heftig zurückweisen, aber als ich seine forschende Miene sah, fand ich es geschickter, fröhlich zu reagieren. »Also gut, wenn du drauf bestehst – ich gebe zu, daß ich beim Anblick von Trinas Joe schon gedacht habe, ich könnte was verpassen.«
Ben grinste, als er in den Wagen stieg. Bevor er die Tür zumachte, bückte ich mich schnell noch einmal zu ihm hinunter und gab ihm einen Kuß.
»Geh rasch wieder ins Haus zurück«, drängte er mich. Er hatte dieses Funkeln in den Augen, das ich so liebte. »Es fängt gleich an zu gießen.«
»Ich bin sicher«, sagte ich verträumt, hielt die Wagentür fest und küßte ihn noch einmal, »daß Joe tätowiert ist und daß er außerdem die unglaublichsten Körperteile mit Ringen durchbohrt hat.«

»Geh rein, Ellie, bevor dich der Regen aufweicht«, lautete Bens fürsorgliche Antwort, während er den Motor anließ.
»Du könntest dir wenigstens meinen Namen eintätowieren –«
»Hab ich doch schon – direkt auf meinem Herzen.« Mit diesen Worten fuhr er los. Ich rannte ins Haus zurück, denn meine Haare waren schon feucht, und der Rock und die Bluse wurden allmählich klamm. Jonas und Freddy saßen am Küchentisch. Ersterer sah immer noch verschlafen aus, während letzterer verkündete, er habe einen tierischen Hunger, da er seit dem Mittagessen nichts mehr zwischen die Kiemen bekommen habe. Jetzt war es kurz nach drei. Da es jedoch mein erklärtes Ziel war, Jonas wieder aufzupäppeln, und da ich es zu schätzen wußte, daß Freddy sich um die Kinder gekümmert hatte, machte ich mich daran, ein paar Würstchen mit Tomaten zu grillen, eine Pfanne Bratkartoffeln zu machen und die Mahlzeit mit einem Berg weißer Dosenbohnen abzurunden.
»Ein paar Eier hätten auch nicht schaden können«, sagte Freddy dankbar wie immer, als ich den Teller vor ihn setzte und Toast, Butter und Marmelade daneben stellte. »Aber ich will ja nicht meckern. Ich weiß, daß du in Eile bist.«
»Warum bin ich in Eile?« fragte ich. Ich schenkte Tee in eine Tasse ein und reichte sie Jonas. »Habe ich irgend etwas in dieser Art verlauten lassen?«
»Ich sehe es dir an.« Freddy streckte die Hand geduldig nach seiner Teetasse aus. »Ich lese in dir wie in einem Buch. Schon seit wir klein waren und du noch Tagebuch geführt hast. Ich weiß, daß du platzt, wenn du nicht gleich nach Tall Chimneys laufen kannst, um zu sehen, wie die Millers die Beerdigung überlebt haben.«
»Der Gedanke ist mir überhaupt noch nicht gekommen«, erwiderte ich nicht ganz wahrheitsgetreu. Obwohl, gerade in diesem Moment hatte ich wirklich nicht an die Millers gedacht. Nur während des Gottesdienstes hatte ich kurz in Erwägung gezogen, daß ich später vielleicht einmal bei ihnen vorbeischauen sollte.

Freddy stieß einen schmerzlichen Seufzer aus und fragte: »Meinst du, sie nehmen den Hund jetzt ab und hängen statt dessen ein Bild von Mrs. Large in ihr Wohnzimmer?«

»Wie soll so ein Frauenzimmer in ein Bild passen?« knurrte Jonas, der in seinem Essen herumstocherte. »Aus der kann man doch nur ein Wandgemälde machen.«

Ich sagte ihm, daß man so nicht über Tote reden dürfe, und ignorierte sein Gemurre, daß er noch nie ein Heuchler gewesen sei und in seinem Alter erst recht nicht mehr damit anfinge. Ich raffte einen alten Regenmantel aus der Nische hinten am Küchenausgang und sagte zu Freddy, daß er, wenn er unbedingt wolle, daß ich zu den Millers ginge, bleiben müsse, um auf die Zwillinge aufzupassen. Es sei jedoch unwahrscheinlich, daß sie während meiner Abwesenheit wach würden, denn wenn sie einmal ihr Mittagsschläfchen hielten, dann waren sie meistens für längere Zeit außer Gefecht.

Draußen stürmte es mittlerweile. Es machte aber nicht viel Sinn, die kurze Strecke bis Tall Chimneys im Wagen zurückzulegen, vor allem nicht, wenn besagter Wagen ein Verdeck hatte, das sich nicht schließen ließ. Ich zog ein Tuch aus der Tasche meines Regenmantels und band es mir um den Kopf. Mit dem Wind im Rücken kam ich auf ein ganz schönes Marschtempo und befand mich in kürzester Zeit vor der Haustür der Millers, die sich wie von selbst öffnete, noch ehe ich den Klopfer berührt hatte. Dahinter ragte Vienna auf, die mich gleich hereinbat und erklärte, daß sie auf dem Sprung zum Einkaufen gewesen sei.

»Ich muß Madrid unbedingt etwas Leckeres zum Tee besorgen«, teilte sie mir mit und klopfte auf die gewebte Basttasche, die ihr über der Schulter hing. »Die arme Seele nimmt schon seit dem Schreckenstag nichts Richtiges mehr zu sich. Dabei ist sie doch auch sonst nicht die Stabilste. War sie ja noch nie – und schon gar nicht seit Jessicas Tod.«

»Es ist wirklich alles sehr traurig«, bestätigte ich. Tall Chimneys war einfach ein Haus des Schreckens. Die Treppe schien sich die

Wände hochzustehlen und sich in den kleinstmöglichen Raum zu drängen, nur daß niemand merkte, wie ihre dunklen Stufen die Ohren spitzten, um alles zu belauschen. Zum Glück war Vienna offensichtlich keine Frau, die für Atmosphärisches empfänglich ist. Sie trug dasselbe sackartige Kostüm, das sie schon bei der Beerdigung angehabt hatte. Ihr Hut hing jetzt allerdings am Hutständer und würde sicher erst wieder abgenommen werden, wenn der nächste Todesfall anstand. Viennas Füße steckten in festgeschnürten Spazierschuhen. Wie es schien, war das dramatische Getue ihrer Schwester vorbehalten.

Das war nicht nett gedacht. Ich versuchte, den Gedanken wieder rückgängig zu machen. Vienna rückte die Tasche zurecht, und ich erklärte ihr, daß ich nur vorbeigekommen sei, um zu sehen, wie sie sich fühlten. Nachdem es heraus war, klangen meine Worte so aufdringlich, daß ich schnell noch sagte, ich würde mich außerdem freuen, wenn sie und Madrid mich bald einmal zum Nachmittagstee besuchten.

»Vielleicht möchten Sie sich mit Jonas auch noch ein bißchen über den Garten unterhalten«, bot ich zusätzlich an und, als wäre es immer noch nicht genug, setzte ich hinzu: »Dann könnten Sie auch meinen Cousin Freddy kennenlernen. Er kommt ab und zu bei uns vorbei, wenn er nicht arbeitet. Und die Kinder sind natürlich auch noch da – falls es Sie nicht stört, wenn Dreijährige über sie herfallen.«

»Was für ein reizender Mensch Sie sind.« Auf Viennas Gesicht drückte sich aufrichtige Freude aus. »Madrid hat schon befürchtet, daß man uns meiden würde, nach dem, was passiert ist. Sie macht sich entsetzliche Vorwürfe, weil wir Mrs. Large nicht früher gefunden haben. Ich sage ihr immer wieder, daß sie laut der gerichtlichen Untersuchung auf der Stelle tot war. Aber ich kann ihr einfach nicht ausreden, daß wir etwas hätten tun können, wenn wir nur nicht so beschäftigt gewesen wären. Aber es ist doch wohl kein Wunder, daß wir nicht gehört haben, wie Mrs. Large von der Leiter gestürzt ist!«

»Sie hatten einiges um die Ohren«, bestätigte ich. »Immerhin waren Sie gerade dabei, Gäste zu bewirten, die Sie kaum kannten. Ich weiß, wie das ist. Da könnte bei mir eine ganze Elefantenherde durchs Haus trampeln, und ich würde nichts davon mitkriegen.«

»Leider gab es da noch etwas anderes.« Vienna schien froh zu sein, sich endlich alles von der Seele reden zu können »Ich hätte nie vorschlagen dürfen, daß wir das Kränzchen an dem Tag bei uns abhalten. Dummerweise habe ich gedacht, daß es Madrid über ein Datum hinweghilft, das ihr immer sehr nahegeht – ich meine damit Jessicas Todestag. Aber in Wirklichkeit hat es alles nur noch schlimmer gemacht. Sie hat sich so tapfer mit den Vorbereitungen abgemüht! Aber dann ist ihr, kurz bevor Sie gekommen sind, die Platte mit den Rosinentörtchen aus den Händen gefallen. Wir mußten uns ganz schön tummeln, um eine zweite Portion fertig zu bekommen. Alles in allem war das Ganze für sie eine furchtbare Strapaze.«

»Und jetzt machen Sie sich Vorwürfe«, sagte ich verständnisvoll, weil ich das Gefühl gut kannte. »Aber das dürfen Sie nicht, Vienna. Ohne diesen Unglücksfall hätte unser Kränzchen Madrid durchaus aufmuntern können, genau wie Sie sich das gedacht hatten.«

Vienna schüttelte den Kopf. »Ich weiß, es klingt furchtbar, aber ich wünschte, Mrs. Large wäre an einem anderen Tag gestorben! Dann wäre Madrid bestimmt besser damit zurechtgekommen. Unter den gegebenen Umständen habe ich mich gewundert, daß sie es überhaupt zur Beerdigung geschafft hat. Ich wollte eigentlich, daß sie hierbleibt, aber sie hat sich zu große Sorgen darüber gemacht, was die Leute wohl denken, wenn sie nicht erscheint. Doch vielleicht...« Vienna machte eine Pause und sah mich erwartungsvoll an.

»Ja?« sagte ich, eifrig bemüht, ihr weiterzuhelfen.

»Wenn Sie vielleicht hineingehen könnten und ein paar Worte mit ihr wechselten – sie liegt auf dem Sofa im Wohnzimmer.

Dann wüßte sie wenigstens, daß auch noch andere Menschen als nur ihre tütelige Schwester Anteil an ihr nehmen.«
»Das tue ich gern.«
»Mir wäre jedenfalls wohler, wenn ich wüßte, daß jemand bei ihr ist. Ich beeile mich natürlich und bin sobald ich kann wieder zurück. Macht es Ihnen etwas aus, wenn ich jetzt einfach loslaufe und Ihnen noch nicht einmal eine Tasse Tee anbiete?«
»Ab mit Ihnen.« Ich machte ihr die Haustür auf. »Und machen Sie sich keine Gedanken. Ich habe Zeit und muß nicht gleich wieder nach Hause.«
»Sind Sie sicher?« Vienna kramte in ihrer Tasche nach dem Schlüssel. Sie grub alles mögliche hervor – Taschentücher, ein Portemonnaie für Münzgeld, ein Adressbuch – aber keinen Schlüssel. Als sie alles wieder zurückgestopft hatte, sagte sie, das sei eigentlich egal, der Ersatzschlüssel läge immer unter einem Blumentopf am Hintereingang. Ich hoffte, daß sie diesen Sachverhalt nicht jedem auf die Nase band. Das war nämlich das Problem bei so offenherzigen Menschen wie Vienna: Sie waren manchmal viel zu vertrauensselig.
Ich klopfte leise an die Wohnzimmertür, ehe ich sie aufmachte und den Kopf hindurchsteckte. Die Vorhänge waren zugezogen, um das graue Wetter auszusperren, die Lampen brannten, wenn auch nur schwach, und im Kamin flackerte ein Feuer. Madrid ruhte auf dem Sofa. Ihr Kopf wurde durch ein paar Kissen gestützt, und auf ihrem Bauch lag ein großes Buch. Sie zerteilte ihre Haardecke, klemmte sich die Strähnen hinter die Ohren und blinzelte mir durch die Brille entgegen.
»Hallo«, sagte sie mit matter Stimme und beobachtete, wie ich näher kam. »Ich dachte mir doch, daß ich draußen Stimmen hörte! Es ist immer alles so vage, wenn ich unter meinen Depressionen leide. Wo ist Vienna?«
»Sie ist einkaufen gegangen«, erwiderte ich. »Sie will Ihnen etwas Leckeres zum Tee besorgen.«
»Wie schön. Vielleicht fühle mich danach nicht mehr so

schwach.« Es ist nicht leicht, bleich und mitleiderregend auszusehen, wenn man ein Mondgesicht und Hängebacken hat, aber Madrid brachte es irgendwie zustande. Früher mußte sie einmal ganz nett ausgesehen haben. Einen flüchtigen Augenblick lang glaubte ich, einen Eindruck von dem hübschen pausbäckigen Mädchen zu erhaschen, das sie vor langer Zeit wohl gewesen war, ehe der Kummer sie übermannte.

»Vienna hat mir schon gesagt, daß Sie etwas angegriffen sind.« Ich suchte den richtigen Ton zwischen Beileid und Trost. »Sie beide haben ja auch einiges hinter sich.«

»Meine Schwester ist ungeheuer stark. Natürlich ist sie schon über die Wechseljahre hinweg, und man sagt ja, daß dann die männlichen Hormone dominieren. Aber sie war schon immer mein Schutzwall.« Madrid wollte sich ein wenig hochhieven, ließ es dann aber lieber sein und sank wieder in die Kissen zurück. »Das kommt, weil sie die Ältere ist und unsere Eltern gestorben sind, als wir beide noch klein waren. Ich bin Viennas ganzes Leben. Aber ich versuche, ihr keine Last zu sein. Würde es Ihnen etwas ausmachen« – sie hob eine müde Hand – »noch einen Scheit auf das Feuer zu legen? Und könnten Sie mir vielleicht meine Stola dort von dem Stuhl holen?« Sie hob den Kopf tapfer in die Höhe. »Da hinten an der Tür.«

»Sie ist sehr hübsch«, sagte ich, nachdem ich mich um das Feuer gekümmert und ihr die Stola gereicht hatte, die sie daraufhin über sich drapierte. Das gute Stück war aus Kordel gefertigt und glich einem Läufer. »Hat Vienna die für Sie gemacht?«

»Nein, die habe ich vor Jahren selbst geknüpft, als es Mode war, mit Makramé zu arbeiten.« Madrid ließ die Hände auf das aufgeschlagene Buch auf ihrem Bauch sinken. »Ich war früher künstlerisch tätig. Aus jener Zeit kenne ich auch den Mann, der Jessicas Bild gemalt hat.« Sie legte den Kopf zur Seite, um zum Kaminsims hochzublinzeln. »Er – Antonio Pucochki – war vor allem für seine Skulpturen bekannt.« Sie preßte die Lippen zusammen und nahm die Brille ab, um sie mit der Stola zu reinigen. »Doch wie Sie sehen, war er auch ein begnadeter Maler. Aber Jessica war ja auch der Traum eines jeden Künstlers. Sie war glücklich, wenn sie Modell sitzen konnte. Stundenlang. Hauptsache, ich blieb in ihrem Blickfeld. Antonio hat uns alle Skizzen überlassen, die er von ihr gemacht hat. Sie sind im ganzen Haus verteilt. Und natürlich haben wir unzählige Fotos. Ich war gerade dabei, mir eins der Alben anzusehen.« Sie hob das Buch in die Höhe und hielt es mir entgegen. »Mein Liebling hatte diese wundervolle Kameraaffinität, die offenbar alle großen Models besitzen. Sie wußte instinktiv, wie sie am besten aussah, manchmal nur dank einer kleinen Drehung des Köpfchens. Das liebe Seelchen!«

Danach herrschte im Zimmer Schweigen, das nur durch das leise Ticken der Uhr und das gelegentliche Knacken des Feuers unterbrochen wurde. Nach einer Weile fragte Madrid wehmütig, ob ich mir das Album nicht einmal anschauen wolle. Also zog ich meinen Stuhl näher und machte mich daran, Jessica in tausend verschiedenen Posen vor tausend verschiedenen Hintergründen zu bewundern.

»Das hier wurde an dem Tag aufgenommen, als wir sie mit zu Madame Tussaud's genommen haben.« Madrid zeigte stolz mit dem Finger auf ein Foto. »Aber sie wollte nicht mit hinein.«

»Sind denn Hunde dort überhaupt zugelassen?«

»Das weiß ich nicht, aber unser Schätzchen fing bereits an zu zittern, als Vienna das Horrorkabinett erwähnte. Wir sind stattdessen lieber ein Eis essen gegangen. Erdbeereis mochte sie am liebsten. Und danach durfte sie zur Pediküre, in einem ganz entzückenden kleinen Hundesalon in Soho.«

Madrid wendete langsam eine Seite nach der anderen um. Es gab Fotos von Jessica am Meer, Fotos, wie sie auf Sofas und Sesseln ruhte, wie sie in eine Stola gehüllt war, die zwar kleiner, aber sonst genau das Ebenbild von der war, die Madrid jetzt schmückte. Es gab Fotos, auf denen sie auf Hundeschaus vorgeführt wurde, und Fotos, auf denen sie aus einem Champagnerglas trank. Und dann gab es auch noch ein Foto von Jessica, wie sie zierlich ein Taxi bestieg, als sie zum ersten Mal auf dem Weg zu ihrem Verlobten war, dem Baron von Knurrhahn.

»Sie war so glücklich. Ich bin sicher, bei ihr war es Liebe auf den ersten Blick.« Madrids Stimme brach, und sie schlug das Album zu. »Aber seine Gefühle waren wohl weniger stark, denn sonst hätte er nach ihrem Tod eine angemessene Trauerzeit eingehalten«, fuhr sie mit großer Bitterkeit fort. »Was hat der lüsterne Herr Baron statt dessen gemacht – er hat sich mit Elizabetta Dancefoot eingelassen, die immer so aufdringlich mit dem Hinterteil wackelt. Eine kleine Nutte. In der ganzen Linie nicht eine Goldmedaille. Eine Schlampe, die sich jedem für einen Hundekuchen hingegeben hätte.«

Genau in diesem Moment kam mir der Gedanke, daß Madrid Miller nicht nur wunderlich, sondern nicht mehr ganz dicht war. Sie konnte nichts dafür, und es gibt Menschen, die schlimmere Macken haben, aber ich hatte es mit einem Mal eilig, von dort wegzukommen, bevor ich noch in irgendein Fettnäpfchen trat. Leider ist die Zunge oft schneller als der Fuß.

»Hat denn eines von Jessicas Waisenhündchen später eine Goldmedaille gewinnen können?« fragte ich. Madrids Miene verzerrte sich.

»Weiß ich nicht. Was für eine schreckliche Frage – ich hasse es, über diese Tiere zu reden. Es war schlimm genug, daß Vienna darauf bestand, ein paar von ihnen zu behalten. Oh, es tut mir leid.« Ihre Stimme wurde wieder sanft, und sie streckte die Hand aus, um meinen Arm zu drücken. »Ich hätte Sie nicht so anfahren dürfen. Wie undankbar von mir, wo Sie doch so nett sind. Ich bin einfach nur in einer entsetzlichen Verfassung. Wenn ich vielleicht ein Glas Brandy bekommen könnte? Die Flasche steht in der Speisekammer. Würde es Ihnen etwas ausmachen, sie zu holen?«

»Nicht im geringsten.« Ich war schon auf den Füßen und an der Tür, bevor sie zu Ende geredet hatte.

»Sie wissen ja, wo die Küche ist, und wenn sie schon auf dem Weg sind, können Sie auch gern einen Blick ins Arbeitszimmer werfen – dort hängen ein paar der schönsten Skizzen.«
Nachdem ich hoffentlich überzeugend genug meine Begeisterung bekundet hatte, flüchtete ich in die Eingangshalle. Ich hatte nicht das geringste Bedürfnis, noch weitere Eindrücke von Jessica aufzunehmen, selbst wenn sie jemand wie Picasso gemalt hätte. Aber vor dem Arbeitszimmer blieb ich trotzdem stehen, um einen Blick hineinzuwerfen. Vielleicht würde sich ja der Geist von Mrs. Large danach beruhigen und verschwinden. Was für ein trostloser Raum, selbst jetzt noch, da Mrs. Large nicht mehr die Hälfte des Fußbodens beanspruchte. Ich hatte mir mit dem Anblick jedenfalls keinen Gefallen getan, denn die schreckliche Erinnerung wurde nun erst recht wieder wach. Ich sah alles noch einmal genau vor mir: die umgeworfene Leiter, Mrs. Larges erstaunt offenstehender Mund, den Staubwedel, der ihr aus der Hand ragte, das Kehrblech und den kleinen Aschehügel auf dem Fußboden.
Ich floh durch die Eingangshalle, als seien ein halbes Dutzend Geister hinter mir her. Nachdem ich in der Küche hastig nach dem Lichtschalter getastet hatte, stolperte ich auf die Speisekammer zu, ein kleines Räumchen neben der Hintertür. Drinnen waren vor Urzeiten Marmorborde angebracht worden, die mittlerweile ihren Glanz verloren hatten, und deckenhohe Holzregale, deren ehemaliges Weiß jetzt vergilbt war. Das winzige Fensterchen hoch oben über meinem Kopf war mit Spinnweben bedeckt. Licht gab es keines. Dafür jedoch jede Menge Nahrungsmittel in Packungen und Dosen, die über- und nebeneinander aufgereiht standen. Und da war auch schon die Brandyflasche. Ich hatte gerade die Hand um ihren Hals gelegt, als die Tür hinter mir mit einem Knall zuschlug.
Die Dunkelheit fiel wie ein schwarzer Sack über meinen Kopf, und mein Herz begann wie wild zu hämmern. Wie albern! Ich mußte schließlich nur den Türknauf finden und ihn herumdre-

hen. Aber es gab ein Problem. Der Knauf drehte sich zwar, aber die Tür ging nicht auf. Auch nicht, als ich mit den Fäusten auf sie einschlug und mit den Füßen dagegen trat, bis sie mir weh taten. Da fing ich an zu schreien – so lange, bis ich mich fragte, ob es überhaupt Zweck hatte. Wenn mich nämlich ein Mensch oder ein Etwas absichtlich hier eingeschlossen hätte, würde er oder es jetzt nicht draußen sitzen und sich still ins Fäustchen lachen?

Kapitel Sieben

Sessel und Möbel sorgfältig auf Holzwurm untersuchen. Anschließend säubern und wieder an Ort und Stelle rücken.

»Soll ich nicht lieber mitkommen?« fragte Freddy besorgt. Es war der Montag danach. Ben war schon ins Restaurant gefahren, und ich wollte gerade meine eigene Speisekammer betreten, um Brot zu holen. Es ist durchaus möglich, daß ich einen winzigen Moment lang unentschlossen wirkte, ehe ich die Speisekammertür öffnete, und daß Freddy es bemerkte und sich tatsächlich um mein seelisches Wohlbefinden Gedanken machte.

»Eigentlich finde ich, daß ich mich ziemlich gut gehalten habe«, erklärte ich, als ich mit dem Brot zurückkam und die Scheiben in den Toaster steckte. »Ich war zwar nicht lange in dieser stockfinsteren Kammer eingesperrt, aber in der kurzen Zeit habe ich Höllenqualen ausgestanden. Wenn es noch ein paar Minuten länger gedauert hätte, hätte ich angefangen, Gespenster zu sehen, genau wie die kleine Jane Eyre in dem Zimmer, in dem der tote Onkel lag.«

»Völlig ausgeschlossen.« Freddy rappelte sich hoch und goß sich tatsächlich eigenhändig eine Tasse Tee ein. »Selbst als Gespenst hätte Mrs. Large nicht mehr mit in das kleine Kämmerchen gepaßt. In solchen Situationen bleibt man am besten ganz locker.«

»Ich war ja ganz locker«, sagte ich, während ich einen Toast nach dem anderen mit Butter bestrich. »Aber erst, als ich wieder draußen war. Es geschah wie in einer Komödie. Vienna kommt durch die Hintertür zurück, weil sie den Einkaufszettel vergessen hat. Die Hintertür prallt gegen die Tür zur Speisekammer, und ich bin eingesperrt. Vienna rast zu Madrid, um ihr zu sagen, daß sie es ist und kein Einbrecher. Sie ist schon fast wieder aus der Tür, als sie mich hämmern hört und errät, was passiert ist. Die Speisekammertür neigt nämlich dazu, sich zu verkeilen oder zu verklemmen oder wie man das nennt, und Vienna wollte sie schon seit ewigen Zeiten richten lassen.«

»Ich finde es gut, daß du darüber redest.« Freddy war die Verständnisbereitschaft in Person. Gnädig akzeptierte er seinen Toast mit zwei pochierten Eiern. »Es macht mir auch nichts aus, daß ich alles schon mindestens zwanzigmal gehört habe. Hauptsache, du befreist dich davon und wirst wieder ein voll funktionierendes Mitglied unserer Gesellschaft. Sonst geht es dir am Ende noch wie Madrid Miller und Jessica – und mehr Spinner kann die Welt einfach nicht verkraften.«

Ich setzte mich ihm gegenüber an den Küchentisch und nippte an meinem Tee. »Madrids Problem ist, daß sie keine nette Spinnerin ist.«

»Weil sie ihren Hintern nicht hochgekriegt hast, als du in der Speisekammer gefangen warst?«

»Nein. Das gehört nicht zu ihren Aufgaben. Vienna ist die Retterin. Madrid weiß nicht, daß sie den Hintern hochkriegen muß. Das macht alles ihre Schwester. Was mich an ihr stört, ist die Sache mit den Hundezwingern. Vienna hat mir die Hündchen später gezeigt. Du hast keine Ahnung, wie süß die sind, vor allem die Welpen. Ich konnte gar nicht fassen, daß sie nicht ins Haus dürfen.«

»Das klingt wirklich ein bißchen hart.« Freddy hielt mir eine Tasse zum Nachfüllen hin. »Aber du mußt auch zugeben, daß die Tiere für die beiden in erster Linie Geschäft bedeuten. Es sind keine Schoßhündchen.«

»Hör auf, Freddy!« fuhr ich ihn an. »Das weiß ich selbst. Aber in Wirklichkeit läßt Madrid die Hündchen nicht ins Haus, weil sie ihnen verübelt, daß sie leben. Sie bestraft sie, weil ihre arme Jessica tot und verblichen ist. Es ist die reine Bosheit, die sie als

Empfindsamkeit tarnt. Wenn du mich fragst, ich finde das widerlich.« Ich übersah die Tasse, die Freddy mir hinhielt, nahm seinen eiverschmierten Teller und knallte ihn ins Spülbecken. »Nette Spinner, die man auch als liebenswürdige Exzentriker bezeichnen kann, sind ganz anders. Sie glauben zum Beispiel, sie wären Teekannen, oder leben auf Bäumen, um zu sich selbst zu finden. Manche von ihnen sind außerdem sehr klug. Denk an Dr. Johnson.« Ich stellte den Wasserhahn an und spritzte Spülmittel ins Becken. »Das war wirklich ein seltsamer Kauz, aber er war bestimmt lustig, zumindest solange er nicht von seinem Wörterbuch anfing.«

»Schon kapiert.« Freddy stand auf, reckte die Fingerspitzen bis halb an die Küchendecke und riß beim Gähnen seinen Mund so weit auf wie ein Scheunentor. »Du kannst Madrid Miller einfach nicht leiden. Deshalb darf sie nicht mit dir spielen, und du lädst sie auch nicht zum Geburtstag ein, selbst wenn sie dir verspricht, einen Luftballon mitzubringen. Null Problem!«

»Warum sagst du das so komisch?«

»Weil fiese Spinner offensichtlich Menschen sind, die wir nicht verstehen, da sie Ansichten vertreten, die unseren widersprechen.«

»Hast du das aus Dr. Johnsons Wörterbuch?«

»Was ich sagen will«, erklärte Freddy geduldig, »so etwas ist häufig sehr subjektiv. Du und ich, liebe Ellie, würden Mrs. Barrow zum Beispiel ganz oben auf die Liste der Beknackten setzen, weil sie vor dem Abigail's demonstriert. Wir hätten aber nichts dagegen, wenn sie sich ihr Plakat schnappen und sich vor dem schönen Laden in der Lost Sixpenny Road aufbauen würde, wo es nur Kleider in Größe 36 gibt.«

»Stimmt.« Ich wischte mir die seifigen Hände an seinem Pullover ab.

»Könnte es sein, Ellie« – immer noch onkelhaft –, »daß du Madrid Miller gegenüber nicht ganz fair bist, was die Sache mit den Hündchen angeht? Und zwar nur deshalb, weil sie ihre

Schwester nicht über den Haufen gerannt hat, in der Hast, dich aus der Speisekammer zu retten?«

Ich verschränkte die Arme vor der Brust und schaute ihm in die Augen. »Freddy, sag mir bitte, was in deinem seltsamen Hirn vor sich geht. Warum liegt dir so viel an dem, was ich über eine Frau denke, die du kaum kennst?«

»Okay.« Jetzt war er derjenige, der mir in die Augen sah. »Ich mache mir Sorgen, daß es von deiner Abneigung gegenüber Madrid Miller nur ein Katzensprung ist zu der Überzeugung, daß sie Mrs. Large von der Leiter gestoßen hat. Selbst wenn es weit und breit kein Motiv dafür gibt. Das bastelst du dir nämlich anschließend einfach zurecht.«

»Das ist ja wohl der Gipfel«, brauste ich auf. »Ich meine mich noch gut zu erinnern, daß selbst du am Tag der Beerdigung angedeutet hast, daß es womöglich gar kein Unfall war. Und daß die Geschwister Miller als Täterinnen am ehesten in Frage kämen, weil es in ihrem Haus passiert ist.«

»Mea culpa.« Er legte die Hand aufs Herz. »Ich gebe zu, ich bin der letzte, der die Klappe aufreißen sollte. Aber ich habe nur Spaß gemacht und nur ein bißchen Sherlock Holmes gespielt. Doch im Moment, finde ich, sind andere Dinge wichtiger, Ellie. Zum einen redest du unentwegt davon, daß du den Frühjahrsputz zu Ende bringen mußt, und ...« Freddy hielt inne, stand auf und kraulte sich den Bart.

»Und dann ist da noch das Restaurant.« Ich war ihm nicht mehr böse. »Sind Mrs. Barrow und ihre Gefolgsleute wieder mit den Plakaten aufgekreuzt?«

»Nein. Im Westen nichts Neues.« Er zog die Augenbrauen fragend in die Höhe. »Oder liegt das Abigail's im Osten? Wie auch immer. Ben ist gut drauf, und du mußt nicht die besorgte Ehefrau spielen, Kusinchen. Er wird das Handtuch nicht schmeißen.«

»Ich habe ihm aber gesagt, er soll es tun.«

»Wird er aber nicht. Dein Mann ist eben kein netter Spinner, der seine besten Jahre im Baum verplempert. Derjenige, über den wir uns wirklich Sorgen machen müssen, ist Jonas.« Freddy kraulte sich abermals den Bart.

»Was meinst du damit?« fragte ich, während mein Herz heftiger zu schlagen begann.

»Ellie, hast du dir den alten Knaben in letzter Zeit mal genauer angesehen?«

»Natürlich habe ich das.«

»Und findest du nicht, daß er furchtbar hinfällig wirkt?« Mein Cousin schaute so aufrichtig besorgt aus, wie ich es bei ihm noch nie gesehen hatte. »Vielleicht übertreibe ich, aber ich finde es nicht gut, daß wir ihn einfach so vor sich hinwursteln lassen. Vielleicht könnten wir etwas tun, um ihn wieder auf die Beine zu bringen.«

»Du hörst doch, wie ich ihm immer zurede, daß er mehr essen soll«, entgegnete ich. »Ist aber trotzdem gut, daß du es aufs Tapet gebracht hast, Freddy.« Ich drückte ihn rasch an mich und zupfte ihn am Ohrring. »Wahrscheinlich habe ich mir einfach vorgemacht, daß er nur an den Auswirkungen des Winters leidet und bald wieder der Alte wird, jetzt wo der Frühling kommt. Aber ich rede noch einmal mit Dr. Solomon. Beim letzten Mal hat er mir versichert, daß Jonas bis auf die Bronchitis topfit ist für einen Mann seines Alters. Und daß ältere Menschen oftmals mehr Zeit brauchen als früher, bis sie sich nach einer so schlechten Phase wieder erholen, wie Jonas sie vor Weihnachten hatte.«

»Ich behaupte ja auch nicht, daß du dich nicht toll um ihn kümmerst, und ich will weiß Gott nicht so tun, als sei ich seine Mutter.« Freddy, dem sonst nie etwas peinlich war, wirkte plötzlich verlegen. »Es ist nur, daß er auf seine Art ein super Typ ist und ich ihn wahrscheinlich ... gern habe.«

»In Wirklichkeit«, sagte ich und klang dabei wie Tam, »liebst du ihn, aber ich schwöre, daß ich es niemandem verrate. Wozu auch?« Ich zupfte noch einmal an seinem Ohrring. »Jonas weiß es ohnehin. Und er empfindet dasselbe für dich. Du und Ben, ihr seid die Enkel, die er nie gehabt hat. Mach dir also keine Sorgen.« Der Ratschlag galt genauso für mich. »Ich gehe zu Dr. Solomon. Es ist besser, wenn ich das nicht am Telefon erledige. Ich rede mit ihm und bitte ihn, zu uns zu kommen und Jonas gründlich zu untersuchen.«

»Machst du das heute noch?« Freddy wirkte schon wieder vergnügter.

»Dr. Solomon ist in den nächsten Tagen nicht in der Praxis. Er hat Urlaub. Das hat man mir jedenfalls neulich gesagt, als ich mit Abbey dort war. Einer seiner Kollegen hat sich um uns gekümmert. Was Jonas betrifft, ist es wahrscheinlich das beste, wenn ich bis Mittwoch oder Donnerstag warte, bis Dr. Solomon wieder da ist.«

In dem Moment öffnete unser Gesprächsgegenstand die Tür und schlurfte in seinen betagten, karierten Hausschuhen herein, von denen er sich um nichts in der Welt trennen wollte, obwohl er mindestens zwei funkelnagelneue Paare besaß. Dazu trug er einen passenden, altehrwürdigen Morgenmantel über einem gestreiften Schlafanzug. Aber wie es häufig der Fall ist, wenn man jemanden schon an der Schwelle des Todes gewähnt hat, machte er jetzt einen so lebendigen Eindruck wie schon lange nicht mehr. Die wenigen verbliebenen Haare standen ihm zwar in kleinen ungekämmten Büscheln vom Kopf, und der Schnurrbart konnte auch einmal wieder ordentlich getrimmt werden, doch seine Augen leuchteten gesund und klar. Vielleicht funkelten sie ein wenig boshaft, aber das war typisch für ihn.

»Ich dachte, ich komme lieber mal runter und heiße die Frau willkommen, die du für heute bestellt hast, Ellie. Sie soll sich bei uns doch wie zu Hause fühlen!« Er gab ein spöttisches Schnauben von sich und pflanzte sich an den Tisch.

»Hoffst wohl, daß sie dein Typ ist, Sportsfreund.« Freddy zwinkerte ihm zu, so von Mann zu Mann.

»Wenn das so wäre«, sagte ich, schmiß den Kessel für die nächste

Kanne Tee an und steckte noch zwei Scheiben Brot in den Toaster, »dann käme er leider zu spät. Trina McKinnley hat nämlich schon einen Freund, und zwar einen von der Obermacho-Sorte, gegen den sogar ihr die reinsten Waisenknäbchen seid. Ihr müßt euch aber trotzdem von der besten Seite zeigen, denn wir haben in letzter Zeit nicht gerade Glück gehabt, was unsere Putzfrauen anbelangt. Bei Trina müssen wir schon dankbar sein, daß sie wenigstens ein über die andere Woche einen halben Tag zu uns kommt.«

»Das war eine Warnung, Jonas.« Freddy butterte tatsächlich einen ganzen Toast für mich. »Wenn diese Trina nicht bei der Stange bleibt, bekommen wir beide ein Schürzchen umgehängt, auf dem unser Name steht, und dann dürfen wir den Staubsauger schwingen.«

»Ich muß im Garten arbeiten.« Jonas warf einen Blick aus dem Fenster. »Der Rasen muß gemäht werden, die alten Tulpenzwiebeln stecken noch, und ich habe noch nicht eine Pflanze in die Erde gesetzt.«

»Du hast eben andere Sachen zu tun gehabt«, sagte ich, während ich mit der Schöpfkelle ein pochiertes Ei aus dem heißen Wasser fischte.

»Ich bitte dich ja ständig, daß du die Zwillinge unterhältst, wenn ich auf Achse bin.« Ich warf einen Blick auf die Uhr. »Apropos Zwillinge – ich hole sie lieber mal aus dem Bett und ziehe sie an, damit sie um acht gefrühstückt haben. Dann kann ich sie zur Spielgruppe bringen und bin wieder zurück, ehe Trina um neun auftaucht.«

»Ich mach' das für dich«, bot Freddy an. »Ich muß ohnehin gleich los. So großzügig, wie Ben auch ist – er sieht es nun mal gern, wenn ich irgendwann, ehe er den Laden wieder dichtmacht, angeschlichen komme. Was ist mit dem Wagen? Macht es dir was aus, wenn ich ihn für den Rest des Vormittags entführe?«

»Nicht wenn du die Kinder auch wieder abholst.«

»Kein Problem«, erwiderte Freddy, der Großartige. »Obwohl,

wenn du nicht so kleinlich wärst und sie hinten auf mein Motorrad dürften, hättest du den Wagen zur Verfügung.«
»Ich will den Wagen nicht«, sagte ich fest. »Ich will zu Hause bleiben und Trina McKinnleys Vertrauen erwerben. Sobald du mit den Zwillingen durch die Tür bist, stürze ich mich in alle Ecken und sehe zu, daß das Haus wenigstens halbwegs manierlich aussieht. Sonst bekommt sie einen Schreck und haut gleich wieder ab.«
Zum Glück war dies ein Morgen, an dem meine Kinder beschlossen hatten zu kooperieren. Abbey zog sich lediglich ihr Kittelchen falsch herum an, aber das war schnell geregelt, und Tam meinte zwischendurch, er müsse unbedingt sein Lieblingsspielzeug mitnehmen, so daß wir eine Weile durch die Zimmer irrten, um seinen Paddington-Bär aufzutreiben, aber das war auch schon alles. Nachdem Jonas und ich die beiden noch einmal gedrückt hatten, zogen sie schließlich zehn Minuten vor der offiziellen Zeit mit Freddy ab. Läßt sich gut an, dachte ich, bis ich mich umdrehte und die Küche erneut in Augenschein nahm.
Jonas, der offensichtlich befürchtete, daß ich auch ihn scheuern und polieren würde, ließ seinen Tee im Stich und flüchtete nach oben, um sich anzuziehen. Als sich die Tür hinter ihm geschlossen hatte, gab es nur noch die Küche und mich. Ich nahm sie streng ins Visier, wollte sehen, wie sie sich vor Verlegenheit krümmte und erklärte, warum sie ein solches Unheil angerichtet hatte. Ich wollte ihr sogar verzeihen, wenn sie mir anbot – nein, mich anflehte, sich selbst wieder auf Vordermann zu bringen. Aber Undank ist der Welt Lohn! Und das nach allem, was ich für sie getan hatte! Die gräßlichen grünen Wandkacheln abgeschlagen, die schöne Tapete mit den Weizenähren aufgeklebt, die Herdstelle umgebaut, das Grünfenster über dem neuen Spülbecken eingerichtet und als krönenden Abschluß noch einen wundervollen handgefertigten Küchenherd gestiftet.
Seufzend krempelte ich die Ärmel hoch, stapelte das Geschirr in

die Spüle, räumte die Reste vom Tisch und schrubbte ihn anschließend gnadenlos sauber. Aber dann konnte ich der Küche nicht länger böse sein. Ich liebte dieses Haus zu sehr. Es besaß die unwiderstehliche Gabe, die Arme um mich zu legen, und mich in seine Geschichte aufzunehmen. Das Frühstücksgeschirr, das ich abwusch, hatte Abigail Graham gehört. Schon ihre Hände hatten diese Tassen abgetrocknet und diese Teller weggestellt. Eines Tages würde vielleicht Abbey oder Tams Ehefrau hier stehen und aus dem Fenster nach draußen schauen, um zu beobachten wie die ersten Sonnenstrahlen auftauchten, und dabei so andächtig dem Vogelgezwitscher lauschen, als hörte und sähe sie alles zum ersten Mal.

Als ich die letzte Tasse wegstellte, entdeckte ich Mrs. Malloys Porzellanpudel, der mich aus dem Schrankregal vorwurfsvoll anstarrte. Es war höchste Zeit, ihn irgendwo sichtbar zur Schau zu stellen, obwohl ich mich dazu wirklich überwinden mußte. Die Versuchung, den Pudel auf den Wasserkasten im Kellerklo zu stellen, war ziemlich verlockend. Aber ich ging tapfer dagegen an und trug Fifi aufrechten Schrittes in den Salon, wo ich ihn zu den beiden chinesischen Vasen neben der Buehl-Uhr gesellte. Der arme Fifi paßte nicht zum künstlerischen Gesamteindruck, das war nicht zu leugnen. Seine Umgebung zeugte von erlesenem Geschmack – womit ich natürlich meinen eigenen meinte. Ich setzte mich entmutigt aufs Sofa. Doch nachdem meine Blicke eine Weile in die Runde geschweift waren, sah ich ein, daß das mit dem eigenen Geschmack im Grunde nicht stimmte. Ich fand die Möbel zwar wunderschön, aber selbst ausgesucht hatte ich sie nicht. Ich hatte sie nur irgendwann einmal aus ihrem Speicherdasein befreit. Na gut, ich hatte die chinesischen Vasen gekauft und auch die Tischlampen. Aber seit meiner Ehe hatten noch ein paar andere Raritäten den Weg in den Salon gefunden. Da stand zum Beispiel die verunglückte Schale, die meine Tante Lulu im Töpferkurs angefertigt hatte. Dahinter hing ein Bild, das Freddy gemalt hatte, als er noch dachte, er

würde Künstler, und um mich herum lagen mehrere Kissen drapiert, die eine liebe Freundin von mir zwar emsig, aber nicht gerade kunstvoll bestickt hatte.
Wenn ich genauer hinschaute, existierten in dem Raum auch sonst noch ein paar Objekte, die mich persönlich in keinem Laden vom Hocker gerissen hätten. Es mußte Zeiten gegeben haben, in denen ich sie auch als Schandfleck betrachtet hatte, so wie ich es jetzt mit Mrs. Malloys Fifi tat. Doch dann hatten sie sich langsam in das Bild gefügt und waren mit der Zeit zu diesen kleinen Akzenten geworden, die aus einem Haus ein Zuhause machen. Ich griff nach einem der Kissen, um es aufzuklopfen, und bemerkte winzig kleine Flecken getrockneten Bluts, die von vielen Stichen mit der Sticknadel herrührten. Ich mußte irgendwann wirklich einmal Abigails Hilfsmittel ausprobieren. Was hatte sie noch geschrieben, was man gegen Blutflecke tun mußte? Und würde es noch funktionieren, wenn das Blut schon längst getrocknet war? Als ich zurück in die Küche ging, fiel mir die Mixtur wieder ein – Stärke und Wasser zu einer dünnen Paste verrühren. Klang ziemlich einfach, und den Versuch war es allemal wert. Ich mußte mir lediglich ein Päckchen mit herkömmlicher Stärke besorgen, denn im Haus hatte ich nur die Version aus der Sprühflasche. Aber vor allem durfte ich eines nicht vergessen – ich mußte Jonas' Spiegel erneuern lassen.
In der Küche hörte ich, wie an der Hintertür geklopft wurde. Es war verrückt, aber einen Moment lang dachte ich tatsächlich, draußen würde Mrs. Malloy stehen, eingehüllt in den obligatorischen Pelzmantel. Sie scherte sich natürlich keinen Deut um solche Meinungen wie die von Mrs. Barrow und Konsorten. Außerdem hatte Freddy, galant wie immer, Mrs. M. einmal versichert, daß ihre Pelze ohnehin nicht von bedrohten Tierarten stammten. Wahrscheinlich war ihr der Nationale Forstverband im Grunde sogar noch dankbar.
Mein Blick war ein bißchen verschleiert, als ich Trina McKinnley die Tür öffnete.

»So, da wären wir«, sagte sie zur Begrüßung, knöpfte sich die Jacke auf und hing sie ruckzuck an einen freien Haken in der Nische. »War gar nicht so schwierig, hierher zu kommen. Der Bus zur Cliff Road hält gleich bei mir um die Ecke.« Sie knallte ihre Tasche auf den Küchentisch, sah sich um und erfaßte die Situation mit einem Blick. Ihren schwarzen Augen entgingen weder die Krümelhäufchen neben dem Toaster, noch das aufsässige Spinnengewebe, das sich seit Beginn des Frühjahrsputzes schon wieder neu eingenistet hatte. Ich ertappte mich dabei, wie ich Trina McKinnleys weiße Uniform mit Mrs. Malloys Arbeitskleidung verglich, die sich von Cocktailkleidern bis hin zu den Miniröcken der jüngeren Zeit erstreckt hatte.

»Ich bin ein wenig ins Hintertreffen geraten«, sagte ich entschuldigend und entdeckte noch einen neuen Schandfleck – wo einer der Zwillinge offensichtlich etwas auf die Tapete gekritzelt hatte.

»Das sehe ich selbst, Ellie. Ich finde es übrigens besser, wenn wir uns mit dem Vornamen anreden, was meinen Sie?« Sie wanderte forsch durch den Raum – sehr zum Ärger von Tobias, der sie vom Schaukelstuhl aus anfauchte, ehe er vom Tisch auf den Rand der Spüle sprang und von dort aus auf das Fensterbrett.

»Oh ja«, antwortete ich. »Viel besser.«

»Sie wollen doch sicher nicht Miss McKinnley zu mir sagen, und außerdem leben wir ja nicht mehr im Mittelalter, oder?« Sie fuhr mit dem Finger über die Staubschicht auf dem walisischen Wandregal und beäugte die beiden Borde mit den Tellern. »Das sind Poole-Teller, stimmt's?« Sie warf die dunklen Locken zurück, und schaute mich herausfordernd an. »Meine Oma hat so was gesammelt. Die Saftkaraffe dort ist Edinburgh-Kristall.« Sie streckte einen unbeirrten Finger aus und deutete auf den entsprechenden Gegenstand. Mein Blick fiel auf eine kleine schwarze Schleife, die sich über dem rechten Ohr in ihrem dunklen Haar befand.

Sie betastete die Schleife und verkündete: »Das ist wegen Gertrude. Betty Nettle wollte eigentlich, daß wir – sie, Winifred Smalley und ich – schwarze Armbinden tragen. Können Sie sich das vorstellen? Und das in der heutigen Zeit. Aber als Winifred die Schleifen vorschlug, habe ich eingewilligt. Ich bin sowieso nur wegen Winifred in dem Verein.« Die schwarzen Augen blitzten mich an. »Ich nehme an, Roxie hat Ihnen vom VPFVCF erzählt.«

»Nicht viel«, erwiderte ich vorsichtig. »Man hat mir gesagt, es sei alles höchst vertraulich.«

»Höchst albern paßt da wohl besser.« Trina zuckte die weißgekleideten Schultern. »Aber Winifred geht nun mal völlig darin auf, und ich mache mit, weil Winifred schwer in Ordnung ist. Sie ist so was wie eine Mutter für mich, obwohl ich nicht hoffen will, daß sie ...« Trina sprach den Satz nicht zu Ende. Sie hatte die Teekanne in die Hand genommen und studierte sie vom Henkel bis zur Tülle.

Ich griff den Hinweis auf. »Wie wäre es mit einer Tasse Tee?«

»Hätte nichts dagegen, aber nur eine.« Sie sah mir zu, wie ich den Wasserkessel füllte, und registrierte mit Sicherheit auch, daß ich auf dem Weg vom Spülstein zum Herd etwas Wasser verschüttete. »Ab dem nächsten Mal fange ich aber immer sofort an. Ich finde, man soll das tun, wofür man bezahlt wird. Ich fange pünktlich an und höre pünktlich auf. Besonders montags, weil da nachmittags Joe dran ist. Übrigens müssen wir noch über das Geld reden.« Sie gab mir einen Stundenlohn an, der etwas über dem lag, den Mrs. Malloy und Mrs. Large berechnet hatten. Er hielt sich zwar noch in Grenzen, aber ich fragte mich trotzdem, ob Trina dabei nicht die Lohngesetze des VPFVCF verletzte.

»Das geht in Ordnung.« Ich reichte Trina eine Tasse Tee. »Sie sollten mir übrigens immer sagen, wenn Ihnen einmal etwas nicht paßt.«

»Machen Sie sich da keine Sorgen, Ellie. Bei mir wissen Sie immer, wo Sie dran sind.« Gleich darauf hatte sie die Teetasse mit sicherem Schwung abgestellt und die Untertasse umgedreht, um den Namen des Herstellers zu lesen. »Habe ich nicht anders erwartet. Sehr teuer.«

»Es war ein Hochzeitsgeschenk.« Es war albern, daß ich mich zu einer Rechtfertigung genötigt sah, aber Trina McKinnley ging mir irgendwie ans Gemüt. »Das Haus ist ziemlich groß«, sagte ich und überlegte, ob Mrs. Large ihren Kolleginnen berichtet hatte, daß Merlin's Court ein einziges Fiasko war.

»Kommt drauf an, was man gewöhnt ist.« Trina öffnete die Tür zur Halle, stemmte die Fäuste in die Hüften und machte eine kleine Rundreise mit den Augen. »Es ist nicht so groß, wie es von außen aussieht. Roxie Malloy hat ja ständig erzählt, wie toll hier alles ist, aber mich kann man so leicht nicht beeindrukken.«

Ehe ich etwas entgegnen konnte, kam Jonas die Treppe herunter. Er war nach wie vor unrasiert und steckte immer noch in dem unglückseligen Morgenmantel über dem Schlafanzug. Trinas Blicke pendelten sich auf den fehlenden Jackenknöpfen des Schlafanzugs ein.

»Und wer ist das?« fragte Trina.

»Ich bin ihr Sohn.« Jonas deutete mit dem Daumen in meine Richtung. »Wer sollte ich sonst sein? Die anderen zwei Kleinen sind in der Spielgruppe. Ich durfte zu Hause bleiben, um mich mit meiner Eisenbahn zu vergnügen.« Er bewegte sich auf die Küche zu.

»Senil?«

»O nein!« Ich schluckte meinen Ärger hinunter. »Jonas ist noch vollkommen klar im Kopf. Er legt nur nicht so großen Wert auf neue Gesichter. Am besten machen Sie einen Bogen um ihn und kümmern sich vor allem nicht um sein Zimmer.«

»Sie müssen mir lediglich sagen, welches es ist«, erwiderte Trina gleichgültig. Wir machten uns auf eine Tour durch das ganze Haus. Sie stellte viele vernünftige Fragen, aber mir war klar, daß sie das nur tat, um mir zu beweisen, daß sie ein Profi war.

Nachdem ich ihr gezeigt hatte, wo die Eimer, die Lappen und die Haushaltsreiniger standen, sagte ich ihr, daß der Staubsauger gelegentlich abartige Töne von sich gäbe, die sie jedoch nicht erschrecken sollten, denn er dächte sich nichts dabei.
»Ich bin nicht so leicht zu erschrecken, Ellie.« Sie blitzte mir wieder einen dieser Blicke zu, die es auf seltsame Weise schafften, mich jeglichen Selbstbewußtseins zu berauben. Ich ließ sie allein und ging in die Küche.
»Ich mag diese Frau nicht.« Jonas stand am Herd und machte sich ein wenig Haferbrei warm.
»Das mußt du auch nicht«, entgegnete ich. Ich schob ihn auf einen Stuhl und steckte ihm eine Serviette in den Halsausschnitt des Schlafanzugs. »Ich habe sie keineswegs aus einem Katalog für dich als Ehefrau ausgesucht. Trina McKinnley ist hier, damit ich mehr Zeit für dich, Ben und die Zwillinge habe. Hör also auf mit der Grummelei.«
»Du bist ein gutes Mädchen.« Er tätschelte meine Hand. Ich setzte mich zu ihm an den Tisch. Keiner von uns sprach ein Wort. Wir genossen einfach nur unser friedliches Beisammensein, bis der Haferbrei blubbernde Geräusche von sich gab und mir freundlicherweise zu verstehen gab, daß er kurz vor dem Überkochen war.
Ich hatte gerade einen dampfenden Teller vor Jonas gesetzt und ihm empfohlen, den Inhalt noch ein wenig abkühlen zu lassen, als Trina McKinnleys Stimme durch die Halle schallte. Ich eilte sofort zu ihr.
»Ellie?« Sie stand vor dem Ausziehtisch und ging mit dem Finger über die Oberfläche. »Welche Möbelpolitur haben Sie bislang benutzt?«
»Irgend etwas Zitroniges.«
»Aus einer Sprühflasche?«
»Ja. Stimmt damit was nicht?«
»Kommt darauf an, ob Sie Wachsrückstände haben wollen oder nicht.« Trina vollbrachte wieder eins ihrer Schulterzucken.

»Obwohl es mich wundert, daß Roxie sich nicht an das PGB gehalten hat. Wir arbeiten nämlich mit gutem altem Muskelschmalz. Hat Gertrude nichts dazu gesagt?«

Ich hatte einen verspäteten Anfall von Dankbarkeit, was Mrs. L. betraf. »Nein, aber ich trage mich gerade mit dem Gedanken, meine eigene Möbelpolitur herzustellen, nach einem alten Familienrezept.« Ich flüchtete wieder in die Küche und ließ Trina völlig unbeeindruckt zurück.

»Gibt's Probleme?« Jonas rappelte sich aus seinem Nickerchen auf, bei dem er etwas vom Stuhl gerutscht war.

»Nichts Besonderes.« Ich rückte ihn wieder zurecht, blieb bei ihm sitzen und sah zu, wie er winzige Portionen von seinem Brei aß. Ich versuchte mir gerade einzureden, daß das ein bißchen Farbe auf seine eingefallenen Wangen bringen würde, als der nächste Ruf mich vom Stuhl hochjagte. Dieses Mal stand Trina auf Zehenspitzen im Salon.

»Ellie?«

»Ja?« Langsam fing mir mein Name an, auf die Nerven zu gehen.

»Sie haben unheimlich viel Zierrat.«

»Ist das bei anderen nicht so?«

»Nicht so viel wie hier.« Sie vollführte einen großen Halbkreis mit dem Arm. »Bei Ihnen steht überall was herum, finden Sie nicht? Nicht nur auf den Tischen. Sondern vom Fußboden bis zur Decke.«

»Ich liebe nun mal unterschiedliche Perspektiven.«

»Nichts gegen einzuwenden. Sie haben ja auch ein paar schöne Sachen, Ellie. Hätte nichts dagegen, Ihnen das ein oder andere abzukaufen. Aber es gibt eine Regel, die besagt: nie mehr als drei Teile auf einer Oberfläche. Mehr als drei bedeutet Zuschlag.«

»Steht das auch im PGB?« konnte ich mir nicht verkneifen zu fragen.

»Wahrscheinlich nicht.« Ihre schwarzen Augen funkelten. »Man muß sich ja nicht immer an das Gesetz halten, oder?«

»Wahrscheinlich nicht.« Nachdem ich mich einverstanden erklärt hatte, noch ein paar Pfund mehr abzudrücken, floh ich zurück in die Küche. Ich war mir sicher, daß Trina sich ihre neue Regel genau in diesem Moment ausgedacht hatte.

Jonas war wieder nach oben gegangen. Er hatte die Absicht geäußert, sich anzuziehen. Ich beglückwünschte mich gerade dazu, daß ich ihn dazu gebracht hatte, den größten Teil seines Haferbreis aufzuessen, als es erneut an der Hintertür klopfte.

Bunty Wiseman hätte zu jeder Tages- und Nachtzeit für die Rolle des dummen Blondchens vorsprechen können. Ihre Augen waren so porzellanblau, daß man hätte schwören können, sie trüge gefärbte Kontaktlinsen, aber dem war nicht so. Ihre Figur war perfekt, die Beine wohlgeformt und schlank, und von ihrem Mund behauptete Freddy, daß es das süßeste Schnütchen der Welt sei. Das einzige, woran es ihr mangelte, war Dummheit. Leider hatte sie kein Glück in der Liebe. Ihre Ehe mit Lionel Wiseman, dem gepflegten silberhaarigen Anwalt von Chitterton Fells, war gescheitert. Auch was ihre geschäftlichen Unternehmungen betraf, war sie nicht gerade mit Erfolg gesegnet. Aber keines ihrer Mißgeschicke hatte auch nur ansatzweise etwas mit fehlendem Grips zu tun. Sie war eine Frau mit vielen Fähigkeiten, zu denen vor allem gehörte, daß sie sich nie unterkriegen ließ, und dafür bewunderte ich sie mit nahezu ehrfürchtigem Staunen.

Bunty stand nicht auf Formalitäten. Wenn ich nicht zu Hause gewesen wäre, hätte sie sich wahrscheinlich schnell etwas zu essen gemacht und anschließend wieder aufgeräumt. So aber scharwenzelte sie vor mir herum, damit ich ihr hautenges, schwarzes Kleid bewundern konnte, das gerade mal ihren Po bedeckte. Sie sagte, sie habe es selbst genäht. Dann wollte sie wissen, was ich in den letzten drei Wochen alles getrieben hätte, da sie mich ja nie gesehen hätte – noch nicht einmal einen Schwanz von mir sonntags in der Kirche.

»Wann warst du denn in der Kirche?« fragte ich.

»Na, letzten Sonntag. Aber vielleicht habe ich es auch nur geträumt« Bunty schwang sich auf die Tischkante und ließ die Beine baumeln wie ein kleines Kind. »Ich habe nämlich geträumt, daß Lionel und ich noch mal geheiratet haben. Die Kirche war proppenvoll, ein paar Leute mußten sogar stehen. Nur du warst nicht da, Ellie, und deshalb war ich sehr beleidigt.«

»Du hattest mir keine Einladung geschickt.« Ich wollte gerade wieder den Kessel für frischen Tee aufsetzen, aber als ich auf die Uhr sah, stellte ich fest, daß der Morgen bereits weit genug fortgeschritten war, so daß wir uns ein Glas Sherry genehmigen konnten. »Prost!« sagte ich und reichte Bunty ein Glas. »Gibt es tatsächlich Grund zum Feiern? Seid ihr wieder ein Paar?«

»Noch nicht richtig«, seufzte sie, obwohl sie dabei nicht besonders traurig aussah. »Ich habe ihm nur erlaubt, mich zum Essen auszuführen. Der Mensch muß schließlich essen, und du weißt, wie knickerig er sich bei der Scheidung angestellt hat. Nicht, daß ich ihm das vorwerfe.« Sie krauste die hübsche Nase und nippte an ihrem Sherry. »Er wußte ja, daß er sich wegen dieser fürchterlichen Frau zum Narren gemacht hatte. Er hat tatsächlich geglaubt, daß er sie liebt. Armer alter Lionel! Danach hat er gedacht, wenn er mich ohne einen Pfennig sitzenläßt, komme ich wieder zu ihm gekrochen. Jetzt macht es ihn fertig, daß ich mich auch allein über Wasser halten kann. Wenn ich einen Job verliere, taucht gleich der nächste auf. Habe ich dir erzählt, daß ich jetzt für Ward und Gantry arbeite, die Immobilienmakler an der Seascape Road?«

»Nein, wir haben uns ja schon seit Ewigkeiten nicht mehr gesehen.« Ich holte eine Packung Knabberkekse aus der Speisekammer und richtete sie mit ein paar Stückchen Käse auf einem Teller an. »Aber ich weiß es zu schätzen, daß du dich extra deswegen herbemüht hast.«

»Oh, deshalb bin ich nicht gekommen.« Bunty hüpfte vom Tisch herunter, ohne auch nur ein Tröpfchen Sherry zu verklekkern, scheuchte Tobias aus dem Stuhl, auf dem er es sich gerade bequem gemacht hatte, und setzte sich auf den freigewordenen Platz. »Ich bin extra aus der Mittagspause hergerast, weil ich ein bißchen Tratsch loswerden wollte. Eigentlich dürfte ich dir gar nichts davon erzählen, und eigentlich hätte auch Lionel mir nichts davon erzählen dürfen...« Sie hielt inne, beäugte den Teller mit dem Knabbergebäck und dem Käse und fragte, ob ich nicht noch ein paar Gürkchen hätte.

»Was hätte Lionel dir nicht erzählen dürfen?« Ich schraubte das Gurkenglas auf und häufte ihr die Gürkchen sogar eigenhändig auf den Teller, damit sie all ihre Energie aufs Plaudern konzentrieren konnte.

»Das mit dem Testament.« Bunty machte sich über den Teller her.

»Was für ein Testament?«

Sie nahm ein Stückchen Käse. »Das er für die verstorbene Mrs. Large aufgesetzt hat. Siehst du, ich wußte, daß es dich interessiert, Ellie! Du solltest mal dein Gesicht sehen! Du lechzt ja richtig nach dem Knüller. Aber ich weiß nicht« – sie tat so, als müsse sie erst noch einmal überlegen –, »vielleicht ist es falsch, wenn ich dir etwas sage, was Lionel mir unter dem Siegel der Verschwiegenheit anvertraut hat.«

»Möchtest du dein Gewissen in einem weiteren Sherry ertränken?« erkundigte ich mich.

»Oh, warum nicht.« Bunty hielt mir ihr Glas entgegen. »Ich fahre ja mit dem Bus. Natürlich darf der Busfahrer dann nicht tot zusammenbrechen, so daß ich das Steuer übernehmen muß. Obwohl so was schon vorgekommen sein soll, wie du weißt. Nimm nur Mrs. Large. Ein klassisches Beispiel – gestern noch auf hohen Rossen und heute mausetot. Und du warst da, als es passiert ist, stimmt's? Das muß ja furchtbar gewesen sein.« Sie schauderte, aber ihre Augen gierten mich unverwandt an. »Klinge ich zu gefühllos? Hast du die Frau gut gekannt?«

»Sie sollte Mrs. Malloy ersetzen, aber sie war leider nur einmal

da.« Ich tat tief bewegt. »Aber es macht mir nichts aus, darüber zu reden. Und du darfst dich auch nicht zum Schweigen zwingen, Bunty, das bringt nichts. Aber wenn es dir zu schwer fällt, über das Testament zu reden, dann behalte es ruhig für dich.«
»Quatsch!« Bunty setzte sich gerade hin und machte ein entschlossenes Gesicht. »Besonders du hast jedes Recht der Welt, alles zu erfahren, wenn man bedenkt, was du mitgemacht hast. Du bist ja sozusagen über die Leiche gestolpert! Clarice Whitcombe war bei Ward und Gantry – sie hatte noch ein paar Fragen, was den Kauf ihres Hauses angeht –, und sie hat mir genau erzählt, wie alles abgelaufen ist. Sie hat gesagt, es hätte ihr so leid getan, daß ausgerechnet du dabei sein mußtest, als man die Leiche fand . . .«
»Es war nicht unbedingt berauschend«, pflichtete ich ihr bei. »Also was ist jetzt mit dem Testament?«
»Wie ich Lionel kenne«, sinnierte Bunty vor sich hin, »hat er es mir nur anvertraut, um mich mit seinem Wissen zu beeindrukken. Ich bin sicher, daß er uns gern wieder verheiratet sähe. Wetten, daß er weiß, daß ich mich mit Joe treffe?«
Ich ließ den Namen unbeachtet an mir vorbeischwirren und reagierte nicht. So sehr war ich darauf erpicht, daß Bunty auspackte! Zum Glück warf sie einen Blick auf die Uhr, sah, daß ihre Mittagspause fast vorbei war, und berichtete mir, was Lionel Wiseman ihr erzählt hatte. Mrs. Large hatte ihren Töchtern nämlich jeweils nur einhundert Pfund hinterlassen. Den Rest ihres Vermögens, das für eine Frau ihres Standes recht beachtlich war, hatte sie Trina McKinnley vermacht. Und als Treuhänderin hatte sie Winifred Smalley eingesetzt.

Kapitel Acht

Sollten sich Flecken auf weißen Tischtüchern in der normalen Wäsche nicht entfernen lassen, muß man sie mit Zitronensaft beträufeln, solange das Tischtuch noch feucht ist. Tischtuch anschließend in der Sonne auf dem Rasen ausbreiten und trocknen lassen.

»Lionel hat gesagt, die Töchter wären außer sich gewesen.« Bunty nagte zufrieden an einem großen Käsewürfel herum, wobei sie noch einmal zur Uhr sah. »Ach, zum Henker«, sagte sie. »Dann komme ich eben zu spät zur Arbeit zurück. Und wenn der alte Mr. Ward etwas sagt, dann erinnere ich ihn daran, daß er mir ständig in den Ausschnitt schielt. Der arme alte Kerl, er kann nichts dafür. Er geht so gebückt, daß er nicht aufschauen könnte, selbst wenn sein Leben davon abhinge. Außerdem ist er so gut wie blind. Heutzutage kann man Männern ja so leicht Angst einjagen. Denk nur an die vielen sexuellen Belästigungen, von denen man ständig hört.« Sie klimperte mit den Wimpern.

»Du hast vollkommen recht.« Mir war nicht ganz wohl bei dem Gedanken, daß Trina McKinnley mich jeden Moment wieder zu sich befehlen konnte. Aber jetzt konnte ich ihre Herrschsucht natürlich verstehen. Wenn man gerade vor einer Erbschaft steht, ist es natürlich unter aller Würde, bei anderen Leuten putzen zu gehen. Ob ich Bunty doch besser sagen sollte, daß Trina im Haus war? Doch dann hielt ich mir vor Augen, daß meine Freundin mir gar nicht hätte erzählen dürfen, was Lionel ihr auch nicht hätte erzählen dürfen, so daß Trina im Grunde überhaupt nicht existierte. Also entschied ich mich dagegen. Außerdem wollte Bunty sich aussprechen, und dabei durfte ich sie nicht bremsen. Ach was soll's, es war einfach die reine Neugier, die mich gepackt hatte.

»War es denn wirklich so viel, was Mrs. Large hinterlassen hat?«

Ich holte noch etwas Käse herbei und öffnete eine zweite Pakkung Knabberzeug.
»Das hängt vom jeweiligen Standpunkt ab, mein Schatz. Du und Ben zum Beispiel, ihr lebt ja nicht gerade ärmlich, was ist da schon viel?« Bunty wählte jetzt den Stilton anstelle des Cheddars und packte sich noch ein Gürkchen dazu. »Wohingegen bei meinen kargen Umständen ein Hunderter durchaus willkommen wäre. Man muß nehmen, was kommt, sage ich immer. Aber die Töchter von Mrs. Large scheinen da anderer Ansicht gewesen zu sein. Die undankbaren Geschöpfe haben Lionel erklärt, wo er sich die hundert Pfund hinstecken könne. Der arme Lionel! Er hat total gebibbert, daß eine von diesen Hyänen Hackfleisch aus ihm macht.«
»Die Sache mit den hundert Pfund hatten wir schon«, sagte ich so geduldig wie möglich. »Obwohl ich es zu schätzen weiß, daß du die Spannung erhöhen und mich noch ein bißchen zappeln lassen willst. Aber ehe ich dich mit dem Wasserkessel erschlage, solltest du vielleicht besser mit der Antwort rausrücken. Also, wieviel hat Mrs. Large Trina McKinnley hinterlassen?«
Bunty nuschelte mit vollen Backen, daß es von schlechten Manieren zeuge, wenn man mit vollem Mund spräche, würgte jedoch hastig alles herunter, als ich nach dem Wasserkessel griff.
»Lionel hat gesagt, es seien etwa fünfzigtausend Pfund.«
»Was?«
»Ohne den Verkauf des Hauses.«
»Ach du Schande!«
»Das Haus bringt zwar nicht viel, aber es ist immerhin mehr als nichts.« Bunty war mit der Wirkung ihrer Worte hochzufrieden. »Ellie, wenn du doch nur dein Gesicht sehen könntest! Es ist der totale Schock, stimmt's? Da schleppt sich Mrs. Large fünfmal in der Woche zu sogenannten Besserverdienenden, um die Drecksarbeit zu machen, und hat bei sich zu Hause längst selbst einen fetten Sparstrumpf unter der Matratze.«

»Aber woher denn nur?«
»Von einer Versicherung. Offenbar hatte der verstorbene Herr Gemahl eine Erwerbsunfähigkeitsversicherung abgeschlossen. Und eines Tages konnte er nicht mehr richtig gehen.« Bunty wurde an diesem Punkt etwas vage. »Wie auch immer, er wurde jedenfalls Invalide. Dann hat er lange Zeit eine Pflegerin gebraucht, und irgendwann ist er eben abgenibbelt.«
»Wie traurig«, sagte ich. »Für ihn und für Mrs. Large.«
»Aber nicht für Trina McKinnley Sie ist mit dem Hintern in Butter gefallen. Für sie wird es erst schwierig, wenn diese Winifred Smalley sich weigert, die Scheine rüberzuschieben.«
»Ich frage mich, warum Mrs. Large das so wollte«, sagte ich nachdenklich. »Warum hat sie eine Treuhänderin eingesetzt?«
»Das hat sie Lionel nicht erklärt.« Bunty wanderte zum Spülbecken und kam mit einem Glas Wasser zurück. »Aber ich habe eine ziemlich genaue Vorstellung von dem, was Mrs. Large durch Kopf gegangen ist. Ich kenne nämlich Joe.«
»Was denn – Trinas Freund? Sie hat mich nach der Beerdigung mit ihm bekannt gemacht. Was weißt du über ihn?«
»Nur daß er verheiratet ist« – Bunty legte eine etwas schuldbewußte Miene an den Tag –, »und daß er sich heimlich noch mit mir trifft. Sieh mich nicht so an, Ellie! Glaub mir, es gibt ganze Minuten, in denen ich mich verachte. Ehrlich, ich habe mich mit Joe nur eingelassen, um Lionel eifersüchtig zu machen. Und du weißt, daß er es verdient hat zu leiden, nach dem, was er mir angetan hat.«
»Und Joes Frau?«
»Ellie, ich hasse es, wenn du mich so grimmig ansiehst.« Bunty machte einen entzückenden Schmollmund, was ja nicht besonders schwer ist, wenn man ein süßes Schnütchen hat.
»Joe ist ein Schlägertyp.«
»Nur äußerlich.«
»Richtig. Innerlich ist er ein Kotzbrocken. Bunty, du mußt dir

mal den Schädel untersuchen lassen!« Ich räumte den Teller mit dem Käse und dem Knabberzeug beiseite – die einzige Strafaktion, die mir auf Anhieb einfiel. Dann setzte ich den Wasserkessel auf, damit ich nicht die einzige war, die vor sich hinbrodelte. »Männer wie Joe sind nur hinter einer Sache her.«

»Der nicht«, kam es gelassen zurück. »Joe ist auch noch hinter dem Geld von Trina her. Sonst hätte er ihr doch wohl den Laufpaß gegeben, nachdem er mich kennengelernt hat, oder? Ich weiß, das klingt eingebildet, Ellie, aber sie kann mir nun wirklich nicht das Wasser reichen.«

»Aber Mrs. Large hätte normalerweise doch sicher noch Jahre gelebt.«

»Vielleicht. Vielleicht auch nicht.«

»Wie meinst du das?« Mit der Teekanne in der Hand blieb ich wie angewurzelt stehen und starrte Bunty an.

»Nur daß nichts im Leben sicher ist. Wieso? Was hast du denn gemeint, was ich gemeint habe?« Ihre Augen weiteten sich. »Oh, jetzt geht mir ein Licht auf! Du glaubst, Joe hätte vielleicht etwas nachgeholfen! Aber er war doch gar nicht in Tall Chimneys, oder doch?«

»Nicht daß ich wüßte«, gab ich zu.

»Aber du meinst, er hätte sich ins Haus schleichen und Mrs. Large ins Jenseits befördern können!« Bunty zog das für ein Weilchen in Betracht. Dann sagte sie: »Ellie, du bist eine Spielverderberin. Kaum habe ich mal was am Laufen, schon behauptest du, mein Lover sei ein Mörder.«

Ehe ich Bunty versichern konnte, daß ich im Grunde nichts dergleichen behauptet hatte, ertönte ein dumpfer Schlag an der Hintertür. Ich zog den kochenden Kessel von der Herdplatte. Wer konnte das nun schon wieder sein? Freddy und die Kinder klopften nicht an. Oder doch? Vielleicht hatte Freddy sich ein Spiel ausgedacht, um Abbey und Tam zum Lachen zu bringen. Sie würden so tun, als wären sie Zeugen Jehovas oder eine Gruppe verirrter Polarforscher, die den Weg zum Nordpol suchten.

Aber es war doch noch eine ganze Stunde zu früh für ihre Rückkehr! Andererseits gestaltete mein Cousin seinen Tagesplan natürlich nach seinen eigenen Vorstellungen.
Der nächste Schlag ließ die Tür in den Angeln erzittern. Ich riß sie auf – und befand mich Auge in Auge mit Trina McKinnleys und Bunty Wisemans ... Joe.
Wo wir gerade schon beim Thema sexgeil und geldgeil waren!
Ich war so erschrocken, daß ich einen Moment brauchte, bis ich registrierte, daß er schlechtgelaunt war – falls er überhaupt einen anderen Zustand kannte.
»Trina da?« Er schob mich mit dem Ellbogen beiseite.
»Ja, ich glaube, sie ist oben. Sie hat noch eine Weile, bis sie fertig ist.« Die Antwort schien Mister Supermacker nicht sonderlich zu passen. Bunty wirkte auch nicht mehr so fröhlich wie zuvor.
»Ellie! Warum hast mir nichts gesagt?«
Gute Frage.
»Bunty, was hast du hier zu suchen, verdammt noch mal?« knurrte Joe. Wenn Blicke töten könnten, hätte Bunty auf der Stelle ins Gras gebissen. »Willst du Scheiße bauen zwischen mir und Trina – hast du das vor? Dann krieg das jetzt besser in deine dämliche Birne, Mädel, wir beide sind fertig! Wegen dir riskier' ich nicht, daß Trina mich abschiebt, nicht jetzt, wo endlich mal was am Kochen ist.«
»Ich wußte nicht, daß deine andere Freundin auch hier ist«, erwiderte Bunty mit vorbildlicher Würde. »Aber mach dir nicht ins Hemd, Joe. Ich wollte dir ohnehin sagen, daß du dich verpissen kannst. Beim letzten Mal« – sie schenkte ihm ein süßes Schnütchenlächeln – »habe ich nämlich gesehen, daß du schon eine Glatze kriegst.«
Joe, was immer seine Mängel sonst auch gewesen sein mochten, besaß einen vollen, schwarzen, vor Gel starrenden Haarschopf, aber Bunty wußte offenbar, wo sie das Messer ansetzen mußte. Er wurde bleich, drehte sich um die eigene Achse und hielt offenbar nach einem Spiegel Ausschau. Da wir in der Küche kei-

ne Spiegel hängen haben, mußte er sich mit vergleichbaren Gegenständen begnügen. Er schnappte sich einen Metallspatel vom Herd und verrenkte sich die Glieder, um sich von oben betrachten zu können. Die Gesichter, die er dabei zog, waren nicht schön anzusehen – auch nicht, ehe ihm Bunty vorschlug, noch gleich die Säcke unter den Augen mitzutesten. Ich empfand schon fast Mitleid mit ihm, als Trina in der Küche erschien.

»Joe?« Sie war tatsächlich der Inbegriff der kompetenten Haushaltshilfe. Gestärkte weiße Uniform, drahtige Locken und blitzende schwarze Augen. »Joe – was ist los?«

»Wieso? Springt er sonst nicht durch die Gegend und bewundert sich in kleinen Behelfsspiegeln?« erkundigte sich Bunty interessiert.

»Du hältst deine verdammte Klappe!« schnauzte Joe.

»Oh, wie ungezogen! Ellie, du kannst zwar sagen, es ginge mich nichts an«, sagte sie liebenswürdig, »aber ich an deiner Stelle würde Miss McKinnley bitten, sich zukünftig nicht mehr von ihm abholen zu lassen.«

»Mann – Trina arbeitet, wo ich ihr sage! Und ich sage ihr jetzt, daß sie hier nicht mehr arbeitet.« Joe hatte es geschafft, zu seiner alten Form zurückzufinden. »Hat sie überhaupt nicht nötig. Sie sind uns jedenfalls los! Stimmt's Trina?« Er schmiß den Spatel in die Spüle und gab seiner Lady ein Zeichen, ihm zu folgen. Zu meinem Erstaunen nickte Trina und zockelte brav hinter ihm her zur Tür.

»Aber ich habe Sie doch noch gar nicht bezahlt«, protestierte ich.

»Können Sie vergessen.« Trina wandte sich an der Tür noch einmal um und zuckte mit den Schultern. »Sie haben scheinbar keine glückliche Hand, was Putzfrauen angeht, Mrs. Haskell.« Dann holte sie Luft und sah Bunty an, aber Joe riß an ihrer Hand und zog sie mit sich ins Freie.

»Hier, du kannst mich damit schlagen, wenn du willst.« Meine

Freundin reichte mir den weggeworfenen Spatel. »Ich weiß, daß ich dir den Mist eingebrockt habe. Es tut mir leid. Was machst du denn nun bloß?«
»Suche mir jemand neuen, nehme ich an.«
»Geht das denn so leicht?«
»Oh, ich glaube schon.« In Wirklichkeit hatte ich nämlich schon jemanden im Visier – und zwar meine eigene Wenigkeit.
»Du fragst dich bestimmt, was ich in Joe sehen konnte.« Bunty strich über eine unsichtbare Falte auf ihrem engen Kleid. »Ich muß einfach nicht mehr alle Tassen im Schrank gehabt haben. Na ja, daran erkennst du jedenfalls, daß Trina noch bescheuerter ist!«
»Ich hätte nie gedacht, daß sie der Typ Frau ist, der sich herumkommandieren läßt«, sagte ich. »Das Leben ist tatsächlich immer wieder voller Überraschungen.«
Und als ob diese Allerweltsweisheit noch eines Beweises bedurft hätte, öffnete sich die Hintertür abermals und herein stiefelten Ben und die Kinder. Ben verkündete, daß er beschlossen habe, sich den Nachmittag freizunehmen, und daß wir losfahren und ein Picknick am Meer machen würden.
»Los, Mummy, komm!« bettelte Tam, während Abbey an meiner Hand zerrte. »Wir haben was zu essen im Auto. Einen ganzen Korb voll. Daddy hat Saniches gemacht« – mein Sohn hatte immer noch Schwierigkeiten mit dem Wort –, »und wir haben Kuchen und Plätzchen.«
»Es war den ganzen Morgen über nicht viel los im Restaurant«, sagte Ben. »Tam hat recht. Wir haben jede Menge zu essen dabei und sogar noch eine Flasche Wein, die ich auf Eis gelegt habe. Warum kommst du nicht auch mit, Bunty?« Ben hatte wie alle Männer eine Schwäche für Bunty.
»Danke – das heißt, danke nein.« Bunty reckte sich auf die Zehenspitzen ihrer hohen Pumps und küßte ihn auf die Wange. »Ich muß zurück an die Arbeit. Außerdem stehen meine Aktien hier im Moment nicht gut. Für so böse Mädchen wie mich gibt es jetzt mindestens eine Woche lang Hausverbot.«

»Was soll das denn bedeuten?« fragte Ben, als sich die Tür hinter ihr geschlossen hatte. »Oder willst du mir das« – mit einem vielsagenden Blick auf die Zwillinge – »später erzählen?«
Ich nahm Abbey hoch, die zarte Engelküsse auf meinen Hals hauchte. »Um es kurz zu machen, Trina McKinnley hat das Küchentuch geschmissen, noch ehe sie den halben Tag um hatte.«
»Lastet vielleicht ein Fluch auf uns, Ellie? Trina und der Typ waren auf dem Weg zur Cliff Road, als ich in die Einfahrt bog. Sah aus, als hätten die beiden sich tierisch in der Wolle.«
Dann war Trina also doch nicht nur artig hinter ihm hergeschlichen. Aber – ob sie sich auch von ihm trennen würde? Das hing wahrscheinlich davon ab, wie verrückt sie nach diesem Fiesling war.
»Wo ist Jonas?« Abbey spähte durch den Raum, als ob sie damit rechnete, daß er sich unter dem Tisch oder hinter der Speisekammertür verkrochen hätte. »Er muß auch mitkommen, Mummy.«
»O ja, o ja!« Tam düste in die Halle, und wir anderen folgten ihm in gemäßigterem Schritt. »Daddy hat Eisaniches gemacht, weil die Jonas so gut schmecken. Und einen Schokoladenkuchen mit ganz viel Sahne! Aber der ist für mich.«
»Ist er nicht.« Abbey knuffte ihn in den Rücken. »Oben ist mein Name geschreibt.«
»Obendrauf steht Abbey und Tam.« Ben trennte die Kinder, die sich wie Boxer gegenüberstanden und dabei wie kleine Hunde knurrten. »Aber ich werde beide Namen wieder abkratzen, wenn ihr euch nicht benehmt.« Nach dieser Drohung waren sie zwar auf der Stelle still, aber sie schnitten sich weiterhin böse Grimassen. Erst als sie von oben Schritte kommen hörten, ließen sie voneinander ab und rasten durch die Halle, Jonas entgegen, der nun die Treppe heruntergepoltert kam. Es tat mir im Herzen weh, als ich sah, wie krampfhaft er darauf bedacht war, sich gerade zu halten. Aber Mitleid half ihm wahrscheinlich

weniger als ein Picknick an der frischen Luft. Doch als ich ihn aufforderte, mit uns zu kommen, runzelte er die Stirn, woraufhin ich ihm kurzerhand beschied, daß Ausreden nicht geduldet würden. Anschließend steckte ich ihn in eine alte Jacke und schob ihn durch die Haustür, ohne auf seine Einwände zu achten.

»Wir müßten eigentlich alle etwas anderes tun«, erklärte ich ihm, während wir auf den Wagen zusteuerten. »Ben müßte eigentlich arbeiten, die Zwillinge müßten eigentlich schon Gleichungen mit drei Unbekannten lösen, und ich müßte eigentlich Krafttraining machen, um mich für den Frühjahrsputz zu stählen, den ich nun in Alleinregie zu Ende bringen muß, weil Trina uns leider schon wieder verlassen hat. Aber man kann im Leben nicht immer nur arbeiten.«

Als er hörte, daß Trina die Fliege gemacht hatte, glättete sich sein mürrisches Gesicht. Im Grunde wollte er genausowenig wie ich, daß irgend jemand Mrs. Malloys Platz einnahm. Das sei ein Sakrileg, hatte er einmal gesagt. Schließlich stieg er ohne Protest vorn zu Ben in den Wagen, während ich mit den Zwillingen nach hinten kletterte.

»War wohl ein bißchen zuviel zu tun für Miss McKinnley«, wandte sich Jonas an mich, als Ben den Motor anließ.

»Das erzähle ich dir alles später«, sagte ich und vergewisserte mich, daß die Sicherheitsgurte der Zwillinge richtig eingeklinkt waren. »Jetzt wird erst einmal Picknick gemacht. Wohin fahren wir überhaupt, Ben?«

»Ich hatte an die kleine Bucht gedacht, die du so gern magst.« Er fuhr durch das Tor und bog in die Straße ein, die an unserem Dorf vorbei in Richtung Skelling führt. Ich hatte diese Gegend schon als kleines Mädchen geliebt, als ich hierher oft zu Besuch kam. Jedesmal, wenn ich zum ersten Mal die Meerluft schnupperte, hatte ich gewußt, daß ich bald da sein würde. Seit ich hier lebte, nahm ich die Landschaft oft wie selbstverständlich hin, außer an Tagen wie diesem, wo die Freude auf ein Picknick in

der Sonne das Kind in mir wieder wachrief und ich alles noch einmal neu entdeckte. Ich kurbelte das Seitenfenster herunter, sog die Luft ein, schmeckte den salzigen Tanggeschmack, der vom Meer zu uns geweht wurde, und ließ mir die Sonne auf die Nase scheinen.
Zu unserer Rechten stürzten die Klippen jäh ins Meer. Es war ein Paradies für Kletterer – aber eine Problem für normale Wanderer, wenn sie zu den kleinen Buchten hinuntersteigen wollten. Ben sagte den Kindern, wir würden sie in den Picknickkorb setzen und an einem Seil hinunterlassen, woraufhin die beiden anfingen zu kichern. Jonas meinte jedoch, von der Idee hielte er nichts, weil sie dabei nur seinen Eiersandwich zermatschen würden. Ich sah mich derweil nach der Stelle um, an der wir immer parkten, wenn wir zu unserer Bucht fuhren. Als das Haus, das Tom Tingle kürzlich gekauft hatte, in Sichtweite kam, wußte ich, daß es nicht mehr weit sein konnte.
In der ganzen Ecke befanden sich höchstens drei oder vier Häuser. Toms Haus war aus rotem Backstein und stammte noch aus der Zeit der Jahrhundertwende. Es war ein wundervolles kleines Anwesen, mit efeubewachsenen Mauern, kleinen unterteilten Fenstern und vielen Giebeln und Erkern. Es lag ein gutes Stück von der Straße weg und war von einem Steingarten umgeben, den ich selbst auch ganz gern gehabt hätte.
Ich fragte mich, ob Tom in den kommenden Monaten wohl auch einmal die Salongesellschaft bewirten würde, oder ob er von dem, was sich beim letzten Mal zugetragen hatte, so abgeschreckt war, daß er in Zukunft nicht mehr daran teilnehmen würde. Ben hielt auf einem grasbewachsenen Parkplatz unter Bäumen, die aussahen, als wüßten sie, was man von ihnen erwartete, da sie ihren Job schon seit ein paar Jährchen erledigten.
An dieser Stelle waren die Klippen weniger steil. Es gab auch einen Fußpfad, den Ben und ich manchmal hinabstiegen, aber da er recht überwachsen war und an einer Stelle von einem Bach

überspült wurde, nahmen wir mit den Kindern lieber die Treppenstufen hinunter zum Meer. Ben bildete die Vorhut der Gruppe, und ich ging als Schlußlicht hinterdrein.
Am Strand befand sich außer uns keine Menschenseele. Die Bucht war wie ein Sofa geformt, wobei die mit Seegras überwucherten Felsbrocken die herumliegenden Zierkissen bildeten. Das Meer rollte uns in sanften schaumbekränzten Wellen entgegen. Über uns kreisten Möwen und stießen heisere Schreie aus, und die Sonne lächelte auf uns herab, als freue sie sich, uns zu sehen. Abbey und Tam zerrten bereits an den Verschlüssen ihrer Sandalen, um so bald wie möglich die Füße in den hellbraunen Sand graben zu können.
Ich reichte den Kindern Eimer und Schaufel, versprach, eine Burg zu bauen, sobald wir gegessen hätten, und erklärte ihnen, daß sie erst im Wasser planschen dürften, wenn Daddy und ich es getestet hätten. Dann sah ich ihnen nach, wie sie davonsprangen, um sich an ihrem Lieblingsfelsen niederzulassen. Um ihn herum zog sich eine flache Wasserrinne, so daß die Sandkuchen, die sie aus den Eimern stürzten, befeuchtet und mit Seegras geschmückt werden konnten. Ihre fröhlichen Stimmchen flatterten zu uns herüber, während ich Jonas' Strandstuhl aufklappte, die alte karierte Reisewolldecke auf dem Boden ausbreitete und ihre Ecken mit den schweren Steinen befestigte, die ich am Fuß der Klippen zusammengesucht hatte.
Ben machte sich gleich anschließend daran, unseren Picknicktisch zu decken. Mir lief schon beim Zusehen das Wasser im Mund zusammen. Außer den Eiersandwiches, die er speziell für Jonas zubereitet hatte, gab es andere mit Schinken und Käse auf frischem braunen Krustenbrot, dazu Spinatsalat mit Walnüssen, Pilzpastetchen, köstlichen Eiersalat, einen großen Obstteller und den Schokoladenkuchen mit Abbeys und Tams Namen obendrauf. Für die Kinder stand Limonade bereit und für die Erwachsenen gab es Kaffee und eine Flasche Wein. Jonas gab

zu, daß es ihm beim Anblick der Leckereien schon fast nicht mehr leid täte, mit uns gekommen zu sein.

»Wir sollten das viel öfter machen«, sagte ich. »Die Seele baumeln lassen. Ich fühle mich wie der Maulwurf in *Der Wind in den Weiden*, wenn er sagt, ›zum Henker mit dem Frühjahrsputz‹ oder so was in der Art, und dann aus seinem kleinen dunklen Bau ins Sonnenlicht klettert.«

Ben steckte noch ein Sträußchen Petersilie auf den Eiersalat und meinte: »Ehe wir die Kinder zum Essen rufen, will ich aber erst das mit Trina McKinnley hören – und bitte laß Buntys Geschichte dabei nicht unter den Tisch fallen, Ellie, denn ich weiß, daß deine Freundin bis zu ihrem kleinen Hälschen in die Sache verwickelt ist.« Er verteilte die Plastikteller und die Becher, und ich erzählte ihm und Jonas, der sich auf seinem Stuhl vorbeugte, um ja nichts zu verpassen, die ganze Geschichte von Trina, Bunty und Joe.

»Was für ein übler Ganove«, urteilte Ben über Mister Lederrokker.

»Ein Serientäter!« Ich ließ mich auf der Decke nieder. »Außer Bunty und Trina hat er nämlich auch noch eine Ehefrau. Aber der Clou ist, daß Mrs. Large Trina um die fünfzigtausend Pfund vererbt hat. Das muß man sich mal vorstellen! Die Töchter gehen völlig leer aus – das heißt, nicht ganz –, jede erhält eine Summe von hundert Pfund, gerade mal was für den hohlen Zahn.« Dann erklärte ich ihnen noch den Zusammenhang von Mrs. Larges Ehemann und seiner Erwerbsunfähigkeitsversicherung und erwähnte die Rolle von Mrs. Smalley.

Ben formte die Lippen zu einem lautlosen Pfiff und fragte dann: »Und wieso kommt diese Mrs. Smalley überhaupt ins Spiel?«

»Da habe ich wohl eine Kleinigkeit ausgelassen. Mrs. Large hat Vorkehrungen getroffen, daß Mrs. Smalley die Scheine nach ihrem Gutdünken hinblättert, damit Joe Trina nicht anstiften kann, alles mit einem Mal auf den Putz zu hauen.«

»Und wieso hat Mrs. Large ausgerechnet *der* das ganze Geld

hinterlassen?« Jonas zupfte an seinem Schnurrbart, während der Wind seine spärlichen grauen Haare lupfte.
»Mrs. Large und ihre Töchter haben sich nicht sonderlich nahegestanden«, erwiderte ich. »Mrs. Smalley hat mir neulich erzählt, daß die beiden kaum mit Mrs. Large verkehrt haben. Und ich glaube, für die Mitglieder des VPFVCF ist Trina so eine Art Tochter oder Nichte. Mrs. Smalley hängt jedenfalls sehr an ihr.«
»Kapier ich nicht.« Jonas verkroch sich immer tiefer in seinem Stuhl und zog den Jackenkragen hoch, denn die Sonne hatte sich mittlerweile hinter eine Wolke verzogen. »War Roxie Malloy denn keine Freundin von Mrs. Large? Warum hat sie *ihr* nichts vermacht, oder all den anderen Frauen in diesem – wie heißt der Verein?«
»VPFVCF« – ich wollte gerade zu einer weiteren Erklärung ansetzen, als die Zwillinge über den Sand zu uns gerannt kamen. Tam berichtete uns aufgeregt von der Qualle, die er glaubte, gesehen zu haben, und Abbey zeigte uns stolz eine rosafarbene Muschel, die sie gefunden hatte. Sie wurden jedoch schnell vom Anblick des Schokoladenkuchens abgelenkt, der auf seinem Ehrenplatz mitten auf der Wolldecke prangte. Tam wollte wissen, ob er den zuerst essen könne, weil Picknicks ja nicht dasselbe wie richtige Mahlzeiten seien, und Abbey fragte, ob auf dem Kuchen auch »Herzlichen Glückwunsch« stand. Sie wußte, daß es nicht ihr eigener Geburtstag oder der von Tam sein konnte, deshalb schaute sie erwartungsvoll zu Jonas. Sie hatte mich erst vor kurzem gefragt, ob manche Leute älter wurden, weil sie öfter Geburtstag hatten als andere.
»Ich finde, wir feiern eine Geburtstagsparty für Jonas«, sagte ich und zwinkerte ihm zu. »Jeder verdient ab und zu einen zusätzlichen Geburtstag, und das hier ist ein ganz besonderer, weil Jonas nicht ein Jahr älter geworden ist.« Die Kinder stießen Freudenschreie aus und mußten von der Wolldecke gescheucht werden, bevor sie das Essen zertrampelten, was Jonas wiederum die

Gelegenheit gab, sich in den Griff zu bekommen und nicht zu zeigen, wie gerührt er war.

»Daddy, haben wir auch Kerzen?« Abbey mochte es, wenn alles seine Ordnung hatte.

»Nein, aber ich zünde ein Streichholz an, und Jonas darf es dann ausblasen.«

»Und er darf sich auch etwas wünschen«, fügte ich hinzu. »Aber jetzt sollten wir anfangen zu essen, denn wenn die Sonne nicht wieder zum Vorschein kommt, müssen wir zurück nach Hause.«

»Wird auch Zeit. Ich verhungere schon.« Jonas nahm den Eiersandwich, den Ben ihm reichte, und biß mit großem Appetit hinein. Zum ersten Mal seit Wochen fühlte ich mich optimistisch, was seine Gesundheit betraf. Ich wünschte, Freddy wäre auch da gewesen und hätte das Strahlen in Jonas' Augen gesehen, als er sich über den Spinatsalat hermachte und noch ein paar Scheibchen von den Äpfeln und Apfelsinen verputzte.

»Greif zu, Ellie.« Ben reichte mir den Teller mit den Pilzpastetchen, die ich so leidenschaftlich gern aß. »Du hast deinen Wein ja noch gar nicht angerührt.«

»Mir macht es ausnahmsweise einmal mehr Spaß zuzusehen, wie andere sich den Magen vollschlagen.« Ich strich mir eine Haarsträhne aus den Augen und lächelte. Die Sonne war wieder aufgetaucht, und meine Welt war rundum in Ordnung. Ich trank ein paar Schlückchen von dem Wein und aß ein Pastetchen. Das heißt, eigentlich aß ich zwei. Sie schmeckten noch besser als sonst, weil sie dieses Mal zusätzlich mit einer Prise Seeluft gewürzt waren.

»Ab welchem Geburtstag wird man nicht mehr größer?« wollte mein Sohn wissen.

»Brauchen Tam und ich neue Sachen zum Anziehen, wenn wir vier Jahre alt sind?« fragte Abbey.

Währenddessen klebten ihre Blicke an dem Kuchen.

Ben kramte eine Streichholzschachtel aus dem Picknickkorb,

zündete eins der Hölzchen an und hielt es Jonas zum Auspusten hin.
»Vergiß nicht, dir etwas zu wünschen«, sagte ich zu ihm.
Jonas beugte sich auf dem Stuhl nach vorn, doch diese Bewegung reichte bereits, um die Flamme zu löschen, noch ehe er sie ausblasen konnte und ehe er ... nein, ich mußte einfach glauben, daß er sich etwas gewünscht hatte. Dies war kein Tag für böse Omen. Auch die Tatsache, daß der Himmel sich ganz plötzlich zugezogen hatte, konnte mir nichts anhaben. Trotzdem räumten wir vorsichtshalber die Picknickreste zusammen und verstauten sie im Korb. Ben schlug vor, daß wir noch Muscheln sammeln gingen, bevor wir wieder aufbrächen. Der Vorschlag wurde angenommen, und wir wanderten über den Strand. Jonas blieb allerdings zurück, damit er ein Nickerchen machen konnte.
»Wir gehen einfach um die Felsnase herum bis zur nächsten Bucht.« Ben nahm meine Hand. Unsere Augen suchten den feuchten Sand ab, auf dem die weißen und rosafarbenen Muschelschalen leicht zu erkennen waren. Nachdem wir den Kindern dabei geholfen hatten, ein paar davon in ihre Eimer zu laden, marschierten wir über einen schmalen Strandstreifen um den hervorspringenden Felsen. Einige Sekunden lang barg er unsere Gesichter in seinem Schatten. Dann betraten wir den nächsten sofaförmigen Strand. Er war kleiner als unserer und mit mehr Zierkissen übersät. Außerdem saß mittendrin ein Mann an einem Tisch.
Der Tisch war mit einem weißen Tuch gedeckt. Der Mann saß zwar mit dem Rücken zu uns, aber über seine Schulter entdeckten wir das Weinglas, das er an die Lippen führte, und neben ihm die schmale Silbervase und die Terrine, in der wahrscheinlich Suppe war.
»Alle Achtung!« flüsterte Ben mir ins Ohr. »Und ich dachte schon, ich hätte mich heute übertroffen.«
Die Szene war so unwirklich, daß es mich nicht gewundert hät-

te, wenn die Möwe, die über uns kreiste, zu Boden gestürzt wäre, die Federn geschüttelt, Menschengestalt angenommen, einen Tisch für vier herbeigezaubert und alle Haskells zum Platznehmen aufgefordert hätte. So war es eher eine Enttäuschung, als der Mann den Kopf umdrehte und uns überrascht, aber durchaus nicht begeistert entgegenstarrte.

»Das ist ja Tom Tingle!« Selbst ich fand es albern, wie ich den putzigen Namen ausrief, daher kann man sich vorstellen, wie es für ihn sein mußte, so zu heißen. »Sein Haus liegt direkt über uns.« Mein Blick wanderte zu den Klippen hoch, während Ben, die Kinder und ich im Gänsemarsch über den Sand zogen, um dem Mann am Tisch furchtlos gegenüberzutreten. Im Näherkommen erkannten wir Reste von geräuchertem Lachs, Salat, russischen Eiern, Brot, Butter und Suppe, aus denen sich seine Mahlzeit zusammengesetzt hatte. Was für ein Aufwand, das alles hier herunter zu schleppen! Wie hatte er es nur angestellt, daß die Suppe dabei warm geblieben war?

»Na, schnappen Sie ein bißchen Luft?« erkundigte sich Tom T. Er sah aus wie ein mittelalter Zwerg, der verdammt war, bis in alle Ewigkeit hier zu sitzen. Sein Kinn wurde vom Kragen seiner erdfarbenen Jacke verdeckt.

»Wir haben auf der anderen Seite des Felsens ein Picknick gemacht.« Ben zeigte in die Richtung, aus der wir gekommen waren.

»Sie kennen meinen Mann noch nicht, oder?« Ich war ohne ersichtlichen Grund durcheinander. »Liebling, das ist Tom Tingle, ein neues Mitglied der Salongesellschaft. Tom, das ist mein Mann, und das sind meine Kinder – unsere Kinder – Abbey und Tam.«

Er blieb sitzen, die stummelgroßen Finger auf den Rand des weißen Tischtuchs gelegt, und murmelte eine kaum hörbare Antwort auf Bens »Sehr angenehm, Mr. Tingle.«

»Mummy, ist er echt?« Tams Flüstern reichte weiter als bis an mein Ohr. »Oder tut er nur so?«

»Es ist ein Meergeist.« Abbeys Gesichtchen glühte. Sie ging auf Zehenspitzen weiter, ganz vorsichtig, um ihn nicht zu verscheuchen.
»Die Kinder glauben, daß sie alles auf den Strand gezaubert haben.« Ben fuhr sich mit den Fingern durch das dunkle Haar, wahrscheinlich um sein Gehirn durch Massage wieder in Gang zu bringen. »Doch im Ernst – wie haben Sie den Tisch und das ganze Geschirr mit dem Essen hierhergeschafft? Ich nehme an, Sie sind über den Fußpfad gekommen, und nicht über die Stufen, aber dennoch – ein schönes Stück Arbeit.«
»Ich habe den Handkarren genommen«, erwiderte Tom. »Er steht dort hinter den Felsen.« Er deutete auf ein paar besonders große Felsblöcke. Ich ertappte mich dabei, daß ich rätselte, was sie früher einmal gewesen waren, bevor die böse Hexe sie zu Gestein verwandelt hatte.
Gleich darauf mußte ich jedoch Abbey zurückziehen, die sich hinter Tom aufgebaut hatte und seine Ohren betrachtete. »Na, dann wollen wir Sie mal nicht weiter beim Essen stören, sonst wird ja noch alles kalt.«
»Vor allem der Salat und der geräucherte Lachs.« Er lachte etwas gequält. »Aber keine Sorge, selbst die Suppe muß kalt gegessen werden. Es ist eine Kartoffel-Lauch-Suppe, obwohl sie einen neumodischen französischen Namen hat.«
»Vichyssoise«, soufflierte Ben. Tams Augen wurden zu Riesenrädern – kein Wunder, denn bis zu diesem Moment hatte er geglaubt, daß »Abrakadabra« das einzige Zauberwort war, das sein Vater kannte.
»Sie kommt aus der Dose.« Tom mühte sich eindeutig, so etwas wie Konversation auf die Beine zu bringen. »Das ist aber das einzige, bei dem ich gemogelt habe. Alles andere habe ich selbst zubereitet.«
»Hast du Geburtstag?« fragten Tam und Abbey wie aus einem Munde.
»Ganz genau.« Tom wirkte verlegen. Er wich unseren Blicken

aus und schaute aufs Meer, das etwas von seinem weichen Schimmer verloren hatte und nun geräuschvoll auf den Sand klatschte, wo es beim Zurückfluten weiße Schaumränder hinterließ. Der Himmel war an einigen Stellen dunkelgrau geworden, und es hatte den Anschein, als wolle sich die Sonne nun endgültig hinter den Wolken aufs Ohr legen. Irgendwie war der Glanz von diesem Tag abgeblättert.

Mit einem Mal schien uns allen bewußt zu werden, daß Tom ein trauriger und einsamer Mann war. Abbey und Tam fragten ihn, ob er Lust hätte mitzukommen, um etwas von Jonas' Geburtstagskuchen zu essen. Toms Miene hellte sich kurz auf, doch dann schüttelte er den Kopf.

»Vielen Dank, aber ich fürchte, es fängt gleich an zu regnen.«

»Das fürchte ich auch«, sagte ich. Danach verabschiedeten wir uns und traten den Rückweg an, wobei ich mir vorkam wie eine Verräterin.

Ben, die Kinder und ich zogen im erneuten Gänsemarsch über den schmalen Sandstreifen, der die beiden Buchten miteinander verband, und bekamen nasse Füße von den Wellen, die mit Schaumlippen nach uns haschten.

»Ich glaube, der Meergeist ist traurig.« Abbey schaute über die Schulter nach hinten, obwohl man Tom bereits nicht mehr sehen konnte. Wir waren wieder auf unserem kleinen Strand angelangt. Jonas döste auf seinem Stuhl vor sich hin. Er hatte sich zum Schutz gegen die Sonne ein Taschentuch über den Kopf gelegt, obwohl dies mittlerweile gänzlich überflüssig geworden war. Als wir näher kamen, schrak er hoch. Im selben Augenblick hob der Wind das Taschentuch in die Luft – es wedelte kurz und flog dann davon. Die Kinder sprangen ausgelassen hinterher.

Ihre Stimmung wurde allerdings etwas gedämpfter, als wir anschließend die Steinstufen zum Wagen hochkraxelten. Abbey fing an zu jammern, weil sie eine ihrer Muscheln verloren hatte, und Tam fragte bei jedem zweiten Schritt, wieso er nicht hatte planschen dürfen. Ich mußte mich zwingen, die Ruhe zu bewahren. Dazu kam noch, daß mein Sohn pausenlos stehenblieb und ich jedesmal Gefahr lief, ihn über den Haufen zu rennen, da ich mit Eimern, Schaufeln und Wolldecke bewaffnet hinter ihm das Ende der Prozession bildete. Außerdem rutschte mir die Wolldecke so häufig vom Arm, daß ich vermutete, sie legte Wert darauf, daß man auf ihr herumtrampelte. Gerade als ich mich zum wievielten Mal darin verheddert hatte und einen lauten Wutschrei ausstieß, hatten wir die Straße erreicht. Ben setzte den Klappstuhl und den Picknickkorb ab, schlug das Heck des Wagens hoch und räumte unsere Sachen ein.

Der Wind zerrte an meinen Haaren und ließ mir ein paar Haarsträhnen in die Augen stechen. Aber es tat trotzdem gut, oben angelangt zu sein, auch wenn mir der Rock so heftig um die Beine schlug, als wolle er mich vorwärtstreiben, damit ich endlich ins Auto stieg. Drei oder vier Möwen schwebten über unseren Köpfen. Ich lauschte ihrem heiseren Krächzen und hätte sie am liebsten gefragt, ob sie jemals auch etwas Erfreuliches von sich gaben, wenn sie wußten, daß kein Mensch der Nähe war.

Und dann hörte ich jemanden – oder etwas – aufschreien. Der Laut wurde vom Meer zu uns hochgeweht. Danach herrschte absolute Stille. Sogar die Möwen hielten den Schnabel, und auch der Wind schien zu verstummen, um die Ohren zu spitzen. Ich wollte mir gerade einreden, daß ich wahrscheinlich schon Stimmen hörte, als Ben eilig zu mir kam.

»Was war das?« Er packte meinen Arm.

»Ich weiß es nicht.« Ich konnte mich nicht von der Stelle rühren.

Danach hörte man es wieder. Zuerst ein dünner Klageton. Dann folgte ein kräftigerer Schrei, den Ben und ich eindeutig als Hilferuf identifizierten. Ich beugte mich hastig zum Fenster des Wagens und sagte Jonas, er solle bei den Kindern bleiben. »Da unten – am Strand oder im Wasser ist jemand in Not.« Jemand? Ich hatte kaum Zweifel daran, daß es sich bei dem Jemand um

Tom Tingle handelte. »Hier, nimm die Reisedecke.« Jonas warf mir die Wolldecke wieder auf den Arm, und ich stürzte hinter meinem Mann her. Es schienen schon Jahre vergangen zu sein, seit wir den ersten Schrei gehört hatten. Als wir die Treppenstufen erreicht hatten, prasselte bereits der Regen auf uns nieder. Seltsamerweise hatte ich nicht die geringste Angst hinzufallen, als ich mich durch die verschwommene Regenwand an den Abstieg machte. Vor meinem geistigen Auge sah ich nur Tom Tingle, der untertauchte, wieder hochkam, um sich schlug, nach Atem rang und anschließend Wasser spuckte wie eine Fontäne.

Mit letzter Kraft folgte ich Bens schemenhaft dunkler Gestalt um die Sofalehne zwischen den Buchten. Der schmale Zwischenstreifen lag mittlerweile knöcheltief im Wasser. Ich mußte ständig nach der Felswand greifen, um zu verhindern, daß ich stolperte. Dann konnte ich Ben wieder klar erkennen. Er stand da, wo das Meer begann, schleuderte die Schuhe zur Seite und riß sich die Jacke vom Leib.

»Sei vorsichtig!« brüllte ich. Und dann platschte er mit vorgestreckten Armen ins Wasser, als wolle er kopfüber in die Wellen tauchen. Aber in Wirklichkeit war er kein guter Schwimmer, und mir fiel ein, daß sich hinter den Wellenbrechern ein gefährlicher Sog befand. Vor meinem inneren Auge blitzte mein ganzes zukünftiges Leben auf – die Jahre als Witwe mit gebrochenem Herzen, ganz allein zwei kleine Kinder großziehend. Ob Abbey und Tam sich später noch an ihren Vater erinnern würden? Würde ich mich jemals von meiner Trauer befreien und aufhören können, das Schicksal zu verfluchen?

Von Ben war nichts mehr zu sehen, aber ich hörte, wie er dem anderen Menschen im Wasser etwas zuschrie, und selbst durch das laute Klopfen meines Herzens hindurch bekam ich mit, daß eine Antwort zurückgeschrien wurde. Sie schien von nicht sehr weit her zu kommen. Die Hoffnung reckte ihr schwaches Haupt. Trotzdem kauerte ich mich am Rand der Wellen nieder und hielt mir für nichts und wieder nichts die Augen zu, denn außer dem Grau um mich herum gab es eigentlich nichts zu sehen. Das Meer bewegte sich, der Himmel tat es nicht, und das war auch schon alles. Ich hatte die Reisedecke auf dem letzten Stück Weg fallen gelassen. Nun zwang ich mich aufzustehen, sie zu holen und den Sand abzuschütteln. Dann hob ich Bens Jacke auf. Meine Nerven tickten wie ein Uhrwerk, meine Hände flatterten. Ich durchlitt die schlimmsten Angstzustände meines Lebens. Ganze Ewigkeiten lang hörte ich keinen Laut. Dann ertönte plötzlich ein Ruf, aber die Stimme konnte ich nicht ausmachen.

Ich hatte gerade den Punkt erreicht, an dem die Panik eiskalter Ruhe weicht, als der Alptraum zu Ende ging. Zuerst hörte ich nur ein lautes Wellenschmatzen, und dann stieg etwas Dunkles, Koloßartiges vor mir aus den Fluten. Es war Ben, meine große, einzig wahre Liebe, der unter der Last von jemand anderem fast zusammenbrach. Dieser andere wirkte bleischwer und leblos...

»Liebling! Ist alles in Ordnung? Ist das Tom? Bist du noch rechtzeitig zu ihm gekommen?« plapperte ich los und lief im Zickzack auf ihn zu, wie eine Betrunkene, mitsamt Reisedecke und Jacke.

»Ja – es ist Tom – es ist alles in Ordnung.« Ben sprach keuchend und atmete stoßweise. Er legte seine Last auf dem Sand ab und stand auf. »Vor ein paar Minuten hat er jedenfalls noch gelebt. Zum Glück hat er nicht um sich geschlagen und nicht versucht, mich nach unten zu ziehen. Ich habe ihm erklärt, daß ich nicht so gut schwimmen kann, und er hat kräftig mitgestrampelt, nachdem ich ihn im Griff hatte.«

Ich half Ben in die Jacke, aber er fing trotzdem an zu zittern. Wir beugten uns über Tom Tingle. Aufgrund der ganzen Kleidung, die er bis auf die Schuhe noch am Leib trug, wirkte er jetzt restlos aufgeweicht. Er hatte die Augen geschlossen, aber er atmete eindeutig – seine Brust hob und senkte sich. Während ich die

Reisedecke über ihn ausbreitete und die Ränder unter ihm feststopfte, flüsterte ich Ben eine Frage zu.

»Das weiß ich nicht.«

»Wieso nicht?«

»Woher soll ich wissen, ob er sich ertränken wollte?« Der Regen ließ langsam nach, und man konnte wieder den Tisch und den Stuhl erkennen, an dem Tom bei seiner einsamen Geburtstagsfeier gesessen hatte. Ben wollte etwas sagen, aber ehe er auch nur ein halbes Wort herausbringen konnte, öffneten sich Tom Tingles Augen, und er sagte entweder zu uns oder zu einer Vision in seinem Inneren: »Es war ein Unfall. Aber wie soll ein anständiger Mensch damit leben können?«

Kapitel Neun

Das gute Eß- und Teeservice aus den Schränken nehmen und vorsichtig abspülen. Dies muß man jedes Jahr einmal tun, damit das Porzellan keine Sprünge bekommt.

Am darauffolgenden Donnerstag tauchte Freddy am frühen Nachmittag auf und schaute mir zu, wie ich die erste Ladung Möbelpolitur nach der Anleitung aus Abigails Buch zusammenstellte. Ich wollte gelobt werden und deshalb tönte ich gleich los, daß ich am Vortag bereits einen neuen Silberreiniger produziert hatte, woraufhin mein Cousin entsprechend beeindruckt aus der Wäsche sah. Er erkundigte sich, ob ich denn auch schon daran gedacht hätte, eventuell gleich ein komplettes Sortiment auf den Markt zu bringen? Und wenn ja, dürfe er dann derjenige sein, der mit den Produkten von Tür zu Tür hausieren ging? Bei so viel Einsatzbereitschaft kamen mir fast die Tränen. Die Idee mit dem Sortiment war noch nicht einmal schlecht, fand ich, bis mir einfiel, daß die Produktion eine Ein-Frau-Tätigkeit bleiben würde, denn wenn Freddy schon die Vertriebsposition übernehmen wollte, konnte ich ihm bestimmt nicht zumuten, sich auch noch mit der untergeordneten Funktion des Arbeiters abzugeben.
Er verdrückte ein Stück von dem Schokoladenkuchen, der von dem schicksalhaften Picknick am Strand übriggeblieben war. Wenn ich genau mitzählte, verdrückte er sogar zwei. Er meinte, es sei Verschwendung, wenn man immer alles verkommen ließe. Dann kraulte er sich den Bart und warf mir einen Blick zu, den er wahrscheinlich für bedeutungsvoll hielt.
»Ich habe es nicht vergessen«, versicherte ich ihm und aß rasch das letzte Stück Kuchen auf, das noch auf dem Teller lag. »Ich gehe ganz bestimmt zu Dr. Solomon und rede mit ihm über Jonas.«

»Wann kommt er denn aus dem Urlaub zurück?«
»Heute. Aber ich gehe morgen, wenn die Zwillinge in der Spielgruppe sind.«
»Was du heute kannst besorgen...« Freddy schlenderte zum Kühlschrank, machte die Tür auf und studierte den Inhalt mit der Konzentration eines Anthropologen, der das Innenmilieu eines Iglus aufnimmt. Schließlich, kurz bevor er sich die erste Frostbeule holte, entnahm er eine Flasche Milch sowie die Zutaten für ein Schinkensandwich. Er schleppte seine Beute zum Tisch. »Wie wär's«, sagte er aufgeräumt, »wenn du gleich losziehst? Genug zu essen ist ja da für mich.«
»Freddy, du hast gerade einen halben Kuchen verdrückt«, sagte ich fassungslos.
»Na und?« Er war eifrig damit zu Gange, die Schinkenscheiben aus der Packung zu puhlen und Dellen ins Brot zu drücken, um zu testen, ob es noch frisch war. »Man darf die Dinge nicht schleifen lassen. Sage ich mir jedenfalls immer.« Ob ich seinem Expertenrat folgen und jetzt gleich zu Dr. Solomon fahren sollte? Aber ich wollte die Küche nicht in diesem Zustand zurücklassen, schon gar nicht, wenn die Bestandteile der Möbelpolitur in Reichweite der Kinder standen.
»Los!« drängte Freddy mit vollen Backen. »Ich räume den Krempel hier auf, ehe die Zwillinge wach werden. Laß dir ruhig Zeit. Wie Mrs. Malloy schon sagte, ich berechne nur die volle Stunde.«
»Na ja, wenn du meinst«, erwiderte ich. »Und wenn ich schon unterwegs bin, könnte ich auch Jonas' Spiegel mit zur Reparatur nehmen und dem Brigadegeneral seinen Regenmantel zurückbringen. Es wird allmählich Zeit, daß Ben seinen Mantel zurückbekommt.« Bei diesen Worten griff ich bereits nach meinem eigenen Mantel, der am Haken in der Nische hing, packte noch ein Kopftuch dazu und stopfte es in die Tasche. Anschließend holte ich den leeren Spiegelrahmen.
»Vergiß die Handtasche nicht.« Freddy klemmte sie mir unter

den Arm. Dann komplimentierte er mich so entschlossen zur Tür hinaus, als sei ich der Mensch, der die Möbelpolitur verkaufen wollte.
»Und denk dran, du brauchst dich nicht zu beeilen. Ich überlebe mit dem, was im Kühlschrank ist, noch bis morgen früh.«
»Vergiß nicht, daß die Kinder und Jonas auch noch da sind.« Ich küßte seine kratzige Bartbacke. »Sie müssen etwas essen, wenn sie aufstehen.«
»Alles klar, Freddy ist da!« Er wedelte mich ungeduldig hinaus, um sich wieder in Ruhe seinem Nachmittagshäppchen hingeben zu können. Ich strebte dem Kabrio entgegen. Es war zwar ein bißchen frisch draußen, aber der Himmel machte einen harmlosen Eindruck. Ich fuhr los. Doch anstatt hinter dem Tor auf das Dorf zuzuhalten, steuerte das Auto wie von selbst in Richtung Skelling, genau wie an dem Tag, als wir zum Strandpicknick fuhren.
Ich hatte in den vergangenen Tagen häufig an Tom Tingle gedacht. Was hatte er wohl gemeint, als er sagte »Es war ein Unfall«? Ben glaubte, daß Tom sich dafür entschuldigen wollte, weil er ihrer beider Leben in Gefahr gebracht hatte. Aber ich war mir da nicht so sicher.
Tom war innerhalb weniger Minuten wieder auf den Beinen gewesen und hatte verlegen um Verzeihung gebeten, weil er uns so viele Scherereien gemacht hatte. Dann hatte er sich bei Ben bedankt und versichert, daß er den Weg nach Hause allein schaffen würde. Er gab nicht einen Grund an, warum er sich vollständig bekleidet im Meer befunden hatte. Nachdem wir unsererseits darauf bestanden hatten, ihn sicher zurück zu seinem Haus zu geleiten, hatte er dort die Eingangstür aufgesperrt, uns noch einmal zugenickt und war hineinmarschiert, ohne Ben auch nur zu fragen, ob er sich drinnen vielleicht kurz trocken machen wolle.
Erst als die Kinder und Jonas im Bett waren, unterhielten Ben und ich uns über den Zwischenfall. Dabei fragte ich ihn, ob er

sich vorstellen könne, daß Tom mit seiner Bemerkung Mrs. Large gemeint hätte. Glaubte Tom womöglich, daß er für ihren Tod verantwortlich sei? Hatte er auf der Suche nach der Toilette vielleicht irrtümlich die Tür zum Arbeitszimmer aufgestoßen und die arme Frau dabei von der Leiter gestürzt? Versank er jetzt in Schuldgefühlen, weil er nicht dafür gesorgt hatte, daß gleich ein Arzt herbeigerufen wurde? Oder weil er der Polizei seine Beteiligung an der Sache verheimlicht hatte? Ben hatte geantwortet, die Phantasie ginge wieder mal mit mir durch. Danach hatte er geniest. Woraufhin ich beschlossen hatte, meine Aufmerksamkeit zunächst den Lebenden zu widmen. Ich fühlte ihm die Stirn, um zu sehen, ob er Fieber hatte. Dann machte ich ihm eine Tasse heiße Schokolade und bestand darauf, daß er unter die warme Bettdecke kriechen und die Nacht ordentlich durchschlafen müsse.

Trotzdem war mir Tom Tingle weiterhin durch den Kopf gespukt. Was, wenn sein Bad im Meer in Wirklichkeit ein Selbstmordversuch war? Was, wenn er es noch einmal versuchte? Als der Wagen sich seinem Haus näherte, wurde mir ganz mulmig. Bens Meinung spielte in dem Zusammenhang überhaupt keine Rolle. Männer denken nun einmal anders als Frauen. Männer nehmen sich beim Wort, wenn sie sagen, alles sei in Ordnung. Ein Mann liest keine Gedanken. Er glaubt, das sei ein Eingriff in die Privatsphäre. Aber für mich galt diese Ausrede nicht. Als ich die Cliff Road entlangfuhr, war ich so weit, daß ich nicht mehr wußte, wie ich es überhaupt fertiggebracht hatte, nicht schon früher nachzusehen, ob Tom Tingle noch lebte.

Dann fiel mir der Grund wieder ein. Kein sehr mutiger! Wenn Tom nämlich, wie unbeabsichtigt auch immer, Mrs. Large getötet hatte, würde er sich jetzt wie ein Wahnsinniger das Hirn zermartern und überlegen, wieviel er in der Aufregung seiner Errettung verraten hatte. Na, und ich wollte ihm ja nicht unbedingt auf die Sprünge helfen ...

Jetzt kam sein Haus in Sicht. Der warme, rote Backstein machte eigentlich einen recht einladenden Eindruck. Aber konnte ich daraus auf den Besitzer schließen? Meine Knie wurden ein bißchen weich, als ich an der Stelle parkte, wo sich die Auffahrt in zwei Arme teilte, die eine kleine Grünfläche umschlossen. Ich stieg die Eingangstreppe hoch. An der Klingel war ein Schild angebracht, auf dem »funktioniert nicht« stand. Also mußte ich den Türklopfer betätigen.

Ich lupfte ihn ein wenig und ließ ihn wieder ihn fallen – sachte, wie ein Blättchen, das gegen einen Baumstamm fliegt. Als mir klar wurde, daß ich bei so viel Mumm den ganzen Tag dort stehen würde, riß ich mich zusammen und probierte es noch einmal. Ich produzierte immer noch keinen rechten Knall, aber wie es schien, waren Toms Ohren so scharf wie die eines Hundes. Er öffnete die Tür umgehend. Offenbar wußte er nicht so ohne weiteres, was er sagen sollte, deshalb verkündete ich mit großer Festigkeit, daß ich vorbeigekommen sei, um zu sehen, wie es ihm ginge. Dabei stellte ich meinen Fuß in die Tür wie jemand, der Möbelpolitur verkauft. Er zögerte einen Moment, doch dann bat er mich ins Haus.

»Habe ich Sie beim Kochen gestört?« fragte ich, als wir in der großen Eingangshalle standen, und ich plötzlich sah, daß er eine Schürze um den Bauch gewickelt hatte und seine Hände voller Mehlspuren waren.

»Ja, ich bin gerade dabei, einen Nierenauflauf zu machen«, erwiderte er etwas unwirsch. »Wenn Sie länger bleiben wollen, begeben wir uns besser in die Küche. Ich bin leider kein Meisterkoch, sondern gehe nach dem Rezept vor. Und da steht, daß alles mindestens drei Stunden lang köcheln muß. Wenn ich also um sieben essen will, muß ich mich jetzt ein bißchen sputen.«

Ich folgte ihm durch die Eingangshalle. Der Teppich war abgewetzt, und die Tapeten hätte ruhig einmal erneuert werden können, aber die Fenster im Treppenhaus schufen Helligkeit, und ich stellte mir vor, wie hübsch alles aussehen könnte, wenn es renoviert wäre. Auf dem Weg in die Küche kamen wir an mehreren offenstehenden Türen vorbei. Durch eine konnte ich einen Blick ins Eßzimmer werfen und durch eine andere in ein Arbeitszimmer voller Bücherregale. Die Möbel wirkten alt, und es roch auch etwas muffig, doch trotzdem begann ich das Haus zu mögen. Der großzügige Schnitt der Zimmer und die sonnenbeschienenen getäfelten Wände, die mit der Zeit eine warme, dunkle Patina angenommen hatten, erweckten den Eindruck, daß hier einmal fröhliche Menschen gelebt hatten – und wieder leben könnten. Das einzige, was dazu nötig war, war ein Beitrag von Tom.

Als wir die Küche betraten, wurde ich ganz optimistisch, was Toms Beitrag in dieser Angelegenheit betraf. Ganz bestimmt verursachte niemand ein solch mehliges Durcheinander beim Zubereiten eines Nierenauflaufs, ohne dabei ein gewisses Maß an Vergnügen zu empfinden.

Der alte Holztisch war ein einziges Schlachtfeld. Auf ihm lag und stand alles, was Schränke, Speisekammer, Kühlschrank und Besteckschubladen zu bieten hatten. Zwei Milchflaschen – eine voll, die andere fast leer – Zwiebelschalen, Brühwürfel, die leere Papierhülle einer Packung Bratfett und jede Menge gewürfelter Stückchen rohen Fleisches befanden sich in der Mitte des Tisches. Kein Wunder, daß die Auflaufform und das Nudelholz aussahen, als hätten sie keinen blassen Schimmer, wo sie überhaupt anfangen sollten. Zum Glück wirkte ihr Herr und Meister gefaßt und zu allem entschlossen.

Während ich mehr oder weniger unschlüssig in der Gegend herumstand, schob Tom sich noch einmal die zurückgeschlagenen Manschetten hoch und machte sich daran, eine zähe Teigmasse zu kneten, die er unter einem Trockentuch aus einer Mixschüssel hervorgezogen hatte. Selbst wenn er den Job nicht so expertenhaft versah wie Ben, so ließ er der Teigkugel gegenüber jedoch keinen Zweifel aufkommen, wer hier das Heft in der Hand hatte.

»Sie sehen gut aus«, sagte ich zu ihm.

»Es geht mir auch gut.« Er griff nach der umgestürzten Tüte Mehl, verstreute noch einiges mehr davon, klatschte den fettigen Teig auf den Tisch, teilte ihn in zwei Teile und rollte den größeren davon zu einem kreisförmigen Fladen aus. »Aber ich nehme an, Sie beziehen sich auf mein kleines Bad im Meer neulich.« Er wurde rot. »Es war unglaublich nett von Ihrem Mann, daß er mir nachgeschwommen ist. Glauben Sie mir, ich bin Ihnen wirklich sehr dankbar. Es war aber trotzdem nicht nötig, daß Sie extra hierherkommen. Ich habe mich noch nicht einmal erkältet und ich hoffe, daß auch Ihr Mann keine Nachwirkungen verspürt.« Tom hatte inzwischen die Auflaufform mit Teig ausgekleidet, schüttete das Fleisch darüber und fing an, die Zwiebel zu hacken. »Ich weiß, daß ich mich bei Ihnen hätte melden sollen, aber ich fürchte, ich habe eher meiner Beschämung nachgegeben als meinen guten Manieren.«
»Was« – ich konnte nicht anders, ich mußte die Frage einfach stellen – »hat Sie dazu getrieben, mitsamt der Kleidung ins Wasser zu gehen?«
Jetzt sah er auf. »Lieber Herr im Himmel! Sie haben die ganze Zeit gedacht, daß ich mich umbringen wollte? Und jetzt wird mir auch klar, warum! Es war die einsame Geburtstagsparty, stimmt's? Das hat tatsächlich nicht viel Spaß gemacht, aber Sie sind trotzdem auf dem Holzweg. Ich habe mich in die eiskalten Fluten gestürzt, um ein Leben zu retten, nicht um meines zu beenden!«
»Das verstehe ich nicht.«
»Ich habe gehört, wie jemand aufgeschrien hat und –«
»Ach du Schreck!« Ich mußte mich setzen. »Ich könnte wetten, daß ich das war, als ich die Klippen hoch gestolpert bin – und Sie haben gedacht, jemand sei am Ertrinken!«
»Ja, ich habe mich offensichtlich geirrt.« Tom stand da wie ein bemehlter Zwerg, der darauf wartet, abgestaubt und wieder in den Garten gestellt zu werden. »Abgesehen davon war ich vielleicht« – er nahm die Teigmasse und bugsierte sie vorsichtig zu

dem Dampfkochtopf auf dem Herd – »ein wenig übereifrig. Wollte wahrscheinlich eine Heldentat vollbringen. Daß ich überhaupt nicht richtig schwimmen kann, wurde mir erst wieder bewußt, als ich keinen Boden mehr unter den Füßen hatte und zum dritten Mal unterging.«

»Ich finde, daß Sie sich sehr mutig und tapfer verhalten haben«, sagte ich, »aber eines verstehe ich trotzdem noch nicht.«

»Was denn?«

»Ach, es ist eigentlich nicht wichtig.« Plötzlich kam ich mir aufdringlich und ziemlich idiotisch vor.

»Scheint aber doch so.« Tom wandte sich vom Herd ab und fixierte mich mit einem überraschend scharfen Blick.

»Nun, es ist nur, daß Sie, gleich nachdem Ben Sie aus dem Wasser geholt hatte, etwas sagten ... daß ... es ein Unfall gewesen sei, aber daß es für einen anständigen Menschen trotzdem nicht leicht sei, damit zu leben.«

»Und Sie dachten, daß ich damit mein albernes Verhalten entschuldigen wollte, das letztlich Ihren Mann in Gefahr gebracht hat?« Tom setzte sich mir gegenüber hin und legte die mehligen Hände auf seine Knie. Um nichts in der Welt hätte ich ihm jetzt sagen können, daß es mir im Grunde um Mrs. Large ging. »Alles was mir dazu einfällt«, er betrachtete das Durcheinander auf dem Tisch – »ist, daß mein Leben im Zeitraffertempo vor mir abgelaufen ist, und daß ich mich an einen Zwischenfall aus der Schulzeit erinnert habe.«

»Und?« half ich ihm nach.

»Es passierte, als ich im vierten Schuljahr war. Wir haben Krikket gespielt, und ich war Schlagmann. Bill Struthers – so hieß er, glaube ich – war Werfer. Der Ball kam hart und schnell. Aber ich habe ihn geschafft. Ich schlug ihn über das Spielfeld, oder besser gesagt, hätte ihn darüber geschlagen, wenn nicht gerade der Schulrektor aufgetaucht wäre, der nachsehen wollte, wie das Spiel stand. Der Ball hat ihn erwischt, und er hat eine üble Gehirnerschütterung davongetragen. Meine Eltern, beide große Kricketfans, wären am liebsten vor Scham im Erdboden versunken.«

Die Geschichte hörte sich halbwegs glaubwürdig an, vor allem, wenn ich daran dachte, daß Tom Sir Robert Pomeroy beim Treffen der Salongesellschaft erzählt hatte, daß er sich nichts aus Sport mache. Vielleicht hatte er nach jenem Zwischenfall die Lust daran verloren. Es vereinfachte jedenfalls die Dinge in bezug auf Mrs. Large. Und überhaupt hatte Tom etwas Rührendes an sich. Ich dachte erneut an das alte Bilderbuch, das ich auf dem Speicher gefunden hatte – mit der Geschichte von den bösen Zwergen, die sich im Steingarten der alten Frau versteckt hatten. Wenn ich es zu Ende gelesen hätte, hätte ich vielleicht entdeckt, daß die kleinen Männlein nur unglücklich waren, weil der Boden ständig umgegraben wurde und weil die alte Frau dabei draufloshackte wie eine Besessene.

»Sie haben einen wunderschönen Garten«, sagte ich zu Tom, während ich den Tee trank, den er mir mittlerweile eingeschenkt hatte. »Haben Sie viel daran gearbeitet, seit Sie hier eingezogen sind?«

»Alles ist noch genau so, wie es war.« Er stand auf, um frisches Wasser aufzusetzen. »Ich habe bisher in einer Stadtwohnung gelebt, wo auf der Fensterbank noch nicht einmal genug Platz für Geranien war. Der Garten war der Hauptgrund, weshalb ich dieses Haus gekauft habe, und jetzt, wo der Frühling gekommen ist, kann ich es kaum erwarten, draußen in der Erde zu wühlen. Die Schwierigkeit ist nur, daß ich nicht weiß, wo ich anfangen soll. Es könnte sein, daß ich Blumenpflanzen ausreiße, weil ich sie für Unkraut halte.«

»Dann sollten Sie einmal zu uns kommen und mit Jonas reden – er hat einen richtigen grünen Daumen«, sagte ich. »Sie würden ihm sogar einen Gefallen tun, denn er kann nicht mehr so viel im Garten arbeiten, und die Ablenkung kommt ihm sicher recht.«

»Dann brauchen Sie wohl bald einen neuen Gärtner«, sagte Tom.

»Oh – Jonas bedeutet meiner Familie viel mehr als das.« Ich trank den letzten Rest Tee aus und erhob mich. »Es bedrückt uns, daß er gesundheitlich nicht auf der Höhe ist. Deshalb muß ich jetzt auch wieder los. Ich will mit seinem Arzt reden, um zu erfahren, wie wir ihm am besten helfen können.«
»Dann drücke ich Ihnen die Daumen.« Tom zog die Schürze ab und begleitete mich zur Haustür. »Vielleicht komme ich ja wirklich einmal bei Ihnen vorbei. Ich würde gern ein paar Tapetenbücher mitbringen, da ich mittlerweile weiß, daß Sie im Dekorationsgeschäft tätig sind. Vielleicht geben Sie mir ein paar gute Tips, damit ich nicht alles noch schlimmer statt besser mache.«
»Ich helfe Ihnen gern.« Ich zwang mich, nicht noch hinzuzufügen, daß ich am liebsten das ganze Haus umkrempeln würde. Im Weggehen dachte ich darüber nach, wie ulkig das Leben sein konnte. Jetzt glaubte ich plötzlich überhaupt nicht mehr, daß Tom Tingle eine Gefahr für sich, geschweige denn für andere darstellen konnte. Ich hoffte sogar, daß wir ihn mit der Zeit besser kennenlernen würden.
Es war schon fast drei Uhr, als ich wieder in den Wagen stieg. Trotzdem fuhr ich erst noch einmal zu unserem Haus zurück, einfach nur um sicherzugehen, daß keine Rauchsäulen aus den Fenstern stiegen oder sonstige Alarmzeichen zu erkennen waren. Ich hatte gerade wieder gewendet, als ich Clarice Whitcombe entdeckte, die sich der Cliff Road von der Hawthorn Lane aus näherte. Ich hielt den Wagen an und kurbelte das Fenster herunter, um ihr guten Tag zu sagen. Wir hatten uns seit der Beerdigung von Mrs. Large nicht mehr gesehen.
»Hallo, Ellie.« Clarice wirkte etwas zerfahren. Sie war zwar ordentlich angezogen, mit Regenmantel und solidem Schuhwerk, aber die Wollmütze saß ihr schief auf dem Kopf, und sie hatte nur einen Perlohrring an. »Ich wollte Sie schon die ganze Zeit einmal zu mir einladen«, sagte sie, sah mich jedoch nicht an. »Aber ich weiß nicht, wohin die Zeit geflogen ist. Dabei habe

ich eigentlich gar nicht viel zu tun. Jedenfalls nicht so viel wie Sie. Keinen Ehemann, keine Kinder, die einen auf Trab halten...« Ihre Stimme verebbte. Ihre Blicke huschten über die Straße – wahrscheinlich hielt sie nach dem Bus Ausschau, der in halbstündigen Abständen vor dem Tor des Pfarrhauses hielt.

»Können Sie denn jetzt wieder Klavier spielen?« fragte ich.

Sie schaute mich so erschrocken an, als hätte ich ihr eine Ohrfeige verpaßt. »Nein, kann ich nicht.« Sie umklammerte ihr Handgelenk und wackelte mit den Fingern. »Dieser dumme alte Arm macht mir immer noch Kummer. Deshalb bin ich jetzt auch auf dem Weg zum Arzt.« Sie wurde rot. »Aber ich hätte Sie wirklich gern einmal bei mir, Ellie. Ich denke so oft an Sie und hoffe immer, daß Sie mich beraten können – ich habe absolut kein Gefühl für die richtigen Farben.«

»Das ist im Grunde aber keine Kunst«, entgegnete ich. »Sie müssen nur Vertrauen haben zu dem, was Ihnen gefällt. Dann fügt sich alles von allein. Auch Stoffe und Tapeten zu kombinieren ist eigentlich kein Problem.«

»Oh, ich rede nicht von der Inneneinrichtung.« Clarice wurde verlegen. »Ich meinte, wie man richtige Lippenstifte aussucht – und vielleicht auch einen Lidschatten.« Sie tupfte an ihren Augenlidern herum. »Damit ich mich ein bißchen flotter machen kann, attrakt-... na, jedenfalls so, daß ich besser aussehe. Ich weiß, daß ich aus dem Fotomodellalter heraus bin, aber ich dachte, weil Sie doch noch jünger und immer so schick angezogen sind...«

»Ich?«

»O ja, ganz gewiß«, versicherte sie mir eifrig. »Sie können froh sein, daß Sie von Natur aus schönes Haar haben und eine so frische Gesichtsfarbe, aber darüber hinaus wissen Sie auch noch, wie man sich schminkt. Walt...« Sie atmete zitternd aus. »Brigadegeneral Lester-Smith hat gesagt, daß sich viele Frauen eine Scheibe von Ihnen abschneiden könnten, wenn es um dezentes Make-up ginge, denn Sie sähen nie aus wie ein Clown.«

»Das war aber sehr lieb von ihm.«

»›Genau so sollte eine Frau sein‹, hat der Brigadegeneral gemeint. Aber er hat dabei keinen Zweifel aufkommen lassen, daß er ... also er würde ... nicht eine Sekunde lang etwas Ungehöriges denken, wenn es um Sie geht – eine verheiratete Frau!« Clarice war jetzt so feuerrot angelaufen, daß man sie als Verkehrsampel hätte einsetzen können. Ich fand ihre Beteuerungen lustig. Sie würde doch wohl nicht im Ernst annehmen, daß Brigadegeneral Lester-Smith verbotene Gefühle für mich hegte? Ich konnte mir gar nicht vorstellen, daß er sich in dieser Hinsicht geäußert haben sollte. Es sei denn, er hätte versucht, sie eifersüchtig zu machen. Aber das wären ja Schuljungenmätzchen bei einem Mann, der immerhin schon auf die Sechzig zuging! Doch wie schon meine Mutter sagte: Männer sind und bleiben Kinder.

»Clarice«, sagte ich, »Sie brauchen keine Schminktips – weder von mir, noch von sonst jemandem. Sie sehen wundervoll aus, genau so, wie Sie sind. Bleiben Sie sich einfach treu. Setzen Sie das nicht aufs Spiel. Andere Menschen« – der Name des Brigadegenerals hing zwischen uns in der Luft – »wären bestimmt unglücklich, wenn Sie das täten.«

»Oder er ... die anderen würden denken, daß ich mich zu sehr anstrenge, um zu gefallen.« Sie schauderte sichtlich. »Ja, vielleicht haben Sie recht, Ellie. Aber Ihren Rat, was das Haus angeht, brauche ich trotzdem. Es soll doch einladender werden – oder ... behaglicher –, ja, das ist wohl das richtige Wort.« Clarices Blicke glitten erneut über die Straße. »Und jetzt begebe ich mich wohl besser zur Bushaltestelle, sonst verpasse ich noch meinen ... meinen Arzttermin.«

»Ich kann Sie mitnehmen«, sagte ich. »Ich fahre auch zu Dr. Solomon.«

»Oh, aber nein – das ist nicht mein Arzt«, warf sie hastig ein.

»Das macht nichts. Ich habe keine besondere Eile, ich fahre Sie gern dahin, wo Sie hinmüssen.«

»Aber er wohnt nicht in Chitterton Fells.« Clarice klang panisch. »Wenn es Ihnen nichts ausmacht, Ellie, dann nehme ich lieber den Bus. So wüßte ich, daß ich Ihnen keine Umstände mache und könnte die Fahrt genießen. Ich habe auch ein schönes Buch dabei.« Sie klopfte bedeutsam auf ihre Handtasche und wich vom Wagen zurück.

»Sind Sie sicher?«

»Oh, ganz sicher.« Sie nickte so heftig, daß ihr beinahe der Kopf abgefallen wäre. Ich fuhr los und schämte mich bei der Vorstellung, daß ich sie in die Enge getrieben hatte. Wahrscheinlich hatte sie einen Termin bei einem Psychiater. Etwas, das nur zu verständlich war, wenn man sich den gemeinsamen Selbstmord der Eltern vor Augen hielt. Das mußte wirklich ein ungeheurer Schock gewesen sein! Zwei Menschen, die nur für sich dagewesen waren und doch das ganze Leben ihrer Tochter bestimmt hatten. Arme Clarice Whitcombe! Falls es so etwas wie Gerechtigkeit im Leben gab, dann wartete das Glück jetzt aber gleich um die Ecke auf sie. Und auch auf Brigadegeneral Lester-Smith, der ebenfalls ein gerüttelt Maß an Kummer und Leid hinter sich hatte. Die beiden schwirrten mir immer noch durch den Kopf, als ich Jonas' Spiegel zur Reparatur abgab.

Dr. Solomons Wartezimmer war brechend voll. In erster Linie handelte es sich um ältere Menschen, die pausenlos vor sich hin husteten, und um jüngere Frauen mit kleinen Kindern, die herumkasperten und quengelten. Die Arzthelferin am Empfang war bereits völlig entnervt, und die Zeitschriften waren so uralt, daß sie nur noch historischen Wert besaßen. Während der ersten zwanzig Minuten mußte ich stehen, eingezwängt zwischen dem Regal mit den Kinderbüchern und dem Fenster zur Straße. Als ich endlich einen freien Platz bekam, war der gleich neben der Tür, die mit jedem hereinkommenden und hinausgehenden Patienten gegen meinen Stuhl schlug. Die Wanduhr tickte quälend langsam vor sich hin. Die folgende Stunde verbrachte ich damit, meine Armbanduhr zu beobachten – in der

Hoffnung, daß die Zeiger anfangen würden zu rasen, je mehr es auf das Ende der Sprechzeit zuging. Um halb fünf wurde ich kribbelig. Es waren immer noch einige Leute vor mir dran. Danach überlegte ich, was wäre, wenn Dr. Solomon die Sprechstunde pünktlich um fünf beendete, ohne mich vorher zu sich zu bitten.

Es war schon weit nach fünf, als eine erschöpft aussehende Frau mit einem sich windenden Kind unter dem Arm aus dem Sprechzimmer taumelte, und die Sprechstundenhilfe meinen Namen aufrief. Genaugenommen mußte sie ihn zweimal aufrufen, da ich ihn in der Zwischenzeit vergessen hatte, zusammen mit dem Grund, weshalb ich gekommen war. Aber Dr. Solomon, der zweifellos noch von seinem Urlaub zehrte, war in Bestform. Er winkte mich auf einen Stuhl, nahm selbst wieder hinter dem Schreibtisch Platz und begrüßte mich so frischfröhlich, als sei ich die erste Patientin des Tages. Ich erklärte ihm, daß ich wegen Jonas da sei, brachte fünf Minuten damit zu, ihm meine Sorgen zu schildern, und wartete anschließend darauf, daß er eine brilliante Diagnose stellen würde.

Im Grunde sagte er jedoch nicht viel. Dafür beanspruchte er aber einiges an Zeit und beackerte denselben Boden immer wieder von vorn – wie ein Bauer, der seinen neuen Traktor ausprobiert. Unterm Strich erfuhr ich, daß er nicht glaube, daß mit Jonas etwas nicht in Ordnung sei, außer daß er an normalen Alterserscheinungen leide. Was Jonas brauche, sei eine ausgewogene Ernährung, ausreichend Schlaf und etwas, das ihn geistig und körperlich fit halte.

»Sehen Sie zu, daß unser Sportsfreund öfter rauskommt«, riet er mir. »Machen Sie kleine oder größere Touren mit ihm. Fahren Sie an Orte, an denen er sich immer gern aufgehalten hat.«

»Der Sportsfreund haßt Touren, egal ob sie klein oder groß sind.« Ich wußte, daß ich mich bockig anhörte, aber es war die Wahrheit. »Und der einzige Ort, an dem er immer gern war, ist Merlin's Court.«

»Dann ermuntern Sie ihn, draußen herumzubasteln, suchen Sie jemanden, mit dem er sich über den Garten unterhalten kann. Alte Menschen geben ihr Wissen gern weiter. Halten Sie ihn bei Laune, das ist die beste Medizin – aber ich komme trotzdem vorbei und schaue ihn mir an.« Er blätterte seinen Kalender durch und sagte, vor kommender Woche sei es jedoch leider nicht möglich. Ich bedankte mich und stand auf, um zu gehen. Dr. Solomon begleitete mich zur Tür, wo er mir die Hand freundlich auf den Arm legte und sagte: »Ellie, Jonas hat ein langes und gesundes Leben hinter sich, Sie müssen sich darauf einstellen, daß Sie ihn irgendwann verlieren.«

»Aber doch noch nicht jetzt! Nicht so schnell!«

»Ich würde sagen, daß er noch gut ein paar Jährchen vor sich hat.« Dr. Solomon klopfte mir auf die Schulter. Ich verabschiedete mich und fühlte mich etwas hoffnungsvoller, aber noch lange nicht beruhigt.

Ich fragte die Arzthelferin, ob ich ihr Telefon benutzen könne, um zu Hause anzurufen, und erreichte Ben beim dritten Klingelzeichen. Er teilte mir mit, daß er vor einer halben Stunde eingetroffen sei, daß Freddy immer noch da sei und daß die Zwillinge beim Kochen helfen wollten. Es hörte sich an, als ob er alles unter Kontrolle habe, und ich mich mit dem Nachhausekommen noch nicht beeilen müsse. Ich erklärte Ben, daß ich Brigadegeneral Lester-Smith den Regenmantel zurückbringen wolle, versprach jedoch, mich nicht bei unzähligen Tassen Tee zu verplaudern.

Es war nur ein kurzes Stück bis zur Herring Street, wo der Brigadegeneral nur zwei Häuser entfernt von dem wohnte, in dem Mrs. Malloy residiert hatte. Sie hatte übrigens nicht nur bei Mrs. Larges Beerdigung durch Abwesenheit geglänzt, sondern auch meine darauffolgenden Telefonanrufe unbeantwortet gelassen. Immer wenn ich anrief, hatte ich Vanessa an der Strippe, die mit wenig Elan versprach, die Nachricht weiterzugeben. Sie selbst war auch nicht gerade mitteilsam gewesen, was das

Baby oder den Ehemann betraf, oder gar die Anwesenheit ihrer leider nicht so vornehmen Schwiegermutter. Allerdings war Vanessa auch Weltmeisterin in Egozentrik. Das einzige Thema, das sie normalerweise gesprächig machte, war die Aussicht, einen Topjob als Model an Land zu ziehen.

Ich parkte den Wagen vor dem Reihenhaus des Brigadegenerals. Er hatte einen kleinen, ordentlich abgezirkelten Vorgarten, an dessen Rändern Blumen blühten und über dem die Ästchen einer Zwergkirsche sanft im Wind schaukelten. Ich wollte gerade das grüngestrichene Törchen aufstoßen, als ich hinter mir Laufschritte hörte. Als ich mich umdrehte sah ich, daß eine Frau, ungefähr um die Dreißig, über die Straße auf mich zugespurtet kam. Sie trug einen engen Pullover und eine knallrote Hose. Ihre Arme ruderten in der Luft, so daß sie einem Storch glich, der versucht, in die Lüfte zu steigen.

»Sie wollen sicher zum Brigadegeneral, nicht wahr?« schnaufte sie, als sie neben mir stand.

»Ich bringe ihm seinen Regenmantel zurück.« Ich dekorierte den Mantel auffällig über meinem Arm.

»Ach so.« Ihre unechten Wimpern flatterten. »Wie nett. Ich bin Marilyn Tollings von gegenüber.« Der Name sagte mir nichts, obwohl es sein konnte, daß Mrs. Malloy ihn einmal erwähnt hatte. »Und Sie sind?« Die Frau hielt das Tor fest.

»Ellie Haskell.«

Es war offensichtlich, daß ihr mein Name auch nichts sagte, und genauso offensichtlich war, daß Marilyn Tollings ihre Nase gern in anderer Leute Angelegenheiten steckte. »Sie waren nicht vielleicht eben schon einmal hier?« fragte sie. »Vor etwa einer halben Stunde oder so? Nein?« Sie verarbeitete mein Kopfschütteln. »Na, wenn das nicht den Vogel abschießt! Zwei Frauen an einem Tag, die unseren braven Brigadegeneral besuchen, und zwar gleich eine nach der anderen! Aber keine Sorge!« Marilyn Tollings stubste mich mit einem ultraspitzen Fingernagel in die Rippen. »Sie ist nicht mehr da. Ich stand am Schlafzimmerfenster und habe nach meinem Mann Ausschau gehalten – er hat ziemlich unregelmäßige Arbeitszeiten. Und da habe ich sie gesehen – die Frau von der Sie sagen, daß Sie es nicht waren –, wie sie den blitzsauberen Gartenweg dieses Hauses hochgegangen ist. Sie hatte so einen Regenmantel an wie Sie.« Marilyn stubste mich noch einmal mit dem Fingernagel. »Aber je länger ich darüber nachdenke – sie trug auch eine Wollmütze, die Farbe weiß ich nicht. Ich sehe nicht so gut.«

Wenn das stimmte, dann wahrscheinlich, weil sie zuviel durch ihr Fernrohr schaute, um den Nachbarn nachzuspionieren. Ich sagte, daß ich keine Ahnung hätte, wer die Frau gewesen sein könnte, und griff nach dem Törchen, aber Marilyn Tollings wich nicht von der Stelle. »Das Seltsame ist, daß sie den Weg nur halb raufging. Dann ist sie stehengeblieben, als hätte sie sich im Haus vertan, und marschierte wieder zurück auf die Straße.«

»Vielleicht hatte sie sich tatsächlich in der Adresse geirrt.«

»Bestimmt.« Marilyn schien keinesfalls überzeugt. »Das Problem ist nur, daß ich mir leicht Sorgen mache. Auch wenn ich die Leute gar nicht kenne. Und bei der Frau hatte ich den Eindruck, daß sie sich halb zu Tode geängstigt hat. Und als ich dachte, Sie wären sie, bin ich schnell über die Straße gesprungen, um zu sehen, ob alles in Ordnung ist. Man hört ja heute oft, daß Frauen vergewaltigt und ermordet werden, und dazu noch vor den Augen anderer, die so tun, als kriegten sie nichts mit. Kann man sich das vorstellen?«

»Eigentlich nicht.« Bei ihrem Gerede über Verbrechen fiel mir allerdings ein, daß ich den Motorschlüssel in der Zündung steckengelassen hatte. Aber ich wollte ja nur ein paar Minuten bei dem Brigadegeneral bleiben. Außerdem müßte jemand schon äußerst verzweifelt sein, wenn er einen solchen Schrotthaufen stahl.

»Mir tun immer die Frauen leid, die allein leben.« Sie schüttelte den Kopf. »Wie ich schon sagte, mein Mann kommt auch unregelmäßig, aber das ist nicht dasselbe wie wenn man ganz allein ist, oder? Das sind die typischen Opfer für Verrückte, sage ich immer. Hier gab's mal eine Mrs. Malloy, die hat nur zwei Häuser weiter gewohnt und ist dann zu ihrem Sohn und der Schwiegertochter nach London gezogen. War das beste für sie – und letztlich auch für den Brigadegeneral. Roxie Malloy hat sich gern vorgemacht, daß sie ziemlich dicke miteinander wären, und so was kann einem Mann furchtbar auf die Nerven gehen, besonders wenn er schon älter ist und Junggeselle.« Marilyn Tollings rückte dichter an mich heran. Die Schwaden ihres Moschusparfums hätten Tote lebendig machen können. »Er hat immerhin einen Doppelnamen, obwohl mir persönlich so etwas nichts bedeutet. Ich war selbst schon im Urlaub in Spanien, und meine Tante hat sogar ein Gästeklo.«

»Tatsächlich?« Ich spürte ein unbändiges Verlangen, Marilyn Tollings mit dem Regenmantel des Brigadegenerals zu verprügeln.

»Was Roxie Malloy zu Kopf gestiegen ist, waren die Freunde in höheren Kreisen. Sie hatte auch mit der Frau zu tun, die neulich tot umgefallen ist. Eine Mrs. Large, die oben in Pomeroy Hall gearbeitet hat – für Sir Robert und ihre Ladyschaft. Von denen haben Sie sicher schon mal gehört, oder? Die Neue hat er erst vor ein paar Monaten geheiratet. War vorher Maureen Dovedale. Na, jetzt ist für die ja alles anders! Heute noch im popeligen Lädchen und morgen schon Herrin auf einem Landsitz! Ich an ihrer Stelle wäre nur am Flattern, daß ich was falsch mache und mir alles versaue. Aber manche Leute setzen sich halt besser durch als andere. Die Frau, die jetzt in Roxie Malloys Haus wohnt, will auch nichts mit den Leuten hier in der Straße zu tun haben. Nicht einmal ein Guten Morgen oder ein Auf Wiedersehen, wenn man sie sieht. Das ist nicht richtig, wenn Sie mich fragen, denn Nachbarn sind dazu da, sich zu kümmern. Wie ich schon sagte, es gibt furchtbare Dinge, die einer alleinstehenden Frau zustoßen können.«

Ich nickte, während ich krampfhaft überlegte, wer von den VPFVCF-Damen laut Mrs. Malloys Auskunft auf das Haus achtete, bis es zum Verkauf angeboten würde.

Doch als hätte auch der Himmel genug von Marilyn Tollings Geschwätz, zogen mit einem Mal dicke Wolken auf. Kurz darauf ertönte ein Donnerschlag, und auf unseren Köpfen zerplatzten die ersten großen Regentropfen.

»Sieht aus, als ob Brigadegeneral Lester-Smith seinen Regenmantel gerade noch rechtzeitig zurückbekäme.« Mit einem freundlichen Lächeln verabschiedete ich mich von Marilyn Tollings und stieß das Törchen auf. »War nett, Sie kennenzulernen.«

»Ganz meinerseits, meine Liebe.« Plötzlich klang sie verloren und verlassen, und ich verspürte einen Anflug von Mitleid. Ob sie die Nase nur deshalb in anderer Leute Angelegenheiten steckte, weil ihr Mann nie zu Hause war – aufgrund der unregelmäßigen Arbeitszeiten? Beim nächsten Donnerschlag huschte sie über die Straße zurück, und ich eilte auf die Haustür zu.

Als ich zu den Fenstern hochsah, fiel mir auf, daß mir das Haus irgendwie leer entgegenstarrte. Zum einen lag das sicher an den zugezogenen Vorhängen, zum anderen vielleicht auch daran, daß es ohnehin keinen besonderen Gesichtsausdruck hatte. Es war einfach ein ganz normales, schmalgesichtiges Haus, das den anderen in der Straße täuschend ähnlich sah. Ob der Brigadegeneral etwa verreist war? Oder war Clarice Whitcombe zu ihm zurückgekehrt, als Marilyn Tollings sich gerade einmal von ihrem Beobachtungsposten verzogen hatte? Hatte Clarice sich tatsächlich überwunden und im zweiten Anlauf doch die ganze Strecke des Gartenwegs bewältigt? Hatte sie an der Tür geklingelt und war von dem Brigadegeneral mit offenen Armen empfangen worden? Saßen sie jetzt vielleicht im Halbdunkel und fürchteten, daß auch nur der kleinste Lichtschimmer der Welt verraten würde, daß hier ein trautes Tête-à-tête stattfand? Ich war fest davon überzeugt, daß diese beiden Menschen sich wie

Teenager ineinander verliebt hatten. Die Vorstellung, daß ich womöglich in das erste Liebesgeflüster platzte, war mir verhaßt. Trotzdem konnte ich den Regenmantel ja nicht gut auf der Türschwelle liegenlassen, und Bens Mantel wollte ich auch zurückhaben.

Ich klingelte also an der Tür und wartete. Es hatte sich jetzt eingeregnet, und das schmale Vordach bot nur wenig Schutz. Nachdem eine ganze Minute ergebnislos verstrichen war, und ich gerade mit mir debattierte, ob ich noch einmal klingeln sollte, öffnete sich die Tür eine Handbreit, und ich sah ein Stück Brigadegeneral. Er trug offenbar einen Bademantel und hatte sich ein Handtuch um den Kopf gewickelt. Das Lächeln, das er zustandebrachte, schaffte es nicht bis zu seinen Augen. Selbst die Lippen verfehlte es um einige Zentimeter.

»Brigadegeneral, bitte entschuldigen Sie die Störung.« Meine Worte rasselten gleichzeitig mit der Kette los, die er aus dem Schloß zog. »Wie es aussieht, komme ich denkbar ungelegen. Aber ich wollte Ihnen den Regenmantel zurückbringen.«

»Den was?« Jetzt hatte er die Tür vollständig geöffnet.

»Den Regenmantel, den Ben aus Versehen mitgenommen hat.«

»Oh – den Regenmantel.« Er wußte immer noch nicht, worum es ging. »Sie müssen mich entschuldigen.« Er sah an seinem Badenmantel hinunter und entdeckte einen ungehörigen Spalt über dem Knie. In seiner Hast, alles wieder an Ort und Stelle zu rücken, wäre ihm beinahe das Handtuch vom Kopf gefallen. »Ich habe mir gerade die Haare gewaschen. Das mache ich jeden Dienstag.« Er klang so durcheinander, daß ich ihn nicht darauf hinweisen wollte, daß nun aber Donnerstag war.

»Ich will Sie auch nicht aufhalten. Hier.« Ich reichte ihm den Regenmantel. »Wenn Sie mir jetzt noch Bens Mantel geben, überlasse ich Sie sofort wieder Ihrer Waschung.«

Mit einem hastigen Wink bat er mich ins Haus und wurde danach erst richtig hektisch. War es tatsächlich möglich, daß

Clarice sich irgendwo in einem der Räume verborgen hielt? Aber ich konnte mir beim besten Willen nicht vorstellen, daß sie und der Brigadegeneral mit so unziemlicher Eile bereits im Bademantelstadium angekommen waren. Und was sollte in diesem Zusammenhang das Handtuch um den Kopf? Oder hatte er sich das nur als Ablenkungsmanöver ausgedacht?
»Ich weißt nicht mehr genau, wo ich Bens Mantel hingehängt habe.« Brigadegeneral Lester-Smith zerrte mit fahrigen Händen an seinem Bademantelkragen herum, ehe er den Gürtel noch einmal verknotete. »Warum setzen Sie sich nicht solange ins Wohnzimmer, Ellie, während ich mich danach umsehe?« Auch das sah ihm ganz und gar nicht ähnlich – der Brigadegeneral war nämlich kein Mensch, der Dinge verlegte. Allmählich hoffte ich, daß er außer seiner Liebeskrankheit nicht auch noch andere Probleme hatte. Ich hockte mich auf eine Sessellehne und wartete auf seine Rückkehr. Dabei wurde ich von Minute zu Minute zappeliger. Vielleicht lag das noch an der langen Warterei bei Dr. Solomon, vielleicht aber auch daran, daß ich dringend mal wohin mußte. Ich kam mir vor wie ein Schulmädchen, das sich zum Austreten abmelden will, aber nicht weiß wie, weil keine Lehrerin im Klassenzimmer ist. Nachdem ich eine Weile auf dem Sessel herumgehampelt hatte, stand ich auf und ging zurück in die Eingangshalle.
»Brigadegeneral?« rief ich.
Keine Antwort. Nachdem ich noch einmal gerufen hatte, entschied ich, daß ich es nicht mehr länger aushalten konnte. Zum Glück waren mir die Örtlichkeiten vertraut. Ich rannte die schmale Treppe hinauf und oben über die kleine Galerie ins Badezimmer. Der Brigadegeneral hatte die Wand zwischen dem Bad und der vormals separaten Toilette einreißen lassen, um die beiden Räume zu einem zu erweitern. Er hatte auch eine neue Badezimmereinrichtung installieren lassen. Zuerst schenkte ich den mattierten Scheiben der Duschkabine keine weitere Beachtung. Doch als ich mir wenig später die Hände am Waschbecken

wusch, warf ich einen Blick zur Seite und sah, daß sie aufgeschoben waren. Die Innenwände der Duschkabine waren über und über mit rostroten Flecken besät. Dunklere Tropfspuren dieses ... roten ... Zeugs liefen gerade an den weißen Kacheln herunter und sammelten sich im Abfluß.

»Ellie?«

Als ich meinen Namen hörte, machte ich einen Satz, stolperte hinaus, dann über die Galerie und prallte auf der obersten Treppenstufe mit dem Brigadegeneral zusammen.

»Tut mir leid! Ich mußte mal Ihr Örtchen aufsuchen«, plapperte ich los. Sein Gesichtsausdruck verriet alles. Er wußte, was ich gesehen hatte. Und er wußte auch, daß er jetzt irgendeine Erklärung dafür abgeben mußte. Doch als die Farbe gerade aus seinen Pfirsichbäckchen wich, wurde er durch einen gellenden Schrei gerettet, der draußen von der Straße kam. Wie ein Sultan, der sich in die Schlacht gegen die Kreuzritter wirft, stürzte Brigadegeneral Lester-Smith vor mir die Treppe hinunter und stürmte furchtlos dem Grauen entgegen, das sich gerade angekündigt hatte.

Kapitel Zehn

Messingtabletts, Kamingitter und andere Metallstücke sorgfältig mit einer halben, in Salz gepreßten Zitrone abreiben. Mit kaltem Wasser abspülen und mit weichem Tuch polieren.

Durch den Nieselregen konnte man eine schemenhafte Gruppe erkennen, die sich auf der Straße zusammengefunden hatte und die sich beim Näherkommen in einzelne Menschen auflöste, die alle wie wild durcheinanderredeten. Marilyn Tollings Stimme erhob sich über die der anderen und verkündete, daß sie schon den ganzen Tag über gefühlt habe, daß die Herring Street noch Schauplatz von etwas ganz Furchtbarem werden würde. Ihre Worte wurden gleich darauf von einer männlichen Stimme übertönt, die behauptete, es handle sich wahrscheinlich um gar nichts Furchtbares, außer daß sich ein verrücktes Frauenzimmer eingebildet habe, es läge ein Mann unter ihrem Bett. Danach standen die Leute unschlüssig herum und ergingen sich in vielfältigem Gemurmel.

Mit einem Mal stellte ich fest, daß in Mrs. Malloys Haus Licht brannte. Als ich vorhin angekommen war, hatte ich noch gedacht, wie traurig und verlassen das Haus aussah, obwohl mir unterschwellig bewußt gewesen war, daß dort jetzt eine von Mrs. Malloys Kolleginnen aus dem VPFVCF wohnte. Aber ob diese Bewohnerin nun Trina McKinnley, Winifred Smalley, oder Betty Nettle hieß, war mir entfallen. Ich konnte mir Trina McKinnley nur schwer als jemanden vorstellen, der – aus welchem Anlaß auch immer – schreiend auf die Straße flüchtete, oder auch nur die Nase aus der Tür streckte, falls dort jemand schrie. Es mußte wohl doch eine der beiden anderen Damen sein, die das Haus beaufsichtigte. Aber Mrs. Smalley oder Mrs.

Nettle wären doch bestimmt jetzt unter den Nachbarn auf der Straße zu finden gewesen!
Ich steuerte auf das Haus zu, ohne ein weiteres Wort an den Brigadegeneral zu verlieren – ich hatte ihn zusammen mit dem, was ich in seiner Duschkabine entdeckt hatte, vorerst aus meinem Gedächtnis verbannt. Aber er blieb mir auf den Fersen, während ich mich mit raschen Schritten Mrs. Malloys Haustür näherte.
Als ich sie erreicht hatte, legte ich die Hand auf die Klinke und drückte sie herunter. Die Tür war unverschlossen. Eine Sekunde später stand ich in Mrs. Malloys Hausflur. Dicht an meiner Seite befand sich Brigadegeneral Lester-Smith mitsamt Bademantel und Handtuchturban. Ich sah die halb offenstehende Küchentür am anderen Ende des Flurs und hörte von dort eine Frauenstimme, die aber nicht mit uns sprach. Die Stimme klang zwar normal, aber ich hatte trotzdem das Gefühl, daß wir uns jemand oder etwas Schrecklichem näherten. Es hatte natürlich wenig Zweck, auf der Stelle zu verharren und zu hoffen, daß wie durch ein Wunder ein Schürhaken in meiner Hand auftauchen würde. Also pirschte ich mich weiter vor – zur Vorsicht jedoch erst einmal nur zentimeterweise. Aufgrund der ganzen Möbellandschaft, die Mrs. Malloy in ihren Flur gepfercht hatte, war der Durchgang auf Schulterbreite zusammengeschrumpft. Irgendwo ragte ein Garderobenständer hervor, daneben gab es Beistelltischchen der unterschiedlichsten Art und eine urzeitliche Aspidistra in einem sehr großen, sehr scheußlichen Übertopf. Porzellanpudel und indische Messingartikel waren mit verschwenderischer Hand arrangiert worden und warteten nur darauf, bei der kleinsten Berührung umzufallen und auf den Boden zu stürzen. Ich hätte genug Grips haben sollen, mich seitlich zu bewegen, aber das stellte ich erst fest, als ein Zierteller von der Wand schepperte, woraufhin der Brigadegeneral und ich einen Satz bis in die Küche machten.
In der Küche befanden sich zwei Personen. Eine davon war Tri-

na McKinnley, doch sie war nicht diejenige, die redete. Sie lag bäuchlings auf dem Fußboden, hatte ein Messer im Rücken und den Hals so verdreht, als wolle sie sich trotz ihres glasigen Blicks noch nach etwas erkundigen. Man sah Blut... Die Küche verschwamm vor meinen Augen, und einen Moment lang dachte ich, ich sei wieder im Badezimmer des Brigadegenerals... bis er mir beruhigend die Hand auf den Rücken legte. Ich machte die Augen zu und sank auf einen Stuhl, den irgend jemand vorsorglich schon für mich bereitgestellt hatte.
Es kostete mich einige Anstrengung, die Augen wieder zu öffnen, aber ich zwang mich trotzdem, zu der Frau im imitierten Leopardenmantel und schwarzer Samttoque hinzuschauen, die wie eine Schaufensterpuppe mit den Händen in den Hüften in der Küche stand.
»Wenn ich gewußt hätte, daß Sie vorbeikommen, hätte ich schon mal Wasser aufgesetzt und den Toaster angeworfen«, sagte Mrs. Malloy, als sie zum Leben erwachte. Etwas, das die arme Trina McKinnley nie mehr tun konnte. »Aber wie Sie sehen, Mrs. H.« – sie wies mit der Hand auf die Leiche auf dem Fußboden – »geht hier gerade alles drunter und drüber. Ist doch immer wieder eine Freude, nach Hause zu kommen, nicht wahr? Aber warum sich beklagen? Schließlich haben wir alle unser Päckchen zu tragen.«
Ich konnte sie nur wortlos anstarren.
»Und was macht er hier – der – Mister Tadsch Mahal?« wollte Mrs. Malloy wissen, die jetzt erst Brigadegeneral Lester-Smith zu bemerken schien, der sich hinter meinem Stuhl aufgebaut hatte.
»Darüber können wir uns später noch unterhalten«, sagte ich und hoffte inbrünstig, daß ich mich wie immer anhörte, denn wenn man sich mit einem Mörder im selben Raum befindet, ist es besser, wenn man ihn nicht unnötig auf sich aufmerksam macht. »Mrs. Malloy, bitte sagen Sie uns, was vorgefallen ist. Ist die Polizei schon verständigt?«

»Also, das war so.« Mrs. Malloy fing ganz langsam an, sich den Mantel aufzuknöpfen, vielleicht damit sie etwas hatte, womit sie ihre Hände beschäftigen konnte. »Ich bin mit dem Bus von London gekommen. Das geht zwar nicht so schnell wie mit dem Zug, aber er hält fast vor der Tür, und ich kann dann den Rest zu Fuß gehen. Und weil ich nur einen Koffer hatte, war das ja auch kein Problem.« Immer noch im Mantel, deutete sie auf den Koffer, der an der Wand neben der Hintertür lehnte. »Der Bus hatte fünfzehn Minuten Verspätung, demnach müßte ich so gegen sechs ausgestiegen sein, und bis ich hier war, wird es zwanzig nach gewesen sein, denn ich bin noch in den Laden unten an der Straße gegangen, um eine Flasche Milch zu kaufen. Sie steht da auf dem Tisch, und man kann von Glück sagen, daß ich sie nicht fallen gelassen habe.«

Mrs. Malloys Körper schwankte erstmalig.

»Und dann sind Sie in die Küche gegangen, und Trina lag tot am Boden.«

»Wie kommen Sie denn auf so was, Mrs. H.? In Wahrheit bin ich hier reingestürzt, um mich darüber aufzuregen, wie wenig sie sich um das Haus gekümmert hat, und als ich dann noch gesehen habe, in welchem Zustand sich die Küche befand, habe ich mir das Tranchiermesser geschnappt und ihr gezeigt, wo's lang geht.« Mrs. Malloy schnaubte ein Lachen hervor, das jedoch zerplatzte, und im nächsten Augenblick begann sie schon zu zittern und schluchzen. Ich half ihr auf den Stuhl, den ich freigemacht hatte, und der Brigadegeneral murmelte etwas von einem Brandy.

»Wer hat ihr denn so was antun können, Mrs. H.?« Mrs. Malloy schüttelte den Kopf, so daß die Toque verrutschte und den Blick auf ihre Haare freigab. Der Kastanienton, den sie ausgewählt hatte, nachdem sie Großmutter geworden war, existierte nicht mehr. Sie war zu dem alten Pechschwarz zurückgekehrt, mit dem dazugehörigen, zentimeterlangen weißen Ansatz – so wie es einer Frau in Trauer gebührt. »Ein so nettes Mädchen wie

Trina! Na, vielleicht war sie ja gar nicht so nett, aber wen kümmert das jetzt? Wir vom VPFVCF haben sie gemocht. Sie konnte eine richtiger Witzbold sein, unsere Trina. Hat ein bißchen viel rumkommandiert, das gebe ich zu, und ein bißchen raffgierig war sie auch, wenn's ums Geld ging, aber das ist doch noch lange kein Grund, sie abzustechen, oder?«

»Auf keinen Fall«, stimmte ihr Brigadegeneral Lester-Smith zu und trippelte vorsichtig um die Leiche herum, um an die Tür zur Speisekammer zu gelangen. Mrs. Malloy, die seine Absicht erahnte, sagte, die Medizinflasche Gin stünde auf dem zweiten Bord von unten.

»Wir müssen unbedingt herauskriegen, wer es getan hat.« Sie fächelte sich mit der Hand Luft ins Gesicht, wobei letzteres anfing, Zeichen emotionaler Erschöpfung aufzuweisen – sei es durch die verschmierte Wimperntusche oder die heruntergezogenen Winkel des rotgeschminkten Schmetterlingsmunds. »Und zwar mit vereinten Kräften, Mrs. H., sonst denkt die Polizei nämlich noch, daß ich es war.«

»Wir wissen doch gar nicht, wie lange sie schon tot ist«, wandte ich ein. »Vielleicht liegt das ganze bereits ein paar Stunden zurück, und dann wären Sie doch aus dem Schneider.«

»Wenn ich Pech habe, ist es aber passiert, kurz bevor ich hier reingeschneit bin.«

»Sieht das Messer aus wie eins von Ihren?«

Sie nickte. »Sieht aus wie das, das ich sonntags für den Braten nehme. Hängt normalerweise über dem Herd.«

»Und Sie haben es auch bestimmt nicht angefaßt?« fragte ich.

»Warum hätte ich das wohl tun sollen?« blaffte sie zurück.

»Manche Leute tun das einfach. Man hört es immer wieder. Der Mensch, der die Leiche findet, zieht das Messer heraus, oder berührt es, während er den Puls fühlt, oder... so was in der Art.« Meine Stimme versagte.

»Mann, Sie sind mir ja eine schöne Hilfe, Mrs. H.! Sie sollen mich rauspauken, hören Sie? Und gefälligst jemand anderen verdächtigen.« Ein Knall untermalte die letzten Worte wie ein Ausrufezeichen. Wir zuckten beide zusammen. Brigadegeneral Lester-Smith war die Ginflasche aus der Hand gefallen. Glücklicherweise blieb sie ganz, denn sonst wäre Mrs. Malloy in dem Moment womöglich doch noch zur Mörderin geworden. Aber wenn man dem Gesichtsausdruck des Brigadegenerals Glauben schenkte, hätte es ihn ohnehin nicht überrascht, wenn eine von uns beiden über ihn hergefallen wäre.

»Ich fürchte, Ellie glaubt, ich hätte es getan, Mrs. Malloy«, stammelte er durch Lippen, die zuckten, als ob sie an Marionettenfäden hingen. »Bedauerlicherweise hat sie in meiner Duschkabine, kurz bevor wir hierherkamen, einige verdächtig aussehende Flekken entdeckt. Und es ist ja auch kein Wunder, daß Sie dachten, es sei Blut.« Er drehte sich zackig zu mir um. »Dasselbe habe ich auch gedacht, als ich aus der Dusche stieg und feststellte, daß das Wasser nicht mehr richtig ablief. Ich wollte mich gerade darum kümmern, aber da haben Sie an der Haustür geklingelt.«

»Okay, Mister Brigadegeneral – was war es denn, wenn es kein Blut war?« Mrs. Malloy hatte jede Menge knallharter amerikanischer Krimis verschlungen und wußte wie man Menschen verhört.

»Haarfarbe.«

»Haarfarbe!« wiederholte Mrs. Malloy verächtlich. »Glauben Sie tatsächlich, Mrs. H. und meine Wenigkeit wären Idioten und würden so einen Mist glauben? Da müssen Sie sich schon was Besseres einfallen lassen, Mister Brigadegeneral, der erste Versuch war jedenfalls eine Niete!«

»Überzeugen Sie sich selbst!« Er wickelte das Handtuch ab und ließ den Kopf hängen, was nur allzu verständlich war.

»Also, das haut mich doch glatt um!« Mrs. Malloy stieß einen Pfiff aus, bei dem die Polizei mit Sicherheit sofort herbeigestürzt wäre, wenn sie nicht ohnehin schon auf dem Weg zu uns war. Die Haare des Brigadegenerals bestanden aus einer einzigen verklebten, roten Masse.

»Wie lange muß man das denn drauflassen?« fragte ich und vergaß die arme Trina total.
»Fünf Minuten.«
»Und wie lange haben Sie Trottel es draufgelassen?« rief Mrs. Malloy im höchsten Maße erzürnt. »Ach, ich will's gar nicht wissen! Zu lange jedenfalls. Das werden grüne Haare, soviel steht schon mal fest. Und es geschieht Ihnen recht!«
»Was ich nicht verstehe«, sagte ich zu ihm, »ist, warum Sie dann heruntergekommen sind, als ich an der Tür geklingelt habe.«
»Ich dachte, es sei jemand ... etwas Wichtiges.« Er wickelte das Handtuch erneut um den Kopf, damit ihm nicht noch mehr Tropfen in den Nacken liefen.
Selbst in diesem unpassenden Moment wurde mir bei seinen Worten warm ums Herz. Er hatte gedacht – gehofft –, daß Clarice Whitcombe zu ihm gekommen sei. Die Frau, für die er sich die Haare färbte, um ihr zu gefallen und jünger und attraktiver auszusehen. Jetzt erinnerte ich mich wieder, daß seine gekräuselten Löckchen schon beim letzten Treffen der Salongesellschaft rötlicher als sonst gewirkt hatten. Ich hatte das damals als Einwirkung der Sonnenstrahlen abgetan. Vielleicht hatte er da noch mit einer harmlosen Tönung herumexperimentiert, bevor er sich an die richtige Chemie gewagt hatte. Natürlich, jetzt fiel mir auch die Hast wieder ein, mit der er vom Telefon wegkommen wollte, als ich wegen Bens Regenmantel angerufen hatte. Er hatte gejapst und irgend etwas von »zehn Minuten« gestammelt. Armer Brigadegeneral Lester-Smith – er bekäme bestimmt einen Herzinfarkt, wenn Clarice Whitcombe davon erführe, und doch hatte er nicht umhin gekonnt und war mit dem Handtuch um den Kopf an die Tür gerannt, nur für den Fall, daß sie auf der Schwelle stand.
»Brigadegeneral«, setzte ich an – »vielleicht sollten Sie die Farbe jetzt auch noch drauflassen, bis die Polizei kommt. Es ist schließlich so etwas wie ein Alibi, oder nicht? Könnte doch sein, daß wir alle genau beschreiben müssen, was wir in der letzten

Stunde gemacht haben. Obwohl, wenn sich herausstellt, daß Trina schon länger tot ist, spielt es natürlich keine Rolle.« Ich wandte mich wieder an Mrs. Malloy. »Wo bleibt die Polizei überhaupt?«

»Wer?«

»Die Polizei.«

»Oh – die.« Sie machte es sich wieder im Stuhl bequem. »Womöglich habe ich vergessen, sie anzurufen. Ist doch denkbar, daß ich eine Art Filmriß hatte. Bis zu dem Moment, an dem Sie aufgetaucht sind, kann ich mich kaum an etwas erinnern.« Ihre Schmetterlingslippen bebten, und das Rouge auf ihren Wangen zeigte erste Risse, so daß ich das Thema vorerst nicht weiter vertiefen wollte. Statt dessen stand ich auf und schaute mich selbst nach dem Telefon um, denn ich wußte, daß Mrs. Malloy einen Apparat in der Küche hatte. Als meine Fahndung erfolglos blieb, half Mrs. Malloy mir auf die Sprünge und sagte, es befände sich wahrscheinlich unter dem Teewärmer. Ich entdeckte den Teewärmer, der leer auf einem kleinen Tischchen thronte, und das Telefon dahinter. Während ich die Nummer der Polizei wählte, nahm der Brigadegeneral die Ginflasche an sich.

»Es ist vielleicht keine so gute Idee, wenn Sie jetzt etwas trinken, Mrs. Malloy«, sagte er. »Es könnte der Polizei einen falschen Eindruck vermitteln.«

»Was denn? Soll ich hier sitzen und stricken – angesichts einer Leiche, die ein Messer im Rücken hat?« schoß sie zurück.

»Nein, aber Sie wollen doch bestimmt nicht, daß man denkt, Sie hätten gebechert, Mrs. Malloy.«

»Sehr verbunden, Brigadegeneral«, erwiderte Mrs. Malloy so kühl, wie sie nur konnte. »Ich wäre Ihnen zudem auch sehr verbunden, wenn Sie nicht länger wie ein Geist aus der Ginflasche herumstünden, sondern mir statt dessen einen ordentlichen Schluck eingießen würden. Wenn die Polizei nicht kapiert, daß ich noch nie so sehr einen gebraucht habe wie jetzt in dieser

Scheißsekunde, dann sollen die besser nach Hause gehen und stricken.«

Ich bekam kaum mit, was ich am Telefon sagte, geschweige denn, was am anderen Ende geantwortet wurde, aber offensichtlich gelang es mir, das Nötige von mir zu geben, denn Minuten, nachdem ich den Hörer aufgelegt hatte, wimmelte es im Haus von Polizisten. Zumindest kam es mir so vor. Vielleicht waren in Wirklichkeit auch nur ein paar da. Aber sie trampelten so hektisch um uns herum und feuerten so viele Fragen gleichzeitig ab, daß ich mir nach kürzester Zeit vorkam wie mitten in einer Massenszene.

In erster Linie sorgte ich mich jedoch um Mrs. Malloy. Sie war von einem Detective Galloway in ihr winziges Wohnzimmer geführt worden. Danach hatte sich die Tür hinter ihnen geschlossen und war bisher nicht wieder geöffnet worden. Der Brigadegeneral und ich hatten in der Zwischenzeit im Flur Zuflucht gesucht, wo seit Eintreffen der Polizei einige Porzellanpudel ihr Leben hatten lassen müssen. Nach einer Weile wurden auch wir befragt. Zu welcher Uhrzeit wir ins Haus gekommen waren. Wie wir die Leiche vorgefunden hatten. Ob wir etwas berührt hatten. Und als letzte, aber wichtigste Frage, was uns überhaupt in die Herring Street Nummer 27 geführt hatte.

Der Brigadegeneral erklärte, daß er zwei Häuser weiter wohne, daß ich bei ihm vorbeigekommen sei, um einen Regenmantel zurückzubringen, und daß wir beide einen Schrei gehört hätten. Ich erklärte, daß ich schließlich neugierig geworden sei, warum die Person, die Mrs. Malloys Haus beaufsichtigte, nicht wie die anderen Nachbarn auf die Straße gekommen sei. Der Polizist schrieb alles auf und tat so, als würde er uns glauben. Ich vermutete, daß das ein Teil seiner Grundausbildung war.

»Sie dachten, der Schrei käme von der Straße?«

»Ja.« Der Brigadegeneral und ich nickten im Duett, wobei er den Turban um ein Haar verloren hätte.

»Sir, warum tragen Sie ein Handtuch auf dem Kopf?« Der Polizist zog die Augenbrauen interessiert in die Höhe.

»Sie müssen es sagen, Brigadegeneral«, ermutigte ich meinen Freund.

»Selbstverständlich.« Er schluckte, ehe er dem Blick des Polizisten standhalten konnte. »Ich verstehe – angesichts der Gegebenheiten – muß das« – er tippte mit dem Finger gegen den Turban – »verdächtig aussehen. Trotzdem versichere ich Ihnen, daß ich keineswegs eine Kopfwunde verberge, die bei einem Angriff auf Miss McKinnley zustande gekommen ist. Wahrscheinlich habe ich mit der Frau insgesamt nicht öfter als zweimal im Leben geredet.«

Der Polizist fing an, ungeduldig zu werden, und Brigadegeneral Lester-Smith, der offenbar derselben Überzeugung war wie ich – nämlich, daß einen Gesetzeshüter auf die Palme zu bringen so viel bedeutet, wie anschließend in Handschellen dazusitzen und zu lebenslänglicher Halt verdonnert zu werden –, entfernte bekümmert das Handtuch.

»Herr im Himmel!« sagte der Polizist.

Nach dieser kurzen Episode bat ich um Erlaubnis, meinen Mann anrufen zu dürfen. Freddy nahm den Hörer ab und sagte, daß Ben dabei wäre, Abbey und Tam ins Bett zu bringen.

»Das ist doch wohl nicht wahr!« Freddy klang hörbar schockiert, nachdem ich ihm alles berichtet hatte. »Diese Putzfrauen sterben ja wie die Fliegen!«

»Freddy! Der Mord an Trina hat bestimmt nichts damit zu tun, was mit Mrs. Large geschehen ist.«

»Natürlich nicht. Ellie, kann es sein, daß du in letzter Zeit zu viele Bilderbücher gelesen hast?«

»Freddy, sei still und sag Ben, daß es mir gut geht, daß ich aber noch nicht weiß, wann ich nach Hause komme. Vielleicht braucht Mrs. Malloy mich noch ein Weilchen. Und jetzt entschuldige mich, ich muß Schluß machen.«

Als ich auflegte, war Brigadegeneral Lester-Smith gerade dabei, sich die Haare auszuwaschen. Wahrscheinlich war ihm schon ganz schlecht bei dem Gedanken, daß er mittlerweile gar keinen Skalp mehr übrig haben könnte. Das Ergebnis war aber nicht so schlimm wie befürchtet. Seine Haare waren zu guter Letzt eher scharlachrot geworden und gingen nicht mehr so ins Karottige wie zuvor. Aber es war immer noch besser als grün.

Mrs. Malloy kam aus dem Wohnzimmer zurück und wirkte, wie ich fand, so ruhig wie ein Abendsee. Was war auch schon dabei, kurz mal einen Detective in die Schranken zu weisen? Sie hatte den Mantel abgelegt. Das Taftkleid, das sie darunter trug, hätte gut zu einer Cocktailparty gepaßt oder zur Not – da es schwarz war – auch zu einer Beerdigung. Sie teilte jedoch weder mir noch dem Brigadegeneral mit, worüber sie und der Detective geredet hatten. Etwa eine halbe Stunde später wurde Trinas Leiche abgeholt, und dann war das Haus schlagartig wieder leer.

»Verdammt und zugenäht!« Mrs. Malloy schüttete sich Gin in ein Glas und stürzte ihn die Kehle hinunter. »Ich bin wirklich zu alt, um noch als Mörderin durchzugehen.«

»Die Polizei kann unmöglich glauben, daß Sie es getan haben«, sagte ich. »Dann hätte man Sie doch gebeten, mit aufs Revier zu kommen.«

»Ich habe gehört, wie der Arzt gesagt hat, daß Trina seit mehr als einer Stunde tot sei«, warf der Brigadegeneral ein. »Vielleicht wäre man sonst anders verfahren.«

»Bestimmt haben sie das ganze Haus auf den Kopf gestellt, während ich mit dem Detective zusammengesessen habe – um nachzusehen, ob ich mich fix umgezogen und die blutverschmierten Kleider versteckt habe.« Mrs. Malloy schnaubte in der üblichen Art, ehe sie sich noch einen Gin eingoß. »Eine Frechheit! Was hätten die Dummköpfe schon finden sollen? Ich weiß von nichts.«

Mit einem Mal wurde ihr unerschrockenes Gehabe von einem entsetzten Gesichtsausdruck abgelöst. Der burgunderrote und bronzefarbene Lidstrich, den sie aufgelegt hatte, verschwand, so sehr riß sie die Augen auf, während sie zu ihrem kleinen Telefontischchen hinüberstarrte. Ich folgte ihren Blicken. Neben dem Telefon befand sich eine schwarze Handtasche aus einfachem, glatten Lederimitat. Mrs. Malloys Handtasche lag auf dem Küchentisch – imitiertes Krokodilleder mit riesiger verschnörkelter Goldschnalle. Die andere Tasche entsprach ganz und gar nicht ihrem Geschmack. Sie war zu praktisch. Ob es die von Trina McKinnley war? Irgendwo hatte ich sie jedenfalls schon einmal gesehen.

»Wem gehört diese Tasche?« fragte ich.

»Welche Tasche?« Mrs. Malloy wußte genau, welche ich meinte. »Wieso – darf eine Frau etwa keine zwei Handtaschen besitzen, ohne daß sich gleich jeder was dabei denkt?« Ihre Hände zitterten, als sie sich ein weiteres Glas Gin eingoß.

»Entschuldigung«, sagte ich rasch. »Ich kann offensichtlich nicht mehr klar denken.« Mit Sicherheit würde sie keinen Ton von sich geben, solange der Brigadegeneral noch bei uns war. Ich mußte mir etwas einfallen lassen, wie ich ihn aus der Wohnung bugsieren konnte, ohne seinen Verdacht zu erregen. Aber das würde nicht schwer sein, denn zum Glück wirkte er immer noch ein wenig in sich gekehrt – kein Wunder nach dem, was er hinter sich hatte. Dann lud er uns jedoch ein, mit zu ihm zu kommen und uns bei einer Tasse Tee und einem kleinen Häppchen zu stärken.

»Ganz herzlichen Dank, General.« Mrs. Malloy brachte ein schwaches Lächeln zustande. »Aber im Moment bleibe ich lieber mit Mrs. H. hier und flenne mich erst mal in Ruhe aus. Vor einem Mann macht man das ja nicht so gern, oder? Sonst verliere ich am Ende noch meine sexuelle Anziehungskraft und dann wäre ich hinterher nicht mehr dieselbe für Sie.«

Damit hatte sie genau ins Schwarze getroffen. Mit einem letztmaligen Zupfen am Bademantel steuerte Brigadegeneral Lester-Smith geradewegs auf die Tür zu und murmelte, daß er uns keine Sekunde länger stören wolle.

»Kann sein, daß ich später noch mal auf ein Täßchen vorbeikomme«, gab Mrs. Malloy ihm als Trost mit auf den Weg. Er verschwand. Das fleckige Handtuch hatte er sich um die Schultern gelegt. Er sah aus wie ein Boxer, der geschlagen den Ring verläßt. Die Tür hatte sich noch nicht richtig hinter ihm geschlossen, da fiel ich über Mrs. Malloy her.
»So – und nun erzählen Sie mir alles über die Handtasche, die Ihnen nicht gehört.«
»Seit wann sind Sie bei Scotland Yard?« Sie griff erneut nach der Ginflasche, aber ich war schneller und stellte die Flasche an das andere Ende des Küchentischs.
»Kein Tropfen mehr, bevor Sie nicht geredet haben.«
»Na gut, von mir aus, ich sag es Ihnen.« Sie gab schneller auf, als ich gedacht hatte. »Wir zwei, Mrs. H., wir haben doch schon einiges zusammen durchgemacht, oder nicht? Man könnte sogar sagen, wir sind verwandt, jetzt wo mein George Ihre – Cousine Vanessa – geheiratet hat.« Der Name schien ihr im Hals steckenzubleiben, aber sie bekam ihn schließlich doch herausgewürgt. Irgendwann würde ich Mrs. Malloy fragen müssen, warum sie sich so lange von der Außenwelt abgekapselt hatte, aber in diesem Moment wollte ich sie unter keinen Umständen ablenken. »Unterm Strich bedeutet das, Mrs. H., daß ich Ihnen vertraue. Zumindest«, setzte sie hinzu, »mehr als den meisten Leuten.«
»Sie können mir so viel Honig um den Bart schmieren, wie Sie wollen«, erwiderte ich standhaft, »aber Sie bekommen keinen Tropfen Gin, bis Sie ausgepackt haben.«
»Also, was soll's!« Sie stieß einen erbarmungswürdigen Seufzer hervor. »Ich komme allein sowieso nicht damit klar! Aber, Mrs. H., Sie müssen schwören, daß Sie nicht zur Polizei laufen!«
»Das kann ich nicht schwören. Nicht, solange ich nicht weiß, um was es sich handelt.«
»Also dann – ich habe Ihnen ja sowieso schon das meiste verraten. Ich hoffe nur, daß Sie die Sache genauso sehen wie ich. Sie

haben recht – die Tasche gehört mir nicht, und Trinas Tasche ist es auch nicht. Sie gehört Winifred Smalley, und sie lag auch nicht neben dem Telefon, als ich gekommen bin. Sie lag direkt neben der Leiche.«

»Und dann sind Sie schreiend auf die Straße gelaufen?«

»So was Bescheuertes würde ich nie tun.« Mrs. Malloy plusterte ihr Gefieder auf wie ein Huhn. »Ich bin keine von der hysterischen Sorte, und das wissen Sie ganz genau, Mrs. H.!«

»Dann muß Trina geschrien haben, als sie das Messer auf sich zukommen sah. Obwohl ich ganz sicher war, daß der Schrei von der Straße kam.«

»Es könnte auch Winifred gewesen sein. Sie ist ja nicht gerade die Tapferste. Was vielleicht von Vorteil ist. Denn wenn sie es getan hätte, dann hätte sie doch hinterher nicht angefangen zu schreien und die Nachbarn alarmiert, oder was meinen Sie?«

»Menschen benehmen sich nicht immer vernünftig, wenn sie gerade jemanden ermordet haben, Mrs. Malloy. Denken Sie doch mal nach. Wenn Mrs. Smalley auf Trinas Leiche gestoßen ist, warum ist sie denn dann nicht hiergeblieben und hat die Polizei angerufen?«

»Sie müssen einem aber auch immer Knüppel zwischen die Beine werfen, Mrs. H.! Glauben Sie mir, ich kenne Winifred Smalley. Die Frau könnte keiner Fliege was zuleide tun, geschweige denn Trina. Die waren doch wie Mutter und Tochter. Außerdem, wo ist das Motiv? Beantworten Sie mir erst mal diese Frage, Mrs. Besserwisser!«

»Vielleicht haben sie sich wegen der Erbschaft gestritten.« An Mrs. Malloys verständnislosem Blick erkannte ich, daß sie keine Ahnung hatte, wovon die Rede war. »Sie wissen noch gar nichts von dem Testament, nicht wahr? Na dann – warum mache ich uns nicht eine schöne Kanne Tee, und wir setzen uns eine Weile zusammen ins Wohnzimmer?«

Es zeigte das Ausmaß ihres Kummers an, daß Mrs. Malloy mich in der Küche hantieren ließ, ohne zu sagen, ich solle die Augen aufmachen, wenn ich die Teekanne suche, oder den Wasserkessel abwischen, ehe ich ihn auf die Herdplatte setzte. Sie zuckte lediglich zusammen, als ich die Tassen und Untertassen laut klappernd auf das Blechtablett mit dem aufgemalten Bauernhäuschen stellte. Dann folgte sie mir sanft wie ein Lamm ins Wohnzimmer, wo ihr Mantel noch auf einem Sessel lag, der mit einem Leopardenmuster bezogen war und der einen dazugehörigen gelben Fußhocker mit feuerrotem Fransenbesatz besaß. Das ganze Zimmer sah aus wie das Liebesnest eines Scheichs. Auf dem Boden lagen Sitzkissen, in den Vasen standen Räucherstäbchen, mittendrin ragte die Statue eines nackten griechischen Gotts mitsamt dem Feigenblatt auf, und dazwischen standen Messingschalen, Messingteller und Elefanten voller Glitzersteine mit goldenen Schwänzen und Rüsseln. Letztere erinnerten mich an die Elefantenschar, die ich bei meinem Putzanfall ausgekramt hatte. Wahrscheinlich würde ich Mrs. Malloy sogar eine Freude machen, wenn ich sie ihr zum nächsten Geburtstag überreichte.

Die Umgebung verleitete mich beinahe dazu, an die schönen Dinge des Lebens zu denken, und den Mord erst einmal zu vergessen. Aber leider können wir nicht immer in Traumwelten verweilen, und deshalb gab ich mir einen Ruck, schenkte Tee in eine Tasse, rührte Milch und Zucker hinein und reichte sie Mrs. Malloy.

»Was haben Sie eben von einer Erbschaft gesagt?« Sie legte die Füße auf den gelben Fußhocker und streifte die Schuhe ab. »Und ich will jetzt nichts hören, wie, daß ich nicht fragen müßte, wenn ich auf der Beerdigung gewesen wäre.«

»An dem Tag hat das sowieso noch kaum jemand gewußt.« Ich setzte mich auf das Sofa mit dem Eidechsenmuster. »Die Töchter von Mrs. Large haben mir nach dem Trauergottesdienst gesagt, daß sie auf dem Weg zu ihrem Anwalt seien. Erst dort blühte ihnen die Überraschung ihres Lebens.«

»Jetzt spucken Sie es schon aus, Mrs. H.!«

»Mrs. Large hat nämlich fast alles, was sie besaß – um die fünfzigtausend Pfund –, Trina McKinnley vererbt. Das Geld stammte aus der Versicherung ihres Mannes.«
»Mich laust der Affe!« Mrs. Malloy stellte die Teetasse schnell ab, bevor sie ihr aus der Hand fallen konnte. »Natürlich wußte ich von der Versicherung – alle im VPFVCF haben es gewußt – aber ich hatte ja keinen blassen Schimmer, daß es sich um solch einen Mordsbrocken handelt!«
»Und es kommt Ihnen nicht merkwürdig vor, daß sie alles Trina McKinnley vermacht hat? Bis auf zweihundert Pfund, die sie den Töchtern hinterließ?«
Mrs. Malloy schürzte die Lippen und dachte einen Moment lang nach. »Nein, eigentlich nicht. Wissen Sie, als Frank – das war Gertrudes Mann – den Unfall hatte, da hat Gertrude eine Zeitlang aufgehört zu arbeiten, damit sie sich besser um ihn kümmern konnte. Aber Sie wissen ja, wie Männer sind, selbst wenn sie nur einen Husten haben und erst recht wenn sie bettlägerig sind – und Frank war schon nicht einfach, als er noch gesund war. Deshalb ist Gertrude nach einer Weile wieder arbeiten gegangen, nur um aus dem Haus zu kommen. Sie hatten dann zwar eine Krankenschwester, aber Trina hat auch ausgeholfen. Sie hat ihre Arbeitszeit so eingerichtet, daß sie sich zwei- oder dreimal die Woche um Frank kümmern konnte. Und am Wochenende ist sie auch hingegangen und hat geholfen – ihn umzudrehen, und was sonst so nötig war.«
»Das erklärt alles«, sagte ich.
«'türlich«, Mrs. Malloy nahm ihre Teetasse wieder auf, »wäre es aufmerksam gewesen, wenn Gertrude auch mir und Betty Nettle und Winifred Smalley ein kleines Andenken hinterlassen hätte – sagen wir mal ein paar Tausender –, schon wegen der guten alten Zeiten.«
»Sie hat Mrs. Smalley als Treuhänderin eingesetzt.«
»Und das heißt?« Sie war in die Höhe geschossen.
»Daß diese Trina das Geld zuteilt. Und deshalb sieht es für Mrs.

Smalley besonders ungünstig aus, wenn man erfährt, daß ihre Handtasche neben der Leiche lag. Wenn das herauskommt, könnte die Polizei annehmen, daß sie Trina im Streit um das Geld getötet hat.«

Mrs. Malloy schüttelte in Anbetracht meiner Dummheit den Kopf.

»Der Haken ist nur, daß *Trina* dann das Messer benutzt hätte. Weil sie gehofft hat, daß sie das ganze Geld kriegt, wenn Winifred Smalley beseitigt ist.«

»Das ist mir auch klar«, sagte ich, »aber was, wenn im Falle von Trinas Tod Mrs. Smalley die Erbin wäre?«

»Wer hat Sie eigentlich zu einer solchen Expertin in bezug auf Gertrudes Testament gemacht?« So etwas wie Ahnung flackerte in Mrs. Malloys Augen auf, bevor es in Ärger umschlug.

»Das möchte ich lieber nicht sagen.«

»Das brauchen Sie auch nicht.« Sie lachte verächtlich. »Bunty Wiseman! Jetzt fällt es mir wieder ein! Ihr Exmann war Gertrudes Anwalt. Der hat seinen Mund noch nie halten können. Man müßte ihn entlassen oder verstoßen, oder wie man das nennt.«

Ich war fest entschlossen, keine Namen zu nennen. »Niemand hat mir gesagt, was mit dem Geld geschieht, falls Trina stirbt. Aber für Mrs. Smalley würde es die Sache verschlechtern, wenn sie die Nutznießerin wäre.«

»Und deswegen darf die Polizei das mit der Handtasche auf keinen Fall erfahren!« Mrs. Malloy lehnte sich erschöpft im Sessel zurück. »Die kaufen uns das nie im Leben ab, daß Winifred über die Leiche gestolpert ist und die Handtasche vor Schreck hat fallen lassen, ehe sie kopfüber das Weite suchte.«

»Und was ist, wenn Trina als erste zum Messer gegriffen hat?« Ich trank ein paar Schlückchen Tee, schmeckte jedoch nichts davon. »Nur damit Mrs. Smalley himmelangst wird und sie mit der Knete rausrückt? Und in dem darauffolgenden Kampf, als Mrs. Smalley Trina das Messer aus den Fingern winden wollte, hat sie versehentlich zugestoßen.«

»Na, ich gebe ja zu, daß Trina ganz schön fies werden konnte, wenn man ihr in die Quere kam, aber« – Mrs. Malloy schüttelte wieder den Kopf – »sie hat Winifred geliebt wie die eigene Mutter. Das einzige, worüber sich die beiden in die Wolle geraten sind, war Trinas Freund.«

»Joe.« Ich stand auf, um uns neuen Tee einzuschenken.

»Genau.« Sie verzog den Mund zu einer geringschätzigen Grimasse. »Joe Tollings, das Geschenk Gottes an die Frauen.«

»Haben Sie Tollings gesagt?« Ich goß meinen Tee über das Tablett. »Ich habe eben, als ich auf dem Weg zu Brigadegeneral Lester-Smith war, mit einer Frau namens Marilyn Tollings gesprochen. Ich dachte, ich würde sie nie mehr los. Sagen Sie bloß nicht, daß das Joes Frau ist!«

»Seit mindestens zehn Jahren mit ihm verheiratet.«

»Ich habe ihn mit Trina bei Mrs. Larges Beerdigung gesehen.« Ich kümmerte mich nicht um den verschütteten Tee und lehnte mich zurück. »Mrs. Smalley hat Trina überredet, Mrs. Larges Stelle bei uns zu übernehmen. Aber dann gab es einen peinlichen Zwischenfall. Bunty Wiseman war da, als Joe kam, um Trina abzuholen. Zu allem Überfluß hat er auch noch was mit Bunty. Als Trina in die Küche kam und die beiden zusammen sah, hat sie Lunte gerochen. Gesagt hat sie aber nichts. Jedenfalls nicht in meiner Gegenwart. Ben hatte jedoch den Eindruck, daß sich die beiden in die Haare bekamen, als er auf dem Weg nach Hause an Ihnen vorbeigefahren ist.«

»Wieso haben Sie mir das nicht gleich gesagt?« Mrs. Malloy sah aus, als würde sie mir am liebsten den gelben Fußhocker an den Kopf werfen und noch ein paar Glitzerelefanten hinterher. »Wenn das kein neues Licht auf die Sache wirft, bin ich die Königin von Saba! Joe Tollings hat schon immer einen Hang zur Gewalt gehabt. Ich glaube, das hat Trina besonders imponiert. Sie hat sich gern als Löwenbändigerin gesehen und wollte mit der Peitsche knallen.«

»Ziemlich gefährliche Angelegenheit.«

»Trina hat sich noch nie für Männer mit Schlips und Kragen interessiert. Ich kann nicht behaupten, daß ich mir so viele Sorgen um sie gemacht habe wie Winifred, aber ganz wohl war mir auch nicht, als Trina hier wohnen wollte. ›Was ist, wenn seine Frau dahinterkommt, daß zwischen euch was läuft?‹ habe ich zu ihr gesagt. ›Ich will nicht, daß mir eine verschmähte Frau die Haustür eintritt oder Pflastersteine durchs Fenster wirft.‹ Aber Trina kannte da nichts. Für sie war das alles ein Spiel – sie wollte hier wie ein Aushängeschild vor Marilyns Nase baumeln. Und nun sehen Sie, wohin das alles geführt hat! Joe kommt und sticht zu, als er merkt, daß der Geldsegen ausbleibt. Dann ist Winifred aufgetaucht und hat Trina gefunden.«

»Nehmen wir einmal an, es sei so gewesen.« Ich richtete mich auf dem Sofa auf, weil ich mich verkrampft hatte und mir außerdem kalt wurde. »Warum ist Mrs. Smalley denn dann nicht zu einem der Nachbarn gelaufen, um Hilfe zu holen?«

»Weil sie sich vor Angst in die Hose gemacht hat, darum. Sie hat geglaubt, daß man ihr das anhängt!« Mrs. Malloy sprach, als hätte sie einen totalen Schwachkopf vor sich.

»Und wenn alles noch viel schlimmer ist?« entgegnete ich. »Nehmen wir mal an, Mrs Smalley ist hier hereingekommen, und der Mörder war noch am Tatort. Entweder im Haus oder draußen. Er prüft gerade, ob die Luft rein ist, bevor er verschwinden kann. Als Mrs. Smalley die Leiche sieht und anfängt zu schreien, schnappt er – sagen wir mal, es war Joe – sie und schleift sie mit sich.« Ich verstummte. Die gräßlichsten Bilder schossen mir durch den Kopf. Aber warum sollte ich Mrs. Malloy etwas ausmalen, für das es keine Beweise gab?

»Ich glaube, ich rufe Winifred besser mal an.« Sie hievte sich in die Höhe, obwohl sie aussah, als hätte sie mit dem gelben Fußhocker eins überbekommen. Ich trottete hinter ihr her in die Küche und zappelte um sie herum, während sie die Nummer ihrer Freundin wählte. »Keine Antwort«, sagte sie schließlich düster und hing ein.

»Das bedeutet ja noch nicht, daß ihr etwas zugestoßen ist.« Ich gab mir alle Mühe, mir meine Sorge nicht anmerken zu lassen.

»Nein, sie ist einfach nur nicht da.«

»Ich glaube, Sie sollten doch die Polizei rufen.« Ich legte einen Arm um Mrs. Malloys schwarze Taftschultern. »Sie müssen ihnen von der Handtasche erzählen. Von da an sollen die übernehmen. Wenn auch nur die kleinste Gefahr besteht, daß Joe, oder wer auch immer, mit Mrs. Smalley abgehauen ist, dürfen wir keine Zeit verlieren.«

»Ach, nun geben Sie doch endlich Ruhe, Mrs. H.!« Sie befreite sich aus meinem Arm. »Wir haben uns nur die Gefühle vom Verstand benebeln lassen, oder wie das heißt. Ich sollte eine Notversammlung des VPFVCF einberufen. Dürfte ja nicht so schwierig sein, da außer Betty Nettle keiner mehr da ist. Obwohl wir Sie wahrscheinlich zum Ehrenmitglied ernennen könnten, wenigstens für heute abend.«

»Mrs. Malloy, Sie dürfen nicht länger herumfackeln!«

»Ich nehme besser noch einen zur Brust«, sagte sie, griff nach der Ginflasche und stellte fest, das sie leer war. »Verdammter Mist!« Sie tappte barfuß zur Speisekammer und tauchte wenige Sekunden später wieder auf, Gesicht auf Halbmast. »Das war die letzte Flasche. Was soll ich jetzt machen?«

»Die Polizei anrufen.«

»Nichts da! Sie springen jetzt schnell zum Brigadegeneral und borgen sich ein Täßchen Gin von ihm aus. Können Sie das behalten, Mrs. H., oder muß ich es Ihnen aufschreiben?«

»In Ordnung.« Ich wollte gerade durch die Hintertür verschwinden, als mir noch etwas einfiel. »Wie ist denn Mrs. Smalley ins Haus gekommen, wenn Trina schon tot war?«

»Sie hatte einen Schlüssel. Alle Mitglieder des VPFVCF haben Schlüssel zu den Wohnungen der anderen.« Mrs. Malloy seufzte schwer. Zwei ihrer Freundinnen waren tot, und eine andere steckte offenbar bis zum Hals in Schwierigkeiten.

Es hatte aufgehört zu regnen. Aber der Abendhimmel hing voller tiefer Wolken, und der Wind war frisch. Ich hastete über die Herring Street. Von den Nachbarn war weit und breit nichts mehr zu sehen. Sie waren wahrscheinlich alle wieder in ihre Wohnungen geschlichen, nachdem das Grand Finale – der Abtransport der Leiche – vorüber gewesen war.
Als ich durch das Törchen des Brigadegenerals trat, fiel mir wieder ein, wie Marilyn Tollings über die Straße gestürzt war, um nachzusehen, ob ich die Frau mit Wollmütze und Regenmantel war, die sie zuvor erspäht hatte. Ich war davon ausgegangen, daß es sich um reine Neugier gehandelt hatte. Aber hätte es nicht auch noch ein anderes Motiv geben können? Wenn sie etwas von Joes Techtelmechtel wußte, hatte sie nämlich allen Grund, Trina zu hassen. Hatte sie vielleicht nur gelogen, als sie behauptete, sie kenne die Frau nicht, die in Mrs. Malloys Haus wohnte? Mein Gott! Was, wenn sie losgezogen war, um mit Trina mal ein ernstes Wörtchen zu reden, und ihr am Ende das Messer in den Rücken gejagt hatte? Und als sie den Tatort verlassen wollte, hatte sie meinen Wagen kommen sehen, und ihr war nicht mehr genug Zeit geblieben, um unbemerkt in ihr Haus zurückzugelangen. Statt dessen war sie mir gefolgt und hatte mir ihre ganzen Geschichten verbraten. Wie schlau!
Ich verweilte noch einen Moment am Tor, ließ mich im Geiste wieder aus dem klapprigen Kabrio steigen und versuchte mich genau zu erinnern, wann genau sie aufgetaucht war. Dabei tat mein Herz plötzlich einen so heftigen Schlag, daß ich fast umkippte.
Mein Wagen war nicht mehr da! Er stand weder vor dem Haus von Brigadegeneral Lester-Smith noch sonst irgendwo. Er war weg. Es dauerte länger, als man eigentlich annehmen sollte, bis diese Tatsache richtig eingesickert war. Ich stürzte zu Mrs. Malloys Haus zurück. Die Haustür öffnete sich frühzeitig wie von Zauberhand, und Mrs. Malloy erschien im Türrahmen. Zum Teufel mit ihrem Täßchen Gin, dachte ich und wollte gerade

mit den neuesten Entwicklungen herausplatzen, als sie mir zuvorkam.

»Gut, daß Sie schon wieder da sind. Ihr Mann hat gerade angerufen, Mrs. H. Sie müssen ihn sofort zurückrufen, denn er ist völlig aus dem Häuschen. Die Polizei war bei ihm und hat gesagt, man hätte Ihr komisches Auto auf einem abgelegenen Weg gefunden, nicht weit von hier. Daneben, halb im Graben, lag die Leiche einer Frau. Kein Ausweis, aber einer der Polizisten kannte sie vom Sehen.«

»Mrs. Smalley?« flüsterte ich und stürzte Mrs. Malloy entgegen. Sie konnte nur noch nicken, bevor sie mir in die Arme sank.

Kapitel Elf

Beim Auswaschen der Schrankfächer alles aussortieren, was nie gebraucht wird. Das Aussortierte später für den Bunten Nachmittag der Kirche oder ähnlich wohltätige Zwecke spenden. Die Fächer anschließend mit frischem Wachstuch oder Schrankpapier ausschlagen.

»Wer ist denn nun schon wieder Mrs. Smalley? Und warum weckst du mich wegen ihr in aller Herrgottsfrühe?« Jonas setzte sich wütend im Bett auf und starrte zuerst mich, dann den Wekker neben seinem Bett an. Sein Blick wurde fast schon gemeingefährlich, als er sah, daß es bereits kurz vor zehn war.

»Eine Freundin von Mrs. Malloy.«

»Von mir aus kann sie der Kaiser von China sein.« Mein mürrischer Freund verschränkte die gestreiften Pyjamaarme vor der Brust und schob die Beine nur widerwillig zur Seite, damit ich auf der Bettkante Platz nehmen konnte.

»Ich habe sie bei Bellingham's in der Cafeteria getroffen, kurz nachdem Mrs. Large tot war, und dann noch einmal auf der Beerdigung. Ich fand sie sehr nett.« Ich hatte Schwierigkeiten, auf den Punkt zu kommen. In meinem Kopf purzelten die Sätze durcheinander, anstatt sich ordentlich in Reih und Glied zu stellen. Jonas wurde von Sekunde zu Sekunde ungeduldiger.

»Sehr nett! Ich werde geweckt, um mich über eine sehr nette Frau zu unterhalten? Ellie, wenn du mich mit dieser Mrs. Schmalzig verheiraten willst, überlegst du es dir besser noch mal. Ich habe alles, was ich mal über den Klapperstorch wußte, schon seit geraumer Zeit vergessen, und ich habe nicht vor, mich wieder daran zu erinnern. Scheinst mich ja unbedingt loswerden zu wollen.« Die Sorgenfalten vertieften sich. »Ich nehm's dir noch nicht einmal übel. Ein nutzloser alter Mann – nichts mehr wert.«

»Ich will dich nicht loswerden.« Ich stand auf und küßte die Spitze seines kahlen Schädels. »Und nutzlos bist du schon gar nicht. Ich brauche dich jetzt mehr denn je.«

»Wieso – ist was passiert?« Jonas setzte sich mit einem Ruck aufrecht. »Ist irgendwas mit Ben oder den Kleinen?«

»Nein, es geht um Mrs. Smalley. Sie ist – war – eine Freundin von Mrs. Malloy, ein Mitglied ihrer kleinen Reinemach-Organisation. Letzte Nacht wurde sie überfahren. Mit meinem Wagen. Ich hatte ihn vor dem Haus von Brigadegeneral Lester-Smith geparkt, und wie der Zufall so will, hatte ich die Schlüssel in der Zündung stecken lassen. Und wer immer den Wagen gestohlen hat, hat damit die arme Frau getötet. Und, als wäre das noch nicht genug, wurde auch noch Trina McKinnley ermordet – das heißt, sie wurde in Mrs. Malloys Küche erstochen. Ich war bei Mrs. Malloy, als die Polizei kam. Als sie mit den ersten Ermittlungen fertig und wieder verschwunden waren, bin ich noch bei ihr geblieben. Und in der Zeit ist Mrs. Smalley gefunden worden, in einem Graben neben der Bramble Wood Lane. Nur wenige Schritte vom Wagen entfernt. Ich werde aber nicht verdächtigt« – die Worte blieben mir fast im Halse stecken –, »weil ich für die Tatzeit ein Alibi habe. Du siehst, es gibt auch eine gute Seite an der Geschichte.«

»Ist Mrs. Malloy wieder zurück?« Jonas interessierte sich offenbar nur für diesen Teil meines Berichts und schaute mich erwartungsvoll an.

»Ich weiß nicht, für wie lange. Ich weiß weder, was sie zurückgeführt, noch, warum sie sich nach dem Tod von Mrs. Large nicht gemeldet hat. So weit sind wir gar nicht gelangt. Ich weiß nur, daß sie gestern nachmittag mit dem Bus aus London gekommen, in ihre Wohnung gegangen ist und Trinas Leiche gefunden hat.«

»Damit wären es jetzt drei.«

Ich nickte. »Alle Mitglieder des VPFVCF – und nur *ein* Tod könnte ein Unfall gewesen sein. Und jetzt quält sich Mrs. Malloy mit Schuldgefühlen wegen der Handtasche.«

»Was für eine Handtasche?«
»Die von Mrs. Smalley. Mrs. Malloy hat der Polizei nichts davon gesagt, weil sie Angst hatte, daß man dann Mrs. Smalley verdächtigt. Nachdem Ben uns wegen Mrs. Smalley angerufen hatte, hat Mrs. Malloy mit der Polizei telefoniert und so getan, als hätte sie die Handtasche gerade erst entdeckt. Danach haben wir uns zusammengereimt, wie sich alles abgespielt hat. Mrs. Smalley muß den Mörder überrascht haben. Danach ist sie entweder aus dem Haus geflüchtet, und der Mörder hat sie mit meinem Auto verfolgt, oder sie wurde ins Auto geschleift, bis zur Bramble Wood Lane verschleppt und dort auf die Straße gestoßen. Oh, es ist alles so furchtbar!« Ich bedeckte das Gesicht mit den Händen. »Wenn ich mir vorstelle, wie sie wegrennen wollte... und wie man sie dann überfahren hat...«
»Du darfst dir das nicht vorstellen, Elliechen.«
»Sie war so eine zarte, kleine Person.«
Ich hatte eine mehr oder weniger schlaflose Nacht hinter mir und war mit meinen Kräften ziemlich am Ende. Ben hatte dafür gesorgt, daß die Kinder aus dem Bett kamen, hatte sie angezogen, ihnen Frühstück gemacht und sie auf dem Weg zur Arbeit mit in die Spielgruppe genommen. Ich hatte gehofft, daß er sich wenigstens den Vormittag frei nehmen würde, aber ich hatte nichts davon gesagt. Selbst das Reden mit Ben war mir zu anstrengend gewesen. Statt dessen hatte ich fast die ganze Kanne Tee geleert, die er für mich gekocht hatte, hatte an der Kruste eines Toasts genagt und war – nachdem ich mich regelrecht hatte zwingen müssen, ein Bad zu nehmen und mir die Haare zu waschen – zu Jonas gewankt, um ihm alles zu erzählen.
»Meinst du, die Polizei hat irgendeinen Verdacht?« Jonas setzte sich im Bett zurecht und strich Tobias über das Fell, der aus dem Nichts gekommen und auf seinen Bauch gesprungen war.
»Sie haben mich nicht ins Vertrauen gezogen, aber ich könnte mir denken, daß sie ein paar Takte mit Trinas Freund reden. Und mit seiner Frau. Vielleicht wußte sie, was zwischen den bei-

den lief, und hatte die Faxen dicke.« Ich stand auf und tigerte im Zimmer auf und ab, rückte Dinge gerade, die Jonas nicht gerade gerückt haben wollte, und betrachtete das blasse Rechteck auf der Tapete, wo sein Spiegel gehangen hatte.

»Ist nicht gut, wenn du dich so aufregst, Ellie.« Jonas lehnte sich in die Kissen zurück. Der Schatten der Schranktür, die Jonas immer ein wenig offenstehen hatte, ließ die Ringe unter seinen Augen noch dunkler erscheinen und betonte seine ausgehöhlten Wangen.

»Ich hätte dich mit dem Ganzen gar nicht behelligen sollen.« Ich beugte mich vor, um seine pergamentartige Stirn zu küssen. »Du hast noch so friedlich geschlafen. Auf deinem Gesicht lag das glücklichste Lächeln der Welt. Du mußt irgend etwas Schönes geträumt haben.«

»Habe ich auch.« Er wandte mir das Gesicht zu, aber seine Augen waren auf einen Punkt in weiter Ferne gerichtet. »Es war ein wundervoller Frühlingsmorgen, so wie gestern, bevor es anfing zu regnen. Der Himmel war unvorstellbar blau. Überall, wohin man schaute, blühten Blumen. Die Bäume waren voller Knospen, und das Gras war so grün, daß du gedacht hättest, der liebe Gott wäre noch vor Sonnenaufgang aus dem Bett gestiegen und hätte es selbst angemalt. Im Garten stand meine Mutter, Ellie.« Seine Stimme verwandelte sich in ein Flüstern, und ich hockte mich neben das Bett und nahm seine Hand.

»Was hat sie gemacht?«

»Sie stand auf dem Rasen und schaute in den Himmel. Sie hatte einen Drachen in der Hand, an einer langen, langen Schnur, und ganz plötzlich ließ sie ihn los und sah ihm zu, wie er davonflog.«

»Warst du im Traum auch bei ihr, Jonas?«

»Ja, Ellie, ich war der Drache.« Er wollte die Augen aufhalten, aber der Schlaf war als sanfter Meister zu ihm zurückgekehrt und hatte ihn mit sich fortgeführt. Einen Moment lang verspürte ich wieder Panik, doch dann bewegte er sich und drückte meine Hand. »Ich bin froh, daß du mit mir geredet hast, Mädchen. Was ist mit Mrs. Malloy? Hast du sie letzte Nacht mit hierhergebracht?«

»Ich habe es ihr angeboten, aber sie hat darauf bestanden, in ihrem Haus zu bleiben.« Jonas schlief bereits wieder. Ich strich seine Bettdecke glatt und tappte auf Zehenspitzen aus dem Zimmer. Aber als ich oben an der Treppe angekommen war, ging ich noch einmal zurück, um nachzuschauen, ob er noch atmete.

Das sind die Nerven, sagte ich mir. Es war ja nun weiß Gott kein Wunder, daß ich von der Rolle war. Bestimmt würde es mir wieder besser gehen, wenn ich irgend etwas Nahrhaftes zu mir genommen hatte. Danach würde ich mich auf die Socken machen und nachschauen, wie es Mrs. Malloy ging und ob sie noch einmal etwas von der Polizei gehört hatte. Als ich die Treppe hinabstieg, hörte ich, daß unten jemand im Haus rumorte. Mein Herz setzte vorübergehend aus. Dann verdeutlichte ich mir jedoch, daß es sich bei dem Eindringling nur um Freddy handeln konnte, der sich einen neuerlichen Überblick über den Kühlschrank verschaffen wollte. Aber er war es nicht. Als ich die Küchentür aufstieß, stand mir mein Mann gegenüber.

»Ben!« Ich stürzte mich in seine Arme, als wären wir seit Jahrzehnten getrennt gewesen, als hätten Ozeane und unbekannte Kontinente zwischen uns gelegen und feindliche Heere gegen uns gekämpft. »Ich habe mich den ganzen Morgen so nach dir gesehnt! Aber ich wollte dich nicht anrufen und stören, während du mitten in der Arbeit bist. Eine Frau muß heutzutage Morde verkraften können, ohne sich gleich an der Schulter eines Mannes auszuheulen.« Danach bewies ich erst einmal, welchen Weg ich noch zurückzulegen hatte, bis ich mich entsprechend verhalten würde, wobei er mir über die Haare strich und mich mit Küssen tröstete.

»Willst du wirklich, daß ich zu Hause bleibe?« frage er nach einer Weile.

»Was für eine dumme Frage.«
»Ich meine, nicht nur heute.« Er hatte die Hände auf meine Schultern gelegt und sah mich mit seinen blaugrünen Augen an. »Was würdest du sagen, wenn du einen Mann hättest, der dir den ganzen Tag im Weg steht?«
»Wie meinst du das?« Ich verharrte vor ihm, ohne mit der Wimper zu zucken, geschweige denn einen klaren Gedanken zu fassen.
»Ich habe es getan. Ich habe ein Schild an die Tür vom Abigail's gehängt, auf dem ›geschlossen‹ steht, und den Schlüssel habe ich weggeschmissen.«
»Ben!« war alles, was ich herausbrachte.
»Oh, keine Sorge, er ist zufällig hier gelandet.« Er klopfte auf seine Jackentasche. »Ich kann also immer wieder zurückgehen, wenn du mich leid wirst.«
»Niemals!« Ich kehrte schrittweise ins Leben zurück. »Was um alles in der Welt hat dich denn dazu bewogen? Lag es an den Demonstranten?«
»Nein.« Ben drehte mich in Walzerkreisen durch die Küche, deren Schwung nur von Küchentisch und Stühlen gebremst wurde. »Und ich bin auch kein wiedergeborener Vegetarier. Ellie, ich glaube, mich hat einfach das Frühlingsfieber gepackt!«
»Niemals!« Ich sackte gegen ihn. Die Wände drehten sich immer noch ein bißchen. Als sie damit aufhörten, hatte auch das Leben den Fokus wieder geradegerückt. »Gib zu, du hast es für mich getan! Du weißt nämlich, daß ich in so kurzer Zeit keine drei Leichen verkrafte. Womit du übrigens recht hättest – zwei Toten zu begegnen und dann zu erfahren, daß noch jemand mit meinem Auto überfahren wurde, ist echt kein Pappenstiel. Aber mußt du deshalb gleich deine ganze Karriere opfern? Neulich hast du dich noch mit Händen und Füßen dagegen gewehrt.«
»Richtig.« Er setzte sich auf den Schaukelstuhl und zog mich auf seinen Schoß. »Aber seitdem habe ich mir alles noch einmal

durch den Kopf gehen lassen, Liebling, und mir ist aufgegangen, daß ich nur bei der Stange bleibe, um mir etwas zu beweisen – mir, Mrs. Barrow und den Demonstranten. Natürlich haben auch die Todesfälle eine Rolle gespielt und mir klargemacht, wie kurz das Leben ist und wie viele andere Dinge es noch gibt, die ich tun möchte. Ich will ein zweites Kochbuch schreiben, und ich will, daß Jonas mich in die Gartenarbeit einweist. Das Grundstück ist ihm längst zuviel geworden. Und bevor wir jemanden einstellen, der ihm hilft, kann ich es auch selbst tun.«

»Jonas freut sich bestimmt, wenn er dir alles zeigen kann«, sagte ich. »Wahrscheinlich ist es sogar genau das, was Dr. Solomon für ihn im Sinn gehabt hat. Aber wird dir das Abigail's nicht fehlen, Ben?«

»Natürlich.« Er lehnte sich zurück. Der Schaukelstuhl gab ein gequältes Ächzen von sich. »Aber mich beflügelt der Gedanke, Gerichte für ein neues Kochbuch auszuprobieren. Das habe ich in letzter Zeit gar nicht mehr machen können. Die Gäste bestellen ja doch nur ihre Lieblingsspeisen und hassen es, wenn daran irgend etwas verändert wird. Vielleicht mache ich das Restaurant auch eines Tages wieder auf und biete nur einen Mittagstisch an und nachmittags Kuchen und Tee. Ich weiß noch nicht, was mir vorschwebt, Ellie. Aber bis dahin kommen wir bestimmt mit dem aus, was Onkel Merlin uns hinterlassen hat, meinst du nicht?«

»Das in jedem Fall. Außerdem will ich ja auch ein bißchen aufs Geld achten.«

»Na gut.« Ben grinste mich an. »Aber ich werde dir jetzt ständig in den Füßen sein, weißt du das?«

»Keine Sorge.« Ich wickelte mir eine seiner dunklen Locken um den Finger. »Nach dem Mittagessen stopfe ich dich ins Bett, und dann machst du ein kleines Nickerchen.«

»Allein?«

»Nicht immer.« Ich kuschelte mich an ihn, doch dann fiel mir etwas ein. »Ben, was wird denn jetzt aus Freddy?«

»Kein Problem, mein Schatz. Ich glaube, er brennt darauf, vom Abigail's erlöst zu werden. Er ist nur geblieben, weil er geglaubt hat, daß er mir das schuldet. Finanziell ist er gut versorgt. Er hat fast sein ganzes Gehalt auf der hohen Kante – hat keine Miete gezahlt und meistens hier oder im Restaurant gegessen. Gib ihm vierundzwanzig Stunden – und dann taucht er mit einem gigantischen Plan auf und erzählt uns, wie er reich und berühmt werden kann.«

Es hätte eine richtige Glanzzeit in unserem Leben sein können, wenn da nicht Trina, Mrs. Smalley und natürlich auch unsere liebe Mrs. Malloy gewesen wären.

Während Ben nach oben ging, um Jonas zu beschwatzen, mit ihm draußen im Garten zu arbeiten, wählte ich Mrs. Malloys Telefonnummer. Keine Antwort. Überhaupt kein Grund, sich Sorgen zu machen. Ich tat es aber doch. Warum hatte ich mich nicht durchgesetzt und sie mit zu uns genommen, anstatt ihrem Dickkopf nachzugeben und sie bei sich zu Hause zu lassen? Was wäre, wenn sie ihren Kummer im Gin ersäuft hatte und die Treppe hinuntergefallen war oder wenn sie sich vor lauter Verzweiflung mit einer Überdosis Schlaftabletten vergiftet hatte? Ich suchte die Nummer von Betty Nettle aus dem Telefonbuch und wählte. Wieder kein Glück. Wahrscheinlich putzte sie irgendwo, obwohl man doch eigentlich hätte annehmen sollen, daß sie sich einen Tag frei nimmt, nachdem jetzt noch zwei weitere Mitglieder des VPFVCF dahingeschieden waren.

Als ich wieder in die Küche kam, traf ich dort auf Freddy und die Kinder. Wie es seine Art war, beaufsichtigte er gerade ein Spiel, bei dem sie sich auf die Stühle gehangelt hatten und herunterspringen wollten.

»Mummy!« Tam hechtete mit einem Sprung in meine Arme, so daß wir beide gegen die Wand geschleudert wurden. »Wir spielen Zoo. Abbey ist der Affe, und ich bin der Löwe.«

»Und wer ist Freddy?«

»Er ist der Mann, der aufpaßt.« Meine Tochter machte wilde

Sätze durch den Raum, den Mund weit aufgerissen, die Zähne gebleckt, während sie sich gleichzeitig mit einer Hand kratzte und mit der anderen eine halbgeschälte Banane schwang.

»Ich wollte sie gerade in die Speisekammer sperren, Ellie. Glaub mir.« Mein Cousin setzte eine tugendhafte Miene auf, was ihm aber irgendwie nicht ganz glückte.

»Aber er hatte Angst, ich würde ihn beißen.« Tam, der sich immer noch an mir festklammerte, kicherte in meinen Hals.

»Und ich bin auf den Baum 'klettert.« Abbey unterstützte ihre Aussage, indem sie vom Stuhl auf den Rand des Spülbeckens krabbelte.

»Meine Schuld ist es nicht.« Mein Cousin ließ sich auf einen der Stühle fallen. »Mich habt ihr ja nicht gefragt, als ihr sie in die Welt gesetzt habt. Und trotzdem kümmere ich mich um sie und schaue, daß was Ordentliches aus ihnen wird. Denk nur an die vielen Ratschläge, die ich dir in dieser Hinsicht bereits gegeben habe.«

»Du wolltest Tam einen Nasensticker einsetzen lassen.«

»Wieso kramst du immer die alten Kamellen aus?«

»Ich? Du warst doch derjenige, der Abbey zu einem Hypnotiseur schleppen wollte, damit sie ihr früheres Leben entdeckt.«

»Na und? Ihr hätte das bestimmt Spaß gemacht.« Freddy schaute zu Abbey hinüber, die noch am Spülbecken herumkletterte. »Wäre das nicht schön, Abbey, wenn du eine Prinzessin gewesen wärst?«

»Ich bin eine Prinzessin«, krähte sie vom Spülbecken zurück.

»Ich fresse die Prinzessin jetzt auf.« Tam schlüpfte aus meinen Armen und krabbelte auf allen Vieren über den Fußboden, um seine Schwester anzufauchen.

»Du weißt gar nicht, wie gut du es hast, Ellie.« Freddy erhob sich und reckte die Glieder. »Jetzt, wo Ben uns vom Joch der Arbeit befreit hat, kann ich immer bei dir sein. Es wird keine Stunde vergehen, wo ich nicht kurz mal vorbeischaue, um dich zu fragen, ob ich dir was abnehmen kann. Wenn du mir erklärst, wie man den Staubsauger anmacht, lerne ich vielleicht sogar noch, wie man ihn schiebt.«

»So ein Opfer könnte ich nie annehmen«, entgegnete ich. »Zumindest nicht, wenn Mrs. Malloy wieder zu uns kommt.«

»Wie geht's der Guten?« Freddys Miene wurde ernst. Er legte einen Arm um meine Schulter und pflanzte mir einen kratzigen Kuß auf die Wange. »Im Dorf war heute morgen der Teufel los. Die Neuigkeiten haben sich wie ein Lauffeuer verbreitet. Eine der Kellnerinnen hat behauptet, daß Trinas Freund Joe...«

»Tollings«, soufflierte ich.

»Richtig. Wie es scheint, haben er und seine Frau...«

»Marilyn.«

»Vielen Dank.« Freddy preßte mir eine Hand auf den Mund. »Wenn man also Deirdre Glauben schenken will – Deirdre ist die Kellnerin –, wurde besagter Ehemann samt Ehefrau heute frühmorgens zum Revier gebeten, und das nicht, um dort Kaffee zu trinken und frische Brötchen zu essen. Deirdre ist mit einem der Wachtmeister verlobt, und wie es heißt, gilt es nur noch herauszufinden, wer von den beiden der Täter war.«

»Wie schön zu hören, daß die Polizei damit nicht wartet bis zum Sankt-Nimmerleins-Tag«, sagte ich und ging zur Spüle, wo Abbey mittlerweile die Füße ins Becken gestellt hatte.

»Und warum siehst du dann aus wie drei Tage Regen?« fragte mein Cousin.

»Weil ich mir Sorgen um Mrs. Malloy mache.«

»Also, jetzt hör mir mal zu, Kusinchen.« Ich verfrachtete Abbey wieder auf die Erde, und Freddy legte mir eine päpstliche Hand auf die Schulter. »Mrs. Malloy ist ein zäher alter Knochen. Sie kommt da schon durch.«

»Ja – wahrscheinlich.«

Ich fing gerade an, den Kindern ihr Mittagessen zuzubereiten, als Ben in die Küche kam und anbot, mir die Arbeit abzunehmen. Freddy sagte, ihm mache es nichts aus, noch ein bißchen zu bleiben, was soviel bedeutete wie, daß er im Weg stand und interessante Vorschläge hinsichtlich des Mittagessens zum besten gab.

»Freddy, ich will aber keine Schnecken«, brüllte Tam gerade, als Jonas in den Raum geschlurft kam. Seine paar Haare standen ihm wirr vom Kopf ab, doch was die Kleidung anging, hatte er sich für seine Verhältnisse in Schale geworfen, denn er trug sein kariertes Gartenhemd und die ausgebeulte Hose mit der undefinierbaren Farbe.

»Schnecken sind gut für den Garten«, belehrte er meinen Sohn, ehe er sich am Tisch niederließ. »Das war übrigens die erste Perle der Weisheit, die ich der Nachwelt hinterlassen werde.«

»Ich bin der neue Hilfsgärtner.« Ben grinste ihn von der Seite her an, während er in der Pfanne eine überbackene Käseschnitte zubereitete. »Du mußt aber etwas Geduld mitbringen, Jonas, denn was die Arbeit im Freien angeht, war ich noch nie ein Held.«

»Ich auch nicht!« warf Freddy ein. »Schade, daß es nicht mehr so wie früher ist. Ich glaube, eine Sense hätte mir hervorragend gestanden. Dann wäre ich mit ausholendem Arm über die Felder geschritten –«

»– und hättest dir die Füße abgemäht.« Ich setzte Abbey an den Tisch und holte den Salat und die roten Beete, die Ben zubereitet hatte, von der Anrichte. Wenige Minuten später saßen wir alle bei unserem Mittagsmahl. Ich war glücklich, daß Jonas endlich wieder ein bißchen Schwung zu haben schien. Er hielt Ben und Freddy einen langen Vortrag über die Notwendigkeit rechtzeitiger Aussaat bei Stangenbohnen. Ich hoffte allerdings, daß Freddy seinen Eifer trotzdem bezähmen würde und Ben und Jonas erst einmal allein in den Garten ziehen ließ.

Offenbar hatte er meine Gedanken erraten, denn er blieb wie angeschweißt auf dem Stuhl sitzen, nachdem sich die Tür zum Garten hinter Bens und Jonas' Fachsimpeleien geschlossen hatte. »Wird eine Weile dauern, bis du dich daran gewöhnt hast, daß Ben jetzt immer zu Hause ist, nicht wahr?«

»Ich hatte bis jetzt noch gar keine Zeit, ernsthaft darüber nachzudenken«, antwortete ich, während ich Abbey und Tam die Gesichter wusch. »Wir werden uns sicher beide daran gewöhnen müssen. Es ist ziemlich aufregend, aber auch ein bißchen beängstigend.«

Ich erinnerte mich wieder daran, daß ich das Schlafzimmer noch vor kurzer Zeit dringend renovieren wollte. Doch schon wenige Tage später, als ich morgens zwischen den alten Möbeln und der vertrauten Fasanentapete wachgeworden war, hatte ich nicht mehr gewußt, was mich bei diesem Gedanken geritten hatte. Wieviel Trost und Halt einem doch das Bewährte bot – vor allem, wenn das Leben mit Überraschungen aufwartete und vorführte, wie leicht es sich auf den Kopf stellen ließ.

»Freddy, sei lieb und paß auf die Kinder auf«, sagte ich. »Ich muß schnell noch mal bei Mrs. Malloy anrufen. Sie ist vorhin nicht an den Apparat gegangen.«

Leider ging sie auch jetzt noch nicht dran. Ich beschloß, nicht länger darüber zu grübeln, ob sie womöglich auch tot neben neben dem Putzzeug lag, sondern mich aufzuschwingen und nachzusehen, wie es ihr ging. In dem Moment klappte die Hintertür wieder auf, und Ben kam in die Küche zurück, gefolgt von Tom Tingle.

»Schau mal, wen wir da haben!« verkündete mein Mann fröhlich. »Mr. Tingle ist gekommen, weil er mit Jonas ein wenig über den Garten plaudern wollte. Ich habe ihm gesagt, daß er gleich an unserer ersten Lektion teilnehmen kann.«

»Das finde ich aber nett«, sagte ich.

»Na ja, Sie haben es doch neulich selbst vorgeschlagen – und da wollte ich nicht länger warten.« Tom Tingle hörte sich nervös an. Wahrscheinlich rechnete er damit, daß wir ihn gleich wieder fortjagen und ihm noch ein paar alte Stiefel hinterherfeuern würden. »Ich habe auch die Tapetenbücher mitgebracht, von denen wir gesprochen haben. Also, wenn es Ihnen nicht ungelegen kommt, dann könnten wir uns vielleicht später noch kurz zusammensetzen und ein wenig ...« Er verstummte.

Ob er in Wirklichkeit nur gekommen war, um herauszufinden, was wir schon über die Morde in Erfahrung gebracht hatten? Es war gemein von mir, etwas Derartiges zu denken, aber so lief es in Chitterton Fells nun einmal. Wenn man in der Dusche singt, weiß die halbe Bevölkerung, welches Lied es ist und wieviel Strophen man auf die Beine gebracht hat. Ich sagte den beiden, daß ich auf dem Sprung sei, jedoch in Kürze wieder zurück sein würde.

»Gehst du zu Roxie?« Ben zog fragend die Augenbrauen in die Höhe.

»Mmh«, sagte ich und hoffte, daß es sich wie ja und nein anhörte. Falls Tom Tingle zum Spionieren gekommen war, würde er von mir jedenfalls nichts erfahren.

»Freddy gibt auf die Kinder acht«, erklärte ich Ben. »Ihr könnt ruhig draußen weitermachen.«

»Wir wollen aber auch rausgehen und mit ihm spielen.« Abbey schob sich immer näher an Tom Tingle heran. In der Regel ging sie nicht so schnell auf fremde Menschen zu. Ich begann mich für meinen Argwohn zu schämen. Plötzlich schrumpfte Tom wieder zu einem traurigen Gartenzwerg, der im Regen steht und viel zu selten die Sonne erblickt.

»Schätzchen, du darfst ein anderes Mal mit Mr. Tingle spielen.« Ich zog meine Tochter liebevoll an mich, aber sie bestand mit einem Mal nur noch aus Stacheln.

»Nein! Ich will jetzt mit ihm spielen!«

»Ich auch – ich auch!« legte Tam los.

»Vielleicht bringt eure Mummy euch ja irgendwann einmal zu mir.« Das Lächeln, das Tom Tingle meinen Kindern schenkte, war absolut entwaffnend. »Ich würde mich sehr darüber freuen. Manchmal wird es ein bißchen einsam, wenn man so ganz allein ist.«

»Wir kommen bestimmt«, versprach ich ihm. Er strahlte und folgte Ben nach draußen.

Als sich die Tür hinter den beiden geschlossen hatte, wollte

Freddy wissen, ob Tom auch bei dem Treffen anwesend gewesen sei, bei dem sich Mrs. Large so plötzlich vom Acker gemacht hatte.

»Ja«, antwortete ich verwirrt und sah zu, wie Freddy mit den Kindern in Richtung Arbeitszimmer abzog. Mir schwirrte der Kopf von all den Fragen und Antworten, die sich ständig veränderten. Ich konnte mich kaum noch besinnen, wo ich meine Handtasche zuletzt gesehen hatte, ob im Salon oder oben im Schlafzimmer. In diesem Moment ertönte ein erneutes Klopfen an der Hintertür. Bevor ich mich entscheiden konnte, in welche Richtung ich mich drehen sollte, flog die Tür auf, und Bunty Wiseman kam auf mich zugeschossen.

»Gott sei Dank, du bist da!« Sie war ein einziger Wirbel aus schwarzem Minirock und passendem Jäckchen. Die blonden Locken zogen einen silberfarbenen Nebelstreifen hinter sich her, und ihre Stimme schwappte über vor Hysterie.

Zugegeben, ihre Auftritte waren immer bühnenreif, aber dieses Mal wirkte die Aufregung mindestens zu zwei Dritteln echt.

»Ich hatte schon Angst, du wärst nicht da, oder lägst mit Ben im Bett!« Sie hatte sich an mir festgekrallt.

»Ben arbeitet draußen im Garten.«

»Stimmt, drei Männer standen unter einem Baum. Ich habe kaum hingesehen, Ellie – ich bin mit allen Männern fertig. Egal, wer da steht. Das gilt auch für Lionel. Du kannst dir nicht vorstellen, wie er sich angestellt hat. Ich war gerade bei ihm, um ihm zu erzählen, daß Joe mich in die Scheiße geritten hat...«

»Bunty, beruhige dich. Hol erst einmal tief Luft.«

»Du hast gut reden.« Sie warf sich auf einen Stuhl. »Wie kann ich mich beruhigen? Man verdächtigt mich des Doppelmords – und meinen Job verliere ich auch, wenn ich wieder zu spät aus der Mittagspause komme. Und sag mir jetzt nicht, das sei meine Schuld, weil ich mich mit einem verheirateten Mann eingelassen habe, Ellie. Sonst bringe ich dich um. Und dann glaubt mir erst recht keiner mehr.«

»Willst du mir weismachen, die Polizei denkt, du hättest Trina McKinnley umgebracht, meinen Wagen geklaut und auch noch Mrs. Smalley überfahren?« Ich ließ mich auf den Stuhl ihr gegenüber fallen.

»Da kannst du Gift drauf nehmen! Und wieso auch nicht? Joe hat gequatscht. Er hat der Polizei erzählt, daß ich das mit Trina und ihm herausgefunden hätte und eifersüchtig genug sei, um sie eiskalt zu ermorden. Dieser verlogene Scheißkerl! Er weiß ganz genau, daß es mich nicht für fünf Pfennig interessiert, wen er sonst noch beglückt. Ich habe mich nur ein bißchen amüsiert. Ellie – das weißt du doch! Ich wollte Lionel aufrütteln – er sollte nur mal merken, daß es auch noch andere gibt.«

»Denkt die Polizei denn nicht, daß Joe oder seine Frau die Morde begangen hat? Das hat Freddy jedenfalls über drei Ecken von einem der Wachtmeister gehört.«

»Die stehen auch auf der Liste der Verdächtigen – Joe und seine Marilyn!« Bunty fuhr sich mit den manikürten Fingernägeln durch die blonden Locken. »Aber das hat den beknackten Inspektor nicht daran gehindert, auch noch an meiner Tür zu hämmern, und zwar gerade, als ich mich fürs Büro fertigmachte. Er wollte wissen, wo ich gestern nacht war und dergleichen. Und ob du es glaubst oder nicht, ausgerechnet dieses eine Mal war ich zu Hause – und habe keinerlei Beweise dafür. Ich bin sogar früher aus dem Büro gegangen, weil ich Kopfschmerzen hatte. Ausgerechnet ich – wo ich mein Lebtag noch keine Kopfschmerzen gehabt habe! Zu Hause habe ich mir eine Tasse Tee gemacht und bin ins Bett gegangen. Habe nicht mehr telefoniert und nichts. Und was ist der Lohn dafür? Ich bin schuldig – ich soll eine Mörderin sein!«

»Ich bin ganz sicher, daß du dir völlig unnötig Sorgen machst«, sagte ich lahm, denn ich wußte, daß ich an ihrer Stelle langsam anfangen würde, mich von meinen Bekannten und Verwandten zu verabschieden. »Man kann dich doch nicht mit dem Tatort in Verbindung bringen, wenn du gar nicht dort warst.«

»Ach Liebes, du bist so naiv.« Buntys unglaublich blaue Augen füllten sich mit Tränen. »Woher willst du wissen, ob Joe nicht ein paar Haare von mir bei den Leichen verteilt hat? Oder ob Marilyn nicht absichtlich ein Taschentuch vergessen hat, auf dem B.W. steht? Wenn sie das mit Trina wußte, hätte sie auch über mich Bescheid wissen können. In Büchern passiert so etwas jedenfalls andauernd. Natürlich« – Buntys Miene hellte sich ein wenig auf – »weiß ich nicht, ob Marilyn lesen kann.« Sie seufzte wieder und packte meinen Arm. »Ellie, du mußt mir helfen.«

»Wie denn?«

»Mann, was weiß ich.« Sie stand auf, streifte durch die Küche, entdeckte die Schüssel mit den restlichen roten Beeten und knabberte ein paar Scheibchen. Dabei tropfte ihr der Saft auf die Hände. »Oh, igitt – Ellie, schau, das sieht aus wie Blut! Ich glaube, jetzt knalle ich wirklich durch.« Sie drehte den Wasserhahn auf, wusch sich die Hände und ließ sich dann entmutigt gegen das Becken sinken. »Du bist meine Freundin, Ellie. Du mußt mir aus der Patsche helfen. Ich verlasse mich auf dich. Mir ist scheißegal, wie du es machst. Von mir aus geh und sag, daß du es getan hast. Mist!« Sie schaute auf die Wanduhr. »Ich muß zur Arbeit zurück. Sonst wandere ich noch bettelarm ins Gefängnis, und arme Leute werden dort immer besonders mißhandelt.«

»Bunty, ich bin sicher, daß alles wieder in Ordnung kommt.« Ich schlich hinter ihr her zur Haustür.

»Wahrscheinlich.« Sie schaffte es mit großer Anstrengung, ihren hübschen Mund wieder zu einem Lächeln zu verziehen. »Ich bin ja auch nur hierhergekommen, damit du mich aufrichtest, nachdem Lionel dabei so jämmerlich versagt hat. Zum Teufel mit ihm! Ich will ihn nie wiedersehen.«

Nachdem sie sich verabschiedet hatte, stand ich noch eine Weile herum und betrachtete die Tür, die sich hinter ihr geschlossen hatte. Ich überlegte, ob ich Lionel anrufen sollte, um ihm klarzumachen, daß er ihr wenigstens juristisch beistehen müsse.

Dabei fuhr mir plötzlich ein anderer Gedanke durch den Kopf. Ich raste hinter Bunty her. Im Hof hatte ich sie eingeholt.
»Bunty!«
»Ja?« Sie drehte sich so abrupt um, daß wir zusammenstießen.
»Tu mir einen Gefallen.«
»Was?« Sie trat ein paar Schritte zurück.
»Benutze deine Kontakte im Immobiliengeschäft und finde heraus, warum die Geschwister Miller, Clarice Whitcombe und Tom Tingle nach Chitterton Fells gezogen sind.«
»Ich wüßte nicht, wie mir das helfen sollte.« Bunty zog einen Flunsch. Dann zuckte sie die Achseln. »Na gut, wenn es für dich von Bedeutung ist, gebe ich Mr. Ward heimlich eine Schlaftablette und wühle in den Akten.«
Nachdem Bunty endgültig über den Kiesweg davongeflattert war, ging ich ins Haus zurück. Ich war fest entschlossen, meine Handtasche aufzuspüren und mich zu Mrs. Malloy zu begeben, ehe ich abermals aufgehalten würde. Nach einer Weile hatte ich die Tasche unter einem Sofakissen im Salon hervorgekramt. Als ich in der Küche gerade darüber nachdachte, ob ich auch den Regenmantel mitschleppen sollte, wurde die Hintertür mit einem Knall aufgestoßen – und hereinspazierte Mrs. Malloy. Im Schlepptau hatte sie Betty Nettle.
»Nanu, wohin des Weges, Mrs. H.? Und dann auch noch so feingemacht!« Soviel zu der Frau, die ich vor meinem inneren Auge tot in ihrem Wohnzimmer hatte liegen sehen. Im übrigen waren meine Schuhe nur an den Absätzen ein bißchen abgelaufen, und mein Kleid war immerhin sauber und gebügelt. Ihre Garderobe hingegen tat einem in den Augen weh. Sie trug ein knallrotes Brokatkleid mit schwarzem Satinbesatz und Knöpfen aus Rheinkiesel. Der Hut, der auf ihrem Kopf thronte, war mit einem kleinem Netzschleier bestückt und schwarz wie der einer trauernden Witwe. Mrs. Nettle hingegen steckte in etwas unauffällig Dunklem, so wie es sich für die Freundin von Mrs. Malloy geziemte. Allerdings machte sie nicht den Eindruck, als

würde sie ständig die zweite Geige spielen – nicht mit den wieselflinken Augen und der ausgeprägten Adlernase.

»Sie haben irgend etwas mit Ihren Haaren gemacht«, bemerkte Mrs. Malloy, knallte ihre Handtasche auf den Tisch und entledigte sich der Spitzenhandschuhe. »Oder haben Sie sich zur Abwechslung nur mal gekämmt, Mrs. H.? Aber keine Sorge, Betty und ich sind nicht hier, um sie für die neueste *Vogue* zu fotografieren – sonst wären wir sicher bei Ihrer Cousine, was meine Schwiegertochter ist.« Sie kaute einen Moment lang auf ihren scharlachroten Lippen herum, ehe sie auf Mrs. Nettle deutete. »Sie beide haben sich ja bei Gertrude Larges Beerdigung kennengelernt. Ich muß mich also nicht mit langatmigen Vorstellungen aufhalten. Es reicht, wenn ich Ihnen sage, daß Betty eine Menge Grips im Kopf hat und daß Sie ihr besser genauso gut zuhören wie mir, wenn wir dafür sorgen wollen, daß wieder Gerechtigkeit in unser Leben tritt.«

»Es freut mich, Sie wiederzusehen, Mrs. Nettle«, antwortete ich. »Und ich bin sehr froh, daß es Ihnen gut geht, Mrs. Malloy. Ich habe heute morgen ein paarmal bei Ihnen angerufen und war gerade im Begriff, zu Ihnen zu fahren.«

»Ich und Betty hatten ein kleines Treffen in einem Café bei ihr in der Nähe. Dabei haben wir einen wichtigen Beschluß gefaßt, Mrs. H.«

»Und der wäre?«

»Wir werden Sie zum ehrenamtlichen Mitglied des VPFVCF ernennen. Oder besser«, korrigierte sie sich, bevor ich vor Freude überschnappen konnte, »wir haben eingesehen, daß das unter den gegebenen Bedingungen das einzig Vernünftige ist. Gleichgültig, was Sie für Fehler haben, Mrs. H., Sie fürchten sich zumindest nicht, Ihre Nase in Dinge zu stecken, die Sie nichts angehen. Und im Moment sind drei Nasen besser als zwei.«

»Vielen Dank«, sagte ich und bot Mrs. Nettle einen Stuhl an. »Hat das etwas mit den Morden zu tun? Und wenn ja, glauben Sie dann auch, daß Mrs. Large bereits das erste Opfer war?«

»Was für eine Frage!« schnaubte Mrs. Malloy. »Sie sind scheinbar geistig zurückgeblieben, seit ich weg bin. Natürlich ist Gertrude ermordet worden! Und Trina, die trotz all ihrer kleinen Eigenheiten einen Verstand hatte wie ein Rasiermesser, ist dahintergekommen. Sie wußte, wer der Mörder war, und hat die Daumenschrauben angelegt. Könnte man auch *Erpressung* nennen, aber einer Toten will man ja nichts Schlechtes nachsagen.« Sie rang sich einen solch abgrundtiefen Seufzer ab, daß die Rheinkiesel auf ihrem Kleid in arge Bedrängnis kamen. »Doch es führt nun mal kein Weg dran vorbei – wenn es ums Geld ging, hat Trina den Rachen nie voll gekriegt.«
»Sie hatte doch gerade erst eine ganze Stange Geld von Mrs. Large geerbt!«
»Aber Winifred Smalley war nicht bereit, es hinzublättern, solange Joe Tollings noch mit von der Partie war«, warf Mrs. Nettle ein. »Wenn Winifred vor Trina umgebracht worden wäre, dann wäre die Polizei wahrscheinlich bei Joe auf der richtigen Spur. Aber warum sollte Joe Trina um die Ecke bringen? Die Gans, die die goldenen Eier legt! So dumm ist Joe nun auch wieder nicht! Selbst wenn sie Krach gehabt hätten, hätte er das wohl kaum getan.«
»Dann könnte es doch seine Frau gewesen sein«, schlug ich vor, während ich in der Küche auf- und abpilgerte. »Die Polizei hat ja schließlich auch Bunty Wiseman verdächtigt, weil sie angeblich eifersüchtig war.«
»Und dabei ist sie doch so ein unschuldiges Lämmchen!« Mrs. Malloy schaffte es irgendwie, einen abfälligen Blick in meine Richtung zu werfen, obwohl sie ganz woanders hinsah.
»Ich will jedenfalls nicht, daß Bunty beschuldigt wird.« Ich knallte den Wasserkessel auf den Herd und zerrte ein paar saubere Tassen und Untertassen aus dem Schrank. »Davon abgesehen will ich aber auch nicht, daß der unausstehliche Joe oder seine Marilyn für Morde büßen, die sie gar nicht begangen haben. Meiner Meinung nach war Mrs. Large das erste Opfer in einer

Kette, bei der es um ein und dieselbe Angelegenheit ging. Außerdem glaube ich, daß die Person, die Mrs. Large umgebracht hat, zu denen gehört, für die sie gearbeitet hat. Womöglich jemand, über den sie etwas herausgefunden hatte. Irgend etwas Rufschädigendes oder sonst irgendwie Gefährliches. Darüber hinaus glaube ich, daß die gründliche und genaue Trina, die hier jedes kleine Stück Nippes auf jeder Oberfläche gezählt hat, entdeckte, warum Mrs. Large getötet wurde und vor allem wer es getan hat.«

»Das Traurige ist, daß Trina mich vorgestern abend noch angerufen hat«, äußerte Mrs. Nettle bekümmert. »Wenn ich doch bloß wüßte, was sie gesagt hat! Dummerweise hat sie mich mitten in meiner Lieblingssendung gestört – aber ich meine mich zu erinnern, daß tatsächlich von Erpressung die Rede war.«

»Geben Sie Betty eine Tasse Tee, Mrs. H.«, sagte Mrs. Malloy. »Vielleicht fällt dann bei ihr der Groschen wieder.«

»Geben – das war es!« Ihre Freundin schnellte hoch. »Trina hat etwas von ›Geben‹ gesagt – zumindest kam es mir so vor. Das andere habe ich nicht mitgekriegt, weil es im Fernsehen gerade so spannend wurde und sie sich geküßt haben. Aber mittendrin hat Trina laut gelacht. Da habe ich ihr wieder zugehört. Warten Sie mal – gleich kommt's.« Mrs. Nettle runzelte die Stirn – die Adlernase witterte in alle Richtungen, um die Spur des Gedächtnisses aufzunehmen. »Ja, jetzt fällt es mir ein. Trina hat gesagt, es sei der größte Witz des Tages. Wer hat, dem wird ›gegeben‹, meinte sie. Und dann hat sie noch hinzugefügt, die gute Gert wolle bestimmt, daß sie es dem Schwein ›heimzahle‹.«

»Und wie bringt uns das jetzt weiter?« Mrs. Malloy konnte wie üblich nicht lockerlassen.

»Gar nicht. Als du das Wort ›geben‹ erwähnt hast, ist es mir nur wieder eingefallen. Ich wünschte, ich hätte ihr besser zugehört, denn ich glaube, sie hat auch gesagt, sie wisse jetzt Bescheid. Aber was soll's – ich habe nun mal nicht hingehört, und dabei bleibt's.«

»Und Sie haben auch später nicht mehr nachgefragt?« wollte ich wissen und reichte ihr eine Tasse Tee.
»Konnte ich nicht. Sie hat danach sofort eingehängt. Wahrscheinlich wollte sie mich nur neugierig machen. Aber auf eins können Sie sich verlassen, Mrs. Haskell, wenn Trina mir schon so viel gesagt hat, dann hat sie bei Winifred erst recht ausgepackt. Die beiden waren ein Herz und eine Seele.«
»Vielleicht hatte sie Mrs. Smalley an dem Abend extra zu sich eingeladen, um ihr alles zu berichten«, warf ich ein.
»Das sähe ihr jedenfalls ähnlich.« Mrs. Malloy nickte mißmutig, während sie nach ihrer Teetasse griff. »Sie hatte einen furchtbaren Hang zum Drama. Man soll ja über Tote nichts Böses sagen, aber ich kann mir richtig vorstellen, wie gern sie Winifred gesteckt hätte, daß sie Gertrudes Geld vorerst gar nicht braucht. Sie hatten sich oft in der Wolle, Trina und Winifred – aber einen Tag später war immer alles wieder in Ordnung.«
»Viele Leute haben gar nicht gewußt, wie Trina sein konnte.« Mrs. Nettle kramte ein Taschentuch aus der Tasche und schneuzte sich die Nase. »Man täuscht sich in nichts so sehr wie in den Menschen. Bei den einen denkt man, sie sind perfekt, und dabei sind sie es gar nicht, und bei den anderen ist es genau umgekehrt. Aber wir haben alle unsere Schattenseiten.«
Mrs. Malloy trank ihren Tee und beklagte sich ausnahmsweise einmal nicht, daß zuviel oder zuwenig Milch darin war. »Wie dem auch sei! Niemand kann so mir nichts dir nichts unsere Freundinnen umlegen, auch wenn sie Schattenseiten haben und andere Leute erpressen wollten. So steht die Sache also, Mrs. H. Und wenn Sie sich jetzt schön hinsetzen, dann lese ich Ihnen die Regeln des VPFVCF vor. Aber keine Sorge, die langen Wörter laß ich weg. Und wenn Sie dann bereit sind, mit Herz und Seele dem VPFVCF anzugehören, was soviel heißt wie, daß Sie Ihre Schürze mit Stolz tragen und nie zugeben, daß Sie Sprühreiniger benutzen, dann sind Sie bei uns Mitglied, bis die Sache hier bereinigt ist.«

»Was ist mit dem Hammer?« wollte Mrs. Nettle wissen. »Wir können die Zusammenkunft nicht einfach so eröffnen. Erst muß jemand auf den Tisch hämmern und zur Ordnung rufen.«
»Ich dachte, du hast ihn dabei!« schimpfte Mrs. Malloy.
»Natürlich nicht – wir haben ihn Gertrude mit in den Sarg gelegt, sie war ja schließlich unsere Präsidentin.«
»Dann nehmen wir eben das Nudelholz. Ich bin sicher, Mrs. H. hat eins, das sie entbehren kann, bis wir wieder einen richtigen Hammer haben. Es hat übrigens keinen Zweck darüber zu streiten, wer damit hämmert, Betty. Ich habe mich nämlich letzte Nacht zur neuen Präsidentin gewählt. Ist aber kein Grund, den Kopf hängenzulassen, denn du kannst immer noch all die anderen Posten haben – Vizepräsidentin, Kassenwartin, Protokollantin, Beschaffungskomitee. Dann trage ich die Ehre, und du machst die Arbeit.«
Ich übergab unserer unschätzbaren Präsidentin das Nudelholz.
»Was ich noch wissen muß, ist, wie wir drei vorgehen wollen, um die Mordfälle zu lösen. Was können wir tun, was die Polizei nicht kann?«
»Losziehen und in den Häusern putzen, in denen Gertrude gearbeitet hat.« Mrs. Malloy versetzte dem Tisch einen Schlag mit dem Nudelholz, bei dem die Tassen ins All sprangen. »Mal sehen, ob wir beim Aufziehen der Schubladen und Schranktüren nicht genau das finden, worüber sie auch gestolpert ist. Ich weiß nur noch nicht, wie wir den Leuten unterjubeln sollen, daß wir Sie als Putzfrau aufgenommen haben, Mrs. H., ohne gleich fürchterlich Verdacht zu erregen.«
Ich stellte meine Tasse auf die Untertasse zurück. »Zufällig habe ich darauf eine Antwort. Ben hat sich nämlich heute morgen aus seinem Geschäft zurückgezogen, und da sich die Leute für Innenarchitektinnen nicht sonderlich interessieren, gehe ich jetzt eben putzen. Abgesehen davon habe ich tatsächlich etwas, womit ich zur Arbeit beitragen kann, denn ich liefere Abigail Granthams Putztinkturen aus der guten alten Zeit.«

Kapitel Zwölf

Inhalt des Wäscheschranks sorgfältig durchsehen und aussortieren, was ausgebessert werden muß. Die ausgebesserten Teile zusammen mit den anderen in den gereinigten Schrank räumen. Frische Lavendelsäckchen dazwischenlegen.

Am Wochenende darauf wurde die Küche in Merlin's Court in eine Werkstatt umgewandelt. Ben behauptete nach einer Weile, daß es ihm mehr Spaß mache, Möbelpolitur zusammenzurühren, als Soufflés zu backen. Jonas und Freddy unterstützten uns, wenn sie nicht gerade damit beschäftigt waren, die Zwillinge zu hüten. Und sogar Mrs. Malloy und Mrs. Nettle packten am Samstag nachmittag drei Stunden lang mit an. Es war natürlich keineswegs so, daß wir tatsächlich fünfzig Flaschen Silberpolitur brauchen würden oder zwanzig Liter Schimmeltod, aber die Resultate vermittelten mir das Gefühl, daß wir mit dem Putzvorhaben einen seriösen Eindruck machten.

Ben hatte natürlich Einwände erhoben, als ich ihm Mrs. Malloys Plan vortrug. Insgeheim gab ich zu, daß mir auch Bedenken gekommen waren, nachdem sich die erste Hochstimmung nach meiner Aufnahme in den VPFVCF gelegt hatte. Aber ich erklärte meinem Mann dasselbe, was Mrs. Malloy mir erklärt hatte, daß wir nämlich entweder unser Gewissen ignorieren und unschuldige Menschen für eine Tat büßen lassen konnten, die sie gar nicht begangen hatten, oder aber einschreiten mußten, um zuzusehen, daß der Gerechtigkeit Genüge getan wurde. Ich glaube, es war die Sorge, daß Bunty Wiseman im Gefängnis landen könnte, die bei Ben den Ausschlag gab. Sie ging ihm zwar oft gehörig auf die Nerven, aber sie tat es nun mal auf ihre eigene unnachahmliche Art und Weise. Jeder Mann wäre da einsichtig geworden. Ben meinte jedenfalls, daß Bunty weder mit der

Gefängniskost noch mit der schlechtsitzenden Gefängniskleidung zurechtkommen würde und daß er es außerdem leid sei, daß immer die Falschen eingelocht würden.

»Aber trotzdem gefällt mir der Gedanke nicht, daß du im Privatleben anderer Menschen herumschnüffeln willst«, murrte er, als wir uns für einen Moment allein in der Küche befanden und ein wenig verschnauften. »Schon gar nicht bei Leuten, mit denen wir verkehren, wie den Pomeroys, Brigadegeneral Lester-Smith und eigentlich auch Tom Tingle. Er hat sich so wohl gefühlt, als er hier im Garten war. Ich mag ihn. Im Grunde ist er ein ganz passabler Bursche.«

Ich hatte gerade meine liebe Not mit einem Aufkleber, der aus unerfindlichen Gründen nicht auf Abigails Möbelpolitur haften wollte, und der Wischlappen, den ich mir um den Kopf gebunden hatte, rutschte mir auch immer wieder in die Stirn. Daher klang ich vielleicht etwas gereizt, als ich erwiderte: »Es ist kein Wunder, daß du ihn magst, Ben. Du hast ihm das Leben gerettet. Das verbindet. Deshalb können wir uns aber noch lange keine Sentimentalitäten leisten.«

»Sag bloß, dir wäre es egal, wenn sich dein Busenfreund, Brigadegeneral Lester-Smith, als dreifacher Mörder herausstellen würde!« Ben hatte sich zwischenzeitlich vom Flaschenabfüller zum Endkontrolleur befördert und prüfte bei jedem Stück Ware, das auf dem Küchentisch aufgereiht stand, ob die Verschlüsse richtig zugeschraubt waren.

»Liebling, der Brigadegeneral hat nichts zu verbergen, außer daß er sich die Haare färbt. Ich kenne ihn sehr gut und weiß, daß er unschuldig ist.« Endlich blieb der verflixte Aufkleber da, wo er hingehörte. »Außerdem kann er gar kein Mörder sein, denn er muß ja noch Clarice Whitcombe heiraten und anschließend ein glückliches Leben mit ihr führen.«

»Ellie, du kennst sie doch kaum!«

»Das stimmt, aber mir gefällt, was ich kenne.« Ich pappte noch einen weiteren Aufkleber auf. »Sie mag Tiere, geht mutig auf das

Leben zu und hat mich bei Lippenstiften um Rat gefragt, was sonst keiner tut. Außerdem ist sie bescheiden. Sie prahlt nicht mit ihren Klavierkünsten. Und sie war ihr Leben lang allein und hat sich nur um die Eltern gekümmert.«

»Bis sie wie alt war? Fünfundvierzig oder fünfzig?«

»Ich weiß, daß das furchtbar klingt«, gab ich zu. »Aber die Eltern haben sie nicht schikaniert oder dergleichen. Sie haben sie völlig in Ruhe gelassen und sich ausschließlich mit sich selbst beschäftigt. Es war halt bequem für sie, Clarice alles machen zu lassen.«

»Die Ärmste! Aber nachts, wenn sie endlich Klavier spielen konnte, hat sie bestimmt gebetet, daß die beiden endlich ins Gras beißen.« Ben stieß eine Flasche um, wodurch ein halbes Dutzend weiterer umkippten. Er stellte sie wieder auf und fuhr fort: »Mich würde es jedenfalls nicht wundern, wenn Clarice an den Herztropfen, oder was die Eltern sonst einnehmen mußten, herumgedoktert hätte – und wenn es sich dabei um das böse, kleine Geheimnis gehandelt hat, das Mrs. Large entdeckte.«

»Vielleicht hast du ja recht«, entgegnete ich ungehalten. »Auch wenn es mir nicht in den Kram passen würde. Wir dürfen Tom Tingle aber trotzdem nicht außer acht lassen. Ich fand ihn auch nett, als ich bei ihm war, aber wenn ich's mir genau überlege, war seine Geschichte mit dem Unfall mehr als eigenartig. Er hat überhaupt etwas Seltsames an sich.«

»Er ist sehr klein.«

»Außerdem hat er spitze Ohren.«

»Und Mrs. Large hat womöglich entdeckt, daß er ein Außerirdischer ist?«

»Weiß ich nicht.« Ich war geschafft und lehnte mich gegen das Spülbecken. »In jedem Fall ist er uns nicht bekannt, genau wie Clarice und die beiden Millers, die bei mir übrigens auch ganz oben auf der Verdächtigenliste stehen. Madrid faselt von nichts anderem als ihrem toten Hund, und Vienna tut, als sei das völlig normal. So was hält kein Mensch durch. Was weiß ich – vielleicht hat sie die Stammbäume der Hunde gefälscht. Im Grunde ist alles denkbar. Vielleicht bin ich auch nur unfair und will lieber Fremde verdächtigen als Menschen, die ich kenne. Ich habe übrigens Bunty gebeten, ihren Job zu nutzen und soviel wie möglich über die Neuen in Erfahrung zu bringen.«

»Also gut – kümmern wir uns um alle, die an eurem Treffen teilgenommen haben.« Ben rubbelte mit einer Hand über seine dunklen Locken und brachte sie dadurch in noch größere Unordnung. »Aber es hätte auch sonst jemand sein können.«

»Wer denn? Jonas war draußen im Garten, und er hat niemanden gesehen.«

»Er war nicht die ganze Zeit über draußen. Ist er nicht in die Küche gegangen, um eine Tasse Tee zu trinken, als er mit dem Baum fertig war?«

»Ja – und natürlich hätte der Mörder auch durch die Vordertür kommen können. So wie Clarice. Sie hat gesagt, die Tür sei nicht abgeschlossen gewesen. Aber anderserseits ...«

»Was?«

»Mrs. Large hat für alle gearbeitet, die bei dem Treffen waren – die Millers, Sir Robert und Lady Pomeroy, Tom Tingle, Clarice Whitcombe und Brigadegeneral Lester-Smith. Ihre einzigen anderen Kunden waren laut Mrs. Malloy eine bettlägerige Frau um die neunzig und ein Ehepaar, das während der letzten drei Monate in Neuseeland war, um dort die verheiratete Tochter zu besuchen. Und für Mrs. Barrow hat Mrs. Large schon seit Anfang des Jahres nicht mehr gearbeitet.«

»Wieso das?«

»Weil die Königin der Demonstranten befunden hat, daß es verwerflich sei, jemand anderen für sich putzen zu lassen. Dadurch schränkt sich der Verdächtigenkreis ein. Aber Mrs. Large wollte ihr Problem dem VPFVCF präsentieren. Also muß es mit ihrer Arbeit zusammengehangen haben. Dazu kommt der Fall Trina McKinnley. Nach Mrs. Larges Tod hat sie genau für dieselben Leute geputzt wie Mrs. Large.«

»Und wurde ebenfalls umgebracht.«

»Genau! Wir müssen also ganz schön aufpassen, daß wir später nicht auch den Falschen erpressen.«

»Demnach sind es fünf Haushalte, die man überprüfen muß.«

Ben schob mich vom Spülbecken weg, um sich die Hände zu waschen. »Na gut – ich bin einverstanden. Aber nur unter der Bedingung, daß ich auch mitmache. Erstens geht es dann schneller und zweitens braucht Ihr einen Muskelmann, der zur Not draufhaut. Aber finden werden wir mit Sicherheit nichts. Wenn der Mörder klug ist, hat er jegliche Beweisstücke längst beiseite geschafft.«

»Nicht unbedingt.« Ich reichte ihm ein Geschirrtuch, damit er sich die Hände abtrocknen konnte. »Es könnte ja etwas sein, von dem der Mörder sich nicht trennen kann oder mit dem er sich jetzt nach den Morden sicher fühlt.«

Unsere Unterhaltung nahm ein abruptes Ende, da an der <Hintertür gehämmert wurde. Es waren Mrs. Malloy und Mrs. Nettle. Nachdem wir sie eingelassen hatten, meinte Mrs. Malloy anstelle einer Begrüßung, daß sie große Lust habe, unser Geschäft der Gewerkschaft zu melden, wohingegen Mrs. Nettle der Enttäuschung Ausdruck verlieh, daß wir noch kein Fließband hätten, das die Ware von der Füllstation zur Etikettierung beförderte. In diesem Moment stieß auch Freddy zu uns, der gleich anbot, ein Brett und ein paar alte Rollschuhe zusammenzuzimmern, aber sein Vorschlag rief kein besonderes Echo hervor. Als Ersatzhandlung machte er sich daran, jede Menge Tee zu kochen, obwohl niemand Zeit hatte, ihn zu trinken, und große Reden zu schwingen bezüglich des Geldes, das wir scheffeln könnten, wenn wir endlich aufhörten, im Kleinen zu denken und statt dessen eine richtige Fabrik aufzögen, die von Robotern gesteuert wurde. Wir würden währenddessen in der Kantine sitzen und uns über Strategien Gedanken machen. Um ihm Einhalt zu gebieten, unterrichtete ich ihn von Bens Absicht, die geplante Aktion des VPFVCF zu unterstützen. Ehe ich mich

dazu weiter auslassen konnte, wurde ich jedoch von Mrs. Malloy gebremst.

»Hat man Töne! Muß Ihnen wohl zu Kopf gestiegen sein, daß ich Sie zum Ehrenmitglied gemacht habe. Und zwar schneller als gedacht! Den Göttergatten einfach fragen, ob er mitmachen will! Haben Sie keinen Anstand im Leib? Das übertrifft ja nun alles, was ich in meinen vielen ... meinen paar Jährchen auf dieser Welt erlebt habe! Da wird ja wohl in der Regel erst einmal ein Antrag eingereicht! Und für die Zukunft merken Sie sich bitte, wer hier das Sagen hat!« Sie schäumte vor Empörung. »Betty, ich möchte, daß du Mrs. Haskell gleich eine schriftliche Verwarnung erteilst. Und zwar auf offiziellem Briefpapier. Und unten drunter werden keine Küßchen gemalt oder so was in der Art.«

»Ich bin sicher, sie hat es nicht böse gemeint, Roxie.« Mrs. Nettle beschäftigte sich bereits mit der Zusammenstellung einer Mixtur, mit der man die weißlichen Ringe entfernen konnte, die schon so manche Anrichten und Tische ruiniert haben. »Ich finde es eigentlich ganz sinnvoll, wenn Mr. Haskell dabei ist. Je mehr Hände und Augen wir haben, um so besser. Letztlich suchen wir ja so etwas wie die Nadel im Heuhaufen.«

»Auf mich könnt ihr auch zählen.« Freddy warf seinen Pferdeschwanz nach hinten. »Ich habe schon immer gerne Räuber und Gendarm gespielt, stimmt's Ellie?«

»Er weiß jedenfalls, wie man Kühlschränke ausspioniert«, erklärte ich Mrs. Nettle. »Und Speisekammern durchforstet er wie ein Profi.«

»Das ist das Kind im Mann«, erwiderte Mrs. Nettle und sah dabei so nachsichtig drein, wie eine Frau, die einem Geier gleicht, es nur fertigbringen kann.

»Na, von mir aus.« Mrs. Malloy schickte sich in das Unvermeidliche. Wahrscheinlich bedauerte sie, daß der Vorschlag nicht von ihr gekommen war. »Aber Sie müssen den Tatsachen ins Auge sehen. Sie sind alle nur vorübergehend im VPFVCF. Es gibt kein

Wahlrecht und es hat wenig Zweck, darauf zu hoffen, daß Sie mit zur Weihnachtsfeier dürfen, denn was da abgeht, ist nichts für gemischte Gruppen.«
»Da wir gerade beim Wählen sind, Roxie« – Mrs. Nettle wischte ein paar Tropfen Verschüttetes auf – »der VPFVCF hat in deiner Abwesenheit beschlossen, wegen Gertrude keine Armbinden zu tragen. Wir haben uns statt dessen für schwarze Schleifen im Haar entschieden. Meinst du, wir sollen für Trina und Winifred dasselbe tun? Ich richte mich da ganz nach dir.«
»Schleifen?« Mrs. Malloy schürzte die feuerroten Lippen. »Trina hat aber keine getragen, als ich sie gefunden habe. Sie hatte nur die weiße Uniform an. Der Tick stammte noch aus der Zeit, als sie Frank Large gepflegt hat. Hat sich gern wichtig gemacht, unsere Trina. War bei ihr ein richtiger Machtfimmel. Aber eine Schleife im Haar ... ich bin sicher, die wäre mir aufgefallen. Oder habt ihr die zu dem Zeitpunkt schon nicht mehr getragen?«
»Doch. Wir hatten sechs Wochen ausgemacht. Danach wollten wir noch einen Monat lang rote Schleifen tragen. Ich habe meine Schleife erst abgelegt, als die beiden letzten ... von uns gegangen sind. Ist ja wohl nicht richtig, nur einer von ihnen zu gedenken. Aber drei Schleifen finde ich ein bißchen viel für Frauen in unserem Alter, oder was meinst du?«
Von dieser Anspielung war Mrs. Malloy nicht gerade angetan. Sie antwortete patzig, daß die gegenwärtige Situation eindeutig Armbinden verlange, die sie übrigens gern spenden wolle, da sie von den Beerdigungen der Ehemänner Zwei und Drei noch über einen ganzen Lebensvorrat verfüge. Dann wechselte sie das Thema und berichtete uns, daß sie vorhin mit Lady Pomeroy telefoniert habe, die von unserem neuen Service liebend gern Gebrauch machen würde, und daß sie auch alle anderen Betroffenen bereits verständigt habe. Alle hatten die von ihr vorgeschlagenen Termine für die erste Putzwelle akzeptiert, sogar unter Auslassung peinlicher Fragen in bezug auf meine Person.
»Ich habe ihnen gesagt, die erste Runde mit jeweils vier Stunden

ließen wir ihnen zum halben Preis. Als Einführung gewissermaßen. Damit wollte ich sie natürlich nur ködern. Aber« – Mrs. Malloy befleißigte sich eines ehrbaren Gesichtsausdrucks – »zimperlich zu sein, bringt hier nichts, denn einer von denen hat es schließlich auch faustdick hinter den Ohren.«

»Ich hoffe nur, der Mörder steigt nicht dahinter, weshalb wir so großzügig sind«, sagte ich. Ich warf einen seitlichen Blick auf Freddy und Ben und sah an ihren Mienen, daß ihnen ähnliche Gedanken durch den Kopf gingen.

»Sonst schafft er womöglich noch die Beweise fort«, flocht Mrs. Nettle ein, die gerade ihren Trichter ausspülte.

»Man darf solche Leute nicht überschätzen.« Mrs. Malloy machte eine wegwerfende Handbewegung. »Die glauben nur, daß sie wer weiß wie schlau sind. Ist doch klar, oder? Sonst dächten sie doch nicht, sie kämen mit ihren Sperenzchen durch. Ich meine – wir haben ja alle mal Tage, an denen wir jemanden kaltmachen wollen, aber die meisten von uns bleiben trotzdem auf dem Teppich, oder nicht?«

Darauf fiel uns allen so schnell keine Antwort ein. Zum Glück kam Jonas in dem Augenblick in die Küche und brachte Abbey und Tam. Ich war erleichtert zu sehen, daß es ihm wieder besser ging. Die Aktivitäten im Garten hatten ihn sichtlich aufgemöbelt. Schon vor einigen Tagen hatte Freddy mich zur Seite genommen, um mir mitzuteilen, daß der alte Sportsfreund gut drauf sei, und Jonas selbst hatte mit widerwilliger Freude erwähnt, daß Tom Tingle sich für weitere Unterrichtsstunden im Garten angemeldet habe.

Es wurde Abend. Mrs. Nettle brach etwas früher auf als Mrs. Malloy. Als Mrs. M. sich erhob, um zu gehen, begleitete ich sie nach draußen, um die Gelegenheit beim Schopf zu ergreifen und sie zu fragen, was denn nun in London vorgefallen sei und sie zur Rückkehr bewogen habe. Außerdem wollte ich wissen, wie es der lieben kleinen Rosie ging – und natürlich auch George und Vanessa. Aber es war nichts aus ihr herauszubekommen.

Nach ein paar gemurmelten belanglosen Sätzen verschloß sich ihre Miene und danach auch ihr Mund. Ich sah ihr nach, als sie die Auffahrt hinunterging und durch das Tor verschwand, und ließ mir die verschiedensten Möglichkeiten durch den Kopf gehen. Wenn Mrs. Malloy mit Vanessa aneinandergeraten wäre, hätte sie es mir bestimmt erzählt, denn sie wußte, daß meine Cousine und mich keine Seelenbande verknüpften. Womit hielt sie also hinter dem Berg?
In den Folgetagen wurden die Morde erst einmal in die hinterste Kopfecke verbannt, und ich beschäftigte mich wieder mit normalen Dingen. Am Sonntag darauf konnte ich mich allerdings auf kaum etwas anderes konzentrieren. Da verschaffte mir auch der Versuch, mich in der Küchenfabrik zu betätigen oder mit den Kindern zu spielen, keine Ablenkung.
Über allem, was ich tat, hing der Montag wie eine schwarze Sargdecke.
Mrs. Malloy, Ben und ich sollten um neun Uhr bei den Geschwister Miller anfangen und danach um eins bei Clarice Whitcombe. Dummerweise wollte auch Dr. Solomon am Montag kommen, um sich Jonas anzusehen. Doch dann rief er am Sonntag abend vom Autotelefon aus an, um uns mitzuteilen, daß er sich gerade in der Gegend aufhielt.
»Würde es Ihnen passen, wenn ich jetzt noch vorbeikäme?« fragte er. »Morgen wird es für mich ein wenig eng.«
»Das wäre prima«, erwiderte ich.
Als er ankam, erzählte er Jonas, der aus seinem Mißfallen über den Besuch keinen Hehl machte, daß er sich lediglich erkundigen wolle, ob er noch Probleme mit seiner Bronchitis habe. Dann schaffte er ihn ohne viel Federlesens ins Arbeitszimmer. Nach der Untersuchung begleitete Ben Dr. Solomon zum Wagen zurück.
»Jonas ist besser im Schuß als viele, die nur halb so alt sind wie er, hat der Arzt gesagt«, berichtete Ben mir anschließend. Wir sollen weiterhin darauf achten, daß der alte Knabe eine regelmäßi-

ge Dosis seiner Medizin bekommt – Bewegung, geistige Anregung und viel frische Luft. Und ich soll dir sagen, daß du aufhören sollst, dir Sorgen zu machen.«

Zu jedem anderen Zeitpunkt hätte mein Herz gejubelt, doch im Moment wurde ich einfach nur von Minute zu Minute aufgeregter und nervöser. Freddys pausenloses Gequassel von unserem geilen Abenteuer, wie er es nannte, gab mir noch den Rest. Ich ließ ihn jedoch gewähren, denn ich war froh, daß er und Mrs. Nettle sich am nächsten Tag die Häuser von Brigadegeneral Lester-Smith und Tom Tingle vornehmen wollten. Mittlerweile fand ich nämlich, daß ich gar nicht zur Spionin taugte. Der Job paßte viel besser zu dünnen Menschen, die sich hinter der Vertäfelung oder der Tapete verstecken konnten, wenn etwas schiefging.

Wir hatten ausgemacht, daß sich beide Arbeitsgruppen am Montag morgen um halb neun in Merlin's Court treffen würden, um vorab eine Tasse Tee zu trinken und sich letztmalig moralisch zu stärken. Freddy tauchte ausnahmsweise einmal zu früh auf, war widerlich munter und wollte permanent wissen, ob er sich den Pferdeschwanz unter ein Haarnetz stopfen und andere Ohrringe tragen sollte, um wie eine richtige Putzfrau auszusehen. Ben schlug ihm vor, ein geblümtes Schürzchen umzubinden. Wenig später traf auch Mrs. Nettle ein. Nur von Mrs. Malloy war weit und breit keine Spur.

Wir tranken unseren Tee. Ich ging nach oben, um nachzusehen, ob Jonas auch wirklich mit den Zwillingen zurechtkam. Er las ihnen gerade aus einem ihrer Lieblingsbücher vor. Ich wies ihn noch einmal darauf hin, daß unten Müsliflocken, Pflaumenkompott, Pfirsiche und Feigen zum Frühstück stünden. Und Quiche und Salat im Kühlschrank zum Mittagessen. Aber es war offensichtlich, daß alle drei mehr an dem kleinen Drachen interessiert waren, der schon seit Beginn aller Zeiten auf der Erde wohnte. Nachdem ich sie an mich gedrückt hatte, kehrte ich wieder in die Küche zurück. Immer noch keine Mrs. Malloy. Und dabei war es jetzt schon Viertel vor neun.

»Das sieht ihr überhaupt nicht ähnlich.« Mrs. Nettle stand mit buschigen Brauen und Adlernase vor mir, die Arme um die Riesentüte mit Abigails hausgemachten Reinigungsmitteln geschlungen. »Roxie ist sonst pünktlich wie die Maurer.«

»Vielleicht hat sie den Bus verpaßt«, mutmaßte Freddy.

»Vielleicht.« Mrs. Nettle fing an, mit dem Fuß auf den Boden zu tippen und griff dabei Bens Rhythmus auf, der damit schon seit einigen Minuten zu Gange war.

»Wir warten noch fünf Minuten«, sagte er. Trotz meiner Beklommenheit fiel mir auf, daß er wie der Traumputzmann einer jeden Frau wirkte. Seine Zähne waren genauso weiß wie das Hemd, das er am Hals offen unter einem marineblauen Pullover trug, und seine khakifarbene Hose mit den scharfen Bügelfalten sah aus, als sei sie ihm von Beau Brummels Schneider persönlich verpaßt worden. Mein Kleid war ebenfalls blau. Ich hatte es ganz hinten aus dem Kleiderschrank hervorgegraben und fand, daß es mich irgendwie dienstbar aussehen ließ. Außerdem hatte ich die Haare im Nacken zu einem kleinen Hausmädchenknoten zusammengezwirbelt. Ich wollte aber nicht weiter darüber nachdenken, wie leicht es gewesen war, mich in die typische Hausangestellte zu verwandeln. Es war zu deprimierend. Doch als der Uhrzeiger immer weiter auf die Neun zurückte, ging mir sowieso nur noch durch den Kopf, daß nichts außer einer Katastrophe Mrs. Malloy hätte davon abhalten können, hier zu erscheinen.

»Wir müssen ohne sie los«, sagte Ben. »Vielleicht hat sie uns falsch verstanden und glaubt, wir würden uns bei den Millers treffen.«

»O nein, niemals«, protestierte ich. »Wir sind alles hundertmal durchgegangen.«

»Ich weiß nicht.« Mrs. Nettles Miene hellte sich ein wenig auf. »Roxie ist schon seit einiger Zeit irgendwie komisch. Ich meine sogar, das hätte schon vor den letzten Morden angefangen. Sie ist ja auch bei Gertrudes Beerdigung nicht aufgetaucht. Und da hatte sie auch gesagt, sie käme.«

»Das stimmt.« Ben wurde sichtlich lockerer, und ich gab mir ebenfalls Mühe, einen zuversichtlichen Eindruck zu machen, obwohl meine Innereien sich weiterhin zu Knoten verschlangen, die nie mehr aufgehen würden.

»Hat jemand mal daran gedacht, sie anzurufen?«

»Ich«, erwiderte Freddy. »Zweimal, als du oben warst. War beide Male besetzt.«

»Vielleicht war der Hörer ausgehängt«, brachte ich heraus.

»Aber danach habe ich auch noch einmal angerufen«, warf Mrs. Nettle ein. »Und da war nicht besetzt, aber es ist auch niemand rangegangen.«

»Also ist sie zu spät drangewesen und hat sich wahrscheinlich gleich nach Tall Chimneys aufgemacht. Sie wird davon ausgegangen sein, daß wir genug Verstand haben, nicht auf sie zu warten.«

Ich atmete ein kleines bißchen befreiter, während ich Ben nach draußen zu dem alten Kabrio folgte. Freddy und Mrs. Nettle nahmen den anderen Wagen. Hinter dem Tor fuhren wir in die eine, und sie in die andere Richtung. Es war ein frischer, böiger Morgen unter einem klaren blauen Himmel, aber Tall Chimneys sah aus wie immer – eingehüllt in der Trübsal ewigen Winters. Die schmalen Fensteraugen blitzten kalt in eine Welt, die, wenn es nach ihnen gegangen wäre, in dichte Nebelschwaden und eiskalte Regengüsse hätte getaucht sein müssen. Die beiden Schornsteine ragten so einsam in die Luft, daß man an gespitzte Ohren dachte, die auf das böse Krächzen der Krähen und das wilde Geheul der Wölfe lauerten.

Die Norfolkterrier der Millers bellten sich hinter dem Haus die Kehlen wund, als Ben und ich uns der Vordertür näherten. Vienna ließ uns sofort ein und begrüßte uns mit ihrer tiefen Stimme.

»Wie professionell Sie aussehen, und dann gleich so pünktlich!« Offensichtlich machte es sie verlegen, daß wir vom Status Gleichrangiger auf den der Putzhilfen gesunken waren.

Bestimmt waren in Chitterton Fells schon Gerüchte in Umlauf, nach denen wir uns am Rande des Bankrotts befanden. Das konnte mir aber nur recht sein, denn dann würde sich wenigstens keiner darüber wundern, daß wir eine neue Laufbahn eingeschlagen hatten.

Bei jedem Schritt auf dem Weg in die Küche hoffte ich, Mrs. Malloys Geplapper zu hören – vergeblich. Sie war noch nicht da. Und Vienna sagte, sie habe nichts von ihr gehört.

Madrid tauchte fast zur gleichen Zeit wie wir in der Küche auf. Sie trug ein zeltartiges Gewand, das auf traurige Weise die Leibesfülle ihrer Jahre unterstrich, an denen letztlich auch die langen Haarsträhnen nichts ändern konnten. Sie nahm uns so wenig wahr, als wären wir durchsichtige Geister, die allenfalls als blasse Hüllen durch die Gegend waberten, bis Vienna sie ansprach und mit sanfter Stimme sagte: »Du siehst aus, als ob du frierst, Liebes. Warum legst du dir das hier nicht um?« Sie zerrte die Stola, die Madrid bei meinem letzten Besuch getragen hatte, von einer Stuhllehne. Dann fragte sie behutsam: »Erinnerst du dich noch an Ellie? Das ist ihr Mann . . .«

»Ben«, half er höflich nach. Dank seiner artigen Manieren wirkte er in der Rolle desjenigen, der sich gleich die Schürze umbindet und die Böden schrubbt, denkbar unpassend.

»Wie schön, Sie einmal persönlich kennenzulernen.« Vienna schenkte ihm ein reizendes Lächeln, wobei sie ihre Schwester jedoch keine Sekunde aus den Augen ließ. »Madrid, wir haben es mit einem kleinen Rätsel zu tun. Mrs. Malloy hätte eigentlich auch hier sein sollen . . .«

»Sie kommt nicht.«

»Woher weißt du das, Liebes?«

»Clarice Whitcombe hat angerufen, um zu sagen, daß Mrs. Mallone« – Madrid hielt inne, aber niemand von uns verbesserte sie, »versucht hat, uns telefonisch zu erreichen, aber die Leitung sei immer besetzt gewesen. Du weißt, daß ich sehr lange telefonieren mußte, um noch letzte Fragen zu klären.«

Ihre Schwester nickte und erklärte uns, daß sie am nächsten Tag zu einer Hundeschau nach London führen.

»Clarice meinte, daß Mrs. Mallone auch versucht habe, die Haskells zu erreichen, aber auch da sei sie nicht durchgekommen.« Madrid zog die Stola enger um die Schultern. »Deshalb soll ich ausrichten, daß etwas dazwischengekommen sei und sie nicht mithelfen könne. Ergeben sich für Sie dadurch Ungelegenheiten?« Ihr Blick wanderte zu mir und dann zu Ben. »Immerhin ist sie ja die Putzfrau und sollte sicher die Arbeit machen, während Sie ihr erklären, wie man die Reinigungsmittel anwendet, die Sie erfunden haben.«

»Oh, wir kommen schon zurecht.« Ich hoffte, daß meine Stimme nicht so hohl klang, wie ich mich fühlte.

»Sind Sie sicher?« Vienna lotste ihre Schwester vom Herd weg, als hätte sie Angst, daß Madrid sich übernehmen würde, wenn sie versuchte, einen Wasserkessel aufzusetzen. »Wenn Sie lieber an einem anderen Tag mit Mrs. Malloy zurückkommen möchten, wäre das kein Problem.«

»Kommt überhaupt nicht in Frage.« Ben fing an, die Tüten mit den Produkten aus unserer Küchenfabrik auszupacken. »Sie wollen das Haus doch tipptopp vorfinden, wenn Sie von der Londonreise zurückkommen, oder nicht?«

»Das stimmt.« Vienna klang erleichtert, obwohl sie offensichtlich immer noch Schwierigkeiten hatte, uns als Bekannte und gleichzeitig als Angestellte zu akzeptieren. »Ich bin immer so mit den Hunden beschäftigt, und Madrid ist für die Hausarbeit einfach nicht geschaffen, so daß wir hier entsetzlich ins Hintertreffen geraten sind. Staub, wohin Sie sehen. Als Trina – was für eine furchtbare Tragödie übrigens – aus dem Urlaub zurückkam, konnte sie uns nicht mehr so viel Zeit widmen wie zuvor. Nur noch einen halben Tag pro Woche, weil sie die Kundinnen von Mrs. Large übernommen hatte. Trina meinte, das sei sie ihr schuldig. Madrid und ich haben das selbstverständlich akzeptieren müssen. Eine sehr anständige junge Frau – auf ihre Art.«

»Absolut«, stimmte ich zu.
»Ellie und ich werden unser Bestes tun, um Ihnen aus der Patsche zu helfen.« Ben legte richtigen Eifer an den Tag, und es wirkte noch nicht einmal unecht.
Vienna sagte daraufhin, daß wir nun sicher anfangen wollten, und machte mit uns einen Rundgang durch das Haus, wobei Madrid entweder stumm hinter uns herschlich oder auch mitten im Satz verschwand. Es kam mir vor wie Stunden, obwohl es sich wahrscheinlich nur um zehn Minuten gehandelt hatte, bis Ben und ich endlich allein waren. Mir war ein Stein vom Herzen gefallen, als ich erfuhr, daß Vienna den größten Teil des Morgens damit verbringen wollte, die Hunde zu kämmen, und Madrid verkündete, daß sie nach dem Frühstück einen langen Spaziergang unternehmen würde, um sich wie an den meisten Tagen an der Natur zu erfreuen.
»Hört sich nicht so an, als ob sie uns der Spionage verdächtigten.« Ben grinste mir aufmunternd zu. Dann ließ er die Blicke durch das Wohnzimmer schweifen, wo uns nur Jessica von ihrem Platz über dem Kaminsims aus beobachtete.
»Wenn sie ein reines Gewissen haben, gibt es für sie auch keinen Grund zum Argwohn«, flüsterte ich.
»Dem Hund hat man ja einen Ring auf die Pfote gemalt!« Seine Augen klebten an dem Bild.
»Es ist ein Rubin, ihr Geburtsstein.«
»Übergeschnappt! Aber im Grunde hat das ganze Haus irgendwie etwas Seltsames an sich.« Ben zog eine Grimasse und schraubte eine Flasche Möbelpolitur auf.
»Es ist heute noch schlimmer als sonst.« Ich schob mich noch ein bißchen dichter an ihn heran. »Aber vielleicht liegt das auch an der Sache mit Mrs. Malloy. Ich wäre froh, wenn wenigstens einer von uns mit ihr gesprochen hätte.«
Es fiel mir total schwer, meine Beine in Bewegung zu setzen, aber irgendwie stellte ich auf Automatik und schaffte es doch. In der folgenden Stunde, in der Ben munter polierte, abstaubte und

die Teppiche saugte, durchforstete ich die Schreibtisch- und Kommodenschubladen und kramte in den Fächern der Schränke. Dabei gelangte ich immer mehr zu der Überzeugung, daß wir uns völlig umsonst verausgabten. Ich wünschte mir gerade, ich könnte nach Hause gehen, dort ein bißchen ausruhen und dann versuchen herauszufinden, wo Mrs. Malloy steckte, als ich in einem Schreibtischaufsatz in Viennas Schlafzimmer einen kleinen Stapel Liebesbriefe aufstöberte. Sie stammten von einem Mann, der behauptete, ihr leidenschaftlich zugetan zu sein. Sein Ton wurde von Brief zu Brief ungehaltener, da sie offenbar warten wollte, bis sie ihre Schwester allein lassen konnte. Nun, diese Zeit war wohl nie gekommen. Das Ganze klang wie eine platonische Geschichte aus Großmutters Zeiten. Ich legte die Briefe dahin zurück, wo ich sie gefunden hatte, und war auf alle drei Beteiligten sauer. Es existierte jedenfalls nicht ein Hinweis auf irgendwelche dunklen Machenschaften.
Zehn Minuten später fand ich einen Brief im Schreibtisch von Madrids Schlafzimmer. Er war schon alt und stammte von einer Frau, die zu einer Selbsthilfegruppe für Menschen gehörte, die mit dem Tod eines geliebten Haustieres fertig werden mußten. Seltsamerweise empfand ich dabei plötzlich so etwas wie Mitleid für Madrid. War es ihre Schuld, daß sie nicht über genug innere Kraft verfügte, um einen Verlust zu verarbeiten, den andere Menschen nur empfanden, wenn eins ihrer Kinder starb? Nachvollziehen konnte ich ihren endlosen Kummer trotzdem nicht, obwohl ich selbst auch sehr an Tobias hing. Wahrscheinlich hatte ich im Moment einfach nur ein schlechtes Gewissen, weil ich in ihren Sachen herumschnüffelte, und wurde dadurch ein wenig milder gestimmt.
Um ein Uhr hatte Ben es irgendwie geschafft, das Haus so aussehen zu lassen, als ob wir beide gearbeitet hätten. Vienna lobte uns und bedankte sich überschwenglich. Auch die Entlohnung schien ihr keine besonderen Schwierigkeiten mehr zu bereiten.

Mein Mann und ich verließen Tall Chimneys, ohne Madrid noch einmal zu Gesicht bekommen zu haben.
»Das war für die Katz'«, meinte Ben, als wir die kurze Entfernung bis zum Crabapple-Tree-Häuschen zurücklegten. Sein Tatendrang schien etwas gelitten zu haben.
»Wir hatten einfach nicht genug Zeit, um uns in aller Ruhe umzusehen.« Ich lehnte mich im Sitz zurück und fühlte mich total ausgelaugt. »Aber ich weiß nicht, ob es etwas nutzt, wenn wir noch öfter hingehen. Ich glaube, wir sind auf dem Holzweg.«
Als Clarice Whitcombe uns bei unserer Ankunft im Crabapple-Tree-Häuschen mit der gewohnten Herzlichkeit begrüßte, bekam ich richtige Schuldkomplexe. Die Möbel, die sie aus ihrem alten Zuhause mitgebracht hatte, wirkten immer noch zu groß für die neue Umgebung, doch man sah, daß sie anfing, alles etwas wohnlicher zu gestalten. Auf dem Dielentisch stand eine Vase voller Narzissen, an den Fenstern hingen neue Vorhänge, und oben auf den Küchenschränken thronte eine ganze Menagerie abgewetzter Kuschelbären. Der Flügel erdrückte das kleine Wohnzimmer zwar immer noch, doch immerhin sah er jetzt aus, als hätte man ihn erst kürzlich liebevoll gewienert.
Clarice bewies nichts von der Verlegenheit, die Vienna an den Tag gelegt hatte. Sie bot Ben und mir Mittagessen an, das wir entsprechend der Regeln unserer Vereinigung ablehnten. Wir sagten ihr einfach, wir hätten schon gegessen. Anschließend, während Ben seine Arbeitskraft in der Küche entfaltete, begleitete sie mich ins Wohnzimmer, wo ich mir jede erdenkliche Mühe gab, hochmotiviert aufzutreten.
»Ich bin tief beeindruckt«, sagte sie, bot mir einen Sitzplatz an und nahm mir gegenüber auf dem Sessel Platz, der vor dem winzigen Kamin stand.
»Wovon?« Ich breitete das Staubtuch auf meinen Knien aus, strich die Ränder glatt und dachte wieder einmal an Mrs. Malloy.

»Ich hatte schon immer größten Respekt vor Menschen, die das Leben einfach bei den Hörnern packen. Das kommt bestimmt daher, weil ich nicht so bin. Ich lasse die Jahre einfach über mich hinwegstreichen. Die Nachbarn an meinem alten Wohnort hielten mich für eine Heilige, weil ich zu Hause war und mich um die Eltern kümmerte, aber in Wirklichkeit hatte ich einfach keinen Mumm. Wohingegen Sie und Ihr Mann« – ihr Gesicht, das so lieb und altmodisch war wie ihr Rock und ihre Bluse, leuchtete auf wie das eines Kindes – »beide so mutig und tapfer sind! Er gibt einfach von einem Tag zum anderen ein erfolgreiches Restaurant auf, um sich mit Ihnen diesem großartigen neuen Projekt zu widmen. Was macht das schon, wenn die Leute darüber reden! Sie leben Ihr eigenes Leben! Es ist so wundervoll, daß ich nicht weiß, ob ich Ihnen Applaus klatschen oder über Sie weinen soll.«
Jetzt war ich einmal an der Reihe, verlegen zu werden.
»Ich hoffe nur, daß Sie bei allem noch Zeit finden, um mir bei meiner Inneneinrichtung zu helfen«, fuhr Clarice fort.
»O ja, ganz bestimmt. Ich hoffe, daß wir die Produktion von Abigails Haushaltsreinigern mit meinen Aktivitäten als Innenarchitektin verbinden können. Wer weiß, vielleicht machen wir irgendwann auch wieder etwas auf, wo wir den Kunden kleinere Mahlzeiten anbieten.« Letzteres war wenigstens nicht ganz falsch. Aber ich schämte mich trotzdem für die Unaufrichtigkeit meines Besuches und fühlte mich wie die jämmerlichste Lügnerin der Welt.
»Das finde ich phantastisch.« Clarice spielte an ihren Fingern herum. »Seit ich hierhergezogen bin, versuche ich ja auch, mich aus der alten Schale zu befreien. Ich bin sogar ein ganz kleines bißchen abenteuerlustig geworden. Neulich war ich nachmittags bei Walters – ich meine Brigadegeneral Lester-Smiths Haus, gleich nachdem ich wegen der Sache hier – beim Arzt war.« Sie umschloß das Handgelenk. »Ich glaube, heutzutage darf eine Frau ruhig auch einmal einen harmlosen Annähe-

rungsversuch wagen, ohne daß man ihr gleich Schamlosigkeit unterstellt. Aber nachdem ich ein paar Schritte auf die Haustür zu gemacht hatte, bekam ich es plötzlich wieder mit der Angst zu tun und rannte weg wie ein unartiges kleines Mädchen. Anschließend habe ich die halbe Nacht lang wachgelegen und überlegt, ob er mich gesehen hat – oder ob ihm die Nachbarn etwas erzählt haben und er mich jetzt für eine Verrückte hält.«

»Es sind immer die Frauen, die sich mit solchen Gedanken quälen«, entgegnete ich. Erwähnte Clarice diese Episode, weil sie keine Freundinnen hatte, denen sie sich anvertrauen konnte, oder wollte sie mir beweisen, daß ihre Anwesenheit in der Herring Street nichts mit Trina McKinnleys Tod zu tun hatte? Ihr Bericht deckte sich mit dem von Marilyn Tollings. Aber dann tat sich mir ein wirklich gemeiner Verdacht auf. Was wäre, wenn Clarice irrtümlich durch das Törchen des Brigadegenerals gehuscht war? Und als sie festgestellt hatte, daß es das falsche Haus war, spornstreichs kehrtgemacht hätte und zu dem Stelldichein mit Trina zwei Türen weiter marschiert wäre?

Mit einem Blick auf die Uhr auf dem Kaminsims bemerkte ich so sachlich wie es nur ging, daß ich nun aber wirklich anzufangen hätte, zumal ich ohne Mrs. Malloy auskommen müsse.

»Sie haben aber doch ihre Nachricht erhalten, die ich an Madrid Miller weitergegeben habe, oder?« Clarice stand auf und sah aus, als bedauere sie, daß unsere Unterhaltung zu Ende ging.

»Sie hat gesagt, daß etwas dazwischengekommen sei.« Ich nickte. »Hat Mrs. Malloy vielleicht irgendwie besonders aufgeregt geklungen?«

»Ich fand schon. Aber ich kann das natürlich nicht recht beurteilen, ich kenne sie ja nicht.« Clarices Blicke waren abgeirrt und hafteten nun an einer kleinen Schüssel, die auf dem Teppich neben der Tür stand. Daneben lag ein Päckchen Stärke. Mit einem Mal fing mein Herz an zu hämmern.

»Ich habe ganz vergessen, die Sachen wieder wegzuräumen«, murmelte sie vor sich hin.

»Was ist denn da drin?« Meine Füße trugen mich wie von allein. Ich starrte auf die milchige Flüssigkeit in der Schüssel.
»Nur Stärke und Wasser. Meine Mutter hat mir erklärt, daß man es zu einer dünnen Paste verrühren muß, wenn man ...«
»Blutflecken entfernen will«, suggerierte ich viel zu schnell, denn nun würde ich bestimmt nicht mehr erfahren, ob Clarice das gleiche sagen wollte.
»Sie wissen natürlich Bescheid, was diese alten Hausmittel betrifft.« Ihre Stimme klang nach aufrichtiger Bewunderung. »Meine Mutter wußte auch immer alles, obwohl sie selbst keinen Handschlag getan hat. Wir hatten immer Hausangestellte, bis ich soweit war, um das Ruder zu übernehmen. Hier hat es einen kleinen Unfall gegeben.« Sie zeigte auf den Teppich, wo die Schüssel und das Päckchen Stärke standen. »Fräulein Grau, die kleine Katze aus der Nachbarschaft, hat mir heute morgen einen Besuch abgestattet. Doch erst als ich ins Wohnzimmer kam und die Blutspuren auf dem Teppich sah, habe ich bemerkt, daß sie sich ein Pfötchen aufgerissen hatte.«
Zum Glück läutete in diesem Moment irgendwo das Telefon, und Clarice ging. Ich blieb mit weichen Knien zurück. Mit einem Mal sah ich alles ganz deutlich vor mir. Mrs. Malloy hatte den Plan durcheinandergebracht und war morgens zuerst im Crabapple-Tree-Häuschen erschienen. Clarice hatte mit ihr geplaudert und dabei war ihr rausgerutscht, daß sie Gertrude Large, Trina McKinnley und Winifred Smalley umgebracht hatte. Das war Mrs. Malloy natürlich übel aufgestoßen, und da sie nie ein Blatt vor den Mund nahm, hatte sie ihrem Unwillen mehr als deutlich Luft gemacht. Daraufhin hatte Clarice nicht lange gefackelt und die Liste der Opfer um ein weiteres verlängert. Anschließend hatte sie in Tall Chimneys angerufen und die Nachricht von meiner geliebten Mrs. Malloy fingiert. Ich barg mein Gesicht im Staubtuch. Es war zu grausam. Gerade war mir Mrs. Malloy wiedergeschenkt worden, nur um sofort kopfüber in die Ewigkeit gestoßen zu werden.

Verzweifelt versuchte ich mir einzureden, daß die Geschichte mit der Katze stimmte und daß ich mich besser an den gesunden Menschenverstand halten sollte.
Wenn Clarice Mrs. Malloy ermordet hätte, hätte sie doch bestimmt die Schüssel und das Päckchen Stärke verschwinden lassen, zumal sie davon ausgehen konnte, daß ich wußte, wozu man so etwas benutzt. Andererseits – ich wurde den häßlichen Gedanken einfach nicht los – hätte sie sich natürlich auch sagen können, daß sie besser erst einmal die Leiche wegschafft, bevor sie sich an die Blutflecken macht. Dann war eins zum anderen gekommen, und zu guter Letzt war die Schüssel einfach in Vergessenheit geraten.
Es fiel mir schwer, mich wieder der Schnüffelei zuzuwenden, denn mittlerweile schienen außer meinen Zähnen auch alle anderen Körperteile heftig aufeinanderzuklappern. Als Ben ins Wohnzimmer trat, war ich kurz davor, ihm vorzuwerfen, er würde sich anschleichen. Er merkte natürlich, daß irgend etwas vorgefallen war, aber ich gab ihm zu verstehen, daß ich jetzt nicht darüber reden könne. Also machte er sich wortlos an die Putzarbeit, während ich anfing, Schubladen zu öffnen und deren Inhalt ans Tageslicht zu befördern. Es kam nichts Interessantes zum Vorschein. Jedenfalls nicht, bis ich den Sitz des Klavierschemels abhob und sah, was sich darunter verbarg. Zu behaupten, ich wäre schockiert gewesen, wäre leicht untertrieben. Clarice Whitcombe war nämlich gar nicht das, was sie zu sein vorgab. Ich bestand nur aus Finger und Daumen, als ich das Beweisstück wieder an seinem Platz verstaute. Und nicht einen Augenblick zu früh! Sie kam nämlich lautlos ins Wohnzimmer, während mein Gesicht noch glühte wie eine Laterne. Ich fächelte mir Luft zu und hoffte, daß es so aussähe, als hätte ich mich beim Polieren übernommen. Ob sie an der Art, wie ich den Blick auf das Klavier mied, sah, daß ich ihr auf die Schliche gekommen war?
Ich konnte kaum erwarten, Ben von meinem Fund zu erzählen.

Aber ich nahm mich zusammen und beschloß, den Mund zu halten, bis wir aus dem Crabapple-Tree-Häuschen verschwinden konnten. Doch als wir am späten Nachmittag in den Wagen stiegen, um nach Hause zu fahren, war ich nicht mehr in der Lage, darüber zu reden. Ich brauchte dazu erst einmal eine Tasse Tee.

Beim Betreten des Hauses sprangen Abbey und Tam wie die Wilden um uns herum. Als sie sich wieder beruhigt hatten, kümmerte Ben sich um den Nachmittagstee. Wir beschlossen, mit der Berichterstattung zu warten, bis Freddy und Mrs. Nettle eingetroffen waren. Sie tauchten kurze Zeit später auf und waren offensichtlich bestens miteinander klargekommen. Jonas nahm die Kinder mit ins Arbeitszimmer, um sich mit ihnen eine ihrer Lieblingssendungen im Fernsehen anzuschauen, während wir vier Schnüffler uns in der Küche zusammensetzten, um unsere Erlebnisse auszutauschen.

»Clarice Whitcombe hat gelogen.« Endlich konnte ich damit herausplatzen. »Sie kann überhaupt nicht Klavier spielen. Ich habe die Noten für ›Alle meine Entchen‹ und andere Anfängerstücke gefunden. Und einen Notizblock. Auf dem standen die allereinfachsten Tricks. Dinge wie ›male einen Punkt auf das eingestrichene C, um dir zu merken, wo es ist‹.«

Freddy begann laut und nervtötend zu lachen. »Ist das alles, was ihr entdeckt habt? Dafür habt ihr vier Stunden lang das Crabapple-Tree-Häuschen auf den Kopf gestellt?« Er zwinkerte Mrs. Nettle zu wie ein Verschwörer. »Clarice Whitcombe ist keine Virtuosin, sondern übt Kinderlieder auf dem Klavier? Arme Ellie! Meinst du nicht, wir übertreiben alle ein bißchen, wenn es um unsere Fähigkeiten geht?«

Ich konnte Bens und Mrs. Nettles Mienen ablesen, daß sie Freddys Meinung waren, aber so einfach wollte ich mich nicht geschlagen geben.

»Aber Clarice würde vor Scham sterben, wenn sich das herumspräche! Bestimmt hat sie mit der Flunkerei angefangen, als der

liebe Walter den riesigen Flügel gesehen hat, der immerhin drei Viertel ihres Wohnzimmers ausmacht, und davon ausgegangen ist, daß sie spielen kann.« Ich beugte mich vor und stützte die Ellbogen auf den Tisch. »Als er sie hören wollte, hat sie sich eine Ausrede einfallen lassen. Das war die Geschichte mit dem Handgelenk. Unterdessen konnte sie mit den Klavierstunden beginnen und beten, daß Gott ihr beisteht und ›Alle meine Entchen‹ wie Mozart klingen läßt. Ich könnte wetten, daß sie auf dem Weg zur Klavierstunde war, als ich sie neulich traf, an dem Nachmittag, an dem Trina McKinnley umgebracht wurde.«
»Aber deshalb führt sie doch noch lange kein übles Doppelleben.« Ben schob mir den Plätzchenteller hin.
Ich ließ mich aber nicht ablenken, obwohl ich den Trost gut hätte gebrauchen können. Mir schmerzte das Herz mehr als alle anderen Muskeln zusammen. Wie sehr hatte ich gewünscht, daß Clarice und der Brigadegeneral ein Paar würden! »Ich weiß, wie ihr zumute war«, fuhr ich unbeirrt fort. »Sie hat einfach den Kopf verloren. Mrs. Large hat die Wahrheit entdeckt, drohte alles zu verraten, und Clarice hat keinen Ausweg mehr gewußt. Sie wollte nicht als Lügnerin dastehen. Schon gar nicht vor dem Mann, den sie liebt. Vielleicht ist sie in Tall Chimneys erst ins Arbeitszimmer geschlichen, um Mrs. Large noch einmal um Gnade anzuflehen. Als das nichts genützt hat, ist ihr die Sicherung durchgeknallt.«
Mrs. Nettle saß da, Gesicht und Adlernase zwischen den hochgezogenen Schultern eingezwängt. »Ich kann mir nicht vorstellen, daß Gertrude sich groß für Miss Whitcombes Klavierspielerei interessiert hätte. Bestimmt nicht genug – Sie müssen entschuldigen, Mrs. Haskell, wenn ich das so offen sage –, um so ein Trara zu machen und die Angelegenheit dem VPFVCF vorzulegen.«
»Glauben Sie nicht, daß Mrs. Large, die ja auch für den Brigadegeneral geputzt hat, sich Sorgen gemacht hätte, wenn er von einer unaufrichtigen Frau in eine ernsthafte Bindung gelockt würde?«

Mrs. Nettle wurde nachdenklich. »So gesehen könnte ich mir das schon vorstellen. Gert war immer von Grund auf ehrlich, bei allem was sie tat, und sie war jedem, für den sie gearbeitet hat, treu ergeben. Wäre wahrscheinlich schwierig für sie gewesen zu entscheiden, was in dem Fall die Pflicht verlangt.«

»Brigadegeneral Lester-Smith ist selbst aber auch kein Vorzeigekandidat, wenn es um Ehrlichkeit geht.« Ich richtete mich kerzengerade auf. Was hatte Freddy da gesagt?

»Etwa weil er angefangen hat, sich die Haare zu färben?« fragte ich giftig.

Mein Cousin grinste durch den struppigen Bart. Dann wurde er jedoch ernst und sagte: »Tut mir leid, Ellie, ich weiß, daß du den Brigadegeneral... wie du ihn nennst, gut leiden kannst, aber...«

»Was willst du damit sagen?« riefen Ben und ich im Duett.

»Mrs. Nettle und ich haben während unserer Arbeitszeit auch ein paar Dinge ausgegraben. Unter anderem eine goldene Uhr, die wir in Lester-Smiths Nachttisch fanden.«

»Und?« Draußen war es in der Zwischenzeit dunkel geworden, aber da wir die Lampen brennen hatten, gab es eigentlich keinen Grund, daß die Küche mit einem Mal so unheimlich wirkte, oder daß Tobias' Satz vom Schaukelstuhl einen derart langen Schatten warf.

»Es war etwas eingraviert.« Freddy machte mich halb verrückt, weil er alles nur in Bruchstücken von sich gab. »Es war ein Abschiedsgeschenk, das man deinem Freund überreicht hatte, Ellie. Nach dreißigjähriger Dienstzeit als Sachbearbeiter in einer Anwaltskanzlei. Er ist kein Brigadegeneral. Er hat noch nicht einmal einen Doppelnamen. Lester ist sein zweiter Vorname. Dürften wir demnach nicht ebensogut annehmen, daß Mrs. Large sich gesorgt hat, weil der einfache Mr. Smith Clarice Whitcombe unter Vorspiegelung falscher Tatsachen schöne Augen machte? Vielleicht wollte sie der armen Frau Bescheid sagen, ehe es zu spät war!«

Kapitel Dreizehn

Die Spiegel mit einem Flanelltuch abreiben, das vorher in warmem Wasser ausgewrungen und in Schlämmkreide gestippt wird. Den Goldrahmen nur abstauben, denn ihm schadet auch schon das kleinste bißchen Feuchtigkeit.

Als ich spät am Abend im Bett lag, wollte ich mich auf etwas Leichtes konzentrieren. Da mir so schnell nichts Passendes einfiel, versuchte ich mir einzureden, daß Freddy sich geirrt hatte, was Brigadegeneral Lester-Smith anging, und daß die Gravur auf der goldenen Armbanduhr gar nichts zu bedeuten hatte. Vielleicht stimmte es ja, daß er dreißig Jahre lang als Sachbearbeiter in einer Kanzlei gearbeitet hatte, sich aber trotzdem, sozusagen nebenberuflich, an Wochenenden oder abends, zum Brigadegeneral weitergebildet hatte. Und schließlich hatte er, in Anerkennung seiner Dienste für Gott und Vaterland, die Erlaubnis erhalten, den Doppelnamen zu führen. Es gelang mir nicht, mich davon zu überzeugen. Deshalb fing ich an, mir Entschuldigungen für ihn auszudenken. Bestimmt hatten ihm die anderen Kinder früher in der Schule wegen seiner rotblonden Haare Spottnamen nachgerufen. Dinge wie »Möhre« und dergleichen. Daraufhin hatte er Tag und Nacht davon geträumt, daß er der Welt schon noch zeigen würde, was er alles erreichen kann. Und als er nichts davon erreichte, dachte er es sich einfach aus. Nun, für mich würde er immer der Brigadegeneral Lester-Smith bleiben, und ich würde nie – nicht eine Sekunde lang – auf die Stimme hören, die in meinem Inneren flüsterte, daß ein Körnchen Wahrheit in dem steckte, was Leute wie Mrs. Malloy immer sagten. Daß nämlich einem Mann, der sich die Haare färbt, nie ganz zu trauen sei.

Wo stecken Sie, Mrs. Malloy? Ich war zu müde, um noch klar

denken zu können, aber der Schlaf stellte sich trotzdem nicht ein. Also ließ ich mir die nächste Geschichte durch den Kopf gehen, die Freddy und Mrs. Nettle ausgegraben hatten. Dabei ging es um Tom Tingle. Bei ihm hatten sie nämlich im Rollpult ein Scheckbuch gefunden, und als sie sich die Eintragungen ansahen, hatten sie festgestellt, daß etliche Schecks, jeweils in Höhe von zehntausend Pfund, auf ein und dieselbe Person ausgestellt waren – und zwar auf eine gewisse Lucia Frondcragg. Außerdem hatte im Pult ein Brief gelegen, den Freddy gelesen hatte. »Ich bedanke mich für die Hilfe, Tom«, hatte da gestanden. »Aber es kommt mir vor, als nähme ich Blutgeld.« Unterschrieben von Lucia. Das war ziemlich verdächtig, gelinde ausgedrückt.

Endlich bekam ich einen relativ leichten Gedanken beim Wikkel zu fassen. Wenn entweder Brigadegeneral Lester-Smith oder Tom Tingle der Bösewicht war, dann hätte es für Clarice Whitcombe keinen Grund gegeben, sich Mrs. Malloys Anruf auszudenken, geschweige denn sie zu ermorden. Freddy und Ben hatten meine Sorgen um sie ohnehin nicht ernst genommen. Ich dämmerte jede Viertelstunde einmal kurz weg, doch dann wurde ich immer wieder so schlagartig wach, als hätte draußen jemand einen Ball gegen das Fenster gepfeffert. Als ich es nicht mehr aushielt, kletterte ich aus dem Bett und ging auf Zehenspitzen zu dem Stuhl, auf dem mein Morgenmantel lag. Vielleicht würde ein Glas Milch dem Sandmännchen helfen, bei mir Einkehr zu halten.

Eigentlich geistere ich nachts ganz gern allein durchs Haus, doch als ich nun über die Galerie zur Treppe ging, hörte ich plötzlich, wie sich über mir noch etwas regte. Wahrscheinlich nur ein Vogel, der sich in den Speicher verirrt hatte. Ich hatte allerdings nicht vor, hochzugehen und nachzusehen, denn ich konnte mir auch so gut ausmalen, wie die Schattengeister, die dort hausten, sich die Zeit damit vertrieben, Gegenstände herumzurücken, und zwar einfach nur aus Spaß. Anschließend stellte ich mir vor, daß der Speicher ein Pflegeheim für ältere, hinfällige oder sonstwie unerwünschte Möbelstücke wäre, die ungeliebt umherirrten und keine Ruhe fanden. Die Vergangenheit war vergessen, die Zukunft so unsicher und wackelig wie die Dielen, die unter meinen Füßen knarrten.

Als ich das Licht in der Küche angeknipst hatte, fand ich zu meiner normalen Geisteshaltung zurück – was immer das auch heißen mochte. Ich machte mir Milch warm, igelte mich im Schaukelstuhl ein und nahm Abigails grünes Buch zur Hand. Es war tröstend zu erfahren, wie man hartnäckige Obstflecke aus den Kleidern entfernt. Man muß den Fleck nämlich nur mit Whisky befeuchten, ehe man alles in die Wäsche gibt.

Um Haarbürsten und Kämme zu säubern, nehme man zwei Teelöffel kohlensaures Salz, die man in einem Viertelliter kochendem Wasser auflöst. Wenn man ein Stück Samt über Dampf hält, richten sich die einzelnen Härchen auf, und der Stoff wird wieder flauschig.

Mauselöcher muß man mit Lappen zustopfen, die mit einer Mischung aus Wasser und Cayennepfeffer getränkt werden.

Soviel ich wußte, hatten wir keine Mäuse, und wenn, würde Tobias erwarten, daß ich mich um meinen eigenen Kram kümmerte, aber ich genoß diese Häppchen hausfraulicher Weisheiten immer wieder aufs neue, obwohl ich sie mir mittlerweile schon hundertmal zu Gemüte geführt hatte. Sie erweckten die sorgsame und sanfte Art von Abigail Grantham wieder zum Leben und machten aus Speichergeistern alte Verbündete aus der Vergangenheit.

Puh, wie hatten die Leute geschuftet, ehe der liebe Gott uns den Staubsauger bescherte! Meine Lider wurden schwer. Die Vorstellung, wie sehr die Frauen sich früher im Haus abplagen mußten, konnte einen wahrscheinlich schon am hellichten Tag müde machen. Und jetzt war es zwei Uhr morgens. Ich wußte, daß ich meine Milch austrinken und ins Bett zurückkehren sollte, bevor ich später die Treppenstufen nur noch hochkriechen konnte.

Aber der Schaukelstuhl war gerade so gemütlich – ich merkte, wie ich einnickte. Mein Kopf fiel nach vorn. Dann muß mir das Buch zu Boden gefallen sein, denn ich hörte einen dumpfen Knall, das heißt, eigentlich sogar zwei, ehe ich benommen in den Schlaf dämmerte und träumte, daß jemand die Hintertür aufmachte und sich in die Küche stahl.
Es war aber kein Traum, sondern rauhe Wirklichkeit. Mit einem Schlag war ich wieder hellwach. Das Herz schlug mir bis zum Hals. Ich umklammerte die Armstützen des Schaukelstuhls und zwang mich, den Kopf zu wenden, um dem Eindringling ins Auge zu sehen. Natürlich hätte ich erst die Tasse nehmen und ihm oder ihr den Rest Milch ins Gesicht schütten müssen. Aber es war ohnehin nur noch ein kümmerlicher Rest übriggeblieben. Trotzdem – es wäre immerhin eine Geste gewesen.
»Guten Morgen, Mrs. H.«, sagte die neue Präsidentin und Kollegin des VPFVCF, als erschiene sie zu einer völlig normalen Tageszeit. »Vorn im Haus war alles dunkel, deshalb mußte ich hinten herumkommen.«
»Mrs. Malloy!« Ich rappelte mich aus dem Stuhl hoch.
»Sie müssen mich nicht anglotzen, als wäre ich ein Gespenst!«
»Ich bin lediglich überrascht.« Das war untertrieben. Einen großen Teil des vorherigen Tages hatte ich immerhin damit verbracht, sie tot und begraben vor mir zu sehen. Aber ihr falscher Leopardenmantel war eindeutig echt. Das einzig Ungewöhnliche war, daß sie anstelle der üblichen Handtasche eine riesige Tragetasche mit halb geöffnetem Reißverschluß bei sich hatte. Aber warum auch nicht? Diese Tasche war immerhin so geräumig, daß man sie bei einem Umzug nach Australien hätte verwenden können.
»Ein Glück, daß ich Ihnen den Schlüssel nicht zurückgegeben habe, als ich von Chitterton Fells weg bin«, fuhr sie fort, während ich immer noch versuchte, meine Kinnstarre zu lösen. »Als ich durch die Glasscheiben das Licht sah, habe ich übrigens mehrmals laut und vernehmlich geklopft, bis ich dann gemerkt

habe, daß Sie mir offensichtlich nicht mit ausgestreckten Armen entgegengeeilt kommen.«
»Ich dachte« – ich rieb mir die Stirn – »mir wäre das Buch heruntergefallen.«
»Natürlich!« Mrs. Malloy warf mir unter neonfarbenen Lidern einen mitleidigen Blick zu. »Würde es Ihnen etwas ausmachen, die Deckenlampe auszuschalten, Mrs. H.? Lassen Sie nur die kleine Lampe an der Hintertür an. Oder wollen Sie, daß mir wegen der Festbeleuchtung der Kopf weh tut?« »Oh, niemals!« Ich hastete zum Lichtschalter und zermarterte mir dabei das Hirn darüber, was sie wohl mitten in der Nacht zu uns geführt haben mochte. Mrs. Malloy wuchtete die Tragetasche auf den Tisch und pusselte noch ein Weilchen daran herum, ehe sie den Mantel ablegte, unter dem ein tiefrotes Samtkleid zum Vorschein kam.
Danach stützte sie kurz die Hand auf den Tisch, als würde sich der Raum drehen und sie wolle ihn zum Anhalten bringen. »Vielleicht haben Sie zuviel in Ihrem Buch gelesen, Mrs. H., denn wenn Sie klar denken könnten, dann würden Sie mir jetzt eine Tasse Tee kochen und mich fragen, ob Sie einen Schluck Brandy dazugießen sollen.«
»Ich habe mir Sorgen um Sie gemacht.« Ich stürzte los, um den Wasserkessel aufzusetzen und Tobias von seinem Stuhl zu scheuchen, damit Mrs. Malloy sich setzen konnte. »Ich hatte Angst, daß irgend etwas passiert sei, denn sonst hätten Sie doch nicht einfach unsere Verabredung platzen lassen.«
»Tut mir leid, ich hätte eine Ansichtskarte schicken sollen, auf der steht, daß es mir gut geht. Außerdem habe ich versucht anzurufen, aber die verdammte Leitung war ja ständig besetzt. Und dann war es Zeit für den Zug nach London.« Ihre Schmetterlingslippen, deren Kirschrot sich mit der Farbe des Kleides biß, formten sich zu einem Schmollmund. Ich holte eine Flasche Brandy aus der Speisekammer und goß ihr einen ordentlichen Schuß davon in den Tee, bevor ich ihr die Tasse reichte.

»Auf Ihr Wohl, Mrs. H.«, prostete sie mir zu, hob die Tasse an den Mund und nahm einen tiefen Schluck. »Sie sind wirklich ein Hafen im Sturm.« Eine Träne rollte an ihrer Wange herab und grub eine Rinne zwischen Auge und Kinn.

»Hier, nehmen Sie noch ein Schlückchen Brandy«, drängte ich sie, hin- und hergerissen zwischen Mitleid und dem Wunsch zu erfahren, welche Katastrophe sie in den letzten Stunden erlebt hatte.

»Nur noch einen Tropfen.« Sie hielt mir die Tasse hin und reckte sich hoch, um zu kontrollieren, wieviel ich eingoß. »Das ist noch nicht einmal ein halber, Mrs. H.! Wenn Sie davon vierzig nähmen, gäbe es immer noch keinen ganzen.«

»Reicht das?« Ich stellte die Flasche halb auf den Kopf. »Aber jetzt müssen Sie mir auch erzählen, was los ist.«

»Ich habe den letzten Zug vom Bahnhof Victoria genommen. Bin kurz vor zehn hier gewesen. Habe mich zwar nicht gerade wie Gott in Frankreich gefühlt, aber es ging mir eigentlich ganz gut – wenn man bedenkt... Bis ich bei mir über den Gartenweg ging. Da hat es mich plötzlich erwischt und mir ist klargeworden, daß jetzt alle tot sind. Gertrude und Winifred waren so herzensgute Menschen, Sie können sich gar nicht vorstellen, wie sehr mir die beiden fehlen werden. Dann noch Trina...« Mrs. Malloy griff in ihre tiefrote Samttasche und zog ein Taschentuch hervor, um sich die Augen zu wischen. »Ich hatte sie gern – na ja, so gern wie man jemanden hat, den man eigentlich nicht leiden kann. Ich sage auch gar nicht, daß sie jetzt, wo sie tot ist, einen Heiligenschein verdient, der so groß ist wie eine Fleischplatte. Aber Trina hat für den VPFVCF Wunder gewirkt, da beißt die Maus keinen Faden ab. Sie hat dafür gesorgt, daß wir uns als berufstätige Frauen betrachten. Und sie war's auch, die das Weihnachtsgeld für uns durchgesetzt hat. Das kann ihr keiner nehmen, Mrs. H.!«

»Natürlich nicht.«

»Als ich heute abend in mein Haus zurückkam, wurde mir zum

ersten Mal unheimlich, und alles ist schlagartig wieder vor mir aufgetaucht. Wie ich Trinas Leiche gefunden habe, der das Messer im Rücken steckte, das ich selbst, ohne mir was dabei zu denken, schon tausendmal für den Braten benutzt habe.«

»Schrecklich.«

»Ich habe trotzdem versucht, einzuschlafen.« Mrs. Malloy tupfte weiterhin mit dem Taschentuch an ihren Augen herum. »Aber, als hätte ich nicht schon genug im Kopf, habe ich angefangen zu grübeln und mich gefragt, wie Sie und der Göttergatte heute mit Betty Nettle und Freddy klargekommen sind. Also Mrs. H., Sie brauchen sich nicht zurückzuhalten«, fuhr sie großzügig fort. »Schießen Sie los. Sagen Sie mir, ob Sie etwas herausgefunden haben, ohne daß ich Sie erst lange treten muß.«

»Mrs. Malloy«, protestierte ich. »Ich würde eigentlich lieber zuerst hören, was *Ihnen* heute passiert ist.«

»Erst müssen Sie raus mit der Sprache.« Sie war unnachgiebig.

Also erzählte ich ihr alles. Und sie nickte oder schürzte die Lippen, ganz wie es die jeweiligen Offenbarungen verlangten.

»Sie mußten natürlich gleich wieder übertreiben und viel zu viele Geheimnisse auskramen«, lautete ihr Kommentar. »Jetzt könnte ja jeder von denen – dieser Mr. Walter Lester Smith, Miss Whitcombe oder Mr. Tingle – derjenige sein, hinter dem wir hersind! Nur bei den Millers haben Sie im Grunde nicht viel gefunden. Also werde ich mal auf die setzen. In Kriminalromanen ist es jedenfalls immer verdächtig, wenn man nichts findet. Aber in einem Punkt geht's mir wie Ihnen, Mrs. H. Ich will auch nicht, daß es unser Brigadegeneral war. Was für ein Elend! Da meint der Ärmste, er müsse angeben, was das Zeug hält, nur um was darzustellen... Er hätte besser vorher mal mit mir geredet. Ich hätte ihm schon beigebracht, wie man mit eingebildeten Typen verfährt.«

Angesichts des Blickes, den Mrs. Malloy mir bei diesen Worten zuwarf, war ich mir nicht sicher, ob sie mich zu dieser verachtenswerten Menschengruppe dazuzählte. Nur für den Fall erhob ich mich und füllte ihre Teetasse mit einem weiteren Schuß Brandy auf.

Sie setzte sich wieder auf ihrem Stuhl zurecht. »Na, es ist ja nicht so, als seien uns schon alle Möglichkeiten ausgegangen. Da sind ja immer noch Sir Robert und ihre Ladyschaft, die unter die Lupe genommen werden müssen.«

»Wir hatten Pomeroy Hall für heute vorgesehen«, erinnerte ich sie.

»Das ist geändert worden, Mrs. H..«

»Und wieso?«

»Sir Robert hat heute morgen angerufen, ehe ich aus dem Haus bin, wahrscheinlich sollte ich besser *gestern* sagen, und hat mir mitgeteilt, daß ihre Ladyschaft sich nicht fühlt – eine Erkältung, die sich ihr auf die Brust gelegt hat – und daß wir die Sache mit dem Putzen besser bis zum Ende der Woche verschieben.«

»Kam Ihnen das nicht ein bißchen verdächtig vor?« Ich verstummte, legte den Kopf zur Seite und sah Mrs. Malloy an. »Was war das?«

»Es hat sich wie ein klitzekleines Niesen angehört.«

»Das müssen Sie sich wohl eingebildet haben.«

»Muß ich wohl.« Ich stand auf.

Mrs. Malloy war mir sofort auf den Fersen und schnaufte heftig für einen Menschen, der sich lediglich erhoben und eineinhalb Schritte gemacht hatte. »Mrs. H., da ist noch etwas, was ich Ihnen sagen muß, aber ich wollte mich erst sammeln, ehe ich losziehe, um Ihnen den nächsten Schlag zu versetzen.«

Ich mußte sie gar nicht erst fragen, um was es ging. Ich starrte in die Tragetasche, deren Seiten sich wie von allein aufgeklappt hatten. Friedlich schlafend unter einer flauschigen rosafarbenen Wolldecke lag das schönste Baby, das ich je gesehen hatte. Kein Wunder, daß meine Cousine Vanessa und Mrs. Malloys Sohn George das Baby Rose genannt hatten.

»Das ist mein kleines Schätzchen!« Die Großmutter beugte sich vor, um das seidige Bäckchen zu streicheln.

»Sie ist entzückend«, flüsterte ich. »Aber warum ist sie hier?«

»Weil George nicht ihr richtiger Vater ist...«

»*Was?*«

»Kein Grund, gleich loszukreischen, Mrs. H., Sie wecken ja das Baby auf!«

»Entschuldigung!« Ich schluckte. »Im Moment ist einfach alles ein bißchen viel, wie mir scheint. Ich komme mir vor, als sei ich in einem Stück von Oscar Wilde gelandet.«

»Es ist alles herausgekommen, kurz nachdem ich zu den beiden nach London gezogen bin. Mein George ist ja nun mal eher der saubere und ordentliche Typ. Hat er von meiner Wenigkeit. Eines Samstagnachmittags, als Vanessa sich gerade die Fußnägel lackierte, hat er gedacht, er könne ein bißchen Frühjahrsputz machen. Da kommt's einem doch schon hoch, oder nicht? Es ist immer falsch, wenn Männer denken, sie könnten dasselbe wie wir, und Gott hätte ihnen das Recht gegeben, im Haus mitzuhelfen. Wollen sich nur einmischen, das ist alles. Natürlich mache ich im Moment eine Ausnahme für Mr. H., der das im Namen der Gerechtigkeit tut, und ich mache auch George keinen Vorwurf. Wenn man einem Mann genug Unfug eintrichtert, schluckt er am Ende jeden Tropfen.« Mrs. Malloy stieß einen voluminösen Seufzer aus. »Jedenfalls ist er auf einen Brief gestoßen. Er lag in Vanessas Schublade und war von einem anderen Mann. Der Kerl hatte es ihr schwarz auf weiß gegeben – es täte ihm leid wegen des Babys, aber er sei nun mal nicht der Typ zum Heiraten und wäre deshalb froh, daß sie einen Dummen gefunden hätte.«

»Oh, der arme George!« Er tat mir aus tiefster Seele leid, genau wie das wunderschöne Baby in der Tragetasche. »Ich habe wirklich fest geglaubt, daß Vanessa sich etwas aus ihm macht.«

»Da hätten Sie aber schnell die Meinung geändert, wenn Sie gehört hätten, was sie gesagt hat, als George sie zur Rede stellte.

Meilenweit war sie zu hören. Ich brauchte mein Ohr gar nicht ans Schlüsselloch zu pressen. Alles hat sie verdreht, nur damit es ihr in den Kram paßt, jawohl.« Mrs. Malloy strich die rosafarbene Decke mit zitternden Händen glatt. »Hat gebrüllt, daß George alle möglichen Anforderungen stellen würde, denen keine Ehefrau gerecht werden könne, und zuletzt hat sie geschrien, wieso er überhaupt gewollt hätte, daß ich zu ihnen ziehe. Na, an dem Punkt ist mein Junge dann ausgerastet. Er hat Vanessa ins Gesicht gesagt, daß er gezwungen war, mich um Hilfe zu bitten, weil sie ja von Anfang an kein Interesse an dem Baby hatte.«

»Kein Wunder, daß ich nichts von Ihnen gehört habe.« Ich legte ihr die Hand auf den Arm.

»George, der trotz seinem ganzen Geschäftssinn innen so weich ist wie Butter, hat sogar noch versucht, die Sache wieder einzurenken. Aber Vanessa hat die beleidigte Leberwurst gespielt. An dem Tag, als Gertrude Large beerdigt wurde, sind die beiden sich wieder tierisch in die Haare geraten. Ich konnte nicht weg – wer weiß, was ich bei meiner Rückkehr vorgefunden hätte, denn« – Mrs. Malloys Stimme wurde brüchig –, »obwohl ich gar keine Oma mehr bin, bedeutet meine Rose mir jetzt mehr, als alles auf der Welt, und daran gibt's nichts zu rütteln. Ich wollte sogar in Ehren alt werden, wie man so schön sagt, und habe die alberne Haarfarbe rausgewaschen und die Miniröcke weggeschmissen. Aber heute früh hat George mich angerufen und war total am Ende. Vanessa ist nachts nach Italien abgehauen. Das Baby hat geschrien wie am Spieß, und er wußte weder, wie er ihm die Flasche in den Mund, noch die Windel vom Hintern kriegen sollte.« Mrs. Malloy blinkte eine Träne fort. »Na, das ist jetzt erst mal genug erzählt, Mrs. H., ich muß Ihnen nämlich das noch geben.« Sie griff in das Seitenfach der Tragetasche und reichte mir einen Brief, den ich langsam auffaltete. Ich erkannte die Handschrift meiner Cousine Vanessa.

Liebe Ellie,

wie es scheint, eigne ich mich nicht zur Mutter. Dir gefällt so etwas, das weiß ich, aber Du hast auch nie so ein Leben wie ich geführt, auf das Du dafür verzichten solltest. Deshalb findest Du sicher Fläschchengeben und Tag und Nacht Windelnwechseln toll. Wenn Du nicht geheiratet hättest, wäre es vielleicht anders gekommen. Dann hätte ich Dich als Kindermädchen für Rose einstellen können. Du hättest ein eigenes Zimmer gehabt und auch ein eigenes Fernsehgerät, und dann hätte alles geklappt. Nun ist es aber so, daß man mir einen unglaublichen Job als Fotomodell angeboten hat. Dem Himmel sei Dank, daß wieder Formen gefragt sind, anstatt dieser strichartigen Gestalten, die in der letzten Zeit in Mode waren. Ich bin jetzt für drei Monate in Italien. Selbst wenn ich wollte, wäre es dem Baby gegenüber nicht fair, es die ganze Zeit durch die Gegend zu schleppen. Bei Dir, Ben und den kleinen Zwergen ist es bestimmt besser aufgehoben. Und bei Freddy – den will ich auch nicht vergessen. Trotz seiner Macken kann er super mit Kindern umgehen. Auch Mrs. Malloy wird sich immer um Rose kümmern, egal, was passiert ist. Du mußt jetzt aber keine Angst haben, daß ich Dir eine Verantwortung fürs Leben aufbürde. Wer weiß? Vielleicht ändere ich meine Meinung ja wieder. Wir tun einfach so, als wäre diese Lösung nur vorübergehend, bis ich mich endgültig entschieden habe. Du darfst mich nicht dafür hassen. Ich bin kein totales Schwein. Wenn ich das wäre, hätte ich Rose meiner Mutter gegeben.

Alles Liebe und viele Küsse

Vanessa

Es dauerte eine Zeitlang, bis sich der Inhalt des Briefes bei mir gesetzt hatte. Das meiste von dem, was ich anschließend zu Mrs. Malloy sagte, ist mir entfallen, außer daß wir uns dahingehend einigten, daß Mrs. Malloy die folgenden Tage in Merlin's Court verbringen würde, damit sie das Baby an die neue Umgebung gewöhnen konnte. Ich war froh, daß sie die großmütterliche

Mitarbeit nicht von einem Tag auf den anderen einstellte. Dann schickte sie mich aus der Küche und sagte, ich solle mit Ben reden, während sie Rose ihre nächste Mahlzeit verabreiche.
Als ich in unser Schlafzimmer kam, sah ich, daß Ben schon auf war und seinen Morgenmantel angezogen hatte, obwohl es draußen noch nicht einmal dämmerte. Er war gerade im Begriff gewesen, nach mir zu suchen. Ich reichte ihm den Brief und beobachtete seine Miene, während er las. Er sah reichlich verblüfft aus.
»Was machen wir jetzt?« fragte ich.
»Haben wir denn eine Wahl?« Er faltete die Briefseiten zusammen und legte sie auf den Kaminsims. »Wir würden ja auch keinen Hund wegjagen, also können wir uns auch nicht weigern, ein Baby aufzunehmen.«
»Es wäre anders, wenn wir das Gefühl hätten, es wäre für immer.« Ich fing an, am Fußende des Bettes auf- und abzumarschieren. »Wir könnten sie wie eins von unseren großziehen. Nur – die Ungewißheit macht mir angst. Was ist, wenn ich anfange, Rose in mein Herz zu schließen, so als wäre ich ihre Mutter, und dann kommt Vanessa eines Tages vorbei und nimmt sie mir wieder weg?«
»Ich weiß es nicht.« Ben griff nach meiner Hand, zog mich in seine Arme und streichelte mir über die Haare, während mir die Tränen hochstiegen. »Das ist eben unser Risiko. Schau, was Mrs. Malloy bereits verloren hat. Wir kriegen das schon hin, Ellie, wir gehen die Sache einfach Schritt für Schritt an, was meinst du?«
»Was ist mit Abbey und Tam?« Ich wischte mir über die Wangen.
»Wir sagen ihnen, daß Rose hier bei uns die Ferien verbringt, und belassen es erst einmal dabei.«
»Na, immerhin werden sie sich freuen, daß Mrs. Malloy bei uns wohnt. Ich habe sie gebeten, ein Weilchen hierzubleiben, Ben. Dabei können wir sie gleichzeitig im Auge behalten.«

»Du machst dir wirklich Sorgen um sie, nicht wahr, mein Schatz?« Er zog mich wieder an sich.

»Das liegt am Schlafmangel.« Ich küßte seinen Mundwinkel. »Ich weiß, es ist idiotisch, aber sie wird mir jedesmal sagen müssen, wo sie hingeht, bis die Morde aufgeklärt sind.«

»Und wo gehst du jetzt hin, ohne mich auch nur eines weiteren Blickes zu würdigen?« erkundigte er sich, als ich mir den Gürtel des Morgenmantels wieder fester schnürte und auf die Tür zusteuerte.

»Ich nehme ein Bad. Es ist ja gleich schon Morgen.«

Dreiviertel Stunde später, als ich wieder in die Küche kam, prangte Mrs. Malloy dort in einem flaschengrünen Morgenmantel aus Brokat und machte Roses Fläschchen in einem Tiegel warm.

»Sie müssen uns aber ein Zimmer neu tapezieren, Mrs. H., wenn Sie wollen, daß wir mehr als nur eine Stippvisite machen.« Sie prüfte die Temperatur des Fläschchens an der Innenseite ihres Handgelenks. »Das Zimmer mit dem blauen Muster wirkt auf das Baby bedrückend.«

»Ich habe noch ein anderes Zimmer für Sie.«

»Die kleine Motte hier hat nämlich schon genug Probleme.« Mrs. Malloys gepudertes Gesicht verhärtete sich. »Stehen Sie nicht rum wie ein Bus, der auf die Fahrgäste wartet, Mrs. H. Warum machen Sie uns nicht einfach einen Tee, während ich Rose das Fläschchen gebe?«

»Darf ich es ihr geben?«

»Na gut.« Sie musterte mich abschätzend. »Aber was ist mit den Zwillingen? Werden sie nicht gleich runterkommen und Frühstück wollen?«

»Ben zieht die beiden gerade an und kümmert sich anschließend darum, daß sie was zu essen kriegen.« Meine Hand war nicht ganz ruhig, als ich das Fläschchen nahm. »Wo ist Rose überhaupt?«

»Bei Jonas.« Mrs. Malloys Züge wurden weich, was aber nur

daran liegen konnte, daß sie die ganze Nacht auf den Beinen gewesen war. »Er ist vor einer halben Stunde hier hereingeschneit. Es war eine Wonne, wie seine Augen aufleuchteten, als er sie sah. So was Liebes gibt's gar nicht – wie der alte Knabe sich hingesetzt und die kleine Maus gehalten hat! Deshalb habe ich sie nach einem Weilchen ins Arbeitszimmer verfrachtet, damit sie da zusammen turteln können. Gehen Sie und schauen Sie selber, ob das nicht ein wundervolles Bild ist.«

Mrs. Malloy hatte recht. Mir wurde ganz warm ums Herz, als ich auf Zehenspitzen ins Arbeitszimmer schlich. Jonas hatte offensichtlich keine Scheu, dem Baby seine Liebe zu schenken, obwohl es so gut wie ausgeschlossen war, daß er Rose heranwachsen sehen würde. Doch bei mir wurde der Widerstand eher noch stärker, als ich das Baby so geborgen in der Kuhle seines Arms liegen sah. Es würde die reine Qual werden, die Kleine wieder abzugeben, wenn ich mich erst an sie gewöhnt hatte.

»Vanessas Töchterchen! Wie es aussieht, ist sie eines Tages genauso schön wie die Mutter.« Ich stellte das Fläschchen auf den Tisch neben Jonas' Sessel und betrachtete das süße kleine Gesichtchen mit den Rosenblütenbäckchen. »Schau dir die Wimpern an! Außerdem bekommt sie dasselbe goldbraune Haar.« »Glückliches kleines Mädchen«, hätte ich beinahe gesagt, aber ich besann mich noch rechtzeitig. Sie war bestimmt alles andere als das. Plötzlich packte mich eine Mordswut. Wie konnte Vanessa mir einfach ihr Kind weiterreichen, als wäre es eine Spielzeugpuppe? Hatte sie denn wirklich überhaupt keine Gefühle? Oder dachte sie, daß ich keine Gefühle hätte?

»Du willst die Kleine bestimmt auch einmal halten.« Jonas lächelte, aber in seinem Blick lag Sorge. Er kannte mich einfach zu gut.

»Gleich.« Ich bemühte mich um einen munteren Tonfall. »Es ist so schön, euch beide zusammen zu sehen.«

»Wenn ich ein Zauberer wäre, Ellie, weißt du, was ich ihr dann wünschen würde?«

»Sag es mir.«
»Daß sie als jemand aufwächst, der liebt und geliebt wird.« Die Zärtlichkeit, die durch seine rauhe Stimme klang, galt mir ebenso wie dem Baby. Am liebsten wäre ich neben ihm niedergesunken und hätte meinen Kopf auf seine Knie gelegt. Ich wußte, daß seine knotigen Hände dann über mein Haar streichen würden. Aber wofür wollte ich denn getröstet werden? Dafür, daß man mich bat, mich um ein unschuldiges kleines Baby zu kümmern, während die Mutter über einen Laufsteg in Italien wackelte?
Es blieb auch gar keine Zeit für derlei Unfug, denn Rose bewegte sich und stieß kleine Klagelaute aus.
»Gib du ihr die Flasche, Jonas«, sagte ich und reichte sie ihm. »Ich glaube, ich höre die Zwillinge in der Halle.« Kurz darauf brachte Ben Abbey und Tam herein. »Schaut mal, meine Schätzchen« – ich nahm sie an den Händen – »hier ist euer kleines Kusinchen. Sie heißt Rose, und ihre Mummy hat gefragt, ob wir eine Zeitlang auf sie aufpassen können.«
»Sie sieht aus wie meine Puppe«, flüsterte Abbey und schlich auf Zehenspitzen zu Jonas' Sessel.
»Was kann sie denn alles machen?« Tam strebte wieder in die Nähe seines Vaters.
»Im Moment noch nicht besonders viel«, erwiderte Ben.
»Meinst du, sie kann noch nichts sagen und nicht spielen?« Mein Sohn rümpfte die Nase. »Was sollen wir mit ihr? Schick sie wieder weg, Daddy.«
Ich hockte mich neben ihn und strich über sein weiches Haar. »Aber, Liebling, Rose braucht uns. Wir müssen uns um sie kümmern. Was meinst du, wie schön es ist, wenn du und Abbey ihr zeigt, wie man im Wasser planscht und wie man mit den Spielsachen spielt.«
»Meinen roten Lastwagen bekommt sie aber nicht«, erklärte Tam. Da ich meinen kleinen Jungen kannte, wußte ich, daß er eine gewisse Zeit brauchen würde, bis er Rose ins Herz ge-

schlossen hatte. Im Moment hatte er offenkundig Probleme damit, zumal seine Schwester wegen dieses nutzlosen kleinen Eindringlings ganz aus dem Häuschen war.
»Sei vorsichtig, mein Schätzchen.« Ich stellte mich dicht hinter Abbey. »Ruckle nicht so an Jonas herum, wenn er Rose das Fläschchen gibt.«
»Sie stört uns nicht.« Jonas strahlte. »Hier, Abbey, hilfst du mir, das Fläschchen zu halten?«
»Oh, ja!« Ihre Augen leuchteten, als sie vorsichtig auf die Sesselkante kletterte und die Hände ausstreckte. »Mummy, dürfen wir sie behalten? Bitte! Sie kann bei mir schlafen und meine Sachen anziehen.«
»Das können Mummy und ich dir nicht versprechen, Mäuschen«, sagte Ben liebevoll. »Wir werden uns einfach an ihr freuen, solange sie bei uns ist.«
»Ich wünschte, sie wäre ein Junge«, murrte Tam.
»Schade, daß du dich nicht für sie interessierst, Tam Haskell.« Jonas spähte unter den buschigen Augenbrauen hervor. »Babys muß man nämlich noch alles erklären. Aber du hast bestimmt zuviel anderes zu tun und kannst uns nicht dabei helfen. Eigentlich schade, wo du doch schon so viel weißt. Immerhin bist du seit drei Jahren auf der Welt, und die Kleine hier ist gerade erst aufgetaucht.«
»Vielleicht kann ich ihr was zeigen – wie man mit dem Zug spielt.« Tam wechselte die Seiten nicht gerade mit fliegenden Fahnen, aber er machte wenigstens ein kleines Schrittchen nach vorn. »Kann ich die Flasche auch halten?«
»Dafür muß man erst wissen, wie das geht«, sagte Jonas. »Die meisten Leute können das nämlich nicht auf Anhieb.« Abbey nickte ernsthaft mit dem Kopf.
Ben und ich blieben noch so lange stehen, bis Tam sich dem Fütterungsteam angeschlossen hatte, und schlüpften dann in die Halle.
»Ellie, hör mal –«, sagte Ben draußen ein wenig verlegen. »Ich

verspreche, daß es nicht zur Gewohnheit wird – aber ich muß ins Abigail's. Freddy ist vor ein paar Minuten vorbeigekommen und hat gesagt, es gäbe noch ein paar wichtige Dinge zu regeln. Ich bin jetzt mal für ein paar Stunden fort.«

»Ist ja schon gut.« Ich schenkte ihm ein beschwichtigendes Lächeln. »Ich sage dir Bescheid, sobald hier auch nur die winzigste Kleinigkeit geschieht. Bist du dann beruhigt?«

Er sah nicht so aus, obwohl ich mir die größte Mühe gab, normal und unbeschwert zu tun. Nachdem ich ihm nachgewunken hatte, ging ich in die Küche, wo Mrs. Malloy mittlerweile wieder in einem ihrer schwarzen Cocktailkleider steckte und den Frühstückstisch deckte.

»Sie sehen total groggy aus«, sagte ich.

»Kehren Sie besser vor Ihrer eigenen Tür, Mrs. H. Sie sehen aus, als ob Sie die Welt auf einem Rad mit zwei Platten umrundet hätten. Die schwarzen Ränder unter den Augen stehen Ihnen nämlich auch nicht besonders gut, wenn ich das mal so sagen darf.«

»Ich bin immer wie durch den Wolf gedreht«, seufzte ich, »selbst wenn ich abends nur ein paar Minuten länger aufbleibe. Sie sind es, um die ich mir Sorgen mache. Es muß doch furchtbar gewesen sein, als Sie erfahren haben, daß Rose gar nicht Ihre Enkelin ist.«

»So ist das Leben nun mal.« Mrs. Malloy drehte mir den Rücken zu und machte sich am Spülbecken zu schaffen, wo sie den Tiegel auswusch, in dem sie das Fläschchen warm gemacht hatte. »Ich werde mich aber trotzdem weiter um sie kümmern oder? Genau wie George. Und da wir gerade vom Weitermachen reden, wie sieht denn der nächste Schritt hinsichtlich der Verbrechensbekämpfung aus?«

Ehe ich etwas erwidern konnte, tauchte Jonas mit dem Baby in den Armen auf, direkt gefolgt von Tam und Abbey.

»Mummy, das Baby stinkt.« Mein Sohn informierte mich darüber mit der Miene eines Sozialarbeiters, der nicht ganz glücklich über den Pflegezustand von Fall Nummer 342 ist.

»Kann ich und Jonas und Tam das Baby auf die Schubkarre legen und draußen spazierenfahren?« Abbey faltete bittend die Hände und tänzelte um mich herum.
»Eins nach dem anderen.« Ich setzte die Zwillinge an den Tisch. »Du und dein Bruder frühstückt jetzt erst einmal etwas und –«
»Ich mache die kleine Rose frisch.« Mrs. Malloy nahm sie Jonas aus den Armen und eilte mit ihr aus der Küche.
»Das ist ein ganz besonderes Baby.« Jonas nahm seinen Platz ein und starrte hungrig auf den Teller mit den Toastscheiben. Dann fiel sein Blick auf Abigail Granthams grün eingebundenes Buch, das neben dem Milchkrug lag. »Eine Reise in die Vergangenheit«, sagte er nachdenklich, während er das Buch aufschlug und die Seiten durchblätterte, obwohl er sie selbst auch schon etliche Male gelesen hatte. Während ich die Teller der Kinder füllte und sie ermahnte, auch jeden Löffel Haferbrei schön aufzuessen, murmelte er ab und zu ein paar Zeilen vor sich hin. Auch nachdem ich sein Frühstück vor ihn gestellt hatte, las er weiter und verputzte seine Mahlzeit beiläufig mit Stumpf und Stiel. Er wollte gerade in Gedanken nach einer weiteren Scheibe Toast greifen, als Freddy in die Küche gestürmt kam und sich lang und breit dafür entschuldigte, daß er zu spät dran sei.
»Wo sind die Eier mit Speck, Ellie? Ich spüre, daß sie irgendwo liegen und aufs Brutzeln warten. Bin total übersinnlich. Nur bei Haferbrei fühle ich nichts. Absolut keinen Bezug.« Freddy begab sich an den Herd und klatschte sich trotz des fehlenden Bezugs mit dem Holzlöffel eine Portion Haferbrei auf den Teller.
»Freddy« – Tam hüpfte wie ein Känguruh auf ihn zu – »Mummy und Daddy haben ein neues Baby.«
»Es heißt Rose.« Abbey rutschte von ihrem Stuhl herunter und wischte sich die Hände an ihrem blau-weiß karierten Kittelkleidchen ab.
»Alle Achtung, Ellie!« Mein Cousin legte den Holzlöffel an die

Brust und beschmierte so sein Sweatshirt. »Ich weiß ja, daß ihr ganz schön ackert, aber bei dem Tempo bleibt mir doch die Spucke weg.«

»Es ist Vanessas Baby.« Ich machte mich daran, den Tisch abzuräumen. »Mrs. Malloy hat sie letzte Nacht hierhergebracht. Wir sollen uns um Rose kümmern, bis Vanessa . . .«

»Genug Zeit hat, Mutter zu sein?« Freddy schmiß den Löffel in das Spülbecken.

»Sie mußte nach Italien – ein Job als Model.« Ich zwängte mich an ihm vorbei, um das Geschirr auf die Arbeitsplatte zu stellen.

»Und wann kommt unsere schöne Cousine zurück? Wann holt sie ihr heißgeliebtes Kind wieder ab?«

»Steht in den Sternen.«

»Und was sagt George zu diesem Arrangement?«

Ich trocknete mir die Hände so gut es ging an einem feuchten Tuch ab. »Freddy, laß uns später darüber reden.«

»In Ordnung.« Er sah auf die Zwillinge. Dann legte er einen Arm um meine Schultern. »Kann ich dir irgendwie helfen, Ellie?«

»Wie konnte ich dich früher nur als Hanswurst bezeichnen?« flüsterte ich ihm ins Ohr, erwiderte seine Umarmung und blinzelte ein paar alberne Tränen fort. Danach trug ich ihm auf, die Wiege vom Speicher zu holen – die, die wir für die Zwillinge nicht hatten benutzen können.

Als er sie fünf Minuten später anschleppte, schob ich sie in den Salon, um sie erst einmal gründlich zu reinigen. Der geschnitzte Himmel war nicht nur schön sondern auch praktisch, denn er würde verhindern, daß Rose von irgendwoher einen Zug abbekam. Das Walnußholz besaß einen tiefen, seidigen Glanz. Ich fand aber, daß ich es trotzdem noch einmal polieren sollte – es war so etwas wie eine rituelle Handlung. Ich holte mir eine von unseren Möbelpolituren und einen Stapel Tücher. Dabei sah ich schnell nach Abbey und Tam, die auf dem Fußboden des

Arbeitszimmers damit beschäftigt waren, ein Puzzle zusammenzusetzen, während Jonas im Sessel saß und las. Mrs. Malloy war oben und legte Rose schlafen.

Als ich auf dem Rückweg in den Salon durch die Halle ging, läutete es an der Haustür. Draußen stand Bunty Wiseman. Sie kam wie üblich hereingefegt wie der Wind.

»Ellie, ich liebe dich wirklich, aber mußt du jedesmal aussehen wie das letzte Hausmütterchen?« Ihre Augen wanderten zu der Flasche Möbelpolitur und den Tüchern in meinen Händen, während ich noch überlegte, ob sie wie jemand aussah, der über kurz oder lang eingebuchtet werden würde.

»Du brauchst mir keine Komplimente zu machen«, antwortete ich. »Sag mir lieber, wie es dir geht.«

»In welcher Hinsicht?« Sie zupfte an ihrem Röckchen und stökkelte an mir vorbei in den Salon. »Redest du von meinem Liebesleben? Sorgst du dich um meinen Geldbeutel? Oder beziehst du dich auf das kleine Problem von neulich?« Bunty konnte manchmal wirklich flatterhaft sein. Ich beschloß jedoch, ihr zu verzeihen. Sie war mit den Nerven am Ende. Die Polizei hatte sie verhört. Wahrscheinlich tröstete es sie wenig, daß man sich fairerweise auch Tom und Marylin Tollings vorgeknöpft hatte.

»Hast du denn keine Angst, Bunty?« Ich legte Politur und Tücher neben der Wiege ab.

»Wer, ich?« Sie ließ sich aufs Sofa fallen, klopfte sich ein Kissen hinter dem Kopf zurecht und legte die wohlgeformten Beine hoch. »Du solltest mich eigentlich besser kennen, Ellie. Ich mache nie halbe Sachen! Ich habe keine Angst, sondern ich bin außer mir vor Panik. Aber ich habe trotzdem getan, was du verlangt hast.«

Ich hatte keine Ahnung, wovon sie redete.

»Die Neuankömmlinge zu überprüfen«, half sie mir nach.

»Richtig, darum hatte ich dich gebeten.«

»Ich habe mich aufgeopfert.« Ihre Augen funkelten. »Und das

alles nur, damit ein anderer in den Knast wandern kann. Dabei haben mir geschwätzige Vögelchen das ein oder andere zugezwitschert.«

»Komm, ich hole dir ein Glas Sherry.« Auf dem Weg zur Sherryflasche beschloß ich, mir auch einen zu genehmigen.

»Zuerst Clarice Whitcombe.« Bunty sprach zwischen einzelnen Schlückchen. »Es heißt, daß es jede Menge Gerede gab, als ihre Eltern gestorben sind. Das kann man sich ja denken. Unterdrückte Tochter in mittleren Jahren ist es leid, sich immer nur um Mummy und Daddy zu kümmern, und will die beiden loswerden, damit sie endlich selbst mal zum Zuge kommt. Wenn's stimmt, hat sie Glück gehabt. Laut offiziellem Befund haben die Eltern sich umgebracht, und zwar in einem Zustand geistiger Verwirrung. Die Frau, mit der ich gesprochen habe, sagt, alles andere sei Quatsch. Sie fand Clarice immer sehr nett und meinte, es würde nur getratscht, weil in ihrer Gegend sonst nichts los sei.«

»Was noch?« fragte ich.

»Das ist alles über Clarice. Soll ich mit Tom Tingle weitermachen?« Die Augen meiner Freundin funkelten mich über den Rand des Sherryglases hinweg an. »Er hat in jedem Fall bei einem Todesfall mitgemischt.«

»Mein Gott! Mir hat er erzählt, daß er den Schulleiter aus Versehen mit einem Kricketball getroffen hat. Aber er hat nichts davon gesagt, daß der Mann hinterher gestorben ist. Wie schrecklich! Tom war damals noch ein Junge.«

»Davon ist doch gar nicht die Rede. Aber wie es scheint, hat dieser Mensch das unglückselige Talent, Unfälle herbeizuführen.« Bunty setzte eine ernste Miene auf. »Die Kollegin, die seine Londoner Wohnung verkauft hat, hat mir die Geschichte erzählt. Tom hat eines Nachmittags einen Spaziergang gemacht, dabei auf der anderen Straßenseite einen Bekannten entdeckt und diesem einen Gruß zugerufen. Der Mann war neugierig, wer ihm da etwas zugerufen hat, hat einen Schritt auf die Straße getan und wurde peng von einem Lastwagen umgenietet.«

»War der Name des Mannes Frondcragg?«
»Woher weißt du das?«
»Das erzähle ich dir später«, sagte ich, weil ich ihren Vortrag jetzt nicht unterbrechen wollte, indem ich ihr auf die Nase band, wie Freddy den Brief in Toms Haus entdeckt hatte. »Und du weißt genau, daß es ein Unglücksfall war?«
»Ich fürchte ja.« Sie hielt mir das Glas zum Nachfüllen hin. »Es hat sich auch niemand in Mr. Frondcraggs Nähe aufgehalten, als er den Schritt auf die Straße tat. Falls du also mit dem Gedanken spielst, Toms Gruß sei nur das Signal für jemanden gewesen, den tödlichen Stoß auszuführen, dann kannst du das streichen. Der arme Tom hielt sich hinterher allerdings durchaus für den Mörder. Deshalb hat er es in London nicht mehr ausgehalten« – sie machte eine Kunstpause –, »so hat man es mir jedenfalls erzählt.«
»Kein Wunder, daß er einen so unglücklichen Eindruck macht.« Ich reichte ihr das volle Glas. »Was weißt du über die Geschwister Miller?«
»Eine schreckliche Tragödie, denn da ist ein Kind gestorben. Ein kleines Mädchen namens Jessica.«
»Sie war nichts weiter als ein Hund.«
Buntys Augen weiteten sich. »Ellie, das ist nicht sehr nett von dir.«
»Jessica war ein Norfolkterrier.«
»Bist du sicher?«
»Es gibt ein Bild von ihr, hängt in Tall Chimneys im Wohnzimmer.«
»Es ist trotzdem traurig.«
»Aber nicht unheimlich.« Ich trank meinen Sherry aus. »Es sei denn ...«
»Was?«
»Es sei denn, Madrid Miller brauchte ein Ventil und hat den Tierarzt umgebracht, weil der sie nicht auf die Komplikationen des Milchfiebers hingewiesen hat. Oder, was noch wahrscheinli-

cher ist, sie hat mit dem Typen abgerechnet, dem der Baron von Knurrhahn gehört hat.«

»Welcher Baron?« Bunty riß die Augen noch weiter auf.

»Der Hund, der Jessica geschwängert und später keine Trauerarbeit geleistet hat. Der Gerechtigkeit halber dürfen wir aber auch Vienna nicht von der Liste der Verdächtigen streichen. Sie hätte alle aus Wut töten können, weil sie ihre Schwester in ein lebendes Denkmal für einen Norfolkterrier verwandelt haben.« Ich hatte mich so in die Sache gesteigert, daß ich nicht darauf achtete, wo ich mein Sherryglas hinstellte, und dabei Fifi vom Kaminsims stieß, Mrs. Malloys schönen Porzellanpudel. Ich wollte ihn noch schnappen, aber es war zu spät. Er schlug gegen das Messinggitter, wobei er in tausend Stücke zersprang.

»Oh Gott, war der wertvoll?«

»Nur aus sentimentalen Gründen.«

»Was war das, Mrs. H.?« Die Tür zum Salon flog auf, und herein kam Mrs. Malloy, die so tat, als hätte man den Krach bis nach London gehört. »Nur sentimental? Jetzt schlägt's aber dreizehn! Ich habe für dieses erlesene Stück ganze zwei Pfund hingeblättert.« Ich starrte auf den Boden, dann zu Bunty und wieder zurück. Etwas in meinem Gesicht muß Mrs. Malloy deutlich gemacht haben, daß ich mit den Gedanken ganz woanders war. »Na ja, ist ja kein Weltuntergang«, meinte sie nachsichtig. »Wenn Sie die Stückchen aufgekehrt haben, legen wir sie in eine Schachtel und begraben ihn im Garten hinter dem Haus. Die Kinder – außer Rose, die ist noch zu klein – kommen vielleicht gern mit zur Beerdigung, und wir könnten auch den Pfarrer bitten, ein paar passende Worte zu sprechen.«

Danach verschwand sie wieder in der Halle und ließ Bunty mit der unausweichlichen Frage zurück: »Und wer ist nun wieder Rose?«

Kapitel Vierzehn

Weiße Schondeckchen und Sesselbezüge färbt man beige, indem man sie in ein Bad aus starkem, kalten Kaffee taucht. Hinterher gut auswaschen.

»Was hatte die gute Bunty denn auf dem Herzen?« wollte Freddy wissen, als sich die Tür hinter Bunty geschlossen hatte, doch ehe ich ihm antworten konnte, klingelte das Telefon. Es war Sir Robert Pomeroy, der nachfragte, ob ich so freundlich sein und seiner Frau bei nächster Gelegenheit einen Besuch abstatten könne, da sie unbedingt mit mir reden wolle. Kein Wort von ihrer Erkältung!

»Das ist komisch«, sagte ich, nachdem ich den Hörer aufgelegt hatte. »Lady Pomeroy möchte mich sehen.«

»Soll ich lieber mitkommen?« bot Freddy an.

Ich reckte mich auf die Zehenspitzen, um ihn durch den zerzausten Bart auf die Wange zu küssen. »Vielen Dank. Aber er würde mich sicher nicht so offiziell einladen, wenn er nicht auch vorhätte, mich hinterher wieder gehen zu lassen. Außerdem haben wir bei den Pomeroys noch nicht geputzt und demnach auch nichts Verdächtiges über sie herausgefunden.«

»Wann willst du denn los?« Freddy warf einen Blick auf die alte Standuhr. Es war elf.

»Sobald ich das Mittagessen für die Zwillinge zubereitet und nach Rose gesehen habe.«

»Warum zischst du nicht gleich ab?« fragte er. »Ich sehe dir doch an, wie neugierig du bist. Mrs. Malloy und ich schmeißen den Laden schon allein.«

»Das wäre vielleicht das beste«, entgegnete ich. »Auf die Art bin ich auch wieder hier, wenn Ben nach Hause kommt. Sonst sieht es so aus, als arbeiteten wir in Schichten. Sorg aber dafür, daß die Zwillinge sich hinlegen und schlafen, auch wenn sie Theater machen.« Ich war schon auf dem Weg die Treppe hoch. »Sag ihnen, daß sie jetzt Vorbilder sind. Rose muß ja schließlich lernen, wie es bei uns zugeht.«

»Geht in Ordnung, Chef.«

Während ich die Treppe hochhastete, zwang ich mich, an nichts anderes zu denken als an die Frage, ob ich meine graugrüne Strickjacke in den Schrank gehängt oder in eine der Schubladen gestopft hatte. In meinem Kopf purzelten Gedankenfetzen in hundert verschiedenen Formen und Größen wild durcheinander. Ich mußte mich dringend ruhig in eine Ecke setzen und sie alle zu einem Muster zusammensetzen, das am Ende ein Bild ergab. Ich zog ein hellbraun und beigefarben gemustertes Kleid an, fand die Strickjacke, schob meine Füße in ein Paar Schuhe, das dem Besuch in Pomeroy Hall angemessen schien, schnappte mir die Handtasche und raste die Treppe wieder hinunter in die Halle.

»An deiner Frisur hat sich hinten eine Strähne gelöst.« Freddy tauchte auf wie der Geist, der den Menschen hilfreiche Botschaften bringt.

»Vielen Dank.« Ich sagte ihm nicht, daß sich fast die Hälfte seiner Haare hinten gelöst hatte, was ja auch nicht weiter verwunderlich war, denn in der Zwischenzeit hatte er auf allen vieren den Maulesel gespielt, der Abbey und Tam auf dem Rücken reiten ließ und bei dessen Bocksprüngen und Iah-Rufen sie die Zügel offensichtlich fest in der Hand gehalten hatten.

»Ich weiß wirklich nicht, was ich ohne dich machen würde.« Ich hatte die Hand schon auf der Türklinke liegen. »Erklär Mrs. Malloy bitte, wo ich bin, und bemuttere Tam ein bißchen. Er hat noch Probleme, was das Baby angeht – wahrscheinlich ahnt er, daß er jetzt in der Minderheit ist.«

»Er hat mich schon gefragt, ob ihn wohl jemand vermissen würde, wenn er nicht mehr hier wäre. Aber keine Sorge, Ellie, Tam wird in kürzester Zeit Rosies treuester Diener sein und sich von ihr um den kleinen Finger wickeln lassen.«

»Ich hoffe es. Er ist eigentlich ein sehr liebevolles Kind.« Ich stand nun auf der Außentreppe. Draußen war alles war neblig verhangen und es sah nach Regen aus, aber ich marschierte stur auf den Wagen zu. Sollte der Regenmantel doch bleiben, wo er war. Freddy brachte ihn mir nach, als ich mich hinter dem Steuer zurechtsetzte.

»Hat dir schon einmal jemand gesagt, daß du eine Mutter brauchst, Ellie?« Er streckte die Hand in den Wagen, um die Scheibenwischer anzustellen und sah mir nach, als ich in die Ausfahrt bog.

»Pingeliger Typ«, dachte ich. Es war ja nicht so, als säße ich in dem offenen Kabrio. Das hatte nämlich Ben genommen und mir freundlicherweise das Gefährt überlassen, das ein komplettes Dach und funktionierende Blinker hatte. Dank Freddys Bemerkung ging mir meine Mutter durch den Kopf, während ich durch unser Dorf und dann über die mit hohen Hecken eingefaßte Straße fuhr, die sich auf Pomeroy Hall zuschlängelte. Als meine Mutter starb, war ich siebzehn, und obwohl ich sie furchtbar vermißt hatte, war die Welt nach ihrem Tod nicht zusammengebrochen. Ich fand immer, daß das eine Menge über die Art von Mutter aussagte, die sie gewesen war. Ihre Häuslichkeit hatte eher zu wünschen übriggelassen. Mehr als einmal vergaß sie, die Betten zu machen oder das Mittagessen zu kochen, weil ihr ein gutes Buch in die Hände geraten war. Andererseits regte sie sich aber auch nicht auf, wenn ich die Decken von meinem Bett zog und mir im Wohnzimmer ein Zelt baute, wie beispielsweise an dem Tag, an dem sie für den seltsamen Freundeskreis, dem sie und mein Vater angehörten, eine Party gab. Schon als ich noch klein war behandelte sie mich wie eine Erwachsene – oder zumindest wie das, was sie sich darunter vorstellte, da sie ja selbst nie erwachsen geworden war. Dementsprechend herrschte bei uns zu jeder Tages- und Nachtzeit eine Art Zauberatmosphäre, in der es immer wieder neue, aufregende Änderungen gab. Also, eine perfekte Mutter war sie bestimmt nicht gewesen. Aber sie hatte mir gezeigt, wie man die Flügel ausbreitet, und deshalb stürzte ich auch nicht ab wie ein Stein, als das Nest mit einem Mal verschwunden war.

Ich fuhr nun an der hohen Backsteinmauer entlang, die Pomeroy Hall umschloß. Nachdem ich durch das herrschaftliche Eingangstor gebogen war, schwenkte ich in die breite, von Eichen und Zypressen gesäumte Einfahrt, und parkte den Wagen vor der ehrwürdigen Sandsteinfassade und den hohen griechischen Säulen. Um mich herum flatterten Taubenschwärme, die das Ganze offensichtlich mit dem Trafalgar Square verwechselten. Eine Taube begleitete mich netterweise die Stufen hoch bis zur Eingangstür.

Niemand reagierte auf mein erstes und zweites Läuten. Einfach nur, um die Hände zu beschäftigen, drehte ich an dem gewaltigen eisernen Türknauf. Die Tür schwang geräuschlos auf. Mein Blick fiel in die Eingangshalle mit dem Marmorboden und dem Kamin aus Granitstein, der eine Wand neben der großen geschwungenen Treppe ausfüllte.

»Hallo?« Ich klang so zaghaft wie jemand, der im Theater vorsprach und dabei inständig hoffte, daß es auch eine stumme Rolle gab.

Zu meiner Rechten öffnete sich eine Tür, und Sir Robert streckte den Kopf heraus. Sein rotes Gesicht zeugte von tiefster Beunruhigung. Er sagte jedoch kein Wort, sondern machte mir lediglich ein Zeichen, ihm zu folgen. Hinter der Tür lag ein Saal, dessen Möbel aussahen, als gehörten sie in ein Museum und müßten mit einer roten Samtkordel abgetrennt werden. In diesem Saal war es dermaßen kalt, daß ich dankbar für meinen Regenmantel war. Ein verschwindend kleines Feuerchen zuckte wie eine verlöschende Kerze auf einem Kaminrost, auf dem man eine ganze Ochsenherde hätte braten können. Dementsprechend sahen die Pomeroyschen Vorfahren in ihren vergoldeten

Rahmen aus, als hätten sie alle an verstopften Grippenasen gelitten. Aber trotzdem machte keiner von ihnen einen auch nur annähernd so zerrütteten Eindruck wie Sir Pomeroy selbst. Er tappte auf Zehenspitzen hinter mir her und machte die Tür mit übertriebener Sorgfalt zu. Doch wenigstens schloß er sie nicht ab und steckte den Schlüssel in die Hosentasche.

»Lady Pomeroy fühlt sich nicht wohl.« Er legte den Finger auf die Lippen. »Und ich will sie nicht aufwecken, falls sie schläft. Tut mir entsetzlich leid, Ellie, daß ich Sie nicht empfangen habe. Ich habe die Türglocke abgestellt. Die Angestellten sind heute nachmittag außer Haus, damit meine Frau mehr Ruhe hat. Sie wissen, wie unerträglich es ist, wenn die Dienerschaft, und möge sie noch so perfekt sein, sich in solchen Zeiten um einen herum zu schaffen macht. Sie meinen es gut, ich will in keiner Weise andeuten, daß sie unachtsam wären, aber sie folgen natürlich weiterhin ihren Pflichten. Und ehe man sich's versieht – bums –, sind sie irgendwo angestoßen, oder irgend etwas klirrt oder fällt zu Boden.«

»Es tut mir leid, daß es ihrer Ladyschaft nicht gutgeht.« Ich achtete sorgfältig darauf, mich ruhig und normal anzuhören. Was war schon dabei, mit einem gestörten Baronet durch einen abgelegenen Landsitz zu wandern, während die gesamte Dienerschaft zufälligerweise frei hat? Er führte sich wahrscheinlich nur deshalb so eigenartig auf, weil er sich um den Gesundheitszustand seiner Frau sorgte. Wenn man es genau nahm, waren er und die vormalige Mrs. Dovedale ja immer noch in den Flitterwochen.

»Ach, die arme Maureen! Ist überhaupt nicht auf der Höhe!« Sir Roberts Wangen blähten sich über dem Hemdkragen auf, ehe sie mit einem Seufzer erschlafften. »Normalerweise eine der robustesten Frauen, die man sich denken kann! Weiß überhaupt nicht, was ich noch für sie tun kann. Hat sich vollkommen zurückgezogen, will weder essen noch trinken, und man bekommt nicht mehr als zwei Worte aus ihr heraus.«

»Wie furchtbar!«
»Ein Rätsel!« Sir Robert ließ sich in einen der Museumssessel sinken und wirkte völlig am Ende. »Habe das alte Mädchen noch nie so gesehen. Immer voller Mumm. Für jeden Spaß zu haben. Habe in meinem ganzen Leben noch nicht so gelacht wie in den Flitterwochen. Sogar nächtens hat die Hotelsuite gewakkelt.«
»Sie sagten, ihre Ladyschaft wollte mich sehen.« In meinem Kopf hatten sich Nervosität und Neugier derart miteinander verschlungen, daß ich immer nur einen kurzen Gedankenfaden nach dem anderen aufgreifen konnte.
»Habe ich das?«
»Am Telefon.«
»Ganz recht! Wußte doch, daß Sie aus einem bestimmten Grund gekommen sind. Führe Sie besser hoch zu meiner Frau.« Sir Robert stemmte sich aus dem Sessel und eilte vor mir her in die Halle zurück, wo er stehenblieb, um sich zu vergewissern, daß ich noch hinter ihm war, ehe er die Treppenstufen hochwankte, als ginge es zur Guillotine. Oben angekommen klopfte er an eine Tür und verkündete: »Maureen, mein Liebling, mein Augenstern! Ellie Haskell ist da, wie du gewünscht hast. Ich bin unten, falls du mich brauchst.« Danach huschte er weg, als sei er einer der unteren Dienerschaft und nicht der Herr von Pomeroy Hall. Ich betrat Lady Maureens Schlafzimmer und fragte mich, welche Rolle nun von mir erwartet würde.
Das Zimmer hätte einer Tudorkönigin angestanden. Dunkel, mit rotem Plüsch ausgestattet, die Wände mit Tapeten bedeckt, die der ritterlichen Jagd huldigten, Bilder von Hunden, die tote Vögel im Maul hielten. Der einzige helle Fleck stammte von einer Nachttischlampe, deren Licht durch eine Vorhangritze fiel. Ich fühlte mich wie eine Besucherin im Londoner Tower, als dieser noch königliche Herrschaften beherbergte, die dort einen verlängerten Urlaub verbrachten, ehe man ihnen den Kopf abschlug.

»Ellie«, sagte eine Stimme aus dem Bett hinter dem Vorhang, auf dem das Pomeroysche Wappen eingestickt war. Ich ging auf Zehenspitzen vorwärts und erspähte ihre Ladyschaft, die in dem blassen, milchigen Licht so totenbleich wirkte, als hätte man sie bereits zur letzten Ruhe gebettet. »Wie lieb von Ihnen, daß Sie so auf die Schnelle gekommen sind.« Sie kämpfte sich in eine Sitzposition hoch. »Bitte, nehmen Sie sich einen Stuhl« – sie streckte die Hand aus – »und ich drehe das Licht heller, dann ist es etwas besser.«

Es wurde aber nicht besser. Die stärkere Beleuchtung machte um so deutlicher, daß ich eine Fremde vor mir hatte. In der Zeit, als sie noch hinter der Ladentheke stand, war sie eine fröhliche Frau und immer hübsch anzusehen gewesen. Jetzt war ihr Lächeln so angestrengt wie ein gespanntes Gummi, das jeden Moment reißen konnte. Die rosige Frische war aus ihren Wangen gewichen, und selbst die Augen wirkten farblos und matt. Hier lag also das Geheimnis, das Mrs. Large entdeckt hatte, dachte ich. Mein Herz pumpte wie eine Waschmaschine, bis das Blut in meinen Ohren anfing zu schleudern. Sir Robert hatte seine Frau langsam, aber sicher vergiftet. Er war ihrer bereits überdrüssig geworden, er schätzte es nicht, wie sie den Haushalt führte, er hatte enttäuscht festgestellt, daß sie gegen die Fuchsjagd war. Was immer der Grund gewesen sein mochte – er war der üble Schurke, der es verdiente, in den Tower geschickt zu werden. Ich überlegte gerade, ob ich ihre Ladyschaft wohl durch das Schlafzimmerfenster aus dem Haus schmuggeln konnte, als sie meine Hand drückte.

»Ellie, sie müssen mir helfen.«

»Natürlich, Lady Pomeroy.«

»Oh, bitte, nennen Sie mich nicht so.« Das Lächeln war wie ein Riß auf ihrem Gesicht. »Ich bin für Sie nach wie vor Maureen. Wir kennen uns doch schon seit Jahren, oder nicht? Ich hatte immer das Gefühl, daß man mit Ihnen reden kann, und seit einigen Tagen weiß ich, daß ich mich bei irgendwem aussprechen muß.«

»Geht es um Sir Robert?«
»Er ist ein so guter Mensch.«
»In der Tat.« Nun, das war immerhin schon einmal eine Beruhigung.
»Deshalb könnte er auch nie, nie in aller Ewigkeit verstehen, wie ich – die Frau, die er mit seinem guten, treuen Herzen liebt – etwas so Widerwärtiges tun konnte.« Maureen griff unter das Kopfkissen. Ich blieb wie erstarrt auf dem Stuhl sitzen. Gelähmt vor Schreck rechnete ich damit, daß sie ein Gewehr hervorzerren, die Morde bekennen und mir in die Stirn schießen würde. Nachdem sie endlos lange herumgefahndet hatte, zog sie endlich ein Taschentuch hervor und putzte sich die Nase.
»Warum erzählen Sie mir nicht alles der Reihe nach?« sagte ich und sank aufatmend in mich zusammen.
»Ellie, Sie erinnern sich doch sicher, daß Robert bei dem Treffen der Salongesellschaft darüber gesprochen hat, wie sehr er Unehrlichkeit haßt?«
»Ja, es hatte mit irgendeiner Topfpflanze zu tun, die im Namen der Salongesellschaft an eine Kranke geschickt worden war, die nicht zur Gemeinde von St. Anselm gehörte.«
»Und haben Sie auch gemerkt, wie peinlich mir das war?« Maureen stopfte das Taschentuch unter das Kopfkissen zurück und legte die zitternden Hände auf das Bettuch. »Nun, vielleicht hat man es mir nicht angesehen, aber ich kann Ihnen sagen, daß ich mich schrecklich gefühlt habe. Wissen Sie, etwa eine Woche zuvor hatte mich nämlich die Vergangenheit eingeholt. Und was beinahe das schlimmste ist, ich hatte ganz vergessen, was ich getan hatte, bis ...« ihre Stimme brach – »bis zu dem Tag, an dem Gertrude hier saubergemacht und sie gefunden hat.«
»Was gefunden hat?« Das war jetzt also der große Augenblick. Die Frage, die mich und die Mitglieder des VPFVCF verfolgt hatte, würde gleich beantwortet werden. Seltsamerweise ging dabei nicht das geringste in mir vor.
»Ein Paar Pelzhandschuhe.«

Ich muß so ausdruckslos dreingeschaut haben, wie ich mich fühlte.
»Sie sind in der obersten Schublade meiner Frisiertoilette.«
»Maureen, ich verstehe kein Wort.«
»Wissen Sie noch«, sagte sie, »wie Mrs. Barrow vor einigen Jahren eine ihrer Kampagnen gestartet und die Menschen überredet – oder besser unter Druck gesetzt hat –, alle Pelzsachen einzupacken und sie an eine Tierschutzorganisation zu schicken, wo man ein Fegefeuer errichten und sie verbrennen wollte?« Ich nickte, und sie fuhr fort: »Die Postecke in meinem Laden war tagelang voll mit Frauen, die Pakete aufgaben und mir berichteten, wie gut sie sich fühlten, nachdem sie sich der gerechten Sache verschrieben hatten. Nun – eines Tages brachte Gertrude Large ein Päckchen vorbei, das Mrs. Barrow ihr gegeben hatte, mit der Bitte, es bei mir aufzugeben. Gertrude hat damals noch bei ihr geputzt, und weil wir gute Freundinnen waren, hat sie mir gesagt, was darin war.«
»Die Pelzhandschuhe.«
»Aus Kaninchenfell. Sie hatten der Mutter von Mrs. Barrow gehört. Und irgend etwas muß über mich gekommen sein, als Gertrude wieder aus dem Laden war. Es war ein kalter Winter, einer der kältesten seit Jahren, und es kam mir wie eine solch üble Verschwendung vor, die Handschuhe zum Verbrennen wegzuschicken, wo ich selbst nicht ein vernünftiges Paar besaß! Außerdem würden alle Tränen der Welt das Kaninchen nicht mehr zum Leben erwecken. Das habe ich mir damals jedenfalls eingeredet. Es ist natürlich keine Entschuldigung. Und ich hatte noch nicht einmal Freude an den Handschuhen, weil ich viel zuviel Angst hatte, daß mich jemand damit sehen würde. Ich habe sie ein paarmal getragen, dann irgendwo hingelegt und das Ganze mehr oder weniger vergessen. Wissen Sie, Ellie, zu jener Zeit fing ich an, mich in Robert zu verlieben, und alles andere geriet einfach in den Hintergrund.«
»Bis Mrs. Large die Handschuhe entdeckt hat.«

»Ja, sie hat sie erkannt und mich zur Rede gestellt. Es war furchtbar.« Maureen kramte wieder nach dem Taschentuch. »Sie war so entsetzlich enttäuscht von mir. Und was ich nicht gewußt hatte, war, daß Mrs. Barrow auf ein Bestätigungsschreiben von ihren Gesinnungsgenossen gewartet hatte, und als es nicht eintraf, Gertrude beschuldigte, sie hätte die Handschuhe für sich behalten, anstatt sie wegzuschicken.«

»Hat Mrs. Large damit gedroht, Mrs. Barrow von Ihrer Tat in Kenntnis zu setzen?«

»Dafür war Gertrude eine viel zu gute Freundin. Sie drang in mich und bat mich, es selbst zuzugeben, aber ich weigerte mich und sagte, daß ich den Skandal nicht riskieren könne, schon allein wegen Robert nicht. Ich war doch damals Angestellte der Post, und etwas aus den Sendungen zu stehlen, ist ein Verbrechen. Man hätte mich ins Gefängnis werfen können.«

»Das bestimmt nicht«, sagte ich. »Nicht wegen einem Paar Handschuhe.«

»Sie wissen doch, wie Mrs. Barrow ist. Trotz des ganzen Geredes, daß Gottes Geschöpfe in Frieden miteinander leben müssen, hätte sie dafür gesorgt, daß man mich gefoltert, gehängt und gevierteilt hätte, und anschließend wäre sie über den Marktplatz getanzt, um zu feiern.« Maureen drehte das Taschentuch zu einem Strick zusammen. »Ich hatte schon daran gedacht, Mrs. Barrow die Handschuhe anonym zurückzuschicken. Aber diese Frau hätte sofort auf ausgiebigen Nachforschungen bestanden, und ich hätte über kurz oder lang alles gestehen müssen, damit sie nicht Gott weiß wen – wahrscheinlich sogar Gertrude – anschuldigt.«

»Und wie ist das Gespräch zwischen Mrs. Large und Ihnen ausgegangen?« Jetzt wurde mir doch schwummerig.

»Sie empfand eine bestimmte Treuepflicht Mrs. Barrow gegenüber – so war sie nun einmal bei jedem, für den sie gearbeitet hat. Sie hat von dem Verhaltenskodex gesprochen, der in einem PGB festgelegt ...«

»Ich weiß Bescheid.« Meine Hände krallten sich in die gepolsterten Armstützen des Stuhls.

»Gertrude fühlte sich moralisch verpflichtet, die Sache zu bereinigen, falls ich es nicht tat, aber auf der anderen Seite wollte sie mir auch nicht schaden. Sie meinte, sie müsse mit Mrs. Malloy reden, die ein gutes Herz und einen klaren Verstand besäße, und prüfen, ob es eine Angelegenheit für den VPFVCF sei.«

»Und?«

»Sie ist gestorben – Gertrude – meine allerbeste Freundin! Und jetzt werde ich bis an mein Ende glauben, daß ich sie getötet habe« – Maureen wandte das Gesicht ab –, »denn sie wäre nie gestürzt, wenn sie sich nicht so furchtbar über mich aufgeregt hätte. Sie hat mir gesagt, daß sie weder schlafen noch essen könne. Und wenn ich mir das alles selbst schon nicht verzeihen kann, wie kann ich dann erwarten, daß Robert es tut?«

»Sie müssen es ihm sagen.«

»Sie haben ganz recht, das muß ich wohl tun. So kann ich jedenfalls nicht mehr weiterleben.«

»Und wie kann ich Ihnen in der Sache helfen?«

»Erzählen Sie alles Mrs. Malloy.« Sie schaute mich wieder an. »Ich schulde es Gertrudes Andenken, daß ich in ihrem Kolleginnenkreis keinen Zweifel aufkommen lasse, daß Gertrudes Pflichtbewußtsein dem VPFVCF gegenüber untadelig geblieben ist. Sagen Sie ihr, daß mir die Worte fehlen, um auszudrükken, wie leid es mir tut.«

»Das werde ich tun«, versprach ich ihr. Ich stand auf. »Außerdem hoffe ich, daß Sie sich nach und nach wieder an all die schönen Zeiten erinnern, die Sie mit Ihrer Freundin Gertrude verbracht haben.«

»Selbst wenn sie noch leben würde, stünden die Dinge zwischen uns nie mehr so, wie sie waren. Es gibt ein Sprichwort: zerbrochene Freundschaften sind wie zerbrochenes Porzellan, man kann sie zwar kitten, aber der Riß bleibt doch bestehen.«

»Maureen«, beteuerte ich, »Ihr Mann liebt Sie sehr. Er wird

Ihnen bestimmt verzeihen.« Danach ging ich die Treppe hinunter und sagte Sir Robert, daß seine Frau ihn sehen wolle. Als ich ihn fragte, ob ich das Telefon benutzen dürfe, deutete er auf den Apparat, der sich in einer kleinen Nische in der Halle befand. Ich wählte die Nummer unseres Anschlusses und wechselte ein paar Worte mit Freddy. Dabei hörte ich, wie die Schritte des Baronets in einem traurigen Echo verhallten.
Alles was ich in diesem Moment wollte, war eigentlich, so schnell wie möglich wieder nach Hause zu fahren, aber ich hatte meinem Cousin erklärt, daß ich vorher noch einen Zwischenstop einzulegen hätte und daß er mich unbedingt retten müsse, wenn ich nicht binnen einer halben Stunde zu Hause wäre. Wie leicht man manchmal Dinge dahinsagt, wenn man nicht ahnt, was auf einen zukommt! Ich hatte nämlich keineswegs vor, so dumm zu sein und in die Höhle der Löwen zu tappen, während die Löwen zu Hause waren. Aber richtig klar denken konnte ich trotzdem nicht, weil ich mich wie betäubt fühlte, seit ich Maureen Pomeroys Schlafzimmer verlassen hatte.
Das einzige, was ich wußte, als ich die Cliff Road entlangfuhr, war, daß auch Maureen Mrs. Large nicht umgebracht hatte. Ich redete mir ein, daß der nächste Halt nur dazu diente, die Spukgestalten, die sich in meinem Kopf tummelten, zur Ruhe zu bringen. Ein für allemal der Tatsache ins Auge sehen, daß Mrs. Larges Tod doch nichts anderes gewesen war als ein Unfall! Der Regen floß in Strömen, als ich aus dem Wagen stieg und auf das düstere Haus zuging, das mir mit blicklosen Augen entgegenstarrte. Die Geschwister Miller waren auf der Hundeschau in London. Aber um ins Haus zu gelangen, brauchte ich sie zum Glück nicht, denn ich erinnerte mich noch genau an die Geschichte mit dem Ersatzschlüssel, der hinten unter dem Blumentopf lag.
Das Haus nahm mich auf wie ein Schatten, als ich durch die Hintertür in die dunkle Küche trat. Erst als ich durch die Eingangshalle stolperte, fand ich einen Lichtschalter und knipste

ihn an. Das Bedrohliche der Umgebung löste sich dabei jedoch nicht auf. Ich sah, wie die Treppe sich an die Wand preßte, und hörte, wie das Haus das Echo meiner Schritte vortäuschte, damit ich nicht mitbekam, was es sich heimlich zuwisperte. Nun, richtig verdenken konnte man es ihm eigentlich nicht. Im Grunde war ich ja so etwas wie ein Einbrecher. Oder zumindest doch genauso sündig wie Maureen Pomeroy. Ich zog den klammen Regenmantel aus und hing ihn an den Garderobenständer. Die nassen Schuhe wollte ich auch loswerden. Als ich mich bückte, um sie auszuziehen, fiel etwas Weiches über mich. Ich stieß einen Schrei aus – aber es war nur ein anderer Regenmantel, der entweder Vienna oder Madrid gehörte. Er war von dem Ständer geglitten, gefolgt von einem Filzhut.

Ich hängte ich die Sachen wieder auf, aber das Herz schlug mir dabei bis zum Halse. Ein Geist wie der von Mrs. Large hatte Tall Chimneys gerade noch gefehlt. Ich kratzte das letzte Quentchen Mut zusammen, um mich noch einmal auf den Weg ins Arbeitszimmer zu machen. Der Anblick sollte mir den Moment wieder verdeutlichen, als wir Mrs. L. auf dem Fußboden neben der Leiter gefunden hatten, mit dem Kehrblech und dem Aschehäufchen als schweigende Zeugen ihrer letzten Verrichtungen. Ich schaffte es nicht! Auf halbem Wege kehrte ich um und bewegte mich statt dessen lautlos auf die Tür des Wohnzimmers zu. Sie stand ein wenig offen, und ich spähte vorsichtig hinein. Die Wohnzimmermöbel stierten mich an, als würden sie mich gnadenlos verraten, falls ich meinen Fuß auch nur einen Zentimeter weiter vorsetzte. Also blieb ich im Türrahmen stehen und gruppierte im Geiste noch einmal diejenigen zusammen, die sich damals für das Treffen der Salongesellschaft versammelt hatten. Die Gastgeberinnen, Sir Robert und Maureen Pomeroy, Brigadegeneral Lester-Smith, Tom Tingle und Clarice Whitcombe. Ich ließ sie ihre Plätze einnehmen. Langsam belebten sich die Gesichter und Körper, die Stimmen schwollen an. Meine Wirbelsäule begann zu kribbeln, und meine Hände wurden klebrig und feucht.

Das Zimmer hatte ganz eindeutig eine Botschaft für mich. Oder war es womöglich doch der Geist von Mrs. Large, der sich gerade abmühte, meinem Hirn einen Schubs zu geben? Oder raubte mir einfach nur Jessicas Bildnis den Nerv – mit den fliederfarbenen Schleifchen zwischen den Ohren und dem Rubin auf der Pfote? Sie wirkte so lebendig, als würde sie mich sofort anbellen, wenn ich auch nur einen Schritt von der Schwelle wich.

Dann sah ich plötzlich ein anderes Hündchen vor mir. Meine Gedanken flogen zurück in den Salon von Merlin's Court. Bunty saß mir gegenüber und trank ein Schlückchen Sherry. Ich stellte mein Glas auf den Kaminsims und stieß Mrs. Malloys Porzellanpudel herunter. Und endlich – blitzartig und doch zu spät – wußte ich, weshalb mein Blick eine Weile auf dem Fußboden haftengeblieben war. Beim Anblick der Porzellanstückchen war etwas in meinem Gedächtnis angestoßen worden. Und diese vage Erkenntnis war es, die mich in dieses Haus geführt hatte! Jetzt paßten auch die anderen Teile des Puzzles zusammen. Es war, wie wenn einem mitten im Satz das richtige Wort fehlt und man sich auf den Kopf stellen kann, aber es fällt einem nicht ein. Meistens sagt man sich dann, daß alles nichts nützt und daß es später schon noch auftauchen wird. In der Regel haut das sogar hin. Plötzlich ist es da, im allgemeinen dann, wenn man es absolut nicht mehr gebrauchen kann.

Ich taumelte zurück, als irgendwo ein fürchterlicher Lärm losging. Es war aber nur das Telefon – das schrille Klingeln wollte und wollte kein Ende nehmen. Wahrscheinlich war das Freddy. Dieser Idiot! Als das Telefon endlich verstummte, war nämlich alles ruiniert und mein letztes Fünkchen Tapferkeit war erloschen. Ich wollte nur noch weg. Während ich meinen Regenmantel vom Garderobenhaken zerrte und die Schuhe an mich riß – um sie später draußen anzuziehen –, dachte ich mit Ach und Krach noch daran, das Licht auszuschalten, ehe ich auf die Tür zuhetzte.

Als ich den Wagen mit quietschenden Reifen zurücksetzte und

auf den Fahrweg schoß, war mir vor Angst regelrecht übel. Irgendwie waren die Schuhe wieder an meinen Füßen, aber den Regenmantel hatte ich auf den Beifahrersitz geschleudert. Die Scheibenwischer flogen im Eiltempo hin und her, doch durch die beschlagenen Scheibe konnte ich die Gegend nur undeutlich erkennen. Als ich mit achtzig Sachen in die Cliff Road einbog, nahm ich die Kurve zu scharf, bremste und würgte den Motor ab. Mit fliegenden Händen brachte ich die Zündung wieder in Gang und stieg aufs Gas. Gerade wollte ich erleichtert aufatmen, da sah ich die Randbefestigung vor mir auftauchen, fuhr kopflos auf sie zu, und weiter in den flachen Graben, wo ich endlich steckenblieb. Der Aufprall war nicht hart – es war eher wie ein sanftes Plopp, so wie wenn ein Hund mit einem Satz im Körbchen landet. Etwa fünf Minuten später, nachdem ich mich durch hektisches Vor- und Zurücksetzen restlos eingebuddelt hatte, gab ich auf und sah ein, daß ich wohl oder übel zu Fuß nach Hause gehen mußte.

Doch erst als ich nach dem Regenmantel griff, haute es mich richtig um. Aus der Manteltasche ragte nämlich die Spitze eines Schals hervor, und der Schal gehörte mir nicht. Was soviel bedeutete, daß mir auch der Mantel nicht gehörte. Wie schon mein liebender Ehemann angedeutet hatte: Es geht schneller, als man denkt. So viele Regenmäntel gleichen sich wie ein Ei dem anderen. Aber das war jetzt nicht der geeignete Augenblick, mir Vorwürfe zu machen und reuevoll darüber nachzudenken, warum ich mir damals keinen knallroten oder leuchtend blauen Mantel gekauft hatte. Halb rennend, halb stolpernd war ich bereits wieder auf der Straße, bog um die Ecke und lief nach Tall Chimneys zurück.

Im Nachhinein weiß ich, daß Feigheit und Flucht immer die klügeren Alternativen sind, denn die Rückkehr in dieses Haus war etwas, das ich niemandem gewünscht hätte, nicht einmal dem Mörder von Trina McKinnley und Winifred Smalley. Ich war dermaßen außer mir vor Angst, daß mir erst gar nicht auf-

fiel, daß das Licht in der Halle wieder brannte. Ich hatte nur Augen für den Garderobenständer, und deshalb hörte ich auch nicht, wie Vienna Miller die Treppe herunterkam.
»Ellie, was für eine nette Überraschung!« Sie stand mir direkt gegenüber. Falls ich noch einen Mund hatte, so wußte ich nicht mehr, wo er war. Alles was ich zustandebrachte, war dazustehen und sie wortlos anzuglotzen. »Ich bin noch einmal aus London hierher gekommen, um Madrids Arznei zu holen«, setzte sie hinzu. »Meine arme Schwester leidet im Frühling unter fürchterlichen Allergien.«
Erst viel später fielen mir die ganzen Ausreden ein, die ich hätte anbringen können, so nach dem Motto, daß ich meine Handtasche nicht mehr hätte finden können, seit wir bei ihnen geputzt hatten, und daß ich gehofft hätte, daß es ihr und Madrid nichts ausmache, wenn ich in ihrer Abwesenheit hier danach suchte. Vienna hätte es mir vielleicht sogar abgenommen, wenn ich in meinem verwirrten Zustand nicht an dem Schal herumgefummelt hätte, der aus der Tasche des Regenmantels über meinem Arm hing, denn er fiel kurz darauf zu Boden, und als ich ihn aufheben wollte, hielt ich mit einem Mal etwas in der Hand, das sich offensichtlich darin verheddert hatte. Es war eine kleine schwarze Schleife. Und wie eine ausgemachte Idiotin ließ ich zu, daß die Erkenntnis in meinen Augen dämmerte, während ich Vienna weiterhin anstarrte. »Was war auf dem Kehrblech, Vienna?« hörte ich mich fragen. »War es das, was Trina entdeckt hatte?«
»Nun, jetzt wissen Sie es endlich, meine Liebe.« Es war die freundliche Anrede, die mir mehr als alles andere Kälteschauer über den Rücken jagte. Vienna wirkte vernünftiger und tweedartiger denn je zuvor. Umsichtig, entschlossen und tatkräftig. »Ich mußte diese unangenehme Trina McKinnley leider beseitigen«, teilte sie mir mit. Ebensogut hätte sie von den steigenden Kaffeepreisen reden können.
»Sie waren es also! Nicht Ihre Schwester!« Die Schleife blieb wie angeklebt an meiner Hand.

»Was, Madrid? Sie ist doch gar nicht stark genug, jemanden umzubringen.« Vienna lächelte kopfschüttelnd. »Ich mußte es schon immer für uns beide mit der Welt aufnehmen. Madrid hat mir erzählt, daß Trina sie erpreßte, weil sie Mrs. Large von der Leiter gestoßen hat. Und da mußte die große Schwester natürlich wieder einmal eingreifen und retten, was zu retten war. Dabei wollte ich Trina gar nicht töten, als ich sie besuchte. Ich hatte geglaubt, daß man vernünftig mit ihr reden und sie davon überzeugen könne, daß es ein Unfall war, denn Madrid wollte Mrs. Large nicht umbringen. Sicher, sie war außer sich und hat der Leiter einen Stoß versetzt, aber es war eine ganz spontane Handlung und unter den Umständen vollkommen verständlich. Man muß nur die außerordentliche Gefühllosigkeit bedenken, mit der Mrs. Large Madrids Trauer und Empörung begegnet ist. Aber mit Trina war kein Reden. Sie war zornig, weil die liebe Mrs. Smalley ihr das Erbe nur scheibchenweise zukommen lassen wollte, und wußte noch nicht einmal zu schätzen, daß sie das Geld letztlich allein Madrid zu verdanken hatte. Trina wollte einfach Geld, viel Geld. Sie hätte immer mehr verlangt. Als sie mir den Rücken zukehrte, habe ich das einzig Richtige getan.«

»So kann man es auch bezeichnen.«

»Danach wartete ich noch einen Moment, um in Ruhe verschwinden zu können, doch dann tauchte Mrs. Smalley auf.« Viennas Stimme wurde noch sachlicher, falls das überhaupt möglich war. »Ich konnte sie immerhin nach draußen schaffen – sie war klug genug, um zu gehorchen. Auf der Straße entdeckte ich ein altes Kabrio, das ein paar Häuser weiter geparkt war. Der Schlüssel steckte in der Zündung ...«

»Das war meines.«

»Ich weiß, meine Liebe. Und ich bin sicher, daß Sie dabei eine wertvolle Lektion gelernt haben. Allerdings fing Mrs. Smalley an zu schreien, als wir endlich im Wagen waren.«

»Also doch – ich wußte, daß der Schrei von der Straße gekom-

men war. Sie befanden sich nämlich genau unter dem Badezimmer von Brigadegeneral Lester-Smith.« Ich merkte, daß mir das Reden half. Es gab mir das Gefühl, nicht völlig machtlos zu sein.
»Wie haben Sie es bloß geschafft, aus der Herring Street wegzufahren, ohne daß Sie jemand gesehen hat? Als der Brigadegeneral und ich aus dem Haus rannten, war die Straße bereits voller Menschen!«
»Oh, es sind noch ein paar andere Autos vorbeigekommen. Ich habe mich einfach eingereiht.«
Ich bekam eine richtige Wut – auf diesen elenden Wagen. Bei mir zickte er herum, aber wenn er eine Mörderin am Steuer sitzen hat, die sich mit einem angejahrten Waisenkind auf dem Beifahrersitz aus dem Staube macht ... dann, o ja, dann konnte er plötzlich spuren wie kein anderer.
»Sie müssen mir nicht erzählen, wie Sie Mrs. Smalley umgebracht haben!« Die Tränen brannten mir in den Augen. »Ich will keine Einzelheiten wissen. Wir sollten vielleicht besser darauf zurückkommen, warum Madrid Mrs. Large von der Leiter gestoßen hat.«
»Wie, das haben Sie immer noch nicht herausgefunden? Trotz der ganzen Herumschnüffelei?« Viennas Blick bekundete erstmalig Abneigung, was meine Person betraf. Aber Blicke können nicht töten, und in ihren Tweedtaschen war nicht genug Platz für eine Waffe. Wenn sie handgreiflich wurde, würde ich mich einfach wehren. Es hat auch etwas für sich, wenn man nicht Kleidergröße 36 trägt.
»Mrs. Large hatte an jenem Tag etwas kaputtgemacht, das mit Jessica zusammenhing, nicht wahr?« Viennas Augen verengten sich. Ich widerstand der Versuchung, mich an den Garderobenständer zu klammern, und holte tief Luft. »Ich tippe auf eine Gips- oder Marmorbüste. Madrid hat mir erzählt, daß der Mann, der Jessica gemalt hat, in erster Linie Skulpturen herstellte.«
»Gips.« Vienna bückte sich und hob den Schal vom Fußboden

auf. »Es war das Wertvollste, das meine Schwester besaß. Für sie war es noch wichtiger als das Bild, denn sie fand, daß die Büste Jessicas Seele einfing. Dieses ungeschickte Weibsbild hat sie zerbrochen, und dann fiel ihr nichts Besseres ein, als zu sagen, daß sie froh sei, daß es nichts Teures war – nicht sein konnte, weil der Künstler ja noch lebt.«

»Etwas Ähnliches hat sie auch gesagt, als sie bei uns einen Spiegel kaputtmachte«, erwiderte ich. »Aber selbst Jonas, dem er gehörte, hätte sie deshalb nicht von der Leiter geschubst. Es hätte ihn vielleicht in den Fingern gejuckt, aber letzten Endes hätte er sich doch zusammengenommen.«

»Wagen Sie nicht, meine Schwester zu kritisieren!« Vienna zog den Schal stramm. »Sie begreifen doch gar nicht, was in ihr vorgeht. Das kann nur ich. Nie im Leben hätte ich zugelassen, daß sie die Tat gesteht. Sie hätte das, was danach kommt, nicht ausgehalten. Einen solchen Preis zu zahlen, kann man ihr nicht zumuten.« Vienna machte einen Schritt auf mich zu. »Es passierte alles nur wenige Minuten vor dem Treffen der Salongesellschaft. Irgendwer klingelte bereits an der Tür, als Madrid mir berichtete, was vorgefallen war. Ich habe die größten Bruchstücke aufgesammelt, und Madrid hat sie im Mülleimer verstaut. Für die kleineren Stückchen war keine Zeit mehr. Ich habe sie auf das Kehrblech gefegt und mit der Asche aus dem Kamin vermengt. Danach bin ich an die Haustür gegangen.«

»Die Frau, die nichts aus der Fassung bringt! Wieso ist mir nicht eingefallen, daß Mrs. Large kein volles Kehrblech auf dem Boden zurückläßt, ehe sie sich an die Bücherregale macht? Der VPFVCF würde so etwas niemals gutheißen. Und Sie konnten die Sache nicht mehr bereinigen, nachdem die Gäste da waren, denn dann hätte man Sie vielleicht dabei erwischt.«

»Darum ging es nicht!« Vienna betrachtete mich mit immer größer werdender Verachtung. »Ich hatte keine Zeit, weil ich Madrid beruhigen mußte. Die Arme war restlos aufgelöst.«

»Ich finde, sie hat sich ganz gut gehalten.« Ich mied es, zum

Garderobenständer hinzusehen, denn ich hatte mir ausgerechnet, daß ich ihm einen Stoß versetzen würde, wenn – falls – Vienna gerade mal nicht aufpaßte.
»Sie war immerhin so beieinander, daß sie mir später beide weismachen konnten, Madrid habe wegen Jessicas Todestag gelitten. Und da ich genauso dämlich bin, wie Sie denken« – ich versuchte ein munteres Lachen –, »ist mir nicht aufgefallen, daß Ihre Geschichte gar nicht stimmen konnte, denn zu einem früheren Zeitpunkt hatte Madrid mir erzählt, daß Jessica an ihrem dritten Geburtstag gestorben sei. Und ihr Geburtsstein der Stein für den Monat Dezember ist.«
»Ein bißchen zu spät, um schlau zu werden, nicht wahr, Ellie?« Viennas Lachen klappte weitaus besser als meines.
»Kehren Sie lieber vor Ihrer eigenen Tür!« Ich griff mit der Hand – unauffällig wie ich fand – nach dem Garderobenständer. »Zugegeben, Sie haben Ihre Rolle ganz ausgezeichnet gespielt, als Sie mich mit ins Arbeitszimmer schleppten, um sicherzustellen, daß man Mrs. Larges Leiche entdeckte, während die anderen Mitglieder der Salongesellschaft noch im Haus waren. Und Sie hatten beide Glück, daß außer mir jeder Gast das Wohnzimmer irgendwann einmal verlassen hat und somit verdächtig wurde. Aber eigentlich hat das doch gar keine Rolle gespielt. Wer von der Polizei hat denn schon vermutet, daß man Mrs. Large ermordet hatte?« Ich schaute auf die schwarze Haarschleife. Das kleine Zeichen der Trauer schien mittlerweile fester Bestandteil meiner Hand geworden zu sein.
»Die Schleife habe ich Trina aus den Haaren gerissen, als wir miteinander kämpften. Dabei ist mir wohl auch der Schal heruntergefallen. Später muß ich wohl beides zusammen gegriffen und in die Manteltasche gestopft haben.« Vienna führte jetzt so etwas wie eine nachdenkliche Plauderei. »Sicher, es war kein perfekter Mord. Ich mußte natürlich einiges improvisieren. Aber Trina hatte es nicht besser verdient. Als sie nach der Beerdigung zum Putzen kam – es war gleich das erste Mal nach

ihrem Urlaub –, stellte sie fest, daß die Büste im Arbeitszimmer fehlte. Ihr entging ja nie etwas. Ich erklärte ihr, ich hätte sie weggeschafft, da ihre Gegenwart Madrids Gemüt letztlich nur belaste. Leider entdeckte sie, daß ich gelogen hatte, denn sie fand ein Stückchen von der Pfote, das unter das Bücherregal gerollt sein mußte.«

Als ich Vienna ansah, fragte ich mich, ob die Dinge anders gelaufen wären, wenn Mrs. Nettle Trina richtig zugehört und sich erkundigt hätte, was mit dem Ausspruch »Wer hat, dem wird gegeben« gemeint gewesen sei. Aber solche Überlegungen nutzten jetzt weder Trina noch ihren beiden anderen toten Kolleginnen aus dem VPFVCF. Im Moment war es einfach wichtiger, zu sehen, daß ich selbst ungeschoren davonkam, was ich mir übrigens hätte sparen können, wenn Freddy wie vereinbart erschienen wäre, um mich zu retten. Ich war gerade dabei, deshalb in Zorn zu geraten, als Vienna sich meiner Unaufmerksamkeit bediente, mir den Schal über den Kopf warf und mir einen Stoß versetzte, der mich hinterrücks an die Wand neben der Treppe schleuderte.

Ich hörte noch, wie mein Kopf in tausend Stücke zerbarst, genau wie Jessicas Büste und Mrs. Malloys Porzellanpudel, ehe mich die Dunkelheit wie eine Decke umfing, die man über den Vogelkäfig wirft. »Ich Dumme, Dumme!« murmelte ich noch, bevor ich auf einer großen Welle der Leere ins Nichts abtauchte.

Als nächstes registrierte ich einen widerlichen Geruch, der sich mir auf die Lunge legte. Ich dämmerte ihm entgegen und suchte dumpf zu erahnen, was um alles in der Welt das sein konnte. Irgendwie wußte ich, daß es besser wäre, dahinterzukommen, aber es erforderte eine Riesenanstrengung. Meine Schläfen klopften, meine Augen brannten, und ich lag zusammengerollt und verkrampft auf dem Fußboden. Es war nicht der Fußboden in der Eingangshalle, soviel wurde mir nach einer Weile bewußt. Ich war offenbar in der Speisekammer von Tall Chimneys gelandet. Oder träumte ich nur wieder, daß ich dort eingeschlossen

war? Ich klapperte ein paarmal kräftig mit den Augenlidern, um richtig wach zu werden und festzustellen, daß ich mich in meinem Bett befand, wo Ben gleich kommen, sich über mich beugen und mir ein Löffelchen Hühnerbrühe einflößen würde.
Von wegen. Die beißenden Dämpfe, die mir in die Nase stiegen, belehrten mich eines Besseren. Kein Ben. Keine Hühnerbrühe. Ich krabbelte in eine aufrechte Position, legte eine Hand über Mund und Nase und versuchte die Tür zu öffnen. Als ich damit scheiterte, beschloß ich, erst einmal die nächste Umgebung zu erkunden. Mit Hilfe des schwachen Lichtscheins, der durch das winzige Fensterchen in den Raum gefiltert wurde, konnte ich den Rand eines Regalbordes erkennen. Die Dosen und Packungen, die darauf standen, nahm ich nur schemenhaft wahr. Doch dann sah ich einen Eimer, der sich einen guten Meter über meinem Kopf befand. Von daher stammte der beißende Geruch, den ich mittlerweile identifizieren konnte. Es war eine Mischung aus Bleichmittel und Ammoniak. Abigails Buch hatte einen Absatz enthalten, der davor warnte, in der Nähe eines solchen Gemischs zu arbeiten – vor allem, wenn man sich in geschlossenen Räumen aufhielt. Die Dämpfe waren nämlich giftig. Tödlich giftig.
Wie durch ein Zauberwort wurde mein Verstand wieder klar. Es ist doch erstaunlich, was der Selbsterhaltungstrieb so alles vermag. Jetzt war ich sogar in der Lage, meine Panik zu bewältigen und mich zum Nachdenken zu zwingen. Es mußte einen Weg nach draußen geben. Falls Vienna den Schlüssel im Schloß hatte stecken lassen, dann konnte ich ihn vielleicht mit einem Splitter, den ich aus einem der Holzborde brechen würde, hinausstoßen und auf einem Stück Papier, das ich unter der Tür hindurchschieben würde, zu mir ziehen. Ich raffte mein Kleid hoch, preßte mir den Rockstoff fest auf Mund und Nase, kniete nieder und spähte durch das Schlüsselloch. Es war leer. Vienna war doch schlauer, als ich dachte. Dann mußte es eben eine andere Lösung geben. Ich sagte mir, daß ich ja immerhin den Vorteil hatte, vor-

her schon einmal hier eingeschlossen gewesen zu sein. Beim zweiten Mal ist oft alles gar nicht mehr so schlimm.
Danach fiel mir ein, daß Vienna, als sie mich beim ersten Mal rettete, erwähnt hatte, daß sie wegen der klemmenden Speisekammertür schon früher etwas hatte unternehmen wollen. Daraus konnte ich doch wohl schließen, daß das Problem bereits vor ihrem Einzug existiert hatte. Und in dem Fall hätte doch die Frau in Schwarz, die zuvor hier gewohnt hatte, dasselbe Problem gehabt, oder nicht? Die Frau in Schwarz war zwar exzentrisch gewesen, aber exzentrisch ist nicht gleich dumm. Wenn sie sich je in der Speisekammer eingeschlossen hatte, wäre es dann nicht wahrscheinlich, daß sie von da an hier drinnen einen Ersatzschlüssel aufbewahrte? Meine Großmutter hatte in ihrem Haus beispielsweise auf jeder Tür einen Ersatzschlüssel liegen gehabt.
Meine Hände begannen zu zittern. Als ich anfing, auf dem Türrahmen herumzutasten, brach mir der Angstschweiß aus. Aber – er war da! Während ich stille Dankgebete an die Frau in Schwarz richtete, steckten meine Flatterhände den rostigen Schlüssel in das Schlüsselloch. Nach einer Weile hörte ich das Scharren des sich drehenden Metallgehäuses.
Dieses Mal durfte die Tür nicht klemmen. Ich warf mich mit meinem beträchtlichen Gewicht dagegen, und mit einem resignierten Ächzen gab sie tatsächlich nach.
Danach setzte ich mich erst einmal auf den Küchenfußboden und wartete, bis sich mein Atem wieder beruhigt hatte. Doch als ich mich hochstemmen und durch die Hintertür fliehen wollte, tauchte Vienna auf. Wahrscheinlich wollte sie gerade die Speisekammertür aufschließen und nachsehen, ob mein Ableben mit großem Bedauern als weiterer gräßlicher Unfall deklariert werden konnte.
Ich nahm alle Kraft zusammen und sprang auf. »Sie lieben Ihre Schwester gar nicht«, verkündete ich ihr. »Die Bedeutung dieses Wortes ist Ihnen völlig fremd. Sie gehören zu jenen Menschen,

die so verzweifelt gebraucht werden wollen, daß sie allen um sich herum die Luft zum Atmen rauben. Die Eltern von Clarice Whitcombe mögen ja selbstsüchtig gewesen sein, vielleicht haben sie sie auch ausgenutzt, aber sie haben ihr wenigstens die Möglichkeit gelassen zu funktionieren. Selbst meine Cousine Vanessa hat ihr Baby genug geliebt, um es loszulassen, als sie nicht wußte, ob sie zur Mutter taugt. Aber Sie – Sie sind ein Ungeheuer! Ich bin sicher, daß Sie Madrid in ihrer Trauer bestärken – nur damit Sie sie im Griff behalten können.«

Vienna kam mit wutverzerrtem Gesicht auf mich zugestürzt. Als wir aufeinanderprallten, schossen meine Hände nach unten und ich zog einfach die Beine unter ihr weg. Ich hörte, wir ihr Kopf auf dem Fußboden aufschlug, danach drehte sich alles, und ich sank wieder in mich zusammen.

Epilog

Jeden Tag konnte jetzt der Goldlack aufblühen. Für mich bedeuteten diese einfachen, aber wunderschönen Blüten mit ihrem himmlischen Duft immer, daß nun endlich der Sommer gekommen war. Es war Sonntag nachmittag. Ben und ich hatten die Kinder mit hinaus in den Garten genommen. Abbey und Tam tobten herum, während Rose in ihrem Wagen lag und in der Sonne schlief, die durch die Zweige der alten, kupferfarbenen Buche fiel. Manchmal sorgte ich mich noch, daß ich dieses Baby zu sehr lieben würde, häufiger jedoch, daß ich allen drei Kindern nicht genug Liebe schenken würde.

Zu guter Letzt hatte sich übrigens herausgestellt, daß es gar nicht Freddys Schusseligkeit war, die ihn abgehalten hatte, mich an jenem schicksalhaften Tag zu retten. In Wirklichkeit hatte Abbey angefangen zu weinen, weil ich nicht da war, Mrs. Malloy war damit beschäftigt gewesen, sich um Rose zu kümmern, und dann hatten alle plötzlich gemerkt, daß Tam weg war. Er hatte sich im Garten versteckt, um uns einen Schreck einzujagen, damit wir sehen konnten, daß er genauso wichtig war wie die kleine Rose. Vielleicht war ihm wieder eingefallen, wie glücklich ich ihn in die Arme geschlossen hatte, nachdem er aus Clarice Whitcombes Haus verschwunden war. Mittlerweile hatte er sich jedoch an die neuen Gegebenheiten gewöhnt und war stolz, wenn er mir bei Rose helfen durfte.

Jonas hatte uns ein Weilchen Gesellschaft geleistet und in seinen geliebten Blumenbeeten herumgewerkelt, doch als ihm die

Sonne für seinen kahlen Schädel zu heiß wurde, war er ins Haus gegangen, um seinen Hut zu holen. Mrs. Malloy war in ihr Haus in der Herring Street zurückgekehrt, nachdem sie eine Woche in Merlin's Court gelebt hatte, um Rose in ihre neue Umgebung einzugewöhnen. Aber wir fanden nicht viel Gelegenheit, ihre Abwesenheit zu beklagen, denn sie hatte eingesehen, daß ich sie an mindestens drei Vormittagen in der Woche bei uns brauchte. In den Zeiten dazwischen rief sie mindestens zweimal täglich an, um mir die Ideen zu schildern, die ihr bezüglich weiterer Produkte für die Abigail-Serie gekommen waren.

Auch Tom Tingle kam nun recht häufig vorbei, um mit Jonas und Ben im Garten zu arbeiten. Clarice Whitcombe und Brigadegeneral Lester-Smith machten sich mittlerweile offiziell den Hof. Sir Robert und Maureen Pomeroy hatten uns an einem Nachmittag zum Tee eingeladen. Sie hatten ihr Eheglück offensichtlich erneuert, demnach vermutete ich, daß er ihr den einmaligen Verstoß wider die Redlichkeit verziehen hatte. Niemand machte besonderes Aufhebens um den anstehenden Prozeß gegen die Geschwister Miller. Aber eine stattliche Anzahl der Dorfbewohner – darunter auch Clarice und Tom – waren nun Besitzer eines Norfolkterriers.

»Tam, komm vom Baum herunter, ehe du fällst«, rief ich meinem Sohn zu. Dann kam Abbey angehüpft, um mir eine winzige Kröte zu zeigen, die sie in ihrer Hand geborgen hielt.

»Mummy, darf ich die behalten?«

»Schätzchen, sie würde sich im Haus doch gar nicht wohl fühlen.« Ich hatte weiterhin ein Auge auf Tam gerichtet und das andere auf Rose, die die Ärmchen in die Luft reckte und Anstalten machte aufzuwachen.

»Aber Daddy hat gesagt...«

»Daß deine Mutter ja oder nein sagen muß.« Ben legte die Hand über die Augen, um die Sonne abzuschirmen und lächelte mir zu. »Ich habe gesagt, daß Mummy diejenige ist, die das Tier zum

Tierarzt bringen, ihm eine Leine kaufen und für Futter in seinem Näpfchen sorgen wird.«
»Ich hoffe, du hast ihr auch erklärt, daß Kröten sich in Prinzen verwandeln, wenn man sie küßt.«
»Hat er nicht.« Freddy kam über das Gras geschlendert, um uns mit seiner Weisheit zu beglücken. »Mein Alter hier« – er legte den Arm um Bens Schultern – »will doch nicht, daß seine süße kleine Tochter Warzen auf den Lippen bekommt.«
»Igitt!« Abbey ließ die Kröte zu Boden fallen und schenkte ihr ab sofort nicht mehr die geringste Beachtung. Zum Glück hatte die Kröte aber noch genug Verstand, um mit einem Riesensatz wegzuspringen, ehe Tam sich, unter Mißachtung des Lebens und der Knochen anderer, vom Baum fallen ließ.
»Sag es ihnen.« Mein Sohn stieß seine Schwester an. »Erzähl Mummy und Daddy, daß du einen Hund willst, der Prinz heißt, aber nicht so einen blöden Prinz wie in den Märchen.«
»Oh, bitte! Bitte!« Abbey faltete die Hände und richtete den flehenden Blick himmelwärts, als sei sie ein heiliges Kind in Erwartung einer Vision.
»Es gibt keinen Hund!« Ben milderte seine Aussage jedoch gleich wieder ab. »Jedenfalls nicht heute. Ich weiß etwas, das noch viel mehr Spaß macht. Warum holen wir nicht den Drachen aus dem Regal im alten Stall und schauen, wie hoch er fliegen kann?«
Dieser Vorschlag wurde mit großer Begeisterung angenommen. Von Freddy ebenso wie von den Kindern. Nach kürzester Zeit waren alle eifrig dabei, die Schnur des Drachens zu entwirren und Ben zwischendurch anzubetteln, nicht so lange zu trödeln. Ich beschloß, Jonas herbeizuholen, damit er das große Ereignis nicht verpaßte, doch zuerst schaute ich noch schnell einmal nach Rose, die wieder friedlich schlief, und strich ihr über das daunenzarte Köpfchen.
Danach ging ich ins Haus. Am Vortag hatte ich den reparierten Spiegel abgeholt und bisher noch keine Möglichkeit gefunden,

ihn unbemerkt wieder in Jonas' Zimmer zu schaffen und aufzuhängen. Als ich Jonas in der Küche nicht antraf, nahm ich an, daß er oben war, und beschloß, ihm den Spiegel doch lieber gleich hochzutragen und seine Freude mitanzusehen, wenn ich ihm das Geschenk seiner Mutter zurückbrachte. Also klemmte ich mir den Spiegel unter den Arm, ging die Treppe hinauf und pochte an seine Tür. Er antwortete nicht.

»Jonas?« rief ich.

Keine Antwort. Ob ich den Spiegel wieder nach unten tragen sollte oder ob ich ihn doch besser schnell heimlich aufhing, wie zuvor geplant? Als ich sein Zimmer betrat, wußte ich immer noch nicht, was ich lieber wollte. Doch das verblaßte Rechteck auf der rosengemusterten Tapete, wo der Spiegel gehangen hatte, machte einen richtig verwaisten Eindruck. Die Entscheidung war gefallen. Ich durchquerte das Zimmer, wobei ich wie üblich das Gefühl hatte, daß ich einen Hindernislauf hinter mich bringen mußte.

Der Spiegel wirkte richtig froh, wieder an seinem alten Platz zu hängen. Vielleicht war er tatsächlich verzaubert und lebendig, so wie Jonas als kleiner Junge geglaubt hatte. Das Sonnenlicht brach sich in ihm auf ganz eigenartige Weise. Ich trat einen Schritt zurück und betrachtete ihn mit halb geschlossenen Augen. In ihm lag das Zimmer wie in Gold getaucht. Es sah aus, als hätte ich das Werk eines niederländischen Meisters vor mir, der mit großem Geschick die anheimelnde Szene wiedergegeben hatte, in der ein alter Mann auf seinem Sessel am Fenster eingenickt war.

»Jonas?« sagte ich vorsichtig. Ich wollte ihn nicht erschrecken. Er sah so friedlich aus, mit seinem abgewetzten alten Hut und Abigails Buch, das offen auf seinem Schoß lag. »Ich habe dich erst gar nicht bemerkt«, fuhr ich mit leiser Stimme fort, »die Lehne des Sessels ist so hoch, und wenn er dann noch zum Fenster gedreht ist ...«

Er hörte mich nicht. Noch ehe ich seine Hand berührte, wußte

ich, daß Jonas mich nie mehr hören würde. Er war ohne Abschiedsgruß von uns gegangen. Ich wurde von einer großen Leere erfaßt, als ich mich neben ihm niederkniete und meine Stirn auf seine Knie legte. Ohne ihn würde nichts mehr so sein wie vorher. Am liebsten hätte ich ihn geschüttelt und gefragt, ob er denn vergessen hätte, daß wir ihn brauchten. Ich wollte ihm sagen, daß die kleine Rose auch Anspruch auf seine Zeit hätte. Doch dann geschah etwas Merkwürdiges. Die Leere in mir füllte sich plötzlich mit dem goldenen Glanz, der aus dem Spiegel strahlte.
Ich stand auf, öffnete das Fenster und beugte mich hinaus in die sanfte Brise, die von dem Geruch des Goldlacks erfüllt war. Unten im Garten sah ich meine Familie. Ben stand unter der Rotbuche und hielt Rose auf den Armen. Er lachte Tam und Abbey zu, die im Kreis um Freddy herumsprangen und zuschauten, wie er den verblaßten Drachen in den klaren blauen Himmel steigen ließ.
Der Drachen zitterte für einen Moment unstet, als habe er Angst, sich in die Lüfte zu heben. Doch dann schoß er nach oben, in freudigem Flug himmelwärts, und weiter und weiter der Sonne entgegen, bis sich auch die Schnur aus Freddys Händen löste und befreit hinterherschwebte. Ich lächelte unter Tränen, während ich ihm nachsah, wie er sich in der endlosen Weite verlor.

Unni Lindell
Das dreizehnte Sternbild
Krimi
520 Seiten
TB 25196-1
Deutsche Erstausgabe

Wiegenlieder werden eigentlich für Kinder gesungen, wenn sie nicht einschlafen können.
Einen unruhigen Schlaf hat seit kurzem auch Hauptkommissarin Myklebust, denn die Strophe eines alten Wiegenliedes ist bisher die einzige Spur in einer unheimlichen Mordserie, von der die Osloer Polizei in Atem gehalten wird.
Vier Männer, die auf den ersten Blick nichts miteinander zu tun haben, werden auf mysteriöse Weise getötet, und die Ermittler stehen vor einem Rätsel – der Fall scheint unlösbar.
Doch die Polizei hat ein wichtiges Detail übersehen …

»Unni Lindells Debütroman muß zu den absoluten Höhepunkten der norwegischen Krimiliteratur gezählt werden.«

Aftenposten

Econ & List

Barbara Block
Eine Frau mit Biß
Krimi
344 Seiten
TB 25187-2
Deutsche Erstausgabe

Eigentlich hatte sich Robin Light ihr neues Leben als Besitzerin einer Reptilienhandlung recht angenehm vorgestellt. Doch als ihr Mitarbeiter plötzlich an einem Schlangenbiß stirbt, muß sie feststellen, daß auch Tiere ein mörderisches Geschäft sein können. Der Hauptverdacht fällt zu allem Übel sofort auf sie selbst. Robin, intelligent, humorvoll und spitzzüngig, setzt alle Kräfte daran, den wirklich Schuldigen zu entlarven. Dies aber erweist sich trotz einiger Hinweise schwieriger als erwartet, und schon bald droht sie in einem Sumpf aus Drogengeschäften, illegalem Tierhandel und Hexenritualen zu versinken …
Mit Robin Light betritt eine neue und wunderbar skurrile Privatdetektivin die deutsche Krimibühne.

Econ & List

Wally Lamb
Die Musik der Wale
576 Seiten
TB 27512-7
Deutsche Erstausgabe

Dolores Price ist dreizehn, als ihre kleine Welt aus den Fugen gerät. Von einem Tag auf den anderen verläßt ihr Vater die Familie und stürzt ihre lebenslustige Mutter in eine tiefe Krise. Wie ein plötzlich gestrandeter Wal kommt Dolores sich vor. Aber große Mädchen weinen nicht, und deshalb beginnt Dolores ganz allein ihre Suche nach Liebe und Wahrheit.

»Ein bemerkenswerter Roman ... wie John Irving hat Wally Lamb in seinem Buch höchst eigenwillige und bunte Figuren versammelt.« *Bookpage*

»Wally Lambs Buch ... wurde in Amerika als bester Debütroman des Jahres prämiert. Seine wunderbar vitale Heldin begleitet man gern über fast 600 Seiten: Dolores verfügt über eine beachtliche Mischung aus genialer Beobachtungsgabe, großer Klappe und Verletzbarkeit.« *Brigitte*